KB162720

을유세계문학전집 · 117

청춘은 아름다워

청춘은 아름다워

SCHÖN IST DIE JUGEND

헤르만 헤세 지음 · 홍성광 옮김

❖ 을유문화사

옮긴이 홍성광

서울대학교 독문과 및 대학원을 졸업하고, 토마스 만의 장편 소설 『마의 산』으로 박사 학위를 취득했다. 역서로 쇼펜하우어의 『의지와 표상으로서의 세계』·『쇼펜하우어의 행복론과 인생론』·『쇼펜하우어와 니체의 문장론』, 니체의 『니체의 지혜』·『차라투스트라는 이렇게 말했다』·『도덕의 계보학』, 괴테의 『이탈리아 기행』·『젊은 베르터의 고통』, 헤세의 『헤세의 여행』·『헤세의 문장론』·『데미안』·『수레바퀴 밑에』·『싯다르타』·『환상동화집』, 야스퍼스의 『정신병리학총론』(공역), 뷔히너의 『보이체크·당통의 죽음』, 토마스 만의 『마의 산』·『부덴브로크 가의 사람들』·중단편 소설집 『베네치아에서의 죽음』, 카프카의 『성』·『소송』·중단편 소설집 『변신』, 실러의 『빌헬름 텔·간계와 사랑』 등이 있다.

을유세계문학전집 117
청춘은 아름다워

발행일·2021년 12월 20일 초판 1쇄 | 2023년 10월 15일 초판 2쇄
지은이·헤르만 헤세 지음 | 옮긴이·홍성광
펴낸이·정무영, 정상준 | 펴낸곳·(주)을유문화사
창립일·1945년 12월 1일 | 주소·서울시 마포구 서교동 469-48
전화·02-733-8153 | FAX·02-732-9154 | 홈페이지·www.eulyoo.co.kr
ISBN 978-89-324-0510-0 04850   978-89-324-0330-4(세트)

• 저작권법에 의해 보호를 받는 저작물이므로 무단전재와 복제를 금합니다.
• 이 책의 전체 또는 일부를 재사용하려면 저작권자와 을유문화사의 동의를 받아야 합니다.
• 책값은 뒤표지에 있습니다. 잘못된 책은 구입하신 곳에서 바꾸어 드립니다.

차례

청춘은 아름답다
　　　　　민요

즐거울 땐 삶이 아름답다.
청춘은 아름답고, 다시 돌아오지 않는다.
그래서 나는 또 한 번 말한다.
젊은 시절은 아름답다고.
청춘은 아름답다,
청춘은 다시 돌아오지 않는다.

청춘의 초상들에게
　　　　　헤르만 헤세

전설 같은 먼 옛날로부터
청춘의 초상이 날 보며 묻는다.
한때 환히 밝혀주던 그 빛에서
아직도 무엇이 빛나며 타오르는지.

그때 내 앞에 보이던 길은
많은 고뇌와 어둠과
가혹한 변화를 가져다주었다.
그 길을 다시 가고 싶지는 않다.

하나 난 내 길을 충실히 걸었고
그 추억을 소중히 간직하고 있다.
많은 실패가 있었고, 많은 잘못도 있었으나
그래도 그 길을 뉘우칠 수는 없다.

나의 젊은 시절 이야기

나의 친가와 외가 쪽 조부모 네 분은 모두 경건한 개신교 신자로 본래적 의미에서 '깬' 분들이었다. 종교적 색채는 헤른후트* 파 교회와 바젤 선교회,* 그리고 이 선교회가 생겨나게 한 정신의 영향을 받았다.

반면에 조부모들 국적은 모두 달랐다. 아버지의 부모는 발트 3국* 중 하나인 에스토니아 출신이었다. 그들은 순전히 독일 출신(할아버지의 선조는 1750년경 뤼베크에서 그곳으로 이주했다)이었지만, 국적은 러시아였다. 그들은 러시아어와 에스토니아어는 제대로 할 줄 몰랐고, 독일어만 할 수 있었다. 나의 아버지 요하네스 헤세는 레발 근처 바이센슈타인에서 태어났다. 나의 할아버지 헤르만 헤세 박사는 유명 의사이자 자선가로 추밀 참사관이었다. 기인(奇人)이었던 할아버지는 사람들에게 인기 있는 분이셨다. 나의 아버지는 대학교에 입학하면서 고향 마을을 떠났다. 그는 하느님을 위해 헌신하고자 돌연 개종과 참회를 하고 바젤에 가서 선교 학교 학생이 되었다. 버릇없이 자란 섬세한 젊은이로서는 쉽지 않은 결정이었다. 아버지는 바젤에서 선교사 양성 교육을 받고 1870년대 초 인도로 가서 1년간 선교사 생활을 했다.

그러나 아버지는 건강이 좋지 못한 데다 그곳 기후에 적응하지 못해 다시 바젤로 되돌아와야 했다. 그 후로는 쭉 바젤 선교회에서 일했다. 처음에는 선교 학교 교사, 감독의 조수, 선교 잡지 편집인으로 일하다가 나중에는 칼브에서 '출판협회장'으로 활동했다. 종교 재단에서 나오는 수입은 선교 사업에 도움이 되었다. 선교 업무의 권위자인 아버지는 수많은 국제 선교 회의에 참석했다. 나는 기질의 일부를 아버지에게서 물려받았다. 즉 아버지로부터 절대적인 것에 대한 갈망과 함께 회의적이고 비판적이며 자기비판적인 성향, 특히 정확한 언어 표현을 하려는 경향도 물려받았다.

어머니의 가계는 두 군데서 유래했다. 나의 외할아버지는 슈투트가르트에 오랫동안 살았던 어느 경건한 슈바벤 가문 출신이었다. 외할머니 (쥘리) 뒤부아는 스위스의 뇌샤텔 출신으로 프랑스어를 썼다. 외할머니는 고령이 될 때까지 독일어를 제대로 배우지 않았다. 그녀는 그때까지 그곳에 생소한 요소였던 칼뱅*적인 열정을 가족에게 들여왔다. 그것은 온갖 종류의 현학적 요소며 광신주의와 결부되어 있었다. 외할아버지 헤르만 군데르트 박사 역시 경건한 분으로 유명한 선교사였다. 그는 어학에 탁월한 재능이 있었고, 명성이 높은 산스크리트어 학자였다. 그래서 온갖 종류의 인도어를 할 줄 알았다.* 그는 대학 시절 개종했다. 그전에 외할아버지는 헤겔적인 분위기를 풍기는 천재적인 대학생으로 음악에 조예가 깊었고 유머 감각도 있었다. 그는 인도에서 다년간 선교사 생활을 했다. 내 어머니도 인도에서 태어났다. 그곳에서 외할아버지는 나중에야 바젤 선교회와 관계를 맺었다. 처음에는 인도에서 영국 정부의 위탁으로 어문학 작업(말라얌어 사전을 만드는 일 등)에 종사하고 있었다.

나의 부모는 칼브에서 서로 만났다. 그곳에서 외할아버지는 출판협회 일을 했고, 몇 개 선교지의 편집 작업을 맡고 있었다. 인도에서 돌아온 아버지는 외할아버지의 조수로 일하게 되었다. 부모님은 1874년 뷔르템베르크주의 칼브에서 결혼했고, 나는 1877년 7월 2일 그곳에서 태어났다.

당시 내 국적이 어디인지 모르겠다. 추측건대 러시아였을 것이다. 아버지가 러시아 국민으로 러시아 여권을 지녔기 때문이다. 어머니는 앞서 말했듯이 슈바벤 출신으로 프랑스어를 쓰는 스위스인의 딸이었다. 이처럼 복잡한 혈통 탓으로 나는 민족주의와 국경을 그다지 존중하지 않게 되었다.

아버지는 1880년에 다시 바젤로 초빙되어 선교 학교에 근무하게 되었다. 그곳에서 아버지는 나중에 시민권을 취득했다. 그리하여 나는 소년 시절 스위스인이자 바젤 시민이 되었다.

부모님은 1886년까지 바젤에 살았다. 그러다가 아버지는 또한 번 칼브로 부름을 받았다. 처음에는 연로한 장인의 조수 생활을 하며 외할아버지의 일을 도와주다가 나중에는 그의 후임

자가 되었다. 남독일과 스위스에서 늘 이방인으로 살아간 아버지는 언제까지나 독일인의 순수하고 무척 아름다운 발음을 간직했다. 집에서는 영어도 곧잘 사용했다. 부모님은 조부모님과 마찬가지로 영어를 유창하게 구사할 줄 알았지만, 프랑스어는 거의 쓰지 않았다. 외할아버지만 프랑스어를 썼는데, 때로는 어머니도 외할머니와 프랑스어로 대화를 나누기도 했다.

어머니로부터 나는 열정적 기질, 센세이션을 좋아하는 격렬한 상상력과 음악적 재능도 물려받았다. 어릴 때부터 나는 음악이나 언어와 가깝고 친숙한 관계였다. 어머니로부터는 절대성을 추구하고 시대를 초월한 신적인 질서에 편입되려고 한다는 의미에서 종교나 사변적 성향도 물려받았다.

그러나 나는 약 13세까지만 경건했다. 14세에 견진성사를 받을 때 벌써 상당히 회의적인 아이였다. 그 직후 나의 사고와 상상력은 완전히 세속적으로 변하기 시작했다. 하지만 나는 부모님이 신봉하는 경건주의 신앙을 무척 사랑하고 존중했다. 그러나 그 신앙은 다소 불충분하고 왠지 수준 낮으며 또 몰취미하다고 느껴졌다. 그러다가 사춘기가 시작될 무렵에는 경건주의 신앙에 가끔 격렬한 반항을 하기도 했다.

내가 최초의 학창 시절을 보낸 곳은 바젤과 칼브였다. 나는 학교에서 쉽게 배우는 모범 학생이었다. 그래서 그리 힘들여 노력하지 않고도 대체로 학급 선두를 유지했다. 그런데 이제 직업 선택이라는 어려운 문제가 눈앞에 대두되었다. 가족의 전통과 타고난 재능을 생각하면 대학에 진학해 신학을 전공해야 할 것 같았다. 가족의 소망이 그랬을 뿐 아니라 그 길이 가장 지당한 것이기도 했다. 뷔르템베르크주에서 신학을 전공하려는 소년은 '주(州) 시험'에 합격하면 14세 때부터 무료 교육을 받을 수 있었기 때문이다. 주에서 매년 14세의 소년을 약 45명씩 선발했다. 그 소년들은 장학생으로 신학교를 다니다가 그 뒤에는 튀빙겐 대학(신학과)에서 공부했다. 나는 1891년에 주 시험을 치러야 했다. 그 시험을 치르려면 먼저 뷔르템베르크주 시민권을 취득해야 했으므로, 나는 1890년이나 1891년에 그 시민권을 취득할 수 있었다. 그리 많은 질문은 받지 않았다. 그 대가로 나중에 몇 년간 군 복무를 해야 했다.

나는 '뷔르템베르크주 시험'에 합격해서 1891년 가을 마울브론 신학교에 입학했다. 신학교 시절은 내 소설 『수레바퀴 밑에』에 묘사되어 있다. 나는 『헤르만 라우셔의 유작집』과 『어린이들의 영혼』, 『데미안』에서도 학창 시절의 환경과 분위기를 종종 묘사하곤 했다.

마울브론 신학교에서 나의 고난이 시작되었다. 사춘기의 문제는 직업 선택의 문제와 동시에 발생했다. 그 당시에 벌써 나는 시인이 되는 것 말고는 아무것도 되고 싶지 않았기 때문이다. 하지만 어떻게 하면 시인이 되는지 알지 못했고, 시인이란 인정받는 직업이 아니며, 그것으로 밥벌이를 할 수 없다는 것도 알고 있었다. 14세부터 20세까지 여기저기서 여러 직업을 전전했다. 마울브론에서는 그리 오래 있지 않았다. 채 1년도 안 돼 그곳에서 도망쳤기 때문이다. 게다가 첫사랑(그때 나는 괴테의

『젊은 베르터의 고통』을 읽었다)을 겪으며 큰 위기에 직면하고 파국을 맞았다. 나는 오랫동안 아프다고, 신경증에 걸렸다고 생각했다. 나는 보호를 받았고, 집에서는 나를 돌보아 주었다. 사실 그 당시에 나는 심각한 노이로제 증세를 간신히 견뎌 내고 있었다.

1892년 가을 나는 몇 달간 무위도식 생활을 한 뒤(『수레바퀴 밑에』 참조) 칸슈타트 김나지움에 들어갔다. 하지만 채 1년을 못 채우고 7학년까지 다니다가 중퇴하고 말았다. 어학과 역사는 잘했지만, 수학은 전혀 관심이 없어 잘 따라갈 수 없었다. 그 당시 평판이 좋지 않은 상급생 '룸펜'들과 사귀었고, 학생은 술집 출입을 하면 안 되었지만 저녁 시간을 술집에서 보내며 술을 진탕 퍼마셨다. 그중 몇 가지가 소설 『데미안』에 소개되었다.

김나지움에 더 이상 다닐 수 없게 되자 부모님은 나를 에슬링겐으로 보내 조그만 서점의 수습생 생활을 하도록 했다. 나는 채 3일도 못 채우고 그곳에서 달아나 버렸다. 소도시에서의 수습생 생활이 따분했기 때문이다. 나는 며칠 동안 사방을 헤매며 돌아다녔고, 부모님은 걱정스러운 마음으로 나를 찾아다녔다. 결국 나는 비통한 심정으로 아버지 앞에 모습을 드러냈다. 그러나 아버지는 별로 화내지 않고 나를 칼브로 데려갔다. 그곳에서 약 2년간 아무 일도 하지 않고 빈둥거리며 지냈다. 참으로 불행한 시절이었다. 부모님은 내게 절망하셨고, 나도 가끔 나 자신에게 실망했다. 그러나 할아버지와 아버지의 매우 큰 서재에서 혼자 꽤 철저하고도 다양한 공부를 할 수 있었다. 특히 서재에 18세기 독일 문학 관련 책이 많이 갖추어져 있어서 그 시기의 문학을 접할 수 있었다. 그때 괴테, 겔러트, 바이세, 하만, 장 파울'과 헤트너의 문학사를 읽었고, 다비트 프리드리히 슈트라우스'의 책 몇 권과 그 밖의 많은 책을 독파했다. 덕분에 나는 후일 무척 박식하단 소리를 들을 수 있었고, 그러다가 점점 눈병이 심해져 독서를 줄여야 할 지경에 이르렀다.

나의 동급생이 당시 기계 공장의 '수습생'으로 있었다. 당시 젊은이들은 기술직에 관심을 갖기 시작했다. 그리고 나중에 엔지니어가 되는 사람들이 수습 기간을 줄여 수습생으로 그런 공장에서 일했다. 내 학급 동료는 소도시 칼브에서 그런 부류의 첫 번째 사람이었다. 교양인이자 고위 공무원의 아들로 대학 공부를 해야 할 젊은이(그의 아버지는 도시의 고위 공무원이었다)가 공장 노동자가 되어 철물공의 푸른 옷을 입고 돌아다닌다는 것은 남의 눈에 띄는 일이었다. 그것의 낭만적인 어떤 면이 내 마음에 들었다. 안 그래도 나는 어쩔 수 없는 처지에 있었고, 무엇이 되어야 할까 하는 문제가 내게 절박했기 때문에 이 직업을 갖기로 마음먹었다. 그래서 나는 철물공의 푸른 블라우스를 입고 칼브의 기계 공장이자 탑시계 공장 실습생으로 들어갔다. 그곳에서 1895년 가을까지 약 1년 반 동안 일했다. 나는 기술과 기계에 아무런 재능도 관심도 없었고, 이 직업으로 어떤 성취도 할 수 없다는 것을 곧 알게 되었다. 하지만 꽤 오랫동안 그곳에 머물면서 상당히 많은 것을 배웠다. 내 생애 처음이자 단 한 번 공장 노동자들과 밀접한 관계를 맺으며 지낸 시절이다.

그 뒤 1895년 가을 또 한 번 서점 일을 해 보겠다고 마음먹었다. 그러나 소도시에서 재미없는 일을 하지 않고 가능하다면 책과 문학에 대한 나의 관심이 자양분을 얻을 수 있는 곳에서 일하고 싶었다. 아버지는 내 의견에 동의하셨다. 그래서 튀빙겐의 어느 유서 깊고 견실한 서점*의 수습생으로 들어갈 수 있었다. 서점 고객은 주로 대학생과 교수들이었다. 그것도 대체로 신학자와 어문학자들이었다. 그곳에서 3년간의 쉽지 않은 수습생 생활을 이를 악물고 견뎌 냈다. 또한 1년간 최연소 조수로 일하며 80마르크의 월급을 받았다. 이 시기에 엄청나게 많은 책을 읽었고, 처음으로 습작을 하기도 했다. 그중 남아 있는 것으론 처음 바젤에서 일부가 쓰인 『헤르만 라우셔의 유작집』, 『낭만적인 노래』(1899년경), 『한밤중 뒤의 한 시간』(1899년경)밖에 없다. 튀빙겐에서 처음에 나는 매우 근면 성실한 생활을 했고, 후에는 대학생들과 몰려다니며 술을 많이 마시기도 했지만(『헤르만 라우셔의 유작집』 참조), 충실한 직장 생활을 했다. 처음 몇 년간 나는 독학으로 괴테와 그의 저서, 그의 삶에 완전히 빠져 있었다. 이처럼 괴테를 숭배하다가 1897~1898년경 니체가 그 자리를 대신했다. 또한 그때 독일 문학도 제대로 알게 되었다(슈토름, 켈러, 마이어, 그 후에는 릴리엔크론, 데멜, 팔케, 비어바움, 하르트레벤, 입센의 작품을 많이 읽었다).

이것이 내 젊은 시절 이야기다. 그다음은 그저 변죽만 울리도록 하겠다. 나는 1899년 튀빙겐에서 바젤로 가서 서점* 조수로 일했다. 나중에는 거기서 전적으로 고서점* 일을 하게 되었다.

서점 일 중에서 가장 재미있는 분야였다. 바젤 시절 이야기 중 많은 것이 『헤르만 라우셔의 유작집』과 『페터 카멘친트』에 들어가 있다. 1902년 베를린의 그로테 출판사에서 내가 쓴 시들이 발간되었다. 개인적으로 알지 못하는 어느 문학인의 소개로 1901년 바젤에서 필명으로 발간된 『헤르만 라우셔의 유작집』이 피셔 출판사에 알려진 것이다. 나는 이 출판사로부터 뜻밖에도 몇 줄의 글을 받았는데, 그것은 내 생애 최초의 문학적 인정이자 격려였다. 앞으로 쓰는 문학 작품을 심사용으로 자기 출판사에 보내 달라는 내용이었다. 당시 나는 『페터 카멘친트』를 쓰기 시작했다. 피셔 출판사의 추천장으로 나는 작품 집필에 박차를 가했다. 완성된 작품은 즉시 채택되었고, 출판사는 진심이 담긴 친절한 글을 보내왔다. 그 책은 『디 노이에 룬트샤우』*에서 먼저 발표되었고, 에밀 슈트라우스,* 그리고 내가 존경하는 다른 사람들의 인정을 받았다. 소위 출세한 것이다.

『페터 카멘친트』의 성공으로 나는 1904년 여름, 바젤 출신의 여성*과 결혼할 수 있었다. 그리고 보덴호 근처의 외딴 마을 가이엔호펜으로 이사했다. 그곳에서 처음 3년간 어느 초라한 농가에서 매우 검소하게 생활했다. 그 뒤 직접 집을 지어 1912년까지 살았다. 가이엔호펜에서는 튀빙겐 시절의 친구 루트비히 핑크가 나를 따라와 같이 지냈다. 그곳에서 8년 동안 열심히 살면서 자연 친화적 삶을 영위하고자 했다. 나는 정원을 만들었고 세 아들을 얻었다. 나의 삶에서 부르주아적인 시기였다. 물론 나 역시 당시 내면의 문제성으로 충격을 받았고, 1911년에는 순전히 내적인 위기에 몰려 인도 여행을 떠났다.

1912년 가을, 가족과 함께 가이엔호펜을 떠나 베른으로 이주했다. 그러나 도시로 가지 않고 다시 시골로 갔다. 오래된 정원과 나무가 있는 베른의 아름다운 농가에 세 들었다. 세 아들은 무럭무럭 자랐다. 1914년 제1차 세계 대전이 발발하자 나의 문제성이 크게 부각되기 시작했다. 성급히 여론과 갈등을 빚었고, 곧장 전쟁 반대자가 되었다. 나는 전쟁 초기에 독일이 승리하리란 믿음을 상실했다. 그렇지만 국수주의 언론의 격렬한 공격에도 불구하고 공적인 세계와의 관계를 끊지는 않았다. 1915년 베른의 독일 대사관에 찾아가 지원병으로 입대하고, 적성 국가에 억류된 독일군 포로들의 구호 업무를 맡았다. 그때부터 1919년 초까지 처음에는 지원병으로, 그다음에는 베른 파견 국방부 관리로 일했다. 나는 독일이 자신의 상황을 보려 하지 않고, 아무런 자기비판도 없이 전쟁에 패하는 것을 지켜보았다. 그러는 동안 까다롭게 격식을 갖추는 부서에서 계속 일을 처리해야 했고, 평화 애호적인 글을 취리히 신문에 실었을 때는 여러 번 공식적인 질책을 받기도 했다. 이 기간에 전체 시민 세계, 여론, 조국, 가정생활과의 결별이 준비되었다. 전쟁이 끝나자마자 아내의 정신병이 결혼 생활에 큰 충격을 주는 바람에 서로 갈라서는 계기가 되었다. 처음에는 별거해 살다가 몇 년 뒤에는 헤어지게 되었다. 그 이후 나는 혼자 살고 있다. 1919년까지 베른에서 하던 일에 매여 있다가 그 일에서 벗어나자마자 테신으로 이주해 그곳에서 죽 살고 있다.

1919년에 『클링조어의 마지막 여름』*이 나왔고, 그로부터 3년 뒤 『싯다르타』가 생겨났다(그 뿌리는 훨씬 이전으로 거슬러 올라간다).

나는 1913~1914년 무렵 글을 통해 정신 분석을 처음으로 알게 되었다. 나는 그것을 중요하게 생각했다. 1916년에는 융*의 제자인 랑 박사*에게서 직접 정신 분석을 수십 차례 받기도 했다. 『데미안』은 그 부분적인 성과로 나올 수 있었다. 성공을 거둔 시민적이고 목가적인 문인에서 나는 이제 문제 작가이자 아웃사이더가 되었고, 그 이후 죽 그렇게 살고 있다.

(1923)

대리석 공장

화창한 날씨가 계속되었다. 며칠이 아니라 몇 주간이고 계속 날씨가 쾌청했다. 아직은 6월이었다. 사람들은 막 건초를 거둬들였고, 그것은 전에 없이 튼실하고 잘 말랐다.

더없이 축축한 늪지대의 갈대가 바싹 마르고, 더위가 사람의 뼛속까지 스며드는 그런 여름이 가장 좋다고 하는 사람들도 더러 있다. 이런 사람들은 가령 인도에서 태어나지 않은 한 아주 만족한 생활, 아무튼 균일한 생활을 하지는 않는다. 진짜 여름이 해마다 있는 게 아니기 때문이다. 대신 이들은 그들의 시간이 오자마자 따뜻함과 안락함을 많이 빨아들이고, 대체로 안 그래도 그리 활동적이지 않은 삶을 게으름뱅이처럼 기뻐하게 된다. 나 역시 이런 무해한 사람들 부류에 속한다. 그래서 여름이 시작되는 무렵에도 나는 무척 기분이 좋았다. 물론 그런 생활이 가차 없이 중단되고 말았는데, 그에 대해선 나중에 가장 핵심적인 내용을 이야기할 것이다.

어쩌면 그해 6월은 내가 그때까지 체험한 가장 풍성한 달이었을지도 모른다. 다시 그런 달이 오기 어려울지도 모른다. 시골길을 따라 나 있는, 내 사촌 집 앞의 조그만 꽃밭에는 갖가지향내를 풍기며 온갖 꽃이 흐드러지게 피어 있었다. 손상된 나무울타리를 뒤덮고 뻗어 있는 달리아는 굵다랗게 높이 자라 통통하고 둥근 꽃봉오리를 맺었고, 그 봉오리 사이에는 노란색, 빨간색, 연보라색 꽃잎이 나오려 하고 있었다. 꽃무는 이제 점차시들어 가면서, 촘촘히 무성하게 자라 있는 물푸레나무에 자신의 자리를 물려줘야 하는 시기가 벌써 가까워졌음을 잘 알고 있는 것처럼, 더없이 진한 밤색으로 활짝 피어나 갈망하듯 방종하게 향내를 풍기고 있었다. 뻣뻣한 봉선화는 조용히 생각에 잠긴 듯 굵다란 유리 대롱 같은 줄기 위에 꽃을 피우고 있고, 날씬한 붓꽃은 꿈꾸듯이 서 있고, 멋대로 자란 장미 덩굴은 화사한주홍빛을 띠고 있었다. 꽃밭 전체가 아주 좁다란 꽃병에서 솟아나온 알록달록하고 화려한 커다란 꽃다발 같아서 거의 손바닥만큼의 땅도 더 이상 보이지 않았다. 그리고 이 꽃다발 가장자리에는 금연화가 장미 덩굴 속에 거의 숨 막힐 듯 피어 있고, 그가운데는 거만하게 불타오르는 백합이 흐드러지게 큰 꽃을 피우며 뻔뻔하고 주제넘게 많은 자리를 차지하고 있었다.

나는 이런 것이 무척 마음에 들었지만, 사촌 형이나 마을 농부들은 그런 것을 거의 거들떠보지도 않았다. 이들에게는 가을이되어 마지막 늦게까지 꽃을 피우는 장미나 국화, 과꽃만 남아있을 무렵에야 비로소 이 꽃밭이 눈에 보이기 시작한다. 지금은 다들 날마다 새벽부터 밤늦게까지 들판에 나가 있었고, 밤이면 납으로 만든 병정처럼 피곤하고 무거운 몸으로 침대에 쓰러져 버렸다. 그래도 해마다 가을과 봄이면 아무런 수확을 낳지 못하는 꽃밭을 다시 열심히 돌보고 가꾸었다. 그러나 가장 아름다울 때는 꽃밭에 거의 눈길조차 주지 않는다. 언젠가 나는 왜 누구를 위해 번번이 이런 수고를 하는지 어느 농부에게 물어보았다.

"너를 위해서지." 그는 진지하게 말했다. "그런 게으름뱅이와 불쌍한 녀석들을 위해서지. 그들도 무언가에서 기쁨을 얻을 수 있도록 말이다. 이제 알겠니?"

벌써 거의 보름 동안이나 들판 위에는 뜨거운 푸른 하늘이 펼쳐져 있었다. 아침에는 하늘이 상큼하게 웃고 있었지만, 오후가 되면 낮게 깔린 구름 덩어리가 서서히 크게 뭉쳐져서 온누리를 뒤덮어 버렸다. 밤에는 가까이와 멀리서 뇌우가 치다가도, 아침에 눈을 뜨면 귀에는 천둥소리가 아직 남아 있지만 푸른 하늘에는 햇볕이 쨍쨍 쏟아져 다시 빛과 열기에 감싸여 있었다. 그러면 나는 서두르지 않고 즐겁게 내 방식대로의 여름 생활을 시작했다. 우선 더운 공기를 숨 쉬는, 작물이 높이 솟은 누런 밭을 통과하여 달아오르며 목마른 듯 아가리를 쩍 벌리고 있는 들판 길을 조금 걸어간다. 들판에는 양귀비라든가 국화, 살갈퀴, 선홍초, 메꽃이 사이좋게 피어 있다. 그런 다음 숲 가장자리의 높다란 풀 속에서 몇 시간이고 오랫동안 휴식을 즐긴다. 머리 위에는 풍뎅이가 금빛으로 반짝이고, 꿀벌이 주위를 날고 있다. 바람 한 점 없는 높은 하늘 아래 나뭇가지들은 가만히 쉬고 있다.

그러다가 저녁때가 되면 먼지가 풀썩이는 햇살을 받으며 불그스름한 황금빛 밭 사이를 지나 성숙과 피곤, 그리고 지루한 듯 암소 울음소리로 가득 찬 공기 속을 건들건들 기분 좋게 집으로 걸어간다. 그리고 마지막으로 단풍나무나 보리수 아래서 혼자 또는 아는 사람들과 어울려 누런색 포도주를 마시고 흡족한 기분으로 마음껏 떠들어 대며 한밤중까지의 덥지도 춥지도 않은 긴 시간을 보낸다. 그러면 멀리 어디선가 천둥소리가 울리기 시작한다. 그리고 깜짝 놀란 듯 쏴쏴 소리 내며 비바람이 몰아치는 가운데 하늘에서 천천히 관능적으로 내려오는 첫 빗방울들이 묵직하고 부드럽게, 거의 소리 없이 두꺼운 흙먼지 속으로 떨어진다.

"정말 너 같은 게으름뱅이는 세상 어디에도 없을 거다." 사촌형은 대책이 없다는 듯 머리를 흔들며 말했다. "손발이 썩지나 않으면 다행이겠다!"

"아직은 멀쩡해." 나는 안심시켜 주었다. 나는 그가 피곤하고 땀투성이가 되어 몸이 굳을 정도로 녹초가 되어 있는 것을 재미있게 지켜보았다. 나는 그럴 권리가 충분히 있다고 생각했다. 시험을 치렀고, 날마다 안락함을 엄격하게 배제하고 희생시키며 몇 달 동안 신고의 나날을 보냈기 때문이다. 그래서 지금 수석을 차지했다. 그러려면 얼마나 노력해야 했을까?

사촌 형 킬리안도 내가 여름 한때를 즐기는 것을 고깝게 여길 위인은 결코 아니었다. 그는 나의 학식에는 깊은 경의를 표하고 있었다. 그의 눈에는 내가 학식의 신성한 주름으로 싸여 있는 것으로 보였다. 물론 나는 이런 주름들에서 여러 가지 구멍이 겉으로 드러나지 않도록 신경 쓰고 있었다. 오히려 그의 경외감을 처음에는 우습게 생각했으나 그다음에는 감동적으로 받아들였다. 그리고 얼마 안 가 그 경외감은 심지어 자연스럽고 지당하며 또 전적으로 당연하게 생각되었다.

나는 그 어느 때보다 즐거웠다. 나는 조용히 그리고 느릿느릿 낟가리와 건초 더미, 키 큰 미나리 사이를 지나 들판과 풀밭을 어슬렁거리며 돌아다녔다. 그러다가 따스한 풀밭에 뱀처럼 꼼짝 않고 숨을 쉬며 드러누워 생각에 잠긴 채 호젓한 시간을 즐겼다. 그러는 동안 내 피부가 서서히 갈색으로 변하는 것을 보았고, 가까이에서 일하는 농민 한 명 한 명을 내심 고소한 마음으로 바라보았다.

그리고 저 여름의 소리들! 듣고 있으면 사람의 마음이 대단히 즐거워지기도 또 슬퍼지기도 하는 내가 무척 좋아하는 소리. 가령 한밤중이 지나도록 끝없이 계속되는 매미 울음소리, 넓은 바다를 바라볼 때처럼 사람들은 그 소리에 완전히 몰두할 수 있다. 이삭들이 물결치며 살랑거리는 소리, 멀리서 아련히 울려오는 천둥소리, 저녁이면 모기떼 날아다니는 소리, 멀리서 소리치듯 큰 낫의 날을 벼르는 인상적인 소리, 밤이면 부풀어 오르는 따스한 바람 소리와 갑자기 열정적으로 호우가 쏟아지는 소리.

그리고 이 짧고 의기양양한 몇 주 동안 모든 것이 어떻게 더 정열적으로 피어나며 호흡하고, 어떻게 더 심오하게 살아가며 향내를 발산하고, 어떻게 더 그리움에 젖어 더 간절하게 불타오르는가! 풍성한 보리수꽃 향기가 부드러운 안개가 되어 어떻게 골짜기 전체를 가득 채우는가! 익어 가면서 지친 곡식 이삭들 곁에서 색색의 잡초들이 어떻게 탐욕스럽게 살아가며 자신을 뽐내고 있는가! 잡초들은 낫질 소리가 들릴 때까지 너무 일찍 급히 서두르며 어떻게 두 배로 이글거리고 열기를 내뿜는가!

이런 충만함과 아름다움은 나를 즐겁고 아주 명랑하게 만들기에 아마 충분했으리라. 하지만 내게는 그런 것이 전혀 필요하지 않았다. 그때 나는 스물네 살이었다. 나는 세상이나 나 자신의 상태가 양호하다고 여겼고, 흥겨운 도락가(道樂家)의 입장에서 인생을 주로 미적인 관점에 따라 보았다. 사랑만은 나의 선택과는 전혀 무관하게 옛날부터의 규칙에 따라 왔다가는 훌쩍 지나가 버렸다. 그런데 내게 그런 사실을 아무도 알려주지 않았다니! 나는 필요한 회의와 방황을 겪은 뒤 삶을 긍정하는 철학에 몰두했고, 내 생각에 다양한 힘든 경험을 하고 난 뒤 사물을 차분히 객관적으로 관찰하는 법을 획득한 것 같았다. 게다가 시험에도 합격했고, 가을에는 도시에서 분에 넘치는 무척 좋은 일자리를 얻을 전망이 있었다. 그리고 주머니에는 두둑한 용돈이 있었고, 내 앞에는 두 달 동안의 여름 방학이 기다리고 있었다.

아마 누구의 인생에도 이런 시기가 있을 것이다. 눈앞에는 멀리까지 평탄한 길이 펼쳐지고, 아무런 장애물도 없고, 하늘에는 구름 한 점 없으며, 길에는 물웅덩이가 하나 보이지 않는다. 그러므로 나뭇가지 끝에 올라 으쓱하며 몸을 이리저리 흔드는 동안 이런 생각을 하게 된다. 사실 행운이나 우연이란 실제로 존재하는 것이 아니고, 이 모든 것이나 장래의 절반을 성실히 일하여 얻고 획득했다는 것을 점점 더 깨닫게 된다고. 자신이 그럴 만한 사람이라는 이유로 말이다. 이런 인식을 즐기는 것은 잘하는 일이다. 오물을 치워 주었을 때 참새가 행복한 것처럼 동화 속 왕자의 행복도 이런 인식에 근거하고 있기 때문이다. 그리고 그 행복도 알다시피 그리 오래 지속되지는 않는다.

두 달 동안의 즐거운 여름 방학 중에서 겨우 2~3일이 지났을 뿐이다. 유쾌한 현자처럼 나는 편안하고 경쾌하게 잎담배를 물고, 개양귀비꽃 한 송이를 모자에 꽂고, 한 움큼의 버찌와 좋은 책 한 권을 주머니에 넣은 채 계곡을 이리저리 쏘다녔다. 농장주들과 현명하고 진지한 대화를 나누었고, 군데군데 밭에서 일하는 사람들에게도 친절하게 격려하며 말을 걸었다. 크고 작은 축제나 모임, 연회, 자선 목적의 회식이나 빵 굽는 날 행사, 세례식이나 독한 맥주 파티에도 초대받아 갔다. 때로는 오후 늦은 시간 목사와 술자리를 갖거나, 공장주나 소작인들과 송어 낚시를 가기도 했다. 그리고 살찌고 경험 많은 어떤 남자가 나를 그와 동류의 사람으로 대하며 나의 위대한 청춘을 넌지시 암시하는 말을 하지 않았을 때, 나는 적당히 즐거운 듯 행동했으나 속으로는 혀 차는 소리를 냈다. 정말이지 나는 겉보기에만 그렇게 무척 어렸기 때문이다. 얼마 전부터 이제 놀이를 하는 어린이를 벗어나 한 사람의 남자가 된 나를 발견했다. 나는 매시간 나 자신의 성숙을 즐기며 잔잔한 환희를 맛보았고, 삶이란 한 마리 말, 민첩하고 힘찬 준마와 같다는 표현을 즐겨 사용했다. 그러니 기사처럼 말을 대담하면서도 조심스레 다루어야 한다고 생각했다. 1년 전만 해도 내게 여전히 구식이고 현학적이며 노쇠하게 울렸던 몇몇 진리가 최근에는 놀랄 정도로 진실하고 심오하게 생각되었다. 심지어 나는 대학생과 그런 족속을 '젊은이'로 느끼고 따스한 관심과 호의를 가지고 관찰하기 시작했다. 내가 살아온 날을 통틀어 아직 이렇게 행복한 적이 없었다. 삶이란 한 마리 말이었고, 유용한 준마를 타는 것은 완전히 나의 경우였다.

내 주위의 대지는 마침 여름의 아름다움에 충만해 있었고, 곡식이 자라나는 밭은 누런 금빛으로 물결치기 시작했다. 공기는 아직 건초 냄새로 가득 차 있었고, 무성한 나뭇잎은 여전히 밝고 강렬한 빛깔을 띠고 있었다. 아이들은 빵과 과실주를 들고 밭으로 향했고, 농부들은 바삐 일하면서도 즐거워 보였다. 저녁 때가 되면 젊은 아가씨들은 줄지어 골목길을 걸어가며 이유 없이 갑작스레 웃음을 터뜨리기도 하고, 서로 약속도 하지 않았는데 갑자기 다정다감한 멜로디의 민요들을 소리 높여 같이 부르기도 했다. 나는 내 젊은 성숙함의 우듬지로부터 다정하게 세상을 내려다보면서 어린이, 농부와 소녀들이 즐겁게 생활하기를 진심으로 빌었으며, 이 모든 것을 잘 이해하고 있다고 생각했다. 심지어 민요들을 이해하고 있다고 생각했다. 나는 위에서부터 아래를 내려다보며 결코 '군림'하지 않았고, 그럴 생각도 없었다. 그러나 그 전체 생활을 그토록 분명하고 현명하게 조망하는 것이 나의 주된 즐거움으로 여겨졌다. 지금까지 목표 없는 것으로 보였고, 우둔함으로 점철되었던 나의 삶을 조망하는 것은 멋진 일이었다. 그러나 내가 높은 곳에 서서 굽어진 귀로를 반듯한 먼 길만큼 또렷이 굽어볼 수 있는 지금, 그 삶은 이제 너무나 단조롭게 펼쳐져 있었다.

나의 행복과 지혜를 영예롭게 장식하기 위해 나는 앞으로는 필요한 경우 사랑의 일에도 나의 경험과 솜씨를 발휘하기로 마음먹었다. 깊이 생각해서 견고한 행복을 얻기 위해서였다. 대관절 내가 지금까지 얼마나 무모하게 사랑했던가, 방향도 없이 대체로 불행하게! 이제 내용이 구체적이고 선이 깔끔하게 그어진 어떤 일화 또한 이러한 청춘의 장(章)에 속하는 것이었다.

2~3백 보쯤 걸을 때마다 물방앗간이 하나씩 있는 자텔바흐 강의 서늘한 협곡에 당당하고 깨끗한 모습의 대리석 공장이 하나 있었다. 창고며 마석장(磨石場), 세석장, 안마당, 주택, 조그만 정원 등 모든 것이 간소하면서도 견고하고 듬직한 외관을 하고 있었다. 비바람에 풍화된 곳은 없었지만 그리 새것도 아니었다. 거기서 대리석 덩어리가 천천히 흠잡을 데 없이 네모난 판이나 원반으로 끊어지고 씻기며 연마된다. 차분하고 깔끔한 작업이어서 지켜보는 사람이면 누구나 흥미를 느끼지 않을 수 없었다. 흰색이나 푸른빛이 도는 회색 등 알록달록한 무늬가 있는 커다란 대리석 덩어리, 갖가지 크기로 다듬어진 석판, 대리석 조각, 반짝반짝 빛나는 고운 대리석 가루, 이런 것들로 가득 찬 대리석 공장이 전나무와 너도밤나무 사이 좁고 구불구불한

골짜기 한가운데에 있는 것이 멋지고 매력적이었지만, 이상하다는 생각이 들기도 했다. 나는 처음 이곳을 찾아왔다가 돌아가는 길에 호기심으로 한쪽 면만 간 하얀 대리석 조각 하나를 주머니에 넣어 가져왔다. 나는 그것을 여러 해 동안 간직하며 문진(文鎭) 대용으로 책상 위에 놓아두었다. 지금도 그것을 가지고 있어야 했다. 그러나 지난봄 이웃집 지붕 위에서 고양이가 자꾸 울어 대는 바람에 잠을 이루지 못한 밤이 있었다. 그때 꼭 필요한 다른 물건들 말고 지나간 시절을 떠올려 주는 저 작은 기념품 역시 고양이를 쫓아 지붕으로 휙 날아가 버렸다.

이 대리석 연마 공장의 주인은 람파르트 씨였는데, 저 비옥한 땅을 가진 유능한 기인들 중 가장 독특한 인물로 생각되었다. 그는 일찍이 부인과 사별하고 혼자 살고 있었다. 그리고 어떤 점에서는 사람들과 어울리지 않는 비사교적인 생활 때문에, 또 다른 점에서는 주변 사람은 물론 이웃 사람들의 생활과 접촉하지 않는 특이한 생활 방식 때문에 유별난 인물이라는 인상을 얻고 있었다. 그는 무척 부유해 보였다. 그렇지만 그를 확실히 아는 사람은 아무도 없었다. 비슷한 사업을 하고, 그 진행 과정과 수입을 들여다볼 수 있는 사람이 주변 일대에 아무도 없었기 때문이다. 그의 어떤 점이 특수한지 나는 아직 규명하지 못하고 있었다. 하지만 그가 특별한 것은 분명했고, 사람들은 그 특별함 때문에 다른 이가 아닌 람파르트 씨와 교제했다. 그를 찾아오는 사람은 환영받았고, 친절한 환대를 받았다. 그러나 이 대리석 공장 주인이 답례 방문을 하는 일은 결코 없었다. 벌써 그런 점이 안 그래도 평범하지 않은 그 인물에 무언가 폐쇄적인 느낌, 그리고 거의 봉건적인 느낌을 주었다. 그가 어쩌다가 마을 축제나 수렵 대회, 무슨 위원회니 하는 모임에 얼굴을 비치면, 그런 일은 극히 드물었지만, 사람들은 그를 매우 정중하게 대했다. 그러나 적당한 인사말을 찾지 못해 당황해하기도 했다. 그는 아주 침착하게 걸어와서, 마치 숲에서 나왔다가 다시 숲으로 들어가는 은둔자처럼 누구의 얼굴이든 아주 무심하면서도 진지하게 쳐다보았기 때문이다.

사람들이 사업이 잘되어 가고 있는지 그에게 물으면 "고맙소, 그저 그렇소"라고 할 뿐 결코 상대방에게 되묻는 법이 없었다. 지난여름 홍수나, 지난번 가뭄에 피해는 없었는지 물으면 "고맙소, 대단치는 않았소" 하고 말했다. 하지만 그 말에 이어 "그런데 댁은 어떻소?" 하고 물어보지는 않았다.

겉모습으로 판단해 보면 그는 걱정이 많아 보였고, 아마 지금도 있는 것 같은데, 그런 것을 아무와도 공유하지 않는 데에 습관이 된 사람이었다.

그해 여름에는 일종의 습관처럼 꽤 자주 대리석 공장에 들렀다. 이 남자를 연구하고, 그러면서 될 수 있으면 인간에 대한 나의 지식의 승리를 체험하는 것이 내게는 고상한 목표처럼 여겨졌다. 나는 그러한 기술 면에서 아직 풋내기에 지나지 않았다. 그와 같은 것을 처벌받지 않고 행할 수 있다는 것, 또 그러한 발견의 도정에서 대체로 낯선 인생의 조류 속으로 휩쓸려 가서 종기와 상처 없이 그것으로부터 다시 빠져나오기가 쉽지 않다는 것을 알지 못했다.

그곳을 지나 15분가량 어슬렁거리며 돌아다니면서 종종 안쪽 정원을 거쳐 서늘하고 어스름한 마석장으로 들어갔다. 그 안에는 번쩍번쩍 빛나는 강철 벨트가 규칙적으로 오르내리고, 모래 가루가 사각사각 소리를 내며 흘러내리고 있었다. 남자들은 묵묵히 일에 열중하고 있었고, 땅바닥 밑에서는 졸졸 흐르는 물소리가 났다. 나는 여러 개의 톱니와 벨트를 바라보면서 돌덩이 위에 앉아 구두 밑창으로 나무 롤러를 이리저리 굴리거나, 대리석 가루와 파편들을 손으로 비비기도 했다. 또 물소리에 귀를 기울이고, 시가에 불을 붙이고, 한동안 고요함과 서늘함을 즐기고 나서 다시 거기서 나왔다. 그럴 때 공장 주인을 만나는 일은 거의 없었다. 그를 만나 보고 싶을 때는, 자주 그런 생각이 들었는데, 잠들어 있는 듯 정적에 잠긴 조그만 주택으로 들어갔다. 복도에서 구두에 묻은 흙을 털고 헛기침을 한다. 그러면 람파르트 씨나 그의 딸이 내려와 밝은 거실 문을 열고 내게 자리를 권하며 포도주 한 잔을 내밀었다. 포도주는 질 좋은 마르크그레플러산이었지만, 내가 한 잔 이상 마시는 경우는 결코 없었다.

그러면 나는 묵직한 탁자 옆에 앉아 포도주를 홀짝거리며 손가락을 번갈아 주물렀다. 늘 한참 있어야 대화가 진행되었다. 주인이든 딸이든, 하긴 두 사람이 동시에 그곳에 있는 경우는 극히 드물었는데, 도무지 입을 떼지 않았다. 그리고 이 집에서 이런 사람들과 마주 앉아 평소에 어쩌다가 입에 오르는 화제는 그다지 적합하지 않은 것처럼 생각되었다. 이런 분위기에서 그래도 진작부터 서로 간에 대화가 오가 족히 30분쯤 지났을 때는 아무리 조심해도 내 포도주 잔은 대체로 비어 있었다. 두 번째 잔은 나오지 않았고, 나 역시 더 달라고 하고 싶지 않았다. 빈 잔을 앞에 두고 앉아 있기란 약간 곤혹스러운 일이었다. 그러면 자리에서 일어나 악수하고 모자를 썼다.

딸과 관련해서는 아버지와 묘하게 닮았다는 점 외엔 처음에 아무것도 이목을 끄는 게 없었다. 그녀는 아버지처럼 키가 훤칠하고 자세가 반듯하며 검은 머리를 하고 있었다. 광택이 없는 까만 눈, 곧고 선명하며 날카로운 콧날, 조용하고 아름다운 입을 가지고 있었다. 여자의 걸음이 남자의 걸음을 할 수 있는 한 딸은 아버지의 걸음걸이를 닮았다. 목소리 역시 옛 노래를 상기시키는 똑같이 곱고 진지한 목소리였다. 남에게 손을 내미는 조용한 동작도 똑같았다. 남이 먼저 말하기를 기다리는 태도도 같았다. 그리고 별 뜻 없이 인사치레의 질문을 하면 똑같이 사무적으로 짤막하게, 그리고 약간 놀란 듯이 대답했다. 처음에는 아버지가 더 나의 관심을 끌었다. 딸은 아버지의 동어 반복으로 생각되었다.

하지만 뭐라 해도 23세의 아름다운 아가씨는 아직 건장한 사업가와는 다른 존재다. 또한 친족 유사성이 아무리 눈에 띈다 하더라도 언제까지나 여자가 남자와 같은 눈과 관심을 가졌다고 볼 수는 없는 일이다. 그가 색다른 남자이고 이해하기 쉽지 않다는 사실이 내게 분명해질 만치 내가 노인을 보는 안목을 길렀을 때, 그의 은폐된 본질 속으로 계속 들어가려면 필요했을지도 모르는 갑작스러운 조명(照明)과 이해가 완전히 중지되었을 때, 이제는 딸도 연구하는 것이 내게는 동어 반복으로 여겨지지 않았다.

그녀는 알레만니족*이 사는 국경 지역에서 흔히 마주칠 수 있는 유형의 미인이었다. 그 아름다움은 외모가 부여하는 힘과 무게가 균형 잡힌 데서 기인하고 있다. 또한 그 유형은 큰 몸집이나 갈색을 띤 얼굴빛과 밀접하게 결합되어 있다. 처음에는 그녀를 예쁜 그림처럼 바라보았지만, 그 아름다운 아가씨의 자신감과 성숙함에 점점 더 매료되었다. 이렇게 해서 나의 사랑이 시작되었다. 그러다가 사랑은 이내 내가 지금까지 알지 못했던 열정으로 자라났다. 그 열정은 아마 곧 눈에 확 띄었을지도 모른다. 내가 그곳에 들어서자마자 그녀의 신중한 본성과 집 전체에 감도는 차분하고 냉정한 분위기가 가벼운 마비 현상처럼 나를 에워싸고 길들이지 않았더라면 말이다.

하지만 내가 그녀나 그녀 아버지를 마주하고 앉아 있으면 나의 정열의 모든 불길이 이내 겁먹은 작은 불길로 잦아들어, 나는 그것을 조심스레 감추고 있었다. 그리고 예전의 경우처럼 어떤 장면에서 위험 부담을 안고 웃음을 터뜨리는 대신 나는 의기소침해져서 안락의자에 다소곳이 앉아 있었다. 더구나 그 방은 사랑에 빠진 젊은 기사(騎士)가 무릎을 꿇고 성공을 거둘 만한 무대와는 전혀 비슷하지 않아 보였고, 오히려 침착한 힘이 지배하는, 인생의 한 부분을 진지하게 체험하고 견뎌 내는 절제와 헌신의 장소와 같았다. 이 모든 것에도 불구하고 나는 이 아가씨의 조용한 일상생활 뒤에 억압된 삶의 활력과 흥분을 느낄 수 있었다. 그것은 그녀가 어떤 대화에 활발하게 휩쓸릴 때만 극히 드물게 터져 나왔고, 그러다가 재빠른 몸짓이나 갑자기 불타오르는 시선에서만 보일 뿐이었다.

이미 암시했듯이 나는 얼마 전에 현자의 돌을 찾았고, 나 자신이 처세의 대가임을 발견했다. 그러므로 사물의 상황에 대한 최초의 불빛이 떠오르자마자 나의 우월한 지혜는 벌써 모든 것을 고유한 양식을 지닌 시학으로 변모시켰고, 나를 의심의 여지 없이 사랑에 빠졌지만, 과실(果實)을 때 이르게 가지에서 따려 하지 않고 절제, 기다림, 성숙이라는 안전한 방식을 따르는 현명한 사람으로 만들었다.

나는 가끔 이 아름답고 엄격한 아가씨의 원래 본성이 어떤 것일까 곰곰 생각해 보았다. 그녀는 근본적으로 열정적일 수도 있고 우울하거나 실은 냉정할지도 모른다. 어쨌든 겉으로 보이는 모습이 그녀의 참된 본성은 결코 아니었다. 무척 자유롭게 판단하고 매우 독립해서 생활하는 듯 보이는 그녀에 대해 아버지가 절대적인 힘을 지니고 있었다. 내가 느끼기로 그녀 내면의 참된 본성은 처벌도 받으면서 아버지의 영향을 통해, 비록 사랑 속에서라고 하더라도, 일찍부터 억압되어 다른 형태로 강요당한 것으로 보였다. 부녀가 한 자리에 있는 모습을 볼 때면, 물론 그런 경우란 극히 드물었지만, 의도한 것은 아니라 해도 이런 폭군 같은 영향을 함께 느낄 거라 생각되어, 언젠가는 두 사람 사이에 끈질기고 깊은 치명적인 싸움이 벌어질지도 모른다는 막

연한 느낌을 받았다. 그런 일이 언젠가는, 어쩌면 나 때문에 일어날 수도 있다고 생각하면 내 가슴은 두근거렸고, 나는 나직한 전율을 억누를 수 없었다.

나와 람파르트 씨와의 친교는 거의 또는 전혀 진전되지 않았지만, 대신 리파흐 저택의 관리인인 구스타프 베커와의 교제는 그만큼 더 즐겁게 진행되었다. 심지어 우리 둘은 얼마 전에 몇 시간 동안 대화를 나눈 뒤 의형제를 맺는 술잔을 나누었다. 사촌 형은 단호하게 반대했지만, 나는 그것이 적잖게 자랑스러웠다. 구스타프는 공부깨나 한 사람으로 서른두 살쯤 되는, 노련하고 수완 좋은 보호자였다. 그는 나의 멋진 남자다운 말을 대개 빈정대는 투로 미소 지으며 들었지만, 그에게 모욕당한 기분이 들지는 않았다. 그가 자기보다 훨씬 나이 많고 더 품격 있는 사람들에게도 똑같은 미소를 지으며 대하는 것을 보았기 때문이다. 그는 감히 그럴 수 있었다. 그는 독립적인 관리인인 데다, 장차 이 일대에서 가장 큰 농장의 매입자가 될 뿐만 아니라 정신적인 면에서도 대부분의 주변 사람들보다 훨씬 뛰어났기 때문이다. 사람들은 그를 인정하며 무서울 정도로 영리한 녀석이라 칭했지만, 그리 좋아하지는 않았다. 그는 사람들이 자기를 피한다는 것을 느끼고 있어서, 그 때문에 나와 무척 가까이 지낸다는 생각이 들기도 했다.

물론 그는 종종 나를 절망에 빠뜨리기도 했다. 그는 인생과 삶에 대한 나의 발언에 대해 말로써 대답하지 않고 잔혹하게 의미심장한 표정을 지으며 히죽거릴 뿐이어서 자연 나의 의구심을 일으켰다. 그리고 때로는 온갖 종류의 철학을 뭔가 우스꽝스러운 것이라고 단도직입적으로 선언하기도 했다.

"그것에 대해선 아무튼 그렇다고 말할 수 있어. 어차피 말하는 데는 돈이 들지 않고, 다른 즐거움과 비교하면 아주 건강에 좋거든. 혹자는 인생이란 산수 문제라고 말하지. 그중 15분 동안은 친절하고 올바르다고 생각할 수 있어. 또한 인생이란 퇴비 더미라고 말할 수도 있지. 그건 사실이기도 해. 성공도 그와 같은 거야. 이미 말했듯이 15분 동안 말이야."

어느 날 저녁 나는 구스타프 베커와 '독수리 가든'에서 맥주 한 잔을 마시고 있었다. 그때 우리는 풀밭 쪽으로 향한 탁자에 아무런 방해도 받지 않고 단둘만 앉아 있었다. 모든 것이 뿌연 먼지에 싸여 있는 건조하고 더운 저녁이었다. 보리수 향내가 감각을 거의 마비시키듯 진동하고 있었고, 황혼빛은 더 밝아지지도 더 어두워지지도 않고 있었다.

"이보게, 저 위 자텔바흐 계곡의 대리석 공장 주인을 알고 있나?" 나는 그 친구에게 물어보았다.

구스타프는 파이프에 담배를 넣으면서 고개를 들지 않은 채 끄덕였다.

"그래, 그럼 묻겠는데 그는 어떤 종류의 사람이지?"

베커는 웃으면서 담뱃갑을 조끼 주머니에 넣고 나서 말했다.

"아주 영리한 사람이야." 그러고 나서 말했다. "늘 입을 다물고 있는 것도 그 때문이지. 자네하고 무슨 관계라도 있나?"

"아니, 그냥 생각이 나서 말이야. 그렇지만 특별한 인상을 주는 사람이더군."

"영리한 사람이란 늘 그렇지. 그런 사람이 그리 흔치는 않아."

"그 밖에 다른 건 모르나? 그 사람에 대해 아무것도 모르나?"

"아름다운 계집애가 하나 있지."

"알고 있어. 그 얘길 하려는 게 아니야. 그분은 왜 사람들과 결코 어울리지 않지?"

"왜 그래야 하지?"

"아, 그런 거야 아무래도 좋아. 혹시 무슨 특별한 체험이라도 하지 않았나 해서 그래."

"아하, 로맨틱한 종류의 얘기 말인가? 계곡의 조용한 물방앗간? 대리석? 과묵한 은둔자? 그 속에 숨겨진 삶의 행복? 유감스럽게도 그런 것과는 전혀 무관하네. 그는 뛰어난 사업가일 뿐이야."

"확실한 얘긴가?"

"보기와는 달리 교활한 사람이야. 그 남자는 돈을 벌고 있지."

그는 할 일이 있다며 이제 가야겠다고 일어섰다. 그는 자기가 마신 맥줏값을 치르고 베어진 풀밭을 가로질러 갔다. 그가 바로 앞의 언덕 너머로 사라지고 한참 지났는데도 아직 한 줄기 담배 연기가 피어오르고 있었다. 베커는 바람을 안고 걸어간 것이다. 외양간에서는 암소가 배부른지 느릿느릿 음매 하기 시작했다. 마을의 큰길에는 최초로 들일을 끝낸 사람들 모습이 보이기 시작했다. 잠시 후 주위를 바라보니 산들은 벌써 검푸른 색을 띠고 있었다. 하늘은 이제 붉은색이 사라지고 녹색이 도는 푸른빛으로 변했고, 당장이라도 첫 번째 별이 떠오를 것처럼 보였다.

관리인과 나눈 짧은 대화는 사상가로서의 나의 자부심에 약간 타격을 주었다. 그리고 몹시도 아름다운 저녁이었지만 이미 나의 자의식에 구멍이 났으므로 대리석 공장 주인 딸에 대한 애정이 내게 갑자기 엄습해 왔고, 열정과는 유희를 할 수 없음을 느끼게 해 주었다. 나는 또 반 컵의 맥주 몇 잔을 다 들이켰다. 푸른 하늘에 정말 별이 반짝이기 시작하고, 골목으로부터 감동적인 민요가 울려 나오자 나는 나의 지혜와 모자를 자리에 놓아둔 채 컴컴한 들판 속으로 천천히 발걸음을 옮겼다. 그리고 흘러내리는 눈물을 닦지도 않고 그대로 걸어갔다.

그러나 나는 그 눈물을 통해 여름밤의 대지가 펼쳐져 있는 것을 보았다. 곧게 뻗은 밭이랑이 지평선 끝에서 부드럽고 힘찬 파도처럼 하늘을 향해 너울거리고 있었다. 그 옆으로는 멀리 뻗어 나간 숲이 숨 쉬며 잠들어 있었다. 내 등 뒤로는 조그만 불빛도 거의 보이지 않고, 멀리서 몇 개의 나직한 소리밖에 들리지 않아 마을이 거의 사라진 듯했다. 하늘과 밭, 숲과 마을, 갖가지 풀 내음, 여기저기서 아직도 간간이 들려오는 귀뚜라미 울음소리와 함께 이 모든 것이 서로 어우러지며 기분 좋게 나를 에워쌌고, 즐겁게도 슬프게도 만드는 아름다운 선율처럼 나에게 말을 걸고 있었다. 오직 별빛만이 어스름한 하늘에서 밝은 빛을 발하며 꼼짝 않고 쉬고 있었다. 수줍어하지만 불타는 열망이, 모종의 동경이 내 안에서 일어나려고 몸부림치고 있었다. 하지만 그것이 미지의 새로운 기쁨과 고통 속으로 나를 밀어 버리려는 것인지, 아니면 어린 시절의 고향으로 되돌아가 아버지 집의 정원 울타리에 몸을 기대고, 돌아가신 양친의 목소리나 죽은 우리 집 개가 짖는 소리를 또 한 번 듣고 목 놓아 울겠다는 것인지 나는 알 수 없었다.

나도 모르는 사이에 어느덧 나는 숲속에 들어와 있었다. 바싹 마른 나뭇가지와 숨 막히는 어둠 속을 뚫고 나아가자 눈앞이 갑자기 확 트이며 환해졌다. 그런 다음 좁은 자텔바흐 계곡 위쪽의 높다란 전나무 사이에 오랫동안 서 있었다. 아래쪽에는 빛을 잃어 창백한 대리석 더미와 흐릿하게 쏴쏴 소리를 내는 좁다란 방죽과 함께 람파르트 씨의 집이 자리하고 있었다. 얼마 후 부끄러운 생각이 든 나는 들판을 가로질러 가장 가까운 지름길로 집에 돌아왔다.

다음 날 보니 구스타프 베커는 벌써 나의 비밀을 알아낸 모양이었다.

"허튼 말 할 것 없네." 그가 말했다. "자넨 람파르트 씨네 아가씨한테 홀딱 빠져 있어. 뭐 그리 큰 불행은 아니지. 그런 것이 분명 자네한테도 종종 일어날 나이가 됐으니까."

나의 자존심이 또다시 강력하게 발동했다.

"아니야, 이보게." 나는 말했다. "그렇다면 나를 과소평가하는 거야. 우린 그런 어린애 같은 사랑놀이를 할 나이는 지났어. 나는 모든 걸 곰곰이 생각해 보았네. 그리고 이보다 더 나은 결혼은 결코 할 수 없을 것 같아."

"결혼한다고?" 베커는 웃으며 말했다. "이봐, 자넨 매력적이야."

그 말에 나는 무척 화가 났다. 그러나 자리를 박차고 일어나지는 않고, 이 문제에 관한 내 생각과 계획을 관리인에게 상세히 설명하기 시작했다.

"자넨 중요한 일을 잊어버리고 있어." 그러고 나서 그는 진지한 표정으로 힘주어 말했다. "람파르트 씨 부녀는 자네한테 어울리지 않아. 그들은 까다로운 성격의 소유자들이야. 연애 상대는 누구든 상관없지만, 결혼 상대는 평생 협조해 가며 보조를 맞출 수 있는 사람이어야 하네."

내가 얼굴을 찡그리며 격하게 그의 말을 가로막으려 하자 그가 갑자기 다시 웃으며 말했다. "정 그렇다면 마음대로 하게나. 아무튼 행운을 비네!"

그때부터 나는 한동안 그와 종종 그 이야기를 나누었다. 그는 여름철 일을 하느라 별로 쉴 틈이 없었으므로 이런 대화는 거의 모두 들판을 거닐면서 또는 축사와 헛간에서 나누었다. 그리고 내가 말을 하면 할수록 그 모든 일이 더욱 분명하고도 온전하게 내 눈앞에 드러났다. 내가 다른 사람들에게는 비밀을 털어놓지 않았다는 사실이 뒤늦게 의아하게 생각된다.

그런데 대리석 공장의 거실에 앉아 있을 때만은 억눌린 듯한 기분이 들었고, 내가 여전히 목적지로부터 얼마나 멀리 떨어져 있는지 다시 깨닫게 되었다. 내게 소중하게 생각되기도 하면서 나를 주눅 들게 하기도 하는 남자다운 기질을 지녔던 그 아가씨는 언제나 다름없이 친절하고 차분한 태도를 보였다.

나는 그녀와 계절과 날씨, 내가 그녀에게 빌려준 책 이야기를 나누었다. 하지만 가장 즐겨 나눈 대화 주제는 '인생'이었다. 그것은 사실 그 당시 나의 주된 관심사였다. 가끔 이런 생각이 들 때도 있었다. 그녀가 나를 즐겨 바라보고, 은밀히 나를 좋아한다고. 즐거움을 주는 무언가를 바라보듯이 이따금 무아지경의 표정으로 나를 꼼꼼히 뜯어볼 때가 있었기 때문이다. 또한 아주 진지하게 나의 현명한 얘기에 열중하고 있었지만, 은밀히 요지부동으로 다른 견해를 견지하는 것 같았다.

그녀는 언젠가 이렇게 자신의 견해를 밝힐 때도 있었다. "여자에게, 적어도 내게는 인생이란 다르게 보이는걸요. 남자라면 다르게 할 수 있을 많은 일을 여자는 보고도 그냥 가만히 있어야 해요. 우리 여자들은 그리 자유롭지 못하거든요……."

그에 대해 나는 인간은 누구든 자기 운명을 수중에 쥐고 있다고, 그리고 전적으로 자신의 작품이고 자신에게 속하는 인생을 스스로 창조해 나가야 한다고 말했다.

"남자라면 그럴 수 있겠죠." 그녀는 말했다. "그런 걸 난 알지 못해요. 하지만 우리 여자들의 경우는 달라요. 우리도 우리의 인생으로 뭔가를 만들어 낼 수 있겠지요. 하지만 그러려면 자신의 걸음을 걷기보다는 필요한 것을 이성으로 감당하고 더 아름답게 하는 것이 더욱 필요해요."

내가 다시 반박하며 그럴듯한 말을 늘어놓자 그녀는 더욱 흥분하여 거의 열정적으로 말했다.

"당신은 당신의 신념을 견지하고, 내 견해는 그대로 놔두세요! 선택의 자유가 있다면 인생에서 가장 아름다운 것을 가려

내는 것은 그리 위대한 기술이 아니에요. 그렇지만 대체 누구에게 선택의 자유가 있을까요. 만약 당신이 오늘이나 내일 차바퀴에 치여 팔다리를 잃어버린다면 당신의 공중누각은 어떻게 시작할 건가요? 그때는 당신한테 가해진 것과 그럭저럭 지내는 법을 배워 두길 잘했다고 생각하실 거예요. 그러나 부디 행운을 잡도록 하세요. 아무쪼록 행운을 잡도록 빌게요!"

지금까지 그녀가 이토록 흥분한 적은 한 번도 없었다. 그러고 나서 그녀는 차분해지면서 묘한 미소를 띠었다. 그리고 내가 자리에서 일어서면서 오늘은 이만 작별하겠다고 했을 때 그녀는 나를 만류하지 않았다. 그녀는 나의 세계관에 충격을 주지 않았고, 차바퀴의 예화는 훨씬 나중에 가서야 다시 생각났다. 그 후 그녀의 말은 이제 종종 내 마음의 한 부분을 차지하게 되었는데, 그것도 대체로 전혀 적당하지 않은 시점에 문득 내 머리를 스쳤다. 리파호 저택에서 구스타프에게 그 일을 얘기하려고 생각하고 있었다. 그렇지만 베커의 냉랭한 눈초리와 비웃음을 머금은 씰룩이는 입술을 보면 언제나 그럴 마음이 달아나 버렸다. 하여튼 람파르트 양과의 대화가 더욱 개인적이고 색다른 것이 되면 될수록 그녀에 관한 일을 관리인에게 점차 얘기하지 않게 되었다. 또한 그에게는 그 일이 전혀 중요하지 않은 듯했다. 그는 나도 대리석 공장에 뻔질나게 드나들고 있는지 가끔 묻고는 나를 약간 놀려 대는 것이 고작이었고, 그 이상의 관심은 보이지 않았다. 그는 그런 성격의 사람이었다.

언젠가는 놀랍게도 람파르트 씨의 은자의 처소에서 그를 만나기도 했다. 내가 들어갔을 때 그는 늘 보던 포도주 잔을 앞에 놓고 거실의 주인 곁에 앉아 있었다. 그가 그 잔을 비웠는데도 주인이 그에게 두 번째 잔을 권하지 않는 것을 보고 나는 일종의 만족감을 느꼈다. 이내 그는 자리에서 일어났다. 주인 람파르트 씨는 바쁜 모양이었고, 딸도 그 자리에 없어서 나는 그를 따라 나섰다.

"대체 무슨 일로 왔지?" 큰길에 나왔을 때 나는 그에게 물었다. "람파르트 씨를 아주 잘 아는 것 같던데?"

"뭐, 그런 셈이지."

"그분과 거래도 하고 있나?"

"그래, 돈거래야. 나는 그를 위한 일종의 금융업자인 셈이지. 그런데 어린 양은 오늘 없었던 모양이지, 안 그래? 금방 따라 일어서는 걸 보니."

"아, 그 얘긴 그만두세."

나는 지금까지 람파르트 양과 매우 친밀한 우정을 나누는 사이가 되었지만, 점점 더 불타오르는 나의 연정을 그녀가 눈치채게 하지는 않았다. 그런데 이번에는 예기치 않게 그녀의 태도가 갑자기 돌변하는 바람에 나는 다시 나의 모든 희망을 잃어버렸다. 그녀는 원래 수줍은 성격은 아니었다. 그런데 이전의 서먹서먹한 관계로 되돌아가려는 길을 모색하려는 것 같았다. 그녀는 더 이상 책을 부탁하지 않았고, 우리의 대화를 피상적이고 일반적인 일들에 결부시키며 처음처럼 나와의 성실한 교제를 그 이상 발전시키지 않으려 애쓰는 모습을 보였다.

나는 골똘히 생각에 잠겼다. 숲속을 헤매고 돌아다니며 수많은 어리석은 억측을 했다. 이젠 그녀에 대해 안정된 태도를 취할 수 없게 되어 딱하게도 걱정하며 의심을 품게 되었다. 이런 태도는 내가 추구해 온 행복 철학 전체에 대한 조소나 다름없었다. 그리고 나는 매시간 다시 완전히 사랑에 빠져 어쩔 줄 몰라하는 소년의 상태가 되고 말았다. 그러는 사이 나의 방학도 절반 이상이나 지나가 버렸다. 나는 날짜 수를 헤아리며 헛되이 보낸 하루하루를 부러움과 절망의 심정으로 바라보기 시작했다. 마치 그런 하루하루가 무한히 중요하고 돌이킬 수 없기라도 한 것처럼.

그러는 동안 이런 날이 왔다. 그날 나는 안도의 숨을 내쉬고, 거의 놀라움에 사로잡혀 모든 걸 얻었다고 생각하며 일순간 열린 행복의 정원의 문 앞에 섰다. 채석장 옆을 지나는데 헬레네가 조그만 정원의 키 큰 달리아 꽃밭 속에 서 있는 것이 보였다. 그래서 나도 꽃밭에 들어가 인사를 건네고 옆으로 누운 꽃줄기에 나무를 대어 세워 주고 잡아매는 일을 거들었다. 내가 그녀 곁에 머물렀던 시간은 기껏해야 15분 정도였다. 내가 곁으로 다가가자 그녀는 깜짝 놀라는 표정을 지었다. 여느 때보다 더 어색해하며 더욱 꺼리는 표정을 지었다. 그리고 그 표정에는 글자로 또렷이 읽을 수 있는 그 무엇이 담겨 있었다. 그녀가 나를 좋아하고 있다는 것을 나는 확연히 느꼈다. 그러자 갑자기 안심이 된 나는 기분이 좋아졌다. 나는 크고 당당한 그 아가씨를 다정하고 거의 동정 어린 눈길로 바라보며, 그녀의 어색한 태도를 위로해 주려고 아무것도 눈치채지 못한 양 행동했다. 그리고 잠시 후 그녀에게 악수를 청한 다음 뒤돌아보지 않고 꽃밭을 나오면서 나 자신이 마치 영웅이 된 듯한 기분에 사로잡히기도 했다. 그녀가 나를 사랑하고 있다는 것을 온몸의 감각으로 느낀 것이다. 내일이면 모든 게 순조로워질 것이다.

다시 화창한 어느 날이었다. 나는 한동안 걱정과 흥분 상태에 있느라 아름다운 계절에 대한 감각마저 거의 잃어버리고 무작정 이리저리 걸어 다녔다. 숲은 빛을 받아 반짝이고, 시냇물은 다시 검은색, 갈색, 은색으로 보였다. 먼 곳은 밝고 부드러운 빛을 띠고, 들길에서는 아낙네들 치마가 빨간색 푸른색으로 웃음 짓고 있었다. 나는 정말이지 기도라도 드리고 싶을 만치 즐거운 마음이 되어 나비 쫓을 생각도 들지 않았다. 더위를 무릅쓰고 산기슭 높은 곳에 올라가서는 벌렁 드러누워 멀리 둥그스름한 슈타우펜산에 이르기까지 풍요로운 들판을 내려다보았다. 이처럼 한낮의 태양에 몸을 내맡기고 아름다운 세상과 나 자신, 그리고 모든 것에 진심으로 만족을 느꼈다. 소심해졌던 나의 인생철학은 의기양양하게 되돌아왔고, 모든 것이 아주 좋게 정상 상태에 있는 것을 발견했다. 그리고 그 철학은 스스로 일의 진행을 지배하고 모든 것의 방향을 무척 다정하게 바꾸기라도 하는 것처럼 거의 자랑스러워하며 즐거워했다.

내가 이날을 마음껏 즐기고 꿈꾸고 노래하며 보낼 수 있어 좋았다. 저녁때는 심지어 '독수리 가든'에 들러 최상급의 오래된 적포도주 한 잔을 마셨다.

그런데 다음 날 대리석 공장을 찾아가 보니 그곳의 모든 것이 이전의 냉정한 상태로 되돌아가 있었다. 거실과 가구, 차분하고 진지한 헬레네를 보자 나의 자신감과 승리한 기분은 참담하게도 산산이 흩어져 버렸다. 나는 가련한 나그네가 돌층계에 앉아 있듯이 그곳에 앉아 있었다. 그리고 잠시 후 비에 젖은 강아지처럼 참담하리만치 냉정한 기분으로 그곳을 나왔다. 사실 아무 일도 일어나지 않았다. 심지어 헬레네는 아주 친절하게 나를 대했다. 그러나 어제의 감정은 더 이상 남아 있지 않았다.

이날부터 상황은 내게 쓰라릴 정도로 심각한 것이 되기 시작했다. 나는 행복의 예감을 미리 맛본 셈이었다.

이젠 그리움이 탐욕스러운 굶주림처럼 나를 갉아먹어 수면과 영혼의 안정은 사라져 버렸다. 세계는 내 주위에서 가라앉기 시작했고, 나는 외따로 내 열정의 나지막하고 시끄러운 외침밖에 들리지 않는 고독과 정적 속에 머물러 있었다. 나는 그 키 크고 아름답고 진지한 아가씨가 나에게 와서 내 가슴에 기대고 눕는 꿈을 꾸었다. 이제 나는 울먹이고 저주하며 양팔을 허공에 치켜든 채 밤낮없이 대리석 공장 주위를 살금살금 돌아다닐 뿐 더 이상 감히 그곳에 들를 엄두를 내지 못했다.

관리인 베커의 믿음성 없고 무미건조한 조소 어린 설교를 반박도 하지 않고 받아들여도 아무 소용이 없었다. 찌는 듯이 뜨거운 들판을 몇 시간이나 걸어 보아도, 이가 떨릴 만큼 차가운 숲속 계곡에 누워 보아도 아무 소용이 없었다. 또한 토요일 저녁 마을에서 벌어지는 패싸움에 끼어들어 온몸이 멍투성이가 되도록 얻어맞아 보아도 역시 아무 소용이 없었다.

그리고 시간은 강물처럼 흘러갔다. 아직 2주일 남은 방학, 아직 열이틀! 아직 열흘! 그사이 나는 두 번 대리석 공장에 가 보았다. 한 번은 부친인 람파르트 씨만 보았다. 그와 함께 마석장에 가서 막 끊어 온 대리석 덩어리를 마석기에 끼우는 것을 멍하니 바라보았다. 람파르트 씨는 어떤 일을 처리하기 위해 건너편 창고 안으로 들어갔다. 그런데 곧 다시 나오지 않아 나는 그곳에서 돌아 나왔다. 그리고 다시는 이곳에 오지 않겠다고 마음먹었다.

그런데도 나는 이틀 후에 또 그곳에 가 있었다. 헬레네는 전과 다름없이 나를 맞아 주었고, 나는 그녀에게서 시선을 뗄 수 없었다. 침착지 못한 불안정한 기분에 생각 없이 쓸데없는 우스갯소리나 허튼소리, 일화 들을 잔뜩 늘어놓자 그녀는 눈에 띄게 노여움을 드러냈다.

"오늘 왜 그러시죠?" 그녀가 마침내 이렇게 물으면서 아름다운 눈으로 나를 똑바로 쳐다보는 바람에 내 가슴은 두근거리기 시작했다.

"뭘 갖고 그러세요?" 이렇게 물으면서 나는 어이없게도 웃으려고 했다.

나의 실패로 끝난 웃음에 비위가 거슬렸던지 그녀는 어깨를 움찔하며 거의 슬픈 표정을 지었다. 한순간 나는 그녀가 나를 좋아해서 나에게 다가오려고, 이제 그 때문에 슬퍼한다고 생각했다. 1분 동안 나는 거북한 심정으로 침묵을 지키고 있었다. 그러다가 또 악마에게 홀리기라도 했는지 조금 전의 바보 같은 기분으로 되돌아가 다시 수다를 떨기 시작했다. 그 한마디 한마디는 나 자신을 고통스럽게 했고, 끝내는 그녀를 화나게 했다. 나는 나의 고통과 몰상식한 바보짓을 마치 연극처럼 즐길 정도로, 그리고 어린애 같은 반항심에서 그녀와 나 사이의 간격을 일부러 크게 벌려 놓을 정도로 어리고 아둔했다. 그 대신 차라리 혀를 깨물고 침묵하든가 아니면 헬레네에게 솔직하게 용서를 구해야 했다. 일찍이 연애를 하면서 이보다 더 어릿광대짓을 한 적은 결코 없었는데!

그러고서 급히 포도주를 들이켜는 바람에 사레가 들려 목을 캑캑거렸다. 그래서 여느 때보다 더 참담한 심정으로 그 방을 나와 집으로 돌아왔다.

이제 방학도 8일밖에 남지 않았다.

무척 아름다운 여름이었다. 모든 것이 전도양양하게 즐겁게 시작되었는데, 이제 나의 기쁨은 사라져 버렸다. 나머지 8일간을 어떻게 시작하면 좋을까? 아무래도 내일 그냥 출발해야겠다고 마음먹었다. 그러고 나서 도시에서 어떤 일시적 타협을 모색해야 했다.

하지만 그전에 다시 한 번 그녀 집에 가야만 했다. 다시 한 번 그곳에 가서 그녀의 활기차고 고상한 아름다움을 바라보며 "당신을 사랑하고 있습니다. 왜 나를 가지고 놀려고 합니까?"라고 말하지 않을 수 없었다.

나는 먼저 요즘 다소 소홀히 했던 구스타프 베커를 만나러 리파흐 저택으로 갔다. 그는 휑한 큰 방에서 우스꽝스러울 정도로 좁고 높은 사면(斜面) 책상에서 편지를 쓰고 있었다.

"작별 인사를 하러 왔네." 나는 입을 열었다. "아마 내일 출발할 생각이야. 알다시피 이제부터 다시 마음잡고 공부에 착수해야겠어."

놀랍게도 관리인은 전혀 농담을 하지 않았다. 그는 내 어깨를 두드리며 마치 동정하는 듯한 미소를 띠며 말했다. "그래, 그래. 음, 그럼 마음먹은 대로 떠나야지."

그런데 내가 방문을 나서려 하자 그는 나를 다시 한 번 불러 세우고 말했다. "자네, 내 말 들어 봐. 자네 딱하게 됐구먼. 그러나 그 아가씨를 어찌할 수 없으리란 걸 난 즉시 알고 있었네. 자넨 그 집에서 이따금 금언들을 이야기했는데, 이젠 그 말을 유념해서 골머리가 아프더라도 말안장*에 머물러 있게나! 자네가 현실적인 남자가 되는 것은 자네의 지혜에 달려 있지 않아. 아문 상처에 의해서만 남자가 되거든. 무척 고통스러운 일이긴 하지. 그러니 그걸 극복하고 이겨 낼 거지?"

그것은 정오가 되기 전의 일이었다.

오후에 나는 험준한 자텔바흐 협곡이 바라보이는 산 중턱의 이끼 낀 바위 위에 앉아 시냇물과 대리석 공장, 그리고 람파르트 씨 집을 내려다보고 있었다. 이제 작별을 고하고 꿈꾸며 생각에 잠길, 말하자면 베커가 내게 한 말에 대해 곰곰 생각에 잠길 시간 여유를 가졌다. 나의 젊은 오만은 그리 많이 남아 있지 않았다. 협곡이며 아래에 있는 서너 개의 지붕, 반짝이는 시냇물, 그리고 미풍에 하얀색의 차도에서 피어오르는 먼지를 고통스러운 심정으로 바라보고 있었다. 이곳에서 시냇물이며 물방아, 사람들이 예전처럼 계속 움직여 가는 동안 나는 이제 꽤 오랫동안 이곳을 찾아오지 않으리라 마음먹었다. 혹시 헬레네가 언젠가 자신의 체념과 운명의 조용함을 내팽개치고 자신의 내적인 요구에 따라 힘찬 행복이나 고통을 파악하고 그것을 실컷 즐기게 될 것인가? 나 자신의 인생길 역시 협곡과 굽이치는 골짜기를 빠져나가 넓고 환한 고요의 나라에 도달하게 될지 혹시 누가 알겠는가? 누가 알겠는가?

나는 그런 건 믿지 않았다. 처음으로 나는 진지하고 진정한 열정의 압도적인 팔에 사로잡힌 셈이었다. 그리고 나는 그 열정에 맞서 이길 만큼 강력하고 고상한 힘이 내 안에 충분히 없음을 알고 있었다.

또 한 번 헬레네와 대화를 나누지 않고 차라리 이대로 떠나는 게 좋겠다는 생각이 들었다. 확실히 그게 최상의 방법이었다. 나는 헬레네의 집과 정원을 향해 고개를 끄덕이며 두 번 다시 그녀를 만나지 않겠다고 다짐했다. 그리고 이별을 고하면서 저녁 무렵이 될 때까지 언덕에 마냥 누워 있었다.

나는 가파른 길에서 종종 발부리를 채여 비틀거리면서 꿈을 꾸듯 숲 아래쪽으로 걸어갔다. 어느새 내 발걸음이 공장 안뜰의 대리석 부스러기들을 밟아 부석거리는 소리를 내고 있었다. 그리고 다시는 보려고도, 손을 대려고도 하지 않았던 그녀 집 문

앞에 서 있는 나 자신을 발견했을 때야 비로소 소스라치게 놀라며 꿈속에 빠진 상태에서 깨어났다. 이젠 너무 늦었다.

어떻게 들어갔는지 나 자신도 모르는 사이에 나는 어둠에 싸인 거실 탁자에 앉아 있었다. 그리고 헬레네는 등을 창 쪽으로 향하고 내 맞은편에 앉아 말없이 방 안을 바라보고 있었다. 오랫동안 거기에 그러고 앉아 벌써 몇 시간이나 몸을 웅크리고 침묵하고 있었다는 생각이 들었다. 이제 나는 놀라 벌떡 일어나면서 갑자기 지금이 마지막이라는 생각이 들었다.

"저 말인데요." 내가 말했다. "작별 인사를 하러 왔어요. 방학이 끝났거든요."

"그러세요?"

그러고 나서 다시 모든 것이 잠잠했다. 창고에서 직공들이 일하는 소리가 들려왔고, 큰길에서는 짐 마차가 천천히 지나가고 있었다. 마차가 모퉁이를 돌아 울림이 멎을 때까지 나는 귀 기울이고 있었다. 더 오래, 오랫동안 마차 소리에 귀 기울이고 싶었다. 결국 나는 의자에서 벌떡 일어나 나가려고 했다.

나는 창 쪽으로 걸어갔다. 그녀도 일어나서 나를 바라보았다. 그녀의 눈길은 확고하고 진지했으며, 그러는 동안 내내 내게서 시선을 떼지 않았다.

"기억하십니까?" 나는 입을 열었다. "그때 정원에서 있었던 일 말입니다."

"네, 기억하고 있어요."

"헬레네 양, 그때 당신이 나를 좋아하는 줄 생각했습니다. 그런데 이제 이곳을 떠나야만 합니다."

그녀는 내가 내민 손을 잡고 나를 창가로 데려갔다.

"또 한 번 만날 수 없을까요?" 그녀는 이렇게 말하며 왼손으로 내 얼굴을 높이 받쳐 들었다. 그러고서 눈을 내 눈 가까이에 대고 기이하게도 확고하고 굳은 표정으로 나를 바라보았다. 그녀 얼굴이 내게 너무 가까이 있었으므로 달리 어쩔 수 없어 내 입술을 그녀 입술에 포갰다. 그러자 그녀는 눈을 감고 내 입맞춤에 응해 주었다. 나는 팔로 그녀를 꼭 껴안고 내 쪽으로 꽉 끌어당기며 나직이 물어보았다. "왜, 오늘에야 처음 말하는 겁니까?"

"아무 말씀도 마세요." 그녀가 말했다. "지금은 밖에 나갔다가 한 시간 지나 다시 오세요. 난 저쪽에서 일하고 있는 사람들을 지켜봐야 해요. 아버지가 오늘 안 계시거든요."

나는 밖으로 나와 눈부시게 밝은 구름들 사이의 낯설고 색다른 지역들을 통과해 계곡 아래쪽으로 걸어갔다. 그러면서 마치 꿈속의 일인 양 가끔 자텔바흐의 물소리만 들을 뿐 순전히 아주 멀리 떨어진 실체가 없는 사물들을 생각했다. 아주 어릴 적의 우스꽝스럽거나 감동적인 사소한 장면이라든가, 구름 속에서 절반의 윤곽만 나타났다가 내가 전체를 파악하기도 전에 다시 사라져 버리는 종류의 이야기들을. 나는 걸어가면서 노래를 나직이 흥얼거리기도 했다. 하지만 그것은 속된 유행가였다. 나는 기이하고 감미로운 온기가 기분 좋게 온몸에 스며들면서 키 크고 활기찬 헬레네의 모습이 내 눈앞에 떠오를 때까지 낯선 공간들을 헤매고 돌아다녔다. 그러자 정신이 퍼뜩 들었다. 땅거미가

지기 시작해서 계곡 아래쪽으로 너무 멀리 와 있다고 생각하고 재빨리 또 흔쾌히 발걸음을 돌려 걸음을 서둘렀다.

그녀는 이미 기다리고 있다가 대문과 방문을 지나 나를 거실로 데리고 갔다. 우리 둘은 탁자 가장자리에 앉아 서로 손을 맞잡고는 말은 한마디도 하지 않았다. 그곳은 미지근하고 어두웠다. 창문 하나가 열려 있었고, 창밖으로 숲 위 높은 곳에서는 희뿌연 하늘의 좁다란 선이 뾰족한 전나무 가지에 의해 검게 끊기며 희미하게 반짝이고 있었다. 우리는 서로의 손을 만지작거렸고, 가볍게 손가락을 놀릴 때마다 온몸에 행복의 전율이 흘렀다.

"헬레네!"

"네?"

"아, 당신!"

우리 두 사람의 손가락은 서로를 어루만지다가 나중에는 가만히 있으면서 서로 꼭 움켜잡고만 있었다. 희뿌연 하늘의 틈새를 바라보았다. 그러다가 잠시 후 고개를 돌려 그녀를 바라보니 그녀 역시 같은 곳을 쳐다보고 있었다. 그리고 어두운 가운데 약한 빛이 그녀의 두 눈, 그리고 눈꺼풀에 가만히 매달린 두 개의 커다란 눈물에 반사되어 반짝이는 모습이 보였다. 그 눈물을 살그머니 입술로 닦아 주었는데, 서늘하고 짭조름한 맛이 나서 의아한 생각이 들었다. 그러자 그녀는 내 몸을 끌어당기며 오랫동안 뜨거운 입맞춤을 하고는 자리에서 일어섰다.

"시간이 됐으니 이제 돌아가셔야 해요."

우리가 문 아래에 섰을 때 그녀는 갑자기 또 한 번 열정적인 입맞춤을 했다. 그녀가 몸을 무척 떨어서 내 몸도 흔들릴 정도였다. 그녀는 숨이 막힌 듯 더 이상 거의 들리지 않는 목소리로 말했다.

"가세요, 가라고요! 듣고 있죠, 지금 가세요!" 내가 밖에 나왔을 때 그녀는 이렇게 말했다. "안녕! 이젠 오지 마세요. 다시는요! 안녕!"

나는 아무 말도 못 하고 서 있었고 그녀는 문을 닫아 버렸다. 내 마음은 불안하고 혼란스러웠다. 그렇지만 집으로 돌아오는 동안 날개 퍼덕이는 소리처럼 내 몸을 감싸고 있던 커다란 행복감이 더 우세했다. 나는 발을 쿵쿵대며 걸으면서도 그것을 느끼지 못했다. 집에 돌아와서 나는 옷을 벗고 속옷 바람으로 창문 사이에 몸을 뉘었다.

또 한 번 그런 밤을 맞이하고 싶다. 미지근한 바람이 내게는 어머니의 손길처럼 느껴졌다. 열려 있는 높다란 창문 밖으로 크고 둥근 밤나무들이 부드럽게 속삭이며 어둠에 잠겨 있었다. 이따금 들판의 풀 내음이 상큼하게 어둠 속을 흘러들어 왔다. 멀리 묵직한 하늘 위에서는 번갯불이 금빛으로 떨리면서 번쩍였다. 가끔 멀리서 나직한 천둥소리가 약하고 이상한 음향으로 들려왔다. 그것은 어딘가 먼 곳에서 숲과 산들이 잠자면서 몸을 뒤척이는 소리 같기도 하고, 힘들고 피곤에 지쳐 뭐라고 잠꼬대하는 소리 같기도 했다. 나는 이 모든 것을 흡사 왕처럼 나의 높은 행복의 성채에서 내려다보며 듣고 있었다. 그것들은 모두 나의 것이었고, 나의 깊숙한 욕망의 아름다운 휴식처가 되기 위해 거기에 있을 뿐이었다. 나의 본질은 환희 속에서 안도의 한숨을 쉬었고, 사랑의 시구처럼 흘러가면서도 지치지도 않은 채 잠들어 있는 대지를 넘어 밤의 공간 속으로 헤매고 다녔다. 그리고 멀리서 반짝이는 구름들을 스쳐 지나가고, 어둠 속에 불룩 솟아 있는 모든 나무와 흐릿한 산등성이와 접촉하며 마치 사랑의 손길에 닿는 기분을 느꼈다. 그것은 말로 표현하기는 어려웠지만, 지금도 사라지지 않고 내 마음속에서 계속 살아가고 있다. 그것을 표현할 언어가 있다면 어둠 속을 흘러가는 대지의 온갖 굴곡, 우듬지에서 나는 모든 잎사귀 소리, 멀리서 번갯불이 그리는 무늬, 천둥의 신비로운 리듬을 정확히 묘사할 수 있을 텐데.

아니, 나는 그런 것을 묘사할 수 없다. 더없이 아름답고 내밀하며 소중한 것은 말로 표현할 수 없는 법이다. 하지만 나는 그때 마음속 가장 깊은 곳에 이르기까지 축복받은 자였으므로, 그런 밤이 다시 한 번 왔으면 하고 생각했다.

관리인 베커에게 이미 작별 인사를 하지 않았더라면 다음 날 아침에 틀림없이 그를 찾아갔을 것이다. 그 대신 나는 마을 안을 돌아다니고, 그런 다음 헬레네에게 장문의 편지를 썼다. 편지에서 그날 저녁 다시 한 번 그녀를 방문하겠다고 말하고, 여러 가지 제안을 하고, 나의 사정과 장래에 대해 정확하고 진지하게 설명했다. 그리고 그녀의 아버지에게 즉시 말씀드리는 게 좋을지, 아니면 그럴듯한 지위를 얻어 장래가 확실해질 때까지 그 일을 기다리는 게 좋을지 물어보았다. 저녁 무렵 나는 그녀 집으로 갔다. 람파르트 씨는 이번에도 집에 없었다. 며칠 전부터 그를 필요로 하는 고객 한 명이 이 지역에 왔기 때문이다.

나는 아름다운 여인에게 입맞춤한 다음 그녀를 방에 데리고 가서는 내가 보낸 편지에 대해 물어보았다. 보아하니 편지를 받은 것이 분명했다. 그럼 그 문제에 대해 어떻게 생각하십니까? 그녀는 말없이 애원하듯 나를 바라보았다. 내가 말하려고 하자 그녀는 손을 내 입에 갖다 대고는 이마에 입맞춤을 하면서 나직이 신음 소리를 냈다. 그러나 너무 애처롭게 보여 나는 어찌할 바를 몰랐다. 내가 아무리 다정하게 물어보아도 그녀는 고개만 저을 뿐이었다. 그러고서 고통스러워하면서도 이상하리만치 부드럽고 엷은 미소를 띠고 팔로 내 몸을 감고는 어제처럼 나에게 몸을 맡긴 채 말없이 앉아 있었다. 그녀는 내게 바싹 몸을 기대고 머리를 내 가슴에 댔다. 나는 아무 생각도 할 수 없어 천천히 그녀의 머리카락과 이마, 뺨과 목덜미에 현기증을 느낄 때까지 키스를 퍼부었다. 나는 벌떡 일어서며 말했다.

"그럼 내일 아침에 당신 아버님께 말씀드려도 좋은가요, 아닌가요?"

"안 돼요." 그녀가 말했다. "제발, 하지 마세요."

"대체 왜 안 된다는 겁니까? 겁납니까?"

그녀는 고개를 저었다.

"그럼 왜 그러십니까?"

"그만두세요, 제발요! 그 이야긴 하지 마세요. 우린 아직 15분 동안 시간이 있어요."

우리는 그곳에 앉아 말없이 서로 껴안고 있었다. 그녀가 내게 바싹 기대어 애무할 때마다 숨을 멈추고 몸을 떠는 동안 그녀의 압박감과 우울이 전해졌다. 나는 그것에 저항하려고 하면서 나와 우리의 행복을 믿으라고 그녀를 격려했다.

"네, 네." 그녀는 고개를 끄덕였다. "그 말은 하지 마세요. 우린 지금 행복하니까요."

그에 이어 그녀는 무언의 힘과 정열을 쏟아 몇 번이고 내게 입맞춤한 다음 늘어지며 피로한 듯 내 팔에 기대었다. 내가 그녀 곁을 떠나지 않으면 안 되었을 때 그녀는 문에서 내 머리칼을 쓰다듬으며 어중간한 목소리로 말했다. "사랑스러운 분, 안녕히 가세요. 내일은 오지 마세요. 다시는 오지 마세요, 제발요! 그러면 제가 불행해진다는 걸 당신도 알고 계시잖아요."

가슴속의 갈등에 고통을 느끼면서 나는 집에 돌아와서도 밤중까지 이런저런 생각에 잠겼다. 왜 헬레네는 나를 믿고 행복해지려고 하지 않는 걸까? 이미 몇 주 전에 그녀가 내게 한 말을 다시 떠올리지 않을 수 없었다. "우리 여자들은 당신네들처럼 자유롭지 못해요. 여자들은 자기에게 정해진 운명을 견뎌 나가는 법을 배우지 않으면 안 돼요." 그녀에게 정해진 운명이 대체 뭐란 말인가?

어쨌든 그것을 알아내지 않고는 견딜 수 없었다. 그래서 오전 중에 그녀에게 쪽지를 보내고, 공장 일이 끝나고 직공들이 모두 가 버린 저녁에 창고 뒤 대리석 더미가 있는 곳에서 그녀를 기다렸다. 그녀는 늦게 머뭇거리며 다가왔다.

"왜 또 오셨어요? 이제 그만하세요. 아버님이 안에 계셔요."

"그럴 수 없어요." 나는 말했다. "당신이 가슴에 품은 것을 지금 죄다 말씀해 주셔야 합니다. 그러기 전에는 돌아가지 않겠어요."

헬레네는 나를 조용히 바라보았다. 그녀의 얼굴은 그녀 뒤쪽의 대리석 판재처럼 창백했다.

"저를 괴롭히지 마세요." 그녀는 괴로운 듯 속삭였다. "아무 말도 할 수 없어요. 할 생각도 없고요. 당신에게 할 수 있는 말은, 오늘이나 내일 중으로 떠나라는 것과 지금까지의 일을 잊어 달라는 것밖에 없어요. 전 당신의 아내가 될 수 없어요."

그녀는 7월의 미지근한 밤공기에도 추운지 몸을 떨고 있었다. 나는 일찍이 이 순간과 유사한 고통을 느낀 적이 없었다. 그러나 이대로 물러설 수 없는 노릇이었다.

"지금 모든 걸 얘기해 주십시오." 나는 거듭 말했다. "내막을 알아야만 하겠습니다."

그러나 그녀는 나의 온몸이 아플 정도로 나를 쳐다보았다. 나는 달리 어떻게 할 수 없었다.

"말씀해 주십시오." 나는 거의 거칠다시피 말했다. "안 그러면 당장 당신 아버님께 가겠어요."

그녀는 화난 듯이 벌떡 일어섰다. 어스름한 빛을 받은 그녀의 창백한 얼굴에는 슬프고도 놀랄 만한 아름다움이 깃들어 있었다. 그녀는 차분하면서도 이전보다 더 큰 소리로 말했다.

"그럼 말씀드리겠어요. 난 자유의 몸이 아니에요. 그래서 당신의 아내가 될 수 없어요. 이미 정해진 다른 사람이 있어요. 이 정도면 되겠어요?"

"아니요." 나는 말했다. "그것으로 충분치 않아요. 좋아하는 다른 사람이 있습니까? 나보다 더 사랑하는 사람 말입니다."

"어머, 당신은!" 그녀는 격한 감정으로 소리쳤다. "아뇨, 아뇨, 난 그 사람을 좋아하지 않아요. 하지만 그에게 약속했어요. 그 점은 달리 어찌할 수 없어요."

"왜 안 된다는 겁니까? 좋아하지도 않는다면서요!"

"아직 당신을 몰랐을 때 일이에요. 그가 내 마음에 들었어요. 좋아하진 않았지만요. 그러나 괜찮은 분이었어요. 또 다른 남자를 몰랐어요. 그래서 승낙했어요. 그리고 지금도 그렇고, 또 그럴 수밖에 없어요."

"안 될 건 없어요, 헬레네. 그런 건 취소할 수 있어요."

"네, 그야 그렇죠. 그러나 문제는 그분이 아니라 아버님이에요. 아버님께 불효할 순 없어요."

"내가 아버님께 말씀드려 보겠어요."

"어머, 말도 안 돼요! 대체 아무것도 모르시나요?"

나는 그녀를 바라보았다. 그녀는 거의 웃음이 터질 것 같았다.

"난 팔려 간 몸이에요, 아버님에 의해, 그리고 나의 의지에 의해서요. 돈 때문에요. 겨울에 혼례를 치를 거예요."

헬레네는 몸을 돌려 몇 발자국 걸어가다가 다시 몸을 돌리며 말했다. "용기를 내세요! 다시는 오시면 안 돼요, 다시는요!"

"단지 돈 때문인가요?" 나는 묻지 않을 수 없었다.

그러자 그녀는 어깨를 움칠했다.

"그게 어쨌다는 말인가요? 아버님도 결코 되돌릴 수 없는 일이에요. 아버님도 나처럼 꼭 매여 있어요. 당신은 아버님을 잘 모르세요! 내가 아버님을 곤경에 빠뜨리면 불행한 일이 일어나요. 그러니까 점잖고 분별 있게 행동해 주세요. 제발요."

그러고 나서 그녀는 갑자기 소리쳤다. "제발 이해해 주세요, 네? 나를 죽게 하지 말고요! 지금은 나 자신을 다스릴 수 있지만, 또 한 번 저를 건드리면 도저히 견딜 수 없게 돼요……. 더 이상 당신에게 입맞춤할 수도 없어요. 안 그러면 우리 모두 파멸해 버릴 거예요."

일순간 모든 것이 너무나도 조용해졌다. 저 건너편 집에서 람파르트 씨가 오가는 소리가 들릴 정도였다.

"오늘은 아무런 결정을 할 수 없군요." 난 이렇게 대답할 수밖에 없었다. "그 사람이 누군지 말씀해 주시지 않겠어요?"

"그 사람을요? 아뇨, 당신은 모르시는 편이 더 좋아요. 아, 다시는 오지 마세요. 절 위해서요!"

그녀는 집 안으로 들어갔다. 나는 그녀의 뒷모습을 바라보았다. 나도 그곳에서 떠나오려고 했지만, 그것을 잊고 차가운 하얀 돌 위에 앉아 물소리에 귀 기울였다. 물이 매끄럽게 끝없이 흘러간다는 사실 외에는 아무것도 느끼지 못했다. 마치 나의 생명과 헬레네의 생명, 그리고 무수히 많은 생명이 내 곁을 지나 저곳으로, 계곡을 내려가 어둠 속에서 물처럼 무심하고 말없이 흘러가 버리는 것 같았다, 물처럼…….

밤늦은 시각 나는 녹초가 되어 집에 돌아와 잠 속에 빠져들었다가 아침에 다시 일어났다. 짐을 챙기려고 마음먹었다가 다시 잊어버리고 아침 식사를 끝낸 후 숲속으로 어슬렁거리며 들어갔다. 머릿속의 생각들은 정리되지 않아, 잔잔한 물 밖으로 떠오른 거품처럼 내 머릿속에 떠오를 뿐이었다.

'그러므로 이제 모든 게 끝장이다'라고 나는 가끔 생각했다. 하지만 아무런 영상도 아무런 상상도 떠오르지 않았다. 그것은 단지 하나의 말에 지나지 않았다. 그런 생각을 하며 안도의 한숨을 내쉬고 고개를 끄덕일 수 있었지만, 그런다고 예전만큼 현명해지지는 않았다.

그날 오후가 되어서야 사랑과 참담함이 내 마음속에서 눈을 뜨고 나를 압도할 것 같았다. 이런 상태 역시 좋고 분명한 생각을 위한 토대가 아니었다. 나는 자제하여 분별력이 생길 때까지 기다리는 대신 발길이 닿는 대로 대리석 공장 근처에 가서 잠복하고 있었다. 이윽고 람파르트 씨가 집을 나오더니 마을 쪽으로 향하는 길을 따라 계곡 위쪽으로 사라지는 모습이 보였다.

나는 건너편으로 갔다.

집에 들어가자 헬레네는 큰소리를 내며 깊은 상처를 받은 듯이 나를 쳐다보았다.

"왜?" 그녀는 신음 소리를 냈다. "왜 또 오셨어요?"

나는 어찌해야 할지 모를 정도로 창피스러웠다. 지금껏 이때만큼 참담하다는 느낌이 든 적은 없었다. 문에 아직 손을 대고 있었지만 그냥 나와 버릴 수도 없어서 그녀 쪽으로 천천히 다가갔다. 그녀는 불안과 고뇌에 찬 눈길로 나를 가만히 바라보았다.

"용서해 주세요, 헬레네." 나는 그렇게 말했다.

그녀는 몇 번이고 고개를 끄덕이며 눈을 내리깔았다가 다시 눈을 들어 같은 말을 반복했다. "왜 오셨어요? 아, 당신! 아 당신!" 얼굴과 태도에서 그녀는 더 나이 들고 더 성숙하며 더 강해진 것 같았다. 그녀 곁에 선 내가 마치 어린애처럼 보였다.

"네, 그래서요?" 드디어 그녀는 그렇게 물으며 애써 미소 지으려 했다.

"좀 얘기해 주세요." 나는 가슴이 답답한 표정으로 부탁했다. "그래야 떠날 수 있으니까요."

그녀의 얼굴은 씰룩거리며 금세 눈물이 쏟아질 듯했다. 하지만 뜻밖에도 미소를 지어 보였다. 나는 그것이 얼마나 부드러운 미소인지 또 얼마나 큰 고통에서 나온 미소인지 말할 수 없다. 그녀는 몸을 일으키며 완전히 속삭이듯 말했다. "이리 오세요. 그렇게 굳은 표정으로 서 있지 말고요!" 그래서 나는 한발 다가서며 그녀를 양팔로 껴안았다. 우리는 온몸에 힘을 주어 서로를 포옹했다. 그런데 내 쪽에서는 쾌감이 불안과 두려움, 억제된 흐느낌과 점점 섞이는 동안, 그녀는 눈에 띄게 쾌활해져 아이들에게 하듯 나를 쓰다듬어 주었다. 그리고 떠오르는 대로 애칭으로 불러 주고 내 손을 깨물기도 하는 등 조그만 사랑의 행위를 독창적으로 보여 주었다. 내 마음속에서는 어떤 깊은 불안감이 강렬한 열정과 맞서 싸우고 있었다. 내가 한마디도 못 하고 헬레네를 껴안고 있는 동안, 그녀는 들뜬 기분에 급기야는 웃으며 나를 애무하고 놀리기까지 했다.

"좀 쾌활해지세요. 꼭 고드름 같아요!" 그녀는 그렇게 소리치며 내 콧수염을 살짝 잡아당겼다.

나는 불안한 심정으로 물었다. "네, 이제 잘될 것 같아요? 당신이 나의 아내가 될 수 없다면……."

그녀는 두 손으로 내 얼굴을 감싸고 바로 코앞에서 내 얼굴을 들여다보며 말했다. "그럼요, 이제 모든 게 잘될 거예요."

"그럼 내가 여기 좀 더 있다가 내일 다시 와서 당신 아버님께 말씀드려도 될까요?"

"그럼요. 어리석은 아이 같네요. 무얼 하셔도 좋아요. 프록코트가 있으면 심지어 그걸 입고 오셔도 좋아요. 내일은 어차피 일요일이니까요."

"물론이고말고요. 마침 나한테 있어요." 나는 웃으며 말했다. 그러고는 갑자기 아이처럼 명랑해져서 그녀를 끌어안고 방 안을 두세 번 돌며 왈츠를 추었다. 그런 다음 우리는 탁자 귀퉁이에 걸터앉았고, 나는 그녀를 무릎 위에 앉혔다. 그녀는 이마를 내 뺨에 갖다 댔다. 그리고 그녀가 벌떡 일어나 뒤로 물러서며 머리를 매만진 뒤 손가락으로 나를 위협하듯 소리칠 때까지, 나는 그녀의 풍성한 검은 머리칼을 어루만지고 있었다. "언제라도 아버지가 오실 수 있어요. 우리 둘 다 어린애 같은 바보예요!"

나는 입맞춤을 연거푸 두 번 받고 나서 창문턱의 꽃다발에서 꽃 한 가지를 모자에 꽂아 달라고 했다. 저녁이 가까워져 있었다. 토요일이라서 '독수리 가든'에는 온갖 종류의 손님이 있었다. 나는 맥주 한 잔을 마시고 구주희* 놀이를 한 판 한 뒤 일찍 집으로 돌아갔다. 나는 장롱에서 프록코트를 꺼내 의자 등받이에 걸쳐 놓고 흐뭇한 기분으로 바라보았다. 그것은 전에 시험을 치를 때 사서 한 번 입은 후 거의 입은 적이 없어서 새것이나 다름없었다. 번쩍이는 검은 천은 의식(儀式)에 참가하는 듯한 엄숙한 생각을 불러일으켰다. 잠자리에 드는 대신 침대 맡에 걸터앉아 내일 헬레네 양 아버지를 만나 무슨 이야기를 꺼내면 좋을까 곰곰 생각에 잠겼다. 그분 앞으로 겸손하면서도 품위 있게 걸어가는 나 자신의 모습을 세밀하고도 명확하게 상상해 보았다. 그의 이의 제기, 나의 대꾸, 또한 그의 생각과 나의 생각, 그리고 나의 동작도 마음속으로 그려 보았다. 설교 연습을 하는 목사처럼 심지어 큰 소리로 말하며 필요한 제스처도 곁들여 보았다. 침대에 누워 잠들기 전에도 내일 대화에서 예상되는 문장들을 하나씩 중얼거려 보았다.

"분명코, 람파르트 씨. 전 완전히 이해하고 있습니다. 하지만 제가 혹시 그 점을 언급해도 될지 모르겠습니다."

결국 나 자신이 우스꽝스러워졌다.

그러고서 일요일 아침이 되었다. 나는 또다시 차분히 생각을 가다듬기 위해 교회 종이 울릴 때까지 침대에 그대로 누워 있었다. 예배드리는 시간 동안 예복을 입었는데, 적어도 시험 전의 그때처럼 번거롭고 꼼꼼하게 차려입었다. 수염을 말끔히 깎고 아침 우유를 마셨다. 어쨌든 약간만 마셨는데, 이는 심장이 아주 빨리 뛰었다는 뜻이다. 예배가 끝날 때까지 안절부절못하며 기다리다가 종소리의 울림이 채 멎기도 전에 천천히 의젓한 발걸음으로 길의 먼지 나는 곳을 피하면서 자텔바흐로, 그리고 골짜기 아래쪽의 내 목적지로 향하는 길을 따라 걸어갔다. 벌써 햇살이 뜨거운 안개 낀 오전이었다. 조심해서 걸어갔는데도 프록코트에다 높은 옷깃 때문인지 몸에 땀이 약간 배었다.

대리석 공장에 도착해 보니 마을에서 온 몇몇 사람이 마치 경매라도 있는 듯 길과 안뜰에 조그만 무리를 지어 무언가를 기다리면서 나지막한 목소리로 수군거리고 있었다. 나는 무슨 일인가 놀라기도 하고 언짢은 기분이 들기도 했다.

그렇지만 무슨 일이 일어났는지 아무에게도 묻고 싶지 않았다. 나는 불안하고 기묘한 꿈이라도 꾸고 있는 듯 의아하고 답답한 기분으로 사람들 곁을 지나 대문 쪽으로 갔다. 안으로 들어가다가 복도에서 관리인 베커와 마주쳤다. 당황해서 나는 간단히 인사만 했다. 그는 내가 진작 이곳을 떠났을 것으로 생각했을 것이므로 거기서 그를 만나니 곤혹스러운 기분이 들었다. 그렇지만 그는 그런 것은 조금도 생각하지 않는 듯했다. 그는 긴장하고 피곤한 듯 보였으며, 또한 창백해 보였다.

"어, 자네도 왔어?!" 그는 고개를 끄덕이며 꽤 신랄한 목소리로 말했다. "이보게, 친구, 자네는 오늘 여기 없어도 되는 사람 같은데."

"람파르트 씨는 안에 계시겠지?" 나는 그의 말에 맞대꾸하며 물었다.

"물론이지. 어디 계시겠나?"

"그럼 헬레네 양은?"

그는 방문 쪽을 가리켰다.

"저 안에?"

베커는 고개를 끄덕였다. 내가 문을 막 두드리려는 순간 문이 열리면서 한 남자가 나왔다. 그때 방 안에 손님 몇 명이 둘러서 있고 가구가 일부 옮겨져 있는 것이 보였다.

나는 어리둥절한 기분이 들었다.

"베커, 여기 무슨 일이 생겼나? 여기서 사람들이 뭘 하려는 거지? 그리고 자네, 자네는 여기 왜 왔나?"

관리인은 몸을 돌리며 기묘한 눈빛으로 나를 쳐다보았다.

"자넨 아직 모르고 있는가?" 그는 변화된 목소리로 물었다.

"뭘 말인가? 모르는데."

그는 내 앞에 서더니 내 얼굴을 바라보았다.

"이보게, 그럼 그냥 다시 집으로 돌아가게." 그는 나직한, 거의 부드러운 목소리로 말하며 손을 내 팔에 얹었다. 목이 졸리는 기분이 들었고, 뭐라고 말할 수 없는 불안감이 내 온몸을 엄습했다.

베커는 다시 한 번 매우 기묘한 표정으로 살피듯 나를 바라보았다. 그런 다음 나지막히 물었다. "어제 헬레네 양과 이야기를 나누었나?" 내 얼굴이 붉어지자 그는 억지로 헛기침을 했지만, 그것은 신음처럼 들렸다.

"헬레네 양이 어떻게 됐나? 지금 어디 있지?" 나는 불안한 심정으로 소리쳤다. "나쁜 일인가?"

베커는 고개를 끄덕이고 나를 잊은 듯이 이리저리 오갔다. 나는 층계의 난간 기둥에 몸을 기대고서 피도 눈물도 없는 낯선 사람들에 둘러싸여 압박받고 조롱당하는 느낌이 들었다. 그때 베커가 다시 내 옆을 지나가면서 "이리 좀 오게!" 하고는 계단이 꺾이는 곳까지 올라갔다. 거기서 그는 한 층계에 앉았다. 나는 프록코트가 구겨지는 것도 아랑곳하지 않고 그의 옆에 가서 앉았다. 일순간 온 집 안이 쥐죽은 듯 고요했다. 그러고 나서 베커는 말을 하기 시작했다.

"용기를 내서 단단히 각오하고 내 말을 들어야 하네. 그러니까 헬레네 람파르트 양이 죽었어. 그것도 오늘 아침에 말이야. 저 세석장 아래 계곡물에서 발견됐네. 진정하고, 아무 말 말게! 그리고 쓰러지지 않도록 조심하게! 농담이 아니니, 지금 가서 확인하고 오게. 그리고 남자답게 견뎌 내야 해. 지금 그녀는 저 방에 누워 있어. 다시 충분히 아름다워 보여. 하지만 우리가 그녀를 어떻게 건져 올렸는지, 그것은 괴로운 일이었어, 이보게, 괴로운 일이었어……"

그는 말을 멈추고 머리를 흔들었다.

"진정하게! 아무 말 말게! 이야기할 기회는 나중에 얼마든지 있으니. 자네보다 나와 더 관계되는 일이야. 안 그런가. 그런 얘긴 그만두도록 하지. 내일 모든 걸 얘기해 주겠네."

"아니야." 나는 간청했다. "베커, 얘기해 주게. 모든 걸 알아야겠어."

"그럼 좋아. 상세한 설명과 그 이상의 내용은 나중에 얼마든지 얘기해 주지. 이 얘기만은 지금 해 줄 수 있네. 내가 자네를 이 집에 계속 드나들게 한 건 자네를 호의적으로 보았기 때문이야. 앞일이란 정말 알 수 없는 거야. 그러니까 난 헬레네와 약혼한 사이였네. 아직 공식적으로 알리지는 않았지만 말이야, 하지만……."

그 순간 나는 자리에서 일어나 관리인의 얼굴을 힘껏 후려치고 싶은 심정이었다. 그도 그걸 눈치챈 것 같았다.

"그러지 말게!" 그는 차분히 말하고는 나를 바라보았다. "아까 말했듯이 다음에 자세히 설명할 기회가 있을 거야."

우리는 말없이 그대로 자리에 앉아 있었다. 헬레네와 베커, 나 사이의 전체 이야기가 마치 유령 추격자 일행이 지나가기라도 한 것처럼 분명하고도 재빠르게 내 옆을 스쳐 지나갔다. 이 일을 왜 좀 더 일찍 알지 못하고, 왜 스스로 눈치채지 못했을까? 그랬다면 여러 가지 많은 가능성이 아직 있었을 텐데! 단 한마디, 조그만 예감이라도 있었더라면 나는 조용히 내 길을 갔을 거고, 그랬다면 그녀가 지금 저 방 안에 누워 있지 않을 텐데.

어느덧 나의 분노는 사그라들었다. 베커는 진실을 예감하고 있었을 거라는 느낌이 들었다. 그가 나를 멋대로 놀게 놔둔 것은 자신이 있어서였다. 그리고 죄의 좀 더 큰 부분을 마음속에 지니고 있을 터이니 그가 지금 얼마나 큰 부담을 안고 있을지 충분히 짐작되었다. 지금 나는 또 한 가지 질문을 하지 않을 수 없었다.

"이보게, 베커. 자넨 그녀를 사랑하고 있었나? 진정으로 사랑하고 있었나?"

그는 무슨 말을 하려고 했지만 말문이 막혀 그냥 고개만 두세 번 끄덕일 뿐이었다. 그가 거듭 고개를 끄덕이는 것을 보았을 때, 이 완강하고 가혹한 사내가 말문이 막히는 것을 보았을 때, 밤을 지새운 퉁명스러운 얼굴의 근육이 말하면서 너무 뚜렷이 씰룩거리는 모습을 보았을 때 비로소 나는 커다란 슬픔에 사로잡혔다. 나는 고개를 떨구고 한없이 흐느꼈다.

한참 지나 눈물을 거두고 고개를 들어 보니 베커가 내 앞에 서서 손을 내밀고 있었다. 나는 그의 손을 꽉 움켜쥐었다. 그는 가파른 층계를 천천히 내려가 헬레네가 누워 있는 거실 문을 조용히 열었다. 그날 아침이 내가 깊은 전율을 느끼며 거실에 들어간 마지막 날이었다.

(1905)

라틴어 학교 학생

집들이 빼곡히 들어찬 고풍스러운 소도시의 한가운데에 엄청나게 큰 건물이 한 채 서 있다. 조그만 창문이 많이 나 있는 그 건물의 현관과 올라가는 나무 계단은 하도 낡아서 자못 초라해 보였다. 그래서 꽤 위풍당당한 건물이면서도 어떻게 보면 우스꽝스러운 느낌이 들었다. 카를 바우어도 그렇게 느꼈다. 열일곱 살의 어린 학생인 그는 날마다 아침과 낮이면 책가방을 메고 이 건물, 즉 학교 문을 드나들었다. 소년은 멋지고 명료하며 결함이 없는 라틴어와 옛 독일 시인들에게서는 마음에서 우러나오는 기쁨을 느꼈지만, 어려운 그리스어와 대수학(代數學)에서는 곤욕을 치렀다. 대수학은 1학년 때처럼 3학년이 되어서도 마음에 들지 않았다. 또한 수염이 허연 나이 든 몇몇 선생에게서는 기쁨을 맛보았지만, 몇몇 젊은 선생에게서는 고통을 겪었다. 젊은 교사들은 학생들에게 늘 어떻게든 사물의 본래적인 더 깊은 의미를 가르치려 했지만, 소년들은 암기에 이미 진절머리가 났기 때문이다.

　학교 건물에서 그리 멀지 않은 다음다음 골목에 몹시 오래된 가게가 하나 있었다. 늘 열려 있는 가게 문을 통해 어둡고 축축한 계단 위로 쉼 없이 사람들이 드나들고 있었다. 칠흑같이 어두운 현관에서는 알코올과 석유, 치즈 냄새가 났다. 그러나 카를은 어둠 속에서도 통로를 손바닥 들여다보듯 훤히 알고 있었다. 같은 건물 저 위층에 자기 방을 갖고 있었기 때문이다. 그는 가게 주인의 어머니 집에서 하숙하고 있었다. 아래층은 몹시 어두컴컴했지만 위층은 막힘없이 탁 틔어 있어 무척 밝았다. 해가 떠오르면 햇볕이 제대로 비쳐 들었고, 도시의 절반이 내려다보였다. 그래서 위층에 사는 사람들은 거리의 지붕 대부분을 알고 있어 그 이름들을 하나하나 댈 수 있을 정도였다.

　가게에 잔뜩 있는 맛있는 여러 가지 식품 중에서 가파른 계단 위로 올라오는 것, 적어도 카를 바우어에게 오는 것은 극히 일부에 지나지 않았다. 쿠스터러 할머니가 차려 주는 음식은 무척 빈약해서 그의 배를 채워 준 적이 결코 없었기 때문이다. 하지만 그 점 외에는 할머니와 카를은 무척 사이좋게 지내고 있었다. 소년은 자기 방에서는 한 성채(城砦)의 영주나 다름없었다. 그 안에서는 무슨 일을 하건 그를 방해하는 사람은 아무도 없었다. 그래서 하고 싶은 일이면 뭐든지 했다. 새장 안에 박새 두 마리를 기르는 일은 그래도 약과였으리라. 일종의 목공 작업장도 설치해 두었고, 난로에 납이나 주석을 녹여 주물(鑄物)을 만들기도 했다. 또한 여름이면 발 없는 도마뱀이나 보통 도마뱀을 조그만 상자 안에 넣어 두기도 했다. 그렇지만 그 도마뱀들은 얼마 후면 늘 쇠 그물에 새로운 구멍을 뚫고 도망쳐 버렸다. 그것 말고 바이올린도 갖고 있었다. 책을 읽지 않거나 톱질이나 대패질을 하지 않을 때는 밤낮을 가리지 않고 어느 때건 틀림없이 바이올린을 켜고 있었다. 그렇다고 해서 그가 바이올린 연주를 썩 잘하는 것은 아니었다. 오히려 그 반대였다. 그는 까다로운 악보 읽기를 다시 포기하며 한숨을 지었다. 그리고 그에게 무한한 즐거움을 안겨 준 목적 없는 예행연습과 즉흥 연주에 빠졌다. 그 외에도 그는 좋아하는 가곡 〈성문 앞 우물가에〉를 비롯하여 다른 많은 가곡과 찬송가도 매일 연주했다.

이처럼 카를은 즐거운 나날을 보냈으므로 결코 지루한 줄을 몰랐다. 또 책이 눈에 띄면 빌려 왔기 때문에 책이 부족하거나 하는 일은 없었다. 그는 많은 책을 읽었지만, 그렇다고 무슨 책이든 무턱대고 좋아한 것은 아니었다. 그는 동화와 전설뿐 아니라 운문으로 쓰인 비극을 무엇보다 좋아했다.

하지만 그 모든 일이 아무리 재미있다 해도 그것으로 그의 배를 불릴 수는 없었으리라. 그래서 너무 배가 고플 때는 족제비처럼 살그머니 낡고 어두컴컴한 계단을 내려가 돌이 깔린 현관으로 갔다. 그곳은 가게에서 한 줄기 희미한 광선만이 비쳐 드는 곳이었다. 그곳에는 높이 쌓아 올린 빈 상자 위에 질 좋은 치즈가 남아 있는 경우가 드물지 않았다. 또는 청어가 반쯤 담긴 작은 통의 뚜껑이 열린 채 문 옆에 놓여 있기도 했다. 그래서 운이 좋은 날이나, 흔쾌히 도와주겠다는 핑계로 가게 안에 용감하게 들어간 날에는 말린 자두나 썰어서 말린 배 따위를 두세 움큼 가득 주머니에 집어넣어 올 수도 있었다.

하지만 음험한 생각이나 욕심 때문에 그런 일을 했던 것은 아니고, 그렇다고 양심의 가책을 느낀 것도 아니었다. 한편으로는 굶주리는 사람의 악의 없는 마음에서, 다른 한편으로는 사람에 대한 두려움을 모르는, 그리고 냉정한 자부심으로 위험을 직시하는 대범한 도적의 심정으로 그랬다. 거기에는 고상하게 경멸하는 감정이 담겨 있었다. 그래서 소년에게는 노모가 인색하게 자기에게서 아낀 것을 아들의 넘쳐나는 보물 창고에서 빼앗아 오는 것은 도덕적인 세계 질서의 법칙에 전적으로 부합하는 것처럼 생각되었다.

벅찬 학교생활과 함께 이러한 다양한 종류의 습관과 일, 취미는 사실 그의 시간과 생각을 채우는 데 충분했을 것이다. 하지만 카를 바우어는 그런 것에 아직 만족하지 못했다. 그런 일은 한편으론 몇몇 학급 친구를 흉내 내 본 것이었고, 또 한편으론 문학 서적을 많이 읽은 탓이었으며, 다른 한편으론 그는 자신의 마음에서 일어난 욕구 때문에 그 무렵 처음으로 가슴 설레는 아름다운 나라, 여인에 대한 사랑의 나라에 발을 들여놓은 것이다. 그렇지만 현재와 같은 노력이나 구애로는 현실에서 목적을 달성하지 못하리란 것을 애당초 잘 알고 있었으므로, 그는 좀 대담해져서 도시에서 가장 아름다운 소녀를 숭배하게 되었다. 그녀는 부유한 집안 출신이었고, 훌륭한 옷차림으로 벌써 같은 또래의 다른 모든 아가씨보다 특출해 보였다. 카를은 매일같이 그녀의 집 옆을 지나다녔다. 어쩌다 그녀와 마주치기라도 하면 교장 선생님 앞에서도 그러지 못할 만치 모자를 벗고 공손히 인사했다. 그는 위험하지 않게 이런 일을 감행할 수 있었다. 적어도 한 다스나 되는 동급생들이 아름다운 소녀에게 똑같이 경의를 표했기 때문이다. 그래서 그는 시로써 관심을 끌려고 해 보았으나, 그것으로 이렇다 할 성과를 얻지는 못했다. 게다가 그의 시들이 더없이 고상한 시가 아닌 데다가, 열정이라고까지는 말할 수 없더라도 사실 진정한 애정을 보여 주는 생동하는 의욕도 부족해서였다.

이런 상태에 있을 때 우연히 전혀 새로운 색채를 띤 사건이 그의 삶 속으로 들어와 새로운 인생의 문이 그의 앞에 열렸다.

가을이 끝날 무렵의 어느 날 저녁이었다. 카를은 묽은 밀크 커피 한 잔만으로는 성이 차지 않아 배고픈 김에 수색에 나섰다. 남이 눈치 못 채게 살금살금 계단을 내려가서 현관을 샅샅이 뒤지기 시작했다. 고맙게도 잠시 후 도기 접시 하나가 보였고, 그 위에는 빛깔 곱고 맛있어 보이는 크기의 늦배 두 알이 빨간 테를 두른 한 조각의 네덜란드산(産) 치즈 옆에 놓여 있었다.

허기진 카를의 짐작에 이 간식은 집주인의 식탁에 내놓을 것을 가정부가 잠시 옆에 치워 둔 것이었다. 그러나 뜻하지 않게 횡재를 한 넘치는 기쁨에 자비로운 하느님의 섭리라는 생각이 앞서, 고마운 마음으로 이 선물을 주머니 속에 슬쩍 집어넣었다.

하지만 그가 일을 끝내고 그 자리를 채 뜨기도 전에 가정부 바베트가 나직한 슬리퍼 소리를 내며 지하실 문에 모습을 드러냈다. 한 손에 촛불을 든 그녀는 소년의 범행 현장을 보고 깜짝 놀랐다. 어린 도둑은 아직 치즈를 손에 움켜쥐고 있었다. 그는 꼼짝 않고 그 자리에 우두커니 서서 바닥을 내려다보고 있었다. 그러는 동안 그의 내면의 모든 것이 산산이 찢어졌고, 울고 싶은 심정에다 분노한 나머지 치욕의 심연으로 가라앉아 버렸다. 그렇게 두 사람은 촛불 빛을 받으며 그 자리에 그러고 서 있었다. 이 대담한 소년은 이제까지 살아오면서 이보다 더 고통스러운 순간을 겪은 적은 있었지만, 이보다 더 곤혹스러웠던 적은 결코 없었다.

"안 돼요, 그런 짓을 하면!" 바베트는 이윽고 말문을 열었다. 그리고 뉘우치고 있는 범인을 마치 살인범이라도 되는 양 바라보았다. 범인은 유감스럽게도 뭐라고 할 말이 없었다.

"이 무슨 바보 같은 짓이에요!" 그녀는 계속해서 말했다. "아니, 그게 도둑질이라는 걸 모르세요?"

"그건 알고 있었지만요."

"원 세상에. 대체 어쩌다가 그런 짓을 했죠?"

"이게 저기에 놓여 있어서, 바베트. 그래서 난 생각하기를……."

"무슨 생각을 했다고요?"

"너무 배가 고파서 그만……."

이 말을 듣고 바베트는 눈을 동그랗게 뜨고서 무한한 이해와 놀라움, 연민의 눈길로 가련한 소년을 바라보았다.

"배가 고프다고요? 아니, 저 위에선 아무것도 얻어먹지 못했나요?"

"조금요. 바베트, 아주 조금요."

"이런 일이 다 있다니! 좋아요. 그럼 좋아요. 주머니에 넣은 것은 그냥 가지고 가요. 치즈도요. 집에 얼마든지 있으니까요. 그런데 난 지금 가 봐야 해요. 그것 말고도 누가 와서 보면 안 되니까요."

카를은 묘한 기분으로 자기 방으로 되돌아왔다. 그리고 자리에 앉아 곰곰 생각에 잠긴 채 먼저 네덜란드산 치즈를, 그다음에는 말린 배를 먹어 치웠다. 그러자 가슴이 후련해졌다. 그는 휴! 하고 안도의 한숨을 쉬고 기지개를 켰다. 그러고 나서 바이올린으로 일종의 감사의 찬가를 켜기 시작했다. 연주를 채 끝내기도 전에 나지막이 노크하는 소리가 들렸다. 방문을 열어 보니 문밖에 바베트가 서 있었다. 그녀는 버터를 듬뿍 바른 커다란 빵을 그에게 내밀었다.

카를은 속으론 뛸 듯이 기뻤으면서도 정중히 사양하려 했다. 그러나 바베트가 순순히 물러서려고 하지 않자 그는 기꺼이 받기로 했다.

"바이올린을 무척 잘 켜네요." 그녀는 감탄한 듯 말했다. "벌써 여러 번 들었어요. 그리고 식사 문제는 내가 돌봐 드릴게요. 밤이 되면 아무도 몰래 뭐든 꼭 갖다 드릴게요. 그런데 아마 아버님께서는 식비를 충분히 내고 있을 텐데 할머니는 왜 먹을 걸 충분히 주지 않는지 모르겠네요."

소년은 또다시 수줍어하며 사양하려 했지만 바베트는 아무리 해도 듣지 않았다. 그래서 그는 기꺼이 그녀의 말에 따르기로 했다. 결국 두 사람은 이렇게 합의를 보았다. 카를이 집에 돌아왔을 때 배가 고픈 날에는 계단에서 〈황금빛 저녁노을〉 노래를 휘파람으로 분다. 그러면 그녀는 먹을 걸 가져온다. 만약 카를이 다른 노래를 부르거나 아예 노래를 부르지 않을 때는 그럴 필요가 없다는 내용이었다. 뉘우침과 고마움의 마음으로 그는 그녀의 큼지막한 오른손을 잡았다. 그녀는 맹약의 표시로 힘을 주며 그의 손을 꽉 쥐었다.

그리고 이 순간부터 그 김나지움 학생은 마음씨 고운 노처녀의 관심과 배려를 편안한 마음으로 고맙게 받아들이면서 일종의 감격을 억누를 수 없었다. 고향에서 소년 시절을 보낸 이래 처음 있는 일이었다. 부모가 시골에 살고 있어 그는 꽤 일찍부터 하숙 생활을 했기 때문이다. 그래서 이따금 고향에서 살던 때가 생각났다. 바베트가 마치 어머니처럼 소년을 돌봐 주고 응석받이 취급했기 때문이다. 나이로 보더라도 그녀는 카를의 어머니와 엇비슷한 연배였다. 마흔 살가량의 그녀는 원래는 강인하고 완고하며 활동적인 성격의 소유자였다. 하지만 견물생심이란 말이 있다. 그리고 이처럼 뜻하지 않게 어린 소년을 감사할 줄 아는 친구, 피보호자이자 피부양자로 삼게 되었으므로, 지금까지 드러나지 않았던 그녀의 완고한 마음속에서는 온화하고 자기희생적인 부드러운 마음씨가 서서히 나타나기 시작했다.

이러한 심적인 변화는 카를 바우어에게는 고마운 일이었다. 나이 어린 소년이 대개 그렇듯이 그는 이내 응석받이가 됐다. 그처럼 소년은 받는 것이 무엇이든, 아무리 진기한 과일이라 하더라도, 마치 기다렸다는 듯이 거의 당연한 권리처럼 받아들이는 법이다. 그는 지하실 문 옆에서 그녀를 처음 만났을 때 창피 당한 일도 며칠 후에는 벌써 말끔히 잊어버리고, 매일 밤 계단에 서서 마치 늘 그래 왔던 것처럼 〈황금빛 저녁노을〉 노래를 휘파람으로 불었다.

카를이 바베트를 아무리 고맙게 생각했다 하더라도, 만약 그녀의 친절이 줄곧 먹을 것에만 한정되었다면 바베트에 대한 기억이 그토록 오랫동안 생생하게 이어지지는 않았을 것이다. 젊었을 때는 식욕이 왕성하기도 하지만 그에 못지않게 열광적으로 되기 쉬운 법이다. 젊은이와 호의적인 관계를 지속하기에는 치즈나 햄, 심지어 저장실의 과일이나 포도주만으로는 충분하지 않다.

바베트는 쿠스터러 집안에서 높은 평가를 받고 있어 없어서는 안 되는 사람이었을 뿐 아니라, 모든 이웃에게서도 나무랄데 없고 예의 바른 정직한 인물이라는 평판을 얻고 있었다. 그녀가 있는 자리에서는 매사가 점잖고도 명랑하게 진행되었다. 이웃 여자들도 그런 사실을 알고 있었다. 그래서 자기 집 가정부, 특히 젊은 가정부가 바베트와 어울리는 것을 좋아했다. 그녀의 추천을 받은 여자는 좋은 대우를 받았다. 그녀와 친하게 사귀는 사람은 가정부 조합이나 처녀 협회에 가입한 사람보다 더 나은 대우를 받았다.

그래서 일을 끝마친 저녁이나 일요일 오후에 바베트가 혼자 있는 때는 드물었고, 늘 비교적 젊은 가정부들에게 둘러싸여 있었다. 바베트는 그녀들이 이럭저럭 시간 보내는 것을 도와주었고, 온갖 조언을 하며 그들을 지원해 주었다. 그렇지만 결코 냉정하거나 엄격한 방식으로 하지 않고 위트와 효과적인 성경 구절들을 곁들였다. 이와 동시에 그들과 놀이도 하고 노래도 불렀다. 난센스 퀴즈도 내고 수수께끼 놀이를 하기도 했다. 약혼자나 괜찮은 남자 형제가 있는 가정부는 그들을 데리고 오는 것을 환영받았다. 그렇지만 물론 그런 일은 극히 드물었다. 약혼한 여자는 대체로 곧 이들 모임에 불성실해졌고, 젊은 직공이나 일꾼들은 소녀들만큼 바베트와 그리 친해지지 않았다. 바베트는 방종한 연애 사건은 용납하지 않았기 때문이다. 자기가 돌봐 주는 처녀 중에서 누군가가 그런 길에 빠져들어 엄중하게 훈계해도 고치지 않을 때는 모임에서 제외해 버렸다.

이런 발랄한 아가씨들 모임에 라틴어 학교 학생인 카를이 무해한 손님으로 받아들여졌다. 아마 거기서 배운 것이 비록 공식적인 교과목에는 들어 있지 않더라도 김나지움에서 배운 것보다 더 많았을지도 모른다. 처음 그 모임에 참석했던 날 저녁의 일을 그는 잊을 수 없었다. 모임 장소는 뒤뜰이었다. 소녀들은 계단이나 빈 상자 위에 앉아 있었다. 날은 이미 어두웠다. 머리 위의 네모진 저녁 하늘에는 아직 푸르스름한 엷은 햇살이 남아 있었다. 바베트는 반원형의 지하실 입구 앞의 조그만 통 위에 앉아 있었다. 카를은 멋쩍은 듯 문설주에 기댄 채 그녀 옆에 말없이 서 있었다. 그리고 저녁 어스름 속에서 소녀들의 차분한 얼굴을 유심히 바라보았다. 그와 동시에 급우들이 저녁에 아가씨들 사이에 자신이 끼어 있는 것을 알게 된다면 뭐라고 할까 생각하며 약간 불안한 마음이 들었다

아, 이 소녀들의 얼굴! 그는 여기 있는 거의 모든 얼굴을 이미 잘 알고 있었지만, 지금 이렇게 어스름한 속에서 다닥다닥 붙어 있는 모습을 바라보니 전혀 색다른 느낌이 들었다. 그리고 그들은 순전히 수수께끼라도 되는 듯 카를을 바라보고 있었다. 그는 지금도 모든 얼굴과 이름, 그리고 그들의 신상을 기억하고 있다. 어떤 내력을 지녔던가! 보잘것없는 가정부의 삶에 얼마나 많은 운명과 진지함, 무게감과 우아함이 깃들어 있었던가!

정원수 집의 안나가 거기에 참석했다. 그녀는 아주 어린 나이에 처음 가정부로 들어간 집에서 한 번 물건을 훔쳤다가 한 달 동안 유치장 신세를 진 적이 있었다. 하지만 그 이후로는 줄곧 충실하고 정직하게 일해서 보석 같은 존재라는 평판을 얻었다. 커다란 갈색 눈과 못생긴 입을 지닌 그녀는 잠자코 앉아 소년을 호기심 어린 냉정한 시선으로 바라보았다. 그 당시 경찰 신세를 진 그녀를 버린 애인은 그동안 결혼했지만, 벌써 다시 홀아비가 되어 있었다. 지금은 다시 그녀 꽁무니를 쫓아다니며 어떻게든 그녀를 자기 소유로 만들려고 했다. 하지만 그녀는 아직 남몰래 그를 예전처럼 좋아하면서도 매몰차게 대하며 더 이상 그에게 관심 없는 듯 행동했다.

노래를 부르고 시끄럽게 떠들기도 하는 꽃집의 마르그레트는 늘 쾌활했고, 붉은 금발의 곱슬머리가 윤기 있게 반짝였다.

늘 옷차림이 깔끔한 그녀는 언제나 푸른 리본을 달거나 꽃을 서너 개 꽂아 자기 외모를 아름답고 돋보이게 꾸몄다. 그러나 돈은 한 푼도 허투루 쓰지 않고 고향에 있는 계부에게 몽땅 송금하고 있었다. 의붓아버지는 그 돈으로 술을 퍼마시고는 그녀에게 고맙다는 말 한마디도 없었다. 나중에 그녀는 힘든 세월을 보냈다. 결혼 생활은 불행했고, 그 외에도 여러 가지 불운과 곤경을 겪었다. 하지만 그러면서도 그녀는 쾌활하고 예쁜 모습을 보였으며, 늘 깔끔한 옷차림을 하고 있었다. 미소 짓는 횟수는 줄었어도 그런 만큼 미소 지을 때는 더욱 아름다웠다.

거의 모두의 사정은 하나같이 비슷했다. 기쁨과 돈, 우호적인 대우는 적었고 일과 걱정, 화날 일은 많았다. 힘든 세파를 헤치고 삶의 최전선에 뛰어든 여자들이라서 극소수의 예외를 제외하고는 더없이 씩씩하고 강인했다. 그리고 얼마 안 되는 여가 시간 동안 농담이나 노래를 하고, 한 움큼의 호두나 빨간 리본 자투리 등의 하찮은 일로 웃고 즐거워했다! 꽤 잔혹한 순교사 이야기를 들으면 열이 나서 얼마나 몸을 부르르 떨었던가! 그리고 슬픈 노래를 들으면 같이 합창을 하면서 얼마나 한숨짓고, 착한 눈망울에 얼마나 굵은 눈물방울이 글썽거렸던가!

물론 개중에는 수다스럽고 남을 헐뜯기 좋아하며 늘 불평을 늘어놓는 성가신 여자도 몇 명 있었다. 그러나 바베트는 필요한 경우에는 그들의 말을 사정없이 가로막았다. 하긴 그런 여자들도 나름 무거운 짐을 지고 있어 편하게 사는 것은 아니었다. 그 중에서도 주교 골목의 그레트는 특히 불행한 여자였다. 삶이 힘들었고, 자신의 위대한 덕성 때문에 힘들었다. 심지어 처녀 협회에서 하는 일도 그녀에게는 충분히 경건하거나 엄격하지 않았다. 어쩌다 심한 말을 들으면 그럴 때마다 속으로 깊이 한숨을 쉬고 입술을 깨물며 나지막이 말했다. "의로운 사람은 많은 고난을 당하기 마련이지." 해마다 고통스러운 일을 겪었지만 그래도 그녀에게 결국 행운이 찾아왔다. 그녀는 자신의 양말에 탈러 은화를 가득 모았는데, 그것을 세어 보고는 감개무량해져서 눈물을 흘렸다. 그녀는 두 번이나 장인(匠人)과 결혼할 기회가 있었지만 두 번 다 거절해 버렸다. 한 사람은 좀 경솔한 사람이었고, 다른 한 사람은 너무 곧고 고상한 사람이었다. 그런 남자와 함께 살다가는 한숨도 못 쉴 것 같고, 또 자신이 이해받지 못해도 하소연을 늘어놓을 수도 없을 것 같았기 때문이다.

그들은 모두 어두운 뒤뜰의 구석에 앉아 각자 자기에게 일어난 일들을 서로에게 들려주면서, 오늘 밤에 뭔가 즐겁고 재미있는 일이 일어나기를 기다렸다. 그들의 말과 태도는 교육을 받은 소년이 볼 때 처음에는 그리 현명하거나 품위 있게 생각되지 않았다. 그러나 당황한 마음이 가시자 이내 좀 더 홀가분하고 편안한 기분이 되었다. 그러니까 어둠 속에 한데 모여 웅크리고 앉은 소녀들이 진귀하고 지극히 아름다운 그림처럼 보였다.

"여러분, 이분은 라틴어 학교 학생인데요." 바베트는 말문을 열면서 즉각 카를이 가련하게도 배가 고파서 저지른 일을 말하려 했다. 그러나 이때 그가 애원하듯 그녀의 소매를 잡아당기는 바람에 그녀는 자애롭게 그를 보호해 주었다.

"그럼 학생은 공부를 끔찍하게 많이 하셔야겠네요?" 붉은 금발 머리의 꽃집 아가씨 마르그레트가 묻고는 이어서 말했다. "그럼 공부를 해서 어떤 직업을 가지실 건데요?"

"그건 아직 확실치 않아요. 아마 박사가 되겠죠."

그 말이 경외감을 불러일으켰다. 그래서 다들 그를 유심히 쳐다보았다.

"그럼 먼저 콧수염을 길러야겠네요." 약국집 레네가 이렇게 말했다. 그러자 모두 나지막이 낄낄거리기도 하고 새된 소리를 지르기도 하며 폭소를 터뜨렸다. 그러면서 온갖 소리를 하며 그를 놀려 댔다. 만약 바베트의 도움이 없었다면 조롱을 견디기가 쉽지 않았을 것이다. 급기야 소녀들은 그에게 이야기를 들려 달라고 졸랐다. 카를이 비록 많은 책을 읽긴 했어도 그때는 한 가지 이야기밖에 떠오르지 않았다. 두려움이 뭔지 몰라서 그것을 배우러 길을 떠나는 남자에 관한 동화였다. 그렇지만 그 얘기를 시작하자마자 모두들 웃으며 소리쳤다.

"그 얘긴 진작부터 알고 있는걸요."

주교 골목의 그레트가 무시하듯 말했다.

"그런 건 어린애들한테나 할 이야기예요."

창피를 당한 카를은 입을 다물어 버렸다.

그러자 바베트가 그를 대신해서 약속을 했다.

"다음번엔 다른 얘기를 하면 되죠. 이 학생 방엔 책이 엄청 많거든요."

그 약속은 그에게도 잘된 일이었다. 그래서 다음번에는 그녀들을 멋지게 만족시켜 주리라 마음먹었다.

그러는 사이 하늘은 마지막 남아 있던 푸른 저녁 빛을 잃었고, 어둑어둑한 밤하늘에 별 하나가 반짝이고 있었다.

"자, 이제 돌아가야 해요." 바베트가 재촉했다.

다들 자리에서 일어나 옷에 묻은 먼지를 털고, 머리칼과 앞치마를 매만지며 바로잡았다. 그리고 서로 가볍게 고개 숙여 인사를 나눈 뒤 조그만 뒷문으로 나가거나 복도와 현관을 지나 그곳을 떠났다.

카를 바우어도 잘 자라는 인사를 하고 자신의 위층 방으로 올라갔다. 흡족한 것 같기도 하고 그렇지 않은 것 같기도 한 어정쩡한 기분이었다. 젊은이의 오만함과 라틴어 학교 학생으로서의 어리석은 면이 섞여 있었지만, 지금 새로 알게 된 여자들이 자신과는 전혀 다른 생활을 하고 있음을 깨닫게 되었기 때문이다. 그리고 이 여자들은 거의 모두 분주한 일상생활에 튼튼한 쇠사슬로 묶여 있음에도 각자 안에 힘을 간직하고 있고, 그에게는 동화의 세계만큼이나 생소한 일들을 알고 있음을 깨닫게 되었기 때문이다. 그에게는 어느 정도 탐구자로서의 자부심도 있어서 이러한 소박한 생활에서 우러나오는 흥미로운 시학, 지극히 민중적인 것, 떠돌이 가수의 노래나 군가의 세계를 되도록 깊이 들여다봐야겠다고 생각했다. 그렇지만 그는 어떤 점에서는 이 세계가 자신의 세계보다 훨씬 뛰어나다고 느꼈다. 그러면서 이 세계에 깃들어 있는 각종 독단과 억압을 남몰래 두려워했다.

그렇지만 당분간은 그런 종류의 위험이 보이지 않았다. 또한 겨울이 벌써 깊어졌고, 날씨가 아직은 온화했지만 오늘 당장이라도 첫눈이 올 것처럼 생각되어서 가정부들의 저녁 모임 시간도 점점 더 짧아졌다. 아무튼 카를은 약속한 이야기를 들려줄 기회를 얻을 수 있었다. 전에 요한 페터 헤벨*이라는 시인이 쓴 『보석 상자』라는 책에서 읽은 춘델하이너와 춘델프리더*에 관한 이야기였다. 이 이야기는 대단한 갈채를 받았다. 끝부분의 교훈은 그냥 생략했지만, 바베트는 스스로 필요하다고 생각한 데다 또 그럴 능력도 있었으므로 그 부분에 대해 보충 설명을 했다. 그레트를 제외한 다른 소녀들은 이야기꾼의 공로를 칭찬했다. 그들은 주요 장면들을 번갈아 가며 되풀이해 말하면서 다음 번에도 그런 이야기를 들려 달라고 부탁했다. 카를도 그러겠다고 약속했지만, 이튿날에는 벌써 날씨가 추워 더 이상 밖에서 모일 생각을 할 수 없었다. 그리고 크리스마스가 점차 다가옴에 따라 그는 다른 생각과 기쁨에 마음을 빼앗기게 되었다.

  밤마다 그는 아버지를 위해 담배 케이스에 무늬를 새겨 넣고, 거기에 써넣을 라틴어 시구를 연구했다. 그렇지만 그런 시구는 아무래도 고전적인 고상함이 없을 것 같았다. 이러한 고상함 없이 라틴어 2행시는 결코 신뢰를 줄 수 없다. 결국 그는 뚜껑 위에 커다란 장식 문자로 그냥 '건강을 축원합니다!'라고만 써서, 그 선들을 조각용 칼로 파고, 속돌과 왁스로 상자를 문질렀다. 그런 다음 기분 좋게 크리스마스 휴가 여행을 떠났다.

1월은 추웠으나 날은 맑았다. 카를은 틈만 나면 스케이트를 타러 스케이트장에 갔다. 그러던 어느 날 중산 계층의 어느 아름다운 소녀에 대한 다소간 공상 속의 사랑을 잃는 일이 생겼다. 그의 학교 친구들은 수많은 기사다운 행동으로 그녀의 사랑을 얻으려 했다. 하지만 그가 보기에 그녀는 누구에게나 똑같이 쌀쌀맞게 대하면서 약간 놀리는 투로 공손한 태도를 취하거나 애교를 부렸다. 그래서 그는 어느 기회에 큰맘 먹고 같이 스케이트를 타자고 그녀에게 말을 걸었다. 그다지 얼굴이 붉어지거나 말을 더듬지는 않았지만 여하튼 가슴은 두근거렸다. 그녀는 곱고 보드라운 가죽장갑을 낀 조그만 왼손을 얼어 붉어진 그의 오른손에 얹고 같이 스케이트를 탔다. 그런데 그녀는 어쩔 줄 몰라 하면서도 정중하게 대화를 시도하려는 그를 보고 재미있다는 표정을 노골적으로 드러냈다. 마침내 그녀는 가볍게 고맙다는 인사를 하면서 고개를 끄덕이고는 그곳을 빠져나갔다. 그 직후에 그녀가 자기 여자 친구들과 예쁜 응석받이 소녀 특유의 꽤 명랑하고 짓궂게 웃어 대는 소리가 들려왔다. 그들 중 몇몇은 그가 있는 쪽을 교활하게 곁눈질로 슬쩍 훔쳐보았다.

그건 그에게 너무 지나친 일이었다. 이때부터 그는 그러지 않아도 진지하지 않은 이 열정을 격분해서 털어 버렸다. 그리고 그때부터 이 소녀를 말괄량이라 부르며 스케이트장이나 거리에서나 다시는 그녀에게 인사를 하지 않는 것으로 화난 마음을 달랬다.

카를은 시답잖은 연애 사건에 형편없이 얽매여 있는 데서 벗어난 기쁨을 겉으로 드러내며, 이 기쁨을 좀 더 즐기려고 저녁 시간이면 번번이 몇 명의 불량한 친구와 모험에 나섰다. 경찰을 놀려 준다든가, 불 켜진 집 창문을 두드려 댄다든가, 초인종 줄을 잡아당긴다든가, 벨을 누르는 장치에 성냥개비를 깊이 꽂아 넣는다든가, 쇠사슬에 묶인 집 지키는 개를 광분하게 한다든가 하는 일이었다. 게다가 멀리 떨어진 교외의 골목길에서 휘파람을 불거나, 딱총이나 소형 폭죽으로 소녀와 부인들을 깜짝 놀라게 하기도 했다.

카를 바우어는 겨울밤의 어둠을 이용하여 이런 장난을 치면서 한동안 무척 통쾌함을 느꼈다. 말하자면 유쾌하게 들뜬 기분과 동시에 거의 불안하게 마음을 옥죄는 체험 열기에 휩싸여 거칠고 대담해졌다. 그리하여 아무에게도 털어놓지는 않았지만 도취한 것처럼 가슴 후련해지는 두근거림을 맛보았다. 그런 다음 집에 돌아와서 오랫동안 바이올린을 켜거나 스릴 넘치는 책을 읽거나 했다. 그러면서 마치 약탈을 하고 돌아온 기사, 말하자면 하루 일을 마친 다음 차분한 즐거움을 맛보기 위해 피 묻은 칼을 닦아 벽에 걸어 놓고 평화롭게 반짝이는 관솔개비에 불을 붙이는 약탈 기사가 된 기분을 느꼈다.

그러나 이런 밤놀이를 계속하는 동안 차츰 무슨 일을 하든 언제나 똑같은 사소한 장난이나 즐거운 소란에 그칠 뿐 마음속으로 기대하던 진짜 모험은 일어날 것 같지 않았다. 그래서 이런 놀이가 차츰 싫어지기 시작했다. 실망한 그는 철딱서니 없는 친구들을 점점 더 멀리하게 되었다. 그런데 그다지 내키지 않으면서도 마지막으로 놀이에 끼었던 밤에 그만 어떤 조그만 사건이 벌어지고 말았다.

네 명의 소년은 조그만 막대기를 휘두르며 브뤼엘 골목을 이리저리 돌아다니면서 무슨 행패를 부릴 일이 없을까 하고 머리를 짜내고 있었다. 한 친구는 양철로 만든 도수 없는 안경을 콧잔등에 걸쳤다. 그리고 네 명 모두 어른 모자와 학생모를 불량학생처럼 뒷머리에 삐딱하게 쓰고 있었다. 얼마 후 그들 쪽으로 종종걸음으로 다가오던 한 가정부가 그들을 앞지르더니 재빨리 그들 곁을 스쳐 지나갔다. 그녀는 손잡이가 달린 커다란 바구니를 팔에 걸치고 있었다. 그 바구니에서 검은 끈이 길게 늘어져 때로는 바람에 마구 펄럭이기도 하고 때로는 이미 더러워진 끝이 땅에 닿기도 했다.

별다른 생각 없이 카를은 들뜬 기분에 그 끈을 잡고 꽉 쥐었다. 젊은 가정부가 그런 줄도 모르고 계속 걸어가는 동안 끈은 점점 더 길게 풀어져 나왔다. 소년들은 큰 소리로 환호하고 웃음을 터뜨리며 즐거워했다. 그러자 소녀가 뒤돌아보더니 키득키득 웃고 있는 소년들 앞에 번개처럼 다가와 마주 섰다. 금발의 아름다운 젊은 아가씨였다. 그녀는 대뜸 카를의 따귀를 한 대 갈기고는 길게 늘어진 끈을 잽싸게 주워 들더니 재빨리 가 버렸다.

이제는 응징을 당한 카를이 비웃음의 대상이 되었다. 그러나 카를은 줄곧 침묵을 지키다가 다음 번 길모퉁이가 나오자 인사도 없이 그들과 헤어져 버렸다.

그는 묘한 기분이 들었다. 어둠이 깔린 골목길에서 얼굴을 잠간 보았을 뿐인데 그 소녀가 무척 아름답고 사랑스럽게 여겨졌다. 그리고 그녀의 손에 얻어맞은 일이 무척 창피하긴 했지만 아프다기보다는 오히려 기분이 좋았다. 그러나 그 귀여운 아가씨가 화를 내며 어리석고 철없는 장난을 친 자신을 주모자라고 여길 것을 생각하니, 마치 형제 살해라도 저지른 것 같은 기분에 후회와 수치심으로 얼굴이 화끈거렸다.

소년은 천천히 집에 돌아왔다. 이날은 가파른 계단에서 휘파람을 불지 않고 조용히 침울한 기분으로 자기 방으로 올라갔다. 그리고 반 시간쯤 이마를 유리창에 대고 어둡고 썰렁한 방 안에 앉아 있었다. 그러고 나서 바이올린을 꺼내 격한 환상곡이 아닌 어릴 적부터 알고 있던 조용한 옛 노래들을 한참 동안 켰다. 그 중에는 최근 4~5년 동안 한 번도 노래 부르거나 켜지 않은 노래도 몇 곡 있었다. 그는 고향의 누이동생이나 정원에 관한 일, 밤나무와 베란다 옆의 빨간 금연화, 그리고 어머니에 관한 일을 되새겼다. 피곤하고 혼란스러운 상태에서 잠자리에 들었지만 곧바로 잠을 이룰 수 없었다. 그러다가 이 고집 센 모험가이자 불량소년은 소리 죽여 나직이 흐느끼기 시작했다. 잠들기 전까지 조용한 울음은 계속되었다.

카를은 이제 지금까지의 밤놀이 친구들 사이에서 겁쟁이니 탈주병이니 하는 소리를 듣게 되었다. 두 번 다시 그런 패거리에 끼지 않아서였다. 그 대신 그는 실러의 희곡 『돈 카를로스』나 에마누엘 가이벨의 서정시, 비어나츠키'의 『할리히』를 읽었으며, 일기를 쓰기 시작했다. 그리고 마음씨 고운 바베트가 언제든 도와주려 하는데도 가끔씩만 부탁할 뿐이었다.

바베트는 소년에게 무슨 문제가 있는 모양이라고 생각했다. 그를 일단 어머니처럼 돌봐 주기로 했으니 하루는 별일 없는지 확인하러 그의 방문 앞에 모습을 드러냈다. 빈손이 아닌 리옹산 큼직한 소시지 한 조각을 들고 가서 카를에게 자기가 보는 앞에서 다 먹으라고 했다.

"아, 그만둬요, 바베트." 그가 말했다. "지금은 배고프지 않아요."

하지만 그녀는 젊은이는 언제든 먹을 수 있어야 한다고 생각하는 사람이었다. 그리고 카를이 자기 말을 따를 때까지는 물러서지 않았다. 그녀는 언젠가 김나지움에서는 어린 학생들에게 과도한 공부를 시킨다는 말을 들은 적이 있었지만, 자기가 돌봐 주고 있는 카를이 공부를 많이 하기는커녕 너무 등한히 하는 것은 알지 못했다. 식욕이 눈에 띄게 줄어든 것은 틀림없이 병이 났기 때문이라고 생각했다. 그녀는 진지하게 그의 양심에 호소하면서 건강 상태를 꼬치꼬치 물어보고, 급기야는 민간에서 입증된 설사약을 권하기까지 했다. 카를은 그만 웃지 않을 수 없었다. 그리고 자신은 완전히 건강하며, 식욕이 좀 떨어진 것은 다만 기분 탓이거나 아니면 기분이 좀 좋지 않아서라고 설명했다. 그녀는 그 말을 금방 알아들었다.

"그런데 요즘은 휘파람 소리를 통 듣지 못했어요." 그녀가 쾌활하게 말했다. "그리고 누구 죽은 사람도 없잖아요. 혹시 사랑에 빠진 게 아닌가요?"

카를은 얼굴이 약간 붉어지는 것을 막을 수 없었지만, 왈칵 화를 내며 그런 의혹을 부인하고, 무료해서 그러니 기분 전환을 하면 좀 괜찮아질 거라고 주장했다.

"그렇다면 좋은 일이 있어요." 바베트가 쾌활하게 말했다. "내일 아래 거리에 사는 리스 아가씨의 결혼식이 있어요. 벌써 약혼한 지 꽤 오래됐거든요. 신랑은 직공이에요. 좀 더 나은 짝을 만날 수 있었다고 생각되기도 해요. 하지만 그 남자는 괜찮은 사람이에요. 또 돈만으로 행복해지는 건 아니지요. 이 결혼식에 꼭 오셔야 해요. 리스는 이미 학생을 알고 있잖아요. 학생이 와서 거만하지 않다는 것을 보여 주면 모두 좋아할 거예요. 정원수 집의 안나와 주교 골목의 그레트도 오고, 그리고 나도. 그 외에 다른 사람들은 별로 없을 거예요. 그럼 누가 비용을 감당하겠어요? 집에서 조용히 결혼식을 치르는 거지요. 굉장한 음식이나 춤, 그런 것은 없어요. 그런 것 없이도 즐거운 시간을 보낼 수 있거든요."

"그렇지만 나는 초대받지 않은걸요." 카를은 내키지 않는 듯 말했다. 그 일이 그다지 솔깃하게 들리지 않아서였다. 하지만 바베트는 그냥 웃기만 할 뿐이었다.

"아무 걱정 마세요, 그런 건 내가 알아서 할 거니까요. 그리고 겨우 저녁 한두 시간 정도만 내면 되는걸요. 참, 좋은 생각이 났어요! 바이올린을 가지고 가세요. ― 당치도 않아요! 바보 같은 핑계는 대지 마세요! 바이올린을 가지고 오세요, 꼭이요. 그러면 홍겨운 시간을 보낸 것에 대해 모두 학생에게 고마워할 거예요."

얼마 지나지 않아 어린 신사는 승낙했다.

다음 날 해질녘에 바베트는 카를을 데리러 왔다. 그녀는 소중히 간직해 둔, 비교적 젊은 시절의 나들이옷을 차려입었는데 너무 죄어 갑갑하고 더워 보였다. 그리고 즐거운 잔치 때문에 무척 흥분해서 얼굴이 상기되어 있었다. 그렇지만 카를이 옷을 갈아입겠다는 것을 견디지 못하고 칼라만 새것을 달도록 했다. 그리고 화려한 옷차림을 하고 있는데도 즉각 그의 구두를 닦아 주었다. 그런 다음 둘은 신랑 신부가 부엌과 침실이 딸린 방에 세들어 살고 있는 교외의 허름한 아파트로 향했다. 카를은 겨드랑이에 바이올린을 끼고 있었다.

어제부터 해동(解凍)하는 날씨가 시작되었다. 두 사람은 구두를 더럽히지 않으려고 천천히 조심해서 걸어갔다. 바베트는 무척 크고 육중한 우산을 옆구리에 끼고, 적갈색 치마를 양손으로 치켜들고 갔다. 그래서 마뜩잖은 기분이 든 카를은 그녀와 함께 있는 것을 남이 볼까 봐 약간 부끄러운 생각이 들었다.

신혼부부의 허옇게 회칠을 한, 무척 수수한 거실에는 테이블보가 깔끔하게 덮인 전나무 식탁이 있었고 그 둘레에 일고여덟 명의 손님이 나란히 앉아 있었다. 그들은 예의 바른 자세로 기쁜 표정을 짓고 있었다. 신혼부부 외에 신랑의 동료 두 사람, 신부의 친척인지 친구가 두세 명 있었다. 잔치 음식으로는 샐러드를 곁들인 돼지 불고기가 나왔다. 식탁에는 케이크가 준비되어 있고, 옆의 바닥에는 대형 맥주 컵 두 개가 놓여 있었다. 바베트가 카를을 데리고 들어가자 모두 자리에서 일어섰다. 집주인은 부끄러운 듯 두 번 인사했고, 인사말과 소개는 말솜씨가 좋은 신부가 맡았다. 손님들은 각기 돌아가며 두 사람에게 악수를 했다.

"케이크 좀 드세요." 여주인이 말했다. 신랑은 새 유리컵을 두 개 갖다 놓고 말없이 맥주를 따랐다.

아직 등불이 켜 있지 않아 카를은 인사할 때 주교 골목의 그레트 말고는 아무도 알아보지 못했다. 바베트의 눈짓을 받은 카를은 이 목적을 위해 미리 그녀에게서 건네받은 종이에 싼 동전을 주부의 손에 쥐여 주고 축하한다는 말을 덧붙였다. 그녀는 그에게 의자를 건넸고, 그는 맥주 컵 앞으로 가서 자리에 앉았다.

이 순간 그는 얼마 전 브뤼엘 골목에서 그의 따귀를 때렸던 젊은 가정부의 얼굴을 옆자리에서 발견하고 깜짝 놀랐다. 그렇지만 그녀는 그를 알아보지 못한 듯했다. 어쨌거나 그녀는 그의 얼굴을 쳐다보고도 아무렇지 않은 표정을 지었고, 주인의 제안으로 모두 축배를 들었을 때도 그녀는 차분하고 친절하게 그의 잔에 자기 잔을 부딪쳤다. 그래서 좀 안심이 된 카를은 큰맘 먹고 그녀를 바라보았다. 그때 잠깐 봤을 뿐 그 후로는 한 번도 본 적이 없는 그 얼굴을 그는 최근 들어 하루에 몇 번이고 마음속에 떠올렸다. 그런데 이상하게도 그 얼굴은 얼마나 달라 보였던가. 그녀는 그가 마음속에 떠올리던 모습보다 좀 더 온화하고 부드러우며, 좀 더 날씬하고 경쾌했다. 또한 예쁘고 무척 매력적이었다. 그의 생각에 그녀는 자신과 거의 동년배로 보였다.

다른 사람들, 특히 바베트와 안나가 열심히 담소를 나누는 동안 카를은 말없이 잠자코 앉아 있었다. 그리고 손으로 맥주 컵을 만지작거리며 금발의 젊은 소녀에게서 눈을 떼지 않았다. 이 입술에 얼마나 자주 입맞춤하고 싶다는 생각을 품었던가를 되새기고 거의 깜짝 놀랄 정도였다. 그녀를 오래 바라보면 볼수록 그것은 아주 어렵고 뻔뻔한 일, 아니 전혀 불가능한 일처럼 생각되었기 때문이다.

카를은 주눅이 들어 한동안 아무 말 없이 뚱한 표정을 하고 있었다. 그때 바베트가 카를을 호명하며 바이올린을 집어 들고 연주해 달라고 부탁했다. 소년은 머리칼이 곤두서서 처음에는 약간 사양하다가 재빨리 케이스에서 바이올린을 꺼내 음을 조율한 뒤 인기 있는 노래 한 곡을 연주했다. 너무 높은 음으로 연주했음에도 그 자리에 있던 사람 모두 즉시 그 노래를 합창했다.

그러자 좌중의 분위기가 부드러워져서 테이블 주위가 떠들썩해지고 자못 명랑해지기 시작했다. 새로 마련한 조그만 램프가 나오고 기름이 채워져 불이 켜졌다. 새로운 노래가 방 안에 계속 울려 퍼지고, 새 맥주 컵이 탁자 위에 놓였다. 카를 바우어가 연주할 수 있는 몇 개의 춤곡 중 한 곡을 켜자 이내 세 쌍이 자리에서 일어나 너무 좁은 방 안을 돌면서 웃으며 춤추었다.

9시쯤 되자 손님들이 집에 돌아가기 시작했다. 금발의 소녀는 한동안 카를, 바베트와 같은 길을 걸었다. 도중에 카를은 용기를 내어 소녀에게 말을 걸었다.

"이 거리의 어디에서 일하세요?" 그는 수줍어하며 물어보았다.

"콜더러 상회예요. 소금 거리의 끝에 있는."

"아, 그렇군요."

"네."

"네, 물론. 그러면……."

그리고 한참 동안 침묵이 흘렀다. 그러나 그는 실례를 무릅쓰고 또 한 번 입을 열었다.

"이곳에 오신 지 오래되었어요?"

"반년쯤 됐어요."

"전에 한 번 뵌 적이 있는 것 같은데요."

"전 뵌 기억이 없는데요."

"언젠가 저녁때 브뤼엘 골목에서 보지 않았나요?"

"전 기억이 없는데요. 어머, 거리에서 만나는 사람마다 일일이 다 유심히 볼 수는 없잖아요?"

그는 행복하게 안도의 숨을 내쉬었다. 그녀는 그때 장난친 사람이 그인 줄 모르고 있었다. 그는 용서를 빌려고 결심하고 있었던 것이다.

그러는 동안 거리의 모퉁이에 다다랐고 그녀는 작별 인사를 하려고 멈춰 섰다. 그녀는 바베트에게 손을 내밀어 악수하고, 카를을 향해 말했다. "그럼 안녕히 가세요, 학생. 그리고 무척 고마웠어요."

"대체 무엇이 고마웠다고요?"

"음악요. 아름다운 음악요. 그럼 안녕히 가세요."

카를은 그녀가 막 돌아서려고 할 때 손을 내밀었다. 그녀는 그의 손을 살짝 잡았다가는 놓고 발길을 옮겼다.

잠시 후 카를이 계단의 중간 층계에서 바베트에게 잘 자라는 작별 인사를 하자, 그녀가 물었다. "어때요, 재미있었어요? 아닌가요?"

"재미있었어요. 정말 재미있었어요. 그렇고말고요." 그는 기분이 좋아 말했다. 그리고 어두운 곳이라 다행이라 생각했다. 얼굴이 뜨겁게 달아오르는 것을 느꼈기 때문이다.

해가 길어졌다. 날이 갈수록 더욱 따뜻해지고, 푸른 하늘을 볼 수 있는 날이 많아졌다. 아무리 응달진 수로나 뜰 구석에도 오랫동안 얼어붙어 있던 강바닥의 회색 얼음이 녹아 없어졌다. 환한 오후에는 불어오는 바람에서도 이미 때 이른 봄기운을 느낄 수 있었다.

바베트는 전처럼 뒤뜰 모임을 다시 열었다. 그리고 날씨가 허락할 때마다 지하실 입구 앞에 앉아 여자 친구들이나 자신이 돌봐 주고 있는 소녀들과 얘기를 나누었다. 그러나 카를은 거기에 참여하지 않고 뜬구름 같은 사랑의 꿈속에서 허우적거리며 지냈다. 자기 방에서 동물 기르기도 그만둬 버리고, 이젠 조각이나 목공 일도 하지 않았다. 그 대신 굉장히 크고 묵직한 아령 한 조(組)를 구해서, 바이올린을 켜도 마음이 허전할 때는 몸이 녹초가 될 때까지 방 안에서 아령 체조를 했다.

그 금발의 젊은 아가씨와는 그 후 거리에서 서너 번 만났다. 만날수록 그녀가 더 좋아졌고, 더욱 아름답게 느껴졌다. 그러나 얘기를 나눌 기회는 더 이상 없었고, 그럴 가망도 없어 보였다.

그러던 어느 일요일 오후였다. 3월의 첫 번째 일요일 오후에 집을 나서려는데 옆의 조그만 뜰에 모여 있는 가정부들의 목소리가 들려왔다. 문득 호기심이 생겨 문에 몸을 기대고 문틈으로 안을 들여다보니, 그레트와 꽃집의 쾌활한 마르그레트가 앉아 있는 것이 보였다. 그리고 그 두 사람 뒤에서 순간 머리를 살짝 치켜든 연한 금발 머리가 보이는 게 아닌가. 그 소녀였다. 그녀가 금발의 티네란 것을 알아채자 카를은 기쁨과 놀라움에 먼저 호흡을 가다듬고 스스로 용기를 북돋지 않을 수 없었다. 그런 뒤 비로소 문을 열고 여자들이 있는 곳으로 다가갈 수 있었다.

"우린 학생이 너무 오만해졌을 거라고 생각했어요." 마르그레트가 웃으며 소리치고는 맨 먼저 손을 내밀었다. 바베트는 손가락으로 그에게 위협하는 시늉을 했지만 즉시 자리를 만들어 앉으라고 권했다. 그리고 여자들은 하던 이야기를 계속했다. 카를은 어슬렁거리며 뜰 안을 약간 둘러보기 위한 것처럼 바로 자리에서 일어났다. 그리고 잠시 이리저리 걸어 다니다가 티네의 옆에 멈춰 섰다.

"아, 당신도 오셨군요?" 그는 나지막이 물어보았다.

"그럼요. 오면 안 되나요? 나는 늘 당신이 언젠가는 오리라고 생각했어요. 그런데 맨날 공부만 하시는 모양이죠?"

"뭐 그렇게 공부만 하는 건 아니에요. 그런 강요를 받기는 하지만요. 당신이 여기 오는 줄 알았다면 언제나 왔을 텐데요."

"어머, 그런 공치사는 그만두세요."

"아니, 정말입니다. 정말이고말고요. 그때 결혼식 날은 정말 즐거웠습니다."

"네, 무척 좋았어요."

"당신이 계셨기 때문이죠. 오직 그 때문이지요."

"그런 말씀 마세요. 말도 안 되는 소리예요."

"아니, 아닙니다. 나한테 화낼 필요 없어요."

"왜 화를 내겠어요?"

"난 당신을 이제 다시는 못 볼까 봐 불안했거든요."

"그래요? 그럼 어떻게 했을 건데요?"

"어떤 일을 했을지 나도 모릅니다. 어쩌면 강물에 풍덩 뛰어들었을지도 모르죠."

"어이쿠, 피부에 아무 일이 없어야 할 텐데. 흠뻑 젖을 수 있을 텐데요."

"네, 물론 당신에게는 우습게 들리겠지만요."

"그렇지는 않아요. 하지만 당신은 머리가 아찔해지는 말을 하고 있어요. 주의하세요. 안 그러면 당신 말을 금방 믿어 버릴 것 같아요."

"믿어도 됩니다. 그러라고 한 말이니까요."

이때 그레트의 신랄한 목소리에 그의 말은 묻혀 버렸다. 그녀는 어떤 나쁜 주인이 가정부를 무자비하게 다루고 식사도 형편없이 주다가, 가정부가 병이 나자 조용히 내쫓은 끔찍한 이야기를 새된 소리로 하소연하듯 오랫동안 떠들어 댔다. 그녀의 이야기가 끝나자마자 다들 큰 소리로 격렬하게 참견을 했다. 그러자 바베트가 조용히 하라고 주의를 주었다. 토론에 열중한 나머지 티네 옆의 여자가 티네 허리를 팔로 껴안고 있어서, 카를은 티네와 단둘이 얘기를 계속하는 것을 당분간 단념해야 했다.

그녀에게 다시 접근할 기회는 오지 않았다. 그래도 거의 두 시간 후에 마르그레트가 해산 신호를 보낼 때까지 그냥 꾹 참으며 기다리고 있었다. 어느덧 날이 어두워지며 선선해졌다. 카를은 간단히 작별 인사를 하고 서둘러 자리를 떴다.

15분쯤 후 티네는 자기 집 부근에서 마지막 길동무와 헤어지고 얼마쯤 혼자 걸어가고 있었다. 그때 오래된 아름다운 단풍나무 뒤에서 라틴어 학교 학생이 갑자기 튀어나와 그녀의 길을 막아서며 수줍은 표정으로 공손히 인사했다. 그녀는 약간 놀라 성이 난 듯 그를 쳐다보았다.

"그러니까 대체 무슨 일이지요?"

완전히 겁을 먹고 얼굴이 창백해진 어린 소년을 보고 그녀의 눈길과 목소리가 눈에 띄게 부드러워졌다.

그는 무척 더듬거리며 또렷한 대답을 하지 못했다. 그럼에도 그녀는 그가 말하려는 뜻을 이해했다. 그의 말이 진심이라는 것도 알았다. 그리고 소년이 이렇게도 어찌할 바 모르고 자기의 손에 내맡겨져 있는 것을 보고 애처로운 생각도 들었지만, 물론 자신의 승리에 대한 자부심과 기쁨을 느끼지 않는 것은 아니었다.

"어리석은 짓을 하면 안 돼요." 그녀는 부드럽게 타일렀다. 그리고 울음을 참고 있는 그의 목소리를 듣자 덧붙여 말했다. "다음에 서로 얘기해요. 지금은 집에 가야 하니까요. 그리고 그렇게 흥분하면 안 돼요, 아셨죠? 그럼 또 만나요!"

그녀는 그렇게 말하고 고개를 끄덕이며 급히 가 버렸다. 카를은 느릿느릿 발걸음을 옮겼다. 그러는 사이에 저녁 어스름이 깔리고 완전히 어두워지며 밤이 되었다. 그는 골목을 빠져나간 뒤광장을 건너 집이며 벽, 정원들, 조용히 흐르는 샘물 옆을 지나교외의 밭두렁까지 걸어갔다. 그리고 다시 시내로 되돌아와서시청의 아치 밑을 통과해 위쪽의 시장 광장을 지나갔다. 그러나모든 것은 바뀌어 미지의 동화의 나라가 되어 버렸다. 자신은 한소녀를 사랑하고 있고, 그 사실을 그녀에게 고백했다. 그리고 자신을 친절하게 대해 준 그녀는 "또 만나요!"라고 말해 주었다.

그는 오랫동안 정처 없이 걸었다. 몸이 서늘해져 왔으므로 양손을 바지 주머니에 찔러 넣었다. 자기 집 골목길로 접어든 순간 그는 문득 꿈에서 깬 듯, 이슥한 밤인 것도 아랑곳하지 않고,잘 들리도록 크고 날카로운 소리로 휘파람을 불기 시작했다. 그소리는 밤거리에 메아리쳐 울려 퍼지며 쿠스터러 부인의 서늘한 복도에 가서야 겨우 멎었다.

티네는 이 일을 어떻게 하면 좋을까 여러모로 궁리해 보았다.어쨌든 기대감으로 열에 들떠 있고 달콤한 흥분에 깊은 생각을하지 못하는 사랑에 빠진 소년보다 자신이 더 많은 생각에 잠겼다. 일어난 일을 더 오래 깊이 생각할수록 귀엽고 경솔한 그 소년을 비난하기 어려웠다. 또한 그처럼 고상하고 교양 있으며 순진한 젊은이가 자기에게 반한 것을 아는 것은 그녀에게 새롭고소중한 느낌이었다. 그렇지만 그녀는 자기가 난처해질 수 있거나 자기에게 손해를 끼칠 수도 있는, 아무튼 확실하고 유익한 목표에 이를 수 없는 연애 관계에는 한순간도 눈길을 돌리지 않는 여자였다.

그렇다고 가혹한 대답을 한다든가, 아예 응답을 하지 않음으로써 그 가엾은 소년의 마음을 아프게 할 생각도 없었다. 때로는 누이처럼, 때로는 어머니처럼 자상하게 농담 삼아 그를 타이르는 게 최선책일 듯싶었다. 그녀가 카를 바우어보다 두 살 정도밖에 나이가 많지 않고, 그녀가 그의 태도를 높이 평가하고 그의 학식을 존경함에도 불구하고 그녀가 볼 때 그는 미성숙한 어린 소년 같았기 때문이다. 그녀는 그가 학식을 갖추고 있다고 불필요한 추측을 했다. 그러지 않아도 여자는 이 나이가 되면 자주 또래의 남자보다 더 조숙하고 더 의젓해진다. 더구나 스스로 밥벌이를 하고, 확고한 지위와 의무를 가지고 생활해 나가는 가정부는 여러 가지 세상일을 처리하는 재간에는 의심의 여지 없이 어떤 학생보다 훨씬 뛰어나다. 특히 어린 학생이 사랑에 빠져 자기 주견도 없이 여자의 판단에 자신을 맡겼을 때는 더욱 그러하다.

곤경에 처한 티네는 이틀 동안 생각과 결심이 이리저리 흔들렸다. 엄격하고 분명히 거절하는 것이 옳다고 생각되지만 그렇게 결심할 때마다 그녀의 마음이 그것에 저항했다. 그녀는 사실 소년에게 반하지는 않았지만 그래도 그를 동정하는 선량한 호의는 지니고 있었다.

결국 그녀는 그런 상황에 처한 사람 대부분이 하는 방식을 썼다. 자신의 여러 가지 결심을 오랫동안 이리저리 신중히 비교하는 동안, 그것들은 흡사 닳아 없어진 것처럼 되어 나중에는 다시 처음 순간과 같은 회의적인 동요 상태로 되돌아가 버리는 것이다. 그리고 막상 행동하는 순간이 오면, 지금까지 생각하고 결심한 것에 대해서 실행은 고사하고 한마디도 못 하고 전적으로 그 순간의 형편에 따르고 마는 것이다. 카를 바우어도 그 점에서 똑같았다.

그녀는 사흘째 되던 날 밤 꽤 늦은 시간에 외출 허가를 받아 밖으로 나갔다가 집 근처에서 우연히 카를과 맞닥뜨렸다. 카를은 겸손하게 인사했지만 목소리가 작은 데다 왠지 의기소침해 보였다. 기다림에 지쳐 몸이 상했기 때문이다. 젊은 두 남녀는 서로 마주 대한 채 무슨 말을 해야 할지 제대로 알지 못했다. 티네는 남들에게 혹시 들킬까 봐 열려 있는 어두운 문 입구로 얼른 들어갔다. 카를도 불안한 심정으로 그녀를 따라 들어갔다. 옆의 마구간에서 말들이 발로 땅을 긁고 있었고, 근처 어느 집의 안뜰인가 정원인가에서 미숙한 초보자가 플루트 연습을 하고 있었다.

"참으로 형편없이 불고 있네요!" 티네는 나직이 말하고 억지웃음을 지었다.

"티네!"

"네, 왜 그러세요?"

"아, 티네……."

소심한 소년은 자기에게 어떤 선고가 내려질지 알지 못했다.

하지만 그의 생각에 그 금발 소녀가 화해할 수 없을 정도로 자기에게 성이 나 있는 것 같지는 않았다.

"네가 너무 사랑스러워." 그는 아주 나직이 말했다. 그리고 이내 그녀에게 다짜고짜로 너라고 말을 놓은 것에 깜짝 놀랐다.

그녀는 잠시 대답을 망설였다. 그러자 머릿속이 완전히 텅 비어 어지러웠던 카를이 덥석 그녀의 손을 잡았다. 그러나 그는 아이처럼 무척 수줍어하고 불안해하며 느슨하게 애원하듯 손을 잡고 있었으므로, 티네는 마땅히 야단쳐야 한다고 생각하면서도 차마 그러지 못했다. 그러기는커녕 그녀는 거의 감격한 듯 미소 지으며, 이 가련한 연인의 머리칼을 비어 있는 왼손으로 부드럽게 쓰다듬어 주었다.

"나한테 화낸 거 아니지?" 그는 깜짝 놀라면서도 환희에 넘쳐 물어보았다.

"그렇고말고, 귀여운 도련님." 티네는 이제 다정하게 웃으며 말했다. "하지만 이제 가 봐야 해. 집에서 날 기다리고 있어. 소시지를 사 가야 하거든."

"같이 가면 안 될까?"

"안 돼, 당치도 않은 생각이야. 먼저 집으로 가. 우리가 같이 있는 걸 들키면 안 돼."

"그럼 잘 가, 티네."

"그래. 어서 가! 안녕."

카를은 아직 여러 가지 더 물어보고 부탁하고 싶은 말이 있었지만, 이제 그런 것은 다 잊어버리고 행복한 기분으로 걸어갔다.

도시의 포장도로가 부드러운 잔디밭이라도 되는 듯 가볍고 차분한 발걸음으로 걸었다. 그리고 눈부시게 밝은 나라에서 나오기라도 한 것처럼 아무것도 보이지 않아 내면을 향하는 눈으로 사물을 바라보았다. 티네와는 거의 대화를 나누지 않았지만, 그는 티네를 너라고 불렀고 티네도 그를 그렇게 불렀다. 그는 소녀의 손을 꼭 움켜쥐고 있었다. 그리고 티네는 그의 머리칼을 손으로 쓰다듬어 주었다. 그것은 충분한 것 이상으로 생각되었다. 오랜 세월이 지나 많은 세파를 겪은 뒤에도 3월의 그날 저녁 일을 생각할 때마다 그는 부드럽고 따스한 행복감과 고마운 호의가 환한 불빛처럼 그의 영혼을 가득 채우는 것을 느꼈다.

후에 그때 일을 곰곰 생각해 본 티네는 물론 그 일이 어떻게 진행되었는지 전혀 파악할 수 없었다. 그러나 카를이 그날 밤 일을 무척 행복하게 체험하고, 그 일에 대해 그녀에게 대단히 고마워하고 있음을 충분히 느끼고 있었다. 또한 카를의 어린이다운 부끄러움과 수줍은 연정을 잊지 않았다. 결국 더 낫게는 처리할 수 없었던 이 일이 큰 화가 되리라곤 생각하지 못했다. 어쨌거나 이 현명하고 착실한 소녀는 사랑에 빠진 이 소년에 대해 이제부터는 자기에게 책임이 있음을 알고 있었다. 그래서 되도록 부드럽고 안전하게, 팽팽히 당겨진 실을 따라 그를 올바른 길로 이끌어 주리라 마음먹었다. 그녀는 인간의 첫사랑이란, 아무리 신성하고 달콤하다 할지라도, 임시변통이자 우회로에 불과함을 자신의 삶을 통해 고통스럽게 체험했기 때문이다. 그것이 그리 오래전의 경험은 아니었다. 이제 그녀는 소년이 너무 많은 불필요한 아픔을 겪지 않고 이 일을 헤쳐 나갈 수 있도록 도울 수 있기를 희망했다.

그 후 두 사람은 일요일에야 비로소 바베트의 집에서 다시 만났다. 거기서 티네는 김나지움 학생에게 다정하게 인사하고 자기 자리에서 한두 번 미소 지으며 고개를 끄덕였다. 그를 몇 번인가 이야기에 끌어들이려 했는데, 그 외에는 그녀에게서 이전의 태도와 다른 점이 보이지 않았다. 그러나 카를에게는 그녀가 조금만 미소 지어도 더없이 소중한 선물처럼 생각되었다. 그리고 그 눈길 하나하나가 광채와 열기로 그를 감싸는 불꽃처럼 생각되었다.

며칠 후에 티네는 마침내 소년과 얘기를 매듭지을 수 있게 되었다. 학교 수업이 끝난 오후였다. 카를은 다시 티네의 집 주위를 엿보고 있었다. 그것은 그녀 마음에 들지 않았다. 그녀는 조그만 정원을 통과해 그를 집 뒤의 목재 창고로 데려갔다. 톱밥과 건조한 너도밤나무 목재 냄새가 풍기는 곳이었다. 그녀는 그곳으로 그를 불러 야단쳤다. 특히 그가 자기 뒤를 쫓아다니거나 몰래 기다리는 것을 못 하게 했다. 그리고 그와 같은 젊은 연인의 몸가짐이 어떠해야 하는지 설명해 주었다.

"모임이 있을 때마다 바베트네 집에서 나를 만날 수 있어. 그리고 원한다면 돌아갈 때마다 나를 바래다줄 수 있어. 그러나 우리 집까지는 안 되고 다른 친구들이 가는 데까지만 말이야. 나하고 단둘이만 걸어가면 안 돼. 남의 눈을 조심하고 정신을 차리지 않으면 모든 일이 안 좋게 돼. 사람들이 어디서든 지켜보고 있어. 연기만 보고도 불이 났다고 소리치거든."

"알겠어, 그렇지만 내가 너의 연인이라면." 카를은 약간 울먹이며 상기시켰다. 티네는 웃으며 말했다.

"내 연인이라니! 그게 무슨 말인지 다시 생각해 봐! 그런 말을 바베트나 고향의 아버님 또는 선생님께 해 봐! 나도 너를 무척 좋아하고 있으니, 네가 잘못되기를 바라지 않아. 그러나 내 연인이 되려면 먼저 독립해서 스스로의 힘으로 생활할 수 있어야 해. 하지만 그렇게 되려면 아직 꽤 멀었어. 지금 너는 그냥 학생 신분으로 나를 좋아하고 있어. 내가 너한테 호의를 갖고 있지 않으면 결코 이런 얘기를 하지 않을 거야. 그러니 이런 말 한다고 고개를 떨굴 필요는 없어. 그런다고 나아지는 게 아무것도 없으니까."

"그럼 난 어떡하란 말이야? 날 좋아하지 않아?"

"어머, 카를, 그런 뜻이 아니야. 사리를 분별해야 하고, 네 나이에 아직 바랄 수 없는 것을 요구해선 안 돼. 우리 좋은 친구로 지내고, 때를 기다리기로 해. 시간이 지나면 모든 것이 바람직하게 될 거야."

"그렇게 생각해? 그래, 그런 걸 잘 알고 있구나. 하지만 너에게 할 얘기가 있어."

"뭔데?"

"음, 말하자면……."

"말해 봐!"

"나한테 한번 입맞춤해 줄 수 없을까 해서."

그녀는 빨개져서 불안하게 물어보는 그의 얼굴과 소년다운 귀여운 입을 바라보았다. 그러다가 한순간 문득 그의 소원을 들어줘도 좋을 것 같다는 생각이 들었다. 그러나 이내 스스로를 질책하고 금발 머리를 엄하게 흔들었다.

"입맞춤이니? 대체 무슨 뜻으로?"

"뭐 그냥. 화낼 필요 없어."

"화난 건 아니야. 하지만 무모하게 막 나가선 안 돼. 그 일은 나중에 언젠가 다시 얘기하도록 해. 나를 겨우 알기 시작했을 뿐인데 금방 입 맞추고 싶다니! 그런 건 장난삼아 하는 게 아니야. 그러니 이제 얌전하게 행동해야지. 일요일에 또 만나. 그때도 바이올린을 가져올 수 있겠지?"

"응, 그러지."

티네는 그를 돌려보냈다. 그리고 그가 생각에 잠겨 약간 언짢은 기분으로 걸어가는 뒷모습을 바라보며 괜찮은 아이니 그의 마음을 아프게 해서는 안 된다고 생각했다.

티네의 훈계가 카를에게는 쓰디쓴 약과 같았지만, 그는 그 말에 따랐다. 그리고 그렇게 하는 것이 그에게 결코 나쁘지 않았다. 사실 그는 연애를 좀 다른 식으로 상상하고 있었으므로 처음에는 꽤나 실망을 했다. 하지만 곧 그는 주는 것이 받는 것보다 행복한 일이고, 사랑하는 것이 사랑받는 것보다 더 아름답고 행복하게 해준다는 옛 진리를 발견했다. 자신의 연정을 숨기거나 부끄러워할 필요는 없었으며, 자신의 사랑이 현재로서는 보답받지 못했다 하더라도, 인정은 받았다는 사실에 그는 즐겁고 자유로운 기분이 되었다. 그리고 지금까지의 무의미한 존재의 협소한 테두리로부터 위대한 감정과 이상의 좀 더 고상한 세계로 드높여졌다.

그 후부터는 모임이 있을 때마다 그는 소녀들에게 바이올린 두세 곡을 매번 연주해 주었다.

"이것은 너만을 위한 것이야, 티네." 나중에 그는 그렇게 말했다. "달리 너에게 주거나 해 줄 수 있는 게 없으니까 말이야."

그녀는 그에게 두 번 특별히 데이트를 허락했다. 한 번은 한가한 오후에 집 뒤에서, 또 한 번은 금요일 저녁에 교외의 고적한 공사장에서였다. 두 번 모두 그녀는 그를 좀 더 싹싹하게 대하거나 그가 그녀의 손을 잡고 쓰다듬는 것 이상은 허락하지 않았지만, 은밀하게 약속해서 함께 있다는 것과 그것으로 그녀가 그에게 신뢰를 보여 준 것이 그를 행복하게 만들었다. 그래서 그는 위대한 모험을 하고 엄청난 쾌락을 즐긴 기분으로 집에 돌아왔다.

봄이 차츰 다가오다가, 어느덧 완연한 봄이 되었다. 연녹색 목장에는 노란 별꽃이 피고, 숲으로 덮인 먼 산들은 건조한 남풍으로 짙은 남색으로 물들고, 나뭇가지는 여린 잎사귀의 부드러운 베일로 덮이고, 철새들이 되돌아왔다. 주부들은 히아신스나 제라늄 화분들을 창밖의 녹색으로 칠한 널빤지에 내놓았다. 남정네들은 한낮에는 셔츠 차림으로 대문 밑에서 소화를 시켰고, 저녁에는 야외에서 구주희 놀이를 했다. 젊은이들은 들뜬 마음에 더욱 정열적으로 되어 사랑을 속삭였다.

어느 일요일에 티네는 친구와 산책을 나갔다. 이미 녹색으로 덮인 계곡 위로 푸른 하늘에는 태양이 부드럽게 방긋 떠올랐고, 정오가 지난 다음에는 봄볕이 벌써 아주 놀랄 만치 뜨거워졌다. 둘은 한 시간쯤 걸리는 곳에 위치한 숲속의 성터인 에마누엘스부르크로 가는 길이었다. 거리를 지나 교외의 어느 흥겨운 음식점 옆을 지나가는데, 그곳에서는 음악 소리가 울려 퍼졌고, 둥근 잔디밭에서는 사람들이 왈츠풍의 민속춤을 추고 있었다. 소녀들은 유혹에 끌리지 않고 지나가고 있었지만 발걸음은 느려지며 머뭇거리고 있었다. 길은 둥글게 굽어져 있었다. 이 커브 길에 왔을 때 이미 멀리서 울려 퍼지던 음악의 달콤한 가락이 더 세게 또다시 들려왔다. 두 소녀의 발걸음은 더욱 느려졌다. 급기야는 더 이상 걷지 못하고, 길가의 목장 울타리에 기대어 음악 소리에 귀 기울였다. 잠시 후 다시 걸을 힘이 났지만, 달콤한 그리움에 젖은 음악이 그 힘보다 더 강렬해서, 두 여자는 방금 왔던 길로 되돌아갔다.

"옛날부터 있던 에마누엘스부르크의 성터가 어디로 달아나진 않겠지." 그녀의 친구가 말했다. 두 여자는 그 말을 위로 삼아 눈을 내리깔고 얼굴을 붉히며 음식점 정원으로 들어갔다. 그곳에서는 나뭇가지와 갈색의 수지질(樹脂質) 밤나무 새싹들이 촘촘하게 짜인 틈새 사이로 푸른 하늘이 더욱 푸르게 웃음 짓는 모습이 보였다. 근사한 오후였다. 해질녘 시내로 되돌아올 때 티네는 혼자가 아니었다. 건장하고 잘생긴 청년이 그녀를 정중히 데려다주었다. 옆에서 걸어가는 여자 친구는 그런 그녀를 당연히 적지 않게 부러워했다.

예쁜 티네는 이번에 좋은 상대를 만난 것이다. 그는 목수 일을 배우는 사람이었고, 목수 장인이 되어 결혼할 수 있을 때까지 더 이상 그리 오래 기다릴 필요가 없는 유용한 사람이었다. 그는 애정 표현은 넌지시 머뭇거리며 했지만, 자신의 상황이나 미래의 전망에 대해서는 분명하고 막힘없이 이야기했다. 그의 말에 의하면 그는 티네가 알지 못하는 사이에 이미 두세 번 그녀를 본 적이 있어 그녀에게 눈독을 들이고 있었다. 따라서 지금의 고백은 잠시 연애를 즐기려는 목적이 아니었다. 티네는 그후 일주일 동안 매일 그와 만났고, 날이 갈수록 그에게 더욱 애정을 품게 되었다. 이와 동시에 두 연인은 모든 필요한 이야기를 나누었고, 그러다가 의견 일치를 보아 자기들은 물론 친지들 사이에서도 약혼자 대우를 받았다.

최초의 꿈같은 흥분이 지나간 뒤 티네는 조용한, 거의 엄숙하기조차 한 기쁨에 휩싸여 있었다. 그 때문에 한동안은 다른 모든 것, 그동안 줄곧 헛되이 티네를 기다리고 있던 가련한 학생 카를 바우어도 잊고 있었다.

소홀히 하고 있던 소년 카를이 다시 생각나자 티네는 그가 무척 가엾게 생각되어 처음에는 이 새로운 사실을 당분간은 비밀에 부치려고 했다. 그런데 다시 그러는 것이 좋지 않고, 해서는 안 될 일처럼 생각되었다. 그리고 생각하면 할수록 그 일이 어렵게 여겨졌다. 아무것도 모르는 소년에게 솔직하게 털어놓기가 겁이 났지만, 그것이 유일한 좋은 방법임을 알았다. 그리고 호의적인 의도로 소년과 장난을 친 것이 비록 그릇된 것은 아니더라도, 얼마나 위험한 것인지 이제야 비로소 깨닫게 되었다. 어쨌든 소년이 남들에게서 이 새로운 관계에 관해 듣고 어리석은 일을 저지르기 전에 빨리 알려야겠다는 생각이 들었다. 그녀는 이번 일로 소년이 자기를 나쁘게 생각하지 않기를 바랐다. 그리고 분명히 의식한 것은 아니지만 자신이 소년에게 사랑을 미리 맛보게 해서 어렴풋이 예감하게 했다는 느낌과, 속임을 당했다는 생각이 그에게 해를 끼치고, 그가 체험한 것이 그에게 독이 될지도 모른다는 느낌이 들었다. 이처럼 소년과의 이런 악의 없는 일이 이토록 자신을 괴롭힐 줄은 꿈에도 생각지 못했다.

마침내 도저히 안 되겠다고 생각한 티네는 바베트를 찾아갔다. 물론 바베트는 연애 사건을 해결하는 가장 적합한 심판자는 아닐지도 몰랐다. 그러나 티네는 그녀가 라틴어 학교 학생을 대단히 좋아하고, 그의 신변을 돌보아 주고 있음을 알고 있었다. 그리고 사랑에 빠진 소년을 보호받지 못하는 상태로 혼자 내버려 두는 것보다는 그녀의 질책을 감수하는 것이 더 낫다고 생각한 것이다.

물론 질책이 없지 않았다. 소녀의 이야기를 자초지종 잠자코 주의 깊게 듣고 있던 바베트는 바닥을 발로 쾅쾅 구르며 화를 냈다. 그리고 후회의 마음을 품고 고백을 한 티네에게 몹시 격분하여 그녀를 호되게 야단쳤다.

"듣기 좋은 말을 하지 말라니까!" 바베트는 격분하여 티네에게 소리쳤다. "어쨌거나 넌 그를 속이고, 바우어를 야비하게 농락한 거야. 그게 다야."

"욕한다고 무슨 도움이 되겠어요, 바베트. 알다시피 단순히 즐기려고 그랬다면 이렇게 달려와서 고백하지는 않았을 거예요. 나로서는 쉬운 일이 아니었어요."

"그래? 그럼 이제 어떡할 거야? 지금 누가 뒷수습을 하라는 거지, 응? 혹시 나더러? 그렇지만 모든 것은 그 소년, 가련한 카를이 걸린 문제란 말이야."

"네, 그가 정말 가엾게 생각돼요. 그런데 제 말 좀 들어 보세요. 그를 만나 자초지종을 다 말할 생각이에요. 저를 변명하지는 않겠어요. 다만 전 나중에 그가 너무 괴로워할 때 당신이 돌봐 줄 수 있도록 그 일에 관해 알려 주려는 것뿐이었어요. 그러니까 원하신다면요?"

"나한테 달리 방법이 없잖아? 아이처럼 어리석은 짓을 했어. 그러면서 너도 무언가 배우는 게 있겠지. 허영심에 하느님처럼 굴려고 한 거야. 그런다고 해를 입지는 않을 테니."

이런 얘기를 나누고 나서 나이 든 가정부는 그날 중으로 뒤뜰에서 두 사람이 만나도록 주선했다. 물론 바베트가 이 일에 관여한 사실을 카를이 눈치채지 못하게 했다. 해질 무렵이었다. 좁은 뒤뜰 위의 하늘이 어슴푸레한 황금빛으로 물들어 있었다. 그러나 문 쪽은 어두컴컴해서 거기에 선 두 남녀는 누구의 눈에도 띄지 않았다.

"저, 얘기할 게 있어요, 카를." 소녀가 입을 열기 시작했다. "우린 오늘 작별 인사를 해야 해요. 무슨 일이든 언젠가는 끝이 오는 법이니까요."

"대체 무슨 말이야. 무엇 때문에?"

"나에게 신랑감이 생겨서요."

"신랑이라니⋯⋯."

"진정하세요, 제발. 먼저 내 얘기를 들어 주세요. 학생은 날 좋아했고, 나 역시 학생을 말없이 매정하게 떠나보내고 싶진 않았어요. 사람들은 종종 그렇게 하지만요. 처음부터 말했었죠. 좋아한다고 곧장 나를 연인이라고 생각해선 안 된다고요. 그렇죠?"

카를은 잠자코 있었다.

"그렇지 않아요?"

"그건 그래."

"그리고 지금 우린 결말을 지어야 해요. 너무 어렵게 생각할 필요 없어요. 이 거리에 여자들은 얼마든지 있잖아요. 그리고 난 학생에게 유일무이한 여자가 아니고 적합한 여자도 아니에요. 당신은 계속 공부해서 나중에 훌륭한 분, 어쩌면 박사가 될지도 모르잖아요."

"그만둬, 티네. 그런 말 마."

"하지만 정말 그래요. 사실인걸요. 또 해 줄 말이 있어요. 처음 사랑에 빠지면 그건 결코 올바른 게 아니에요. 너무 어릴 때는 자신이 바라는 게 무엇인지 결코 알지 못해요. 거기서는 아무런 좋은 결과가 나오지 않거든요. 그러다가 세월이 흘러 사물을 보는 눈이 달라지면 잘못되었다는 걸 깨닫는 거예요."

카를은 뭐라고 대꾸하려고 했다. 반박할 말은 많았지만, 고통스럽고 속으로 흐느끼고 있어서 한마디도 할 수 없었다.

"무슨 말을 하고 싶으신 거죠?" 티네가 물었다.

"아, 너, 너는 아무것도 몰라."

"무엇을요? 카를?"

"아, 아무것도 아니야. 오, 티네, 난 이제 무슨 일을 시작해야 하지?"

"아무것도 시작할 필요 없어요. 그냥 조용히 계세요. 오래 걸리지 않을 거예요. 그리고 나중에는 이렇게 된 게 잘됐다고 기뻐할 거예요."

"네 말은, 그래, 네 말은……."

"난 그저 당연한 이야기를 할 뿐이에요. 지금은 내 말을 안 믿으려 하겠지만 훗날 내 말이 옳다는 걸 아실 거예요. 죄송해요, 카를, 정말 죄송해요."

"죄송하다고? 티네, 난 아무 말도 하고 싶지 않아. 분명 네 말이 맞겠지. 하지만 이 모든 것이 한꺼번에 끝장나다니, 모든 것이……."

그는 더 이상 말을 계속할 수 없었다. 티네는 카를의 들썩이는 어깨에 손을 얹고 울음이 진정될 때까지 조용히 기다리고 있었다.

"내 말 들어 봐요." 그런 다음 그녀는 결연하게 말했다. "착실하고 슬기롭게 살겠다고 지금 약속해 줘야 해요."

"슬기롭게 살지 않을 거야! 난 죽고 싶어. 이렇게 살 바에야 차라리 죽는 편이 낫겠어."

"안 돼, 카를. 그렇게 자포자기해선 안 돼요. 언젠가 나의 입맞춤을 받고 싶다고 그랬죠, 기억나세요?"

"기억나."

"그럼, 지금, 착실해지려고 한다면……. 그런데 난 학생한테 나쁜 사람으로 비치는 게 싫어요. 정말 당신과 사이좋게 헤어지고 싶어요. 착실하게 처신하겠다면 오늘 입맞춤해 드리겠어요. 괜찮아요?"

카를은 고개를 끄덕이기만 하고, 눈물이 마른 눈으로 어찌할 바 모르고 그녀를 바라보았다. 티네는 카를에게 가까이 다가가 입을 맞추었다. 차분하게, 아무런 욕망도 없이 순수하게 주고받은 입맞춤이었다. 동시에 그녀는 그의 손을 잡고 살짝 움켜쥐었다. 그러고 나서 재빨리 문을 통해 현관으로 나가서는 사라져 버렸다.

카를 바우어는 현관에서 울리며 사라져 가는 그녀의 발자국 소리를 들었다. 그리고 그녀가 집을 나가서 바깥 계단을 지나 거리로 나가는 소리를 들었다. 그는 그 소리를 들으면서 마음속으로는 다른 일을 생각하고 있었다.

카를은 금발의 젊은 가정부에게 골목에서 따귀를 맞았던 겨울 저녁 시간을 생각하고 있었다. 정원 입구의 어두컴컴한 곳에서 소녀의 손이 그의 머리를 쓰다듬어 주었던 이른 봄 저녁을 생각하고 있었다. 그때는 세상이 마법에 걸려 있었다. 도시의 거리들은 낯설고, 황홀하도록 아름다운 공간이 되어 있었다. 전에 바이올린으로 연주한 멜로디들이 생각났고, 교외에서 맥주와 케이크가 나왔던 결혼식 날 저녁이 생각났다. 사실 맥주와 케이크의 배합이 우스꽝스럽다는 생각이 들었다. 하지만 그 이상의 것은 생각할 수 없었다. 왜냐하면 그는 애인을 잃었고, 기만당하고 버림받았기 때문이다. 그래도 입맞춤은 해 주었다, 입맞춤은…… 오, 티네!

피곤에 지친 카를은 뒤뜰에 이리저리 흩어져 있는 어느 빈 상자에 걸터앉았다. 머리 위의 조그맣게 네모진 하늘은 붉게 물들고 은빛이 되었다. 그러다가 소멸해 버려 오랫동안 죽은 듯 캄캄해졌다. 몇 시간 뒤 달빛이 밝게 비치기 시작했지만 카를은 여전히 상자 위에 앉아 있었다. 그의 짧아진 그림자가 울퉁불퉁한 포석(鋪石) 위에 검게 일그러져 있었다.

어린 카를이 사랑의 나라 속으로 들여다본 것은 곰 구경꾼이 울타리 너머로 얼핏 여기저기 들여다본 것과 다름없었다. 하지만 그것들은 카를이 여성으로부터 사랑의 위로와 광채가 없는 삶은 슬프고 무가치한 것으로 생각하도록 하기에 충분했다. 이제 그는 공허하고 울적한 나날을 보내게 되었고, 날마다 해야 할 일이나 의무에 대해서는 더 이상 자기와 관계가 없다는 듯이 무관심하게 행동했다. 그의 그리스어 선생이 멍하니 몽상에 빠져 있는 이 소년에게 자제심을 갖고 열심히 공부하라고 여러 번 주의를 주었지만 아무 소용이 없었다. 충실한 바베트의 맛있는 음식도 아무 효과가 없었고, 그녀의 호의적인 위로의 말도 효과 없이 그의 옆에서 미끄러져 버렸다.

탈선한 소년을 다시 학업과 이성의 본궤도로 올려놓기 위해서는 교장의 엄하고 이례적인 질책과 치욕적인 근신 처벌이 필요했다. 그는 마지막 학년을 눈앞에 두고 낙제한다는 것은 어리석고 화나는 일임을 깨달았다. 그래서 점점 길어지는 초여름 밤에 늦게까지 머리를 싸매고 공부하기 시작했다.

카를 자신은 믿지 않았지만 그것이 회복의 시초였다. 절망적으로 슬픈 숙고의 많은 시간이 그를 비참하게 만들어서, 지금 어쩔 수 없이 열심히 공부하는 것이 그에게 도움이 되었다. 공부가 그로 하여금 영원히 똑같은 참담한 생각에 계속 얽매이지 않게 했기 때문이다.

물론 그럼에도 밤에 침대에서나 고독하게 산책할 때 반쯤 정신이 마비된 듯 절망감이 다시 꿈틀거릴 때도 있었다. 그럴 때는 티네의 이름을 수백 번이나 불렀으며, 몸이 뜨거워지고 지치도록 눈물을 흘렸다. 몇 번이나 그는 티네가 살았던 소금 거리에도 찾아가 보았다. 그리고 왜 그녀와 그 이후로 단 한 번도 만나지 못했는지 이해할 수 없었다. 하지만 그것에는 그럴 만한 이유가 있었다. 소녀는 카를과 마지막 대화를 나눈 직후 고향에서 결혼 준비를 하기 위해 벌써 떠나 버렸다. 카를은 그녀가 거기에 살고 있으면서 자기를 피한다고 생각했다. 그러나 아무에게도, 바베트에게도 그녀 소식을 물어보고 싶지 않았다. 그래서 헛걸음을 했을 때는 때로는 크게 분노하거나, 때로는 슬픔에 잠겨 집으로 돌아왔다. 그리고 방에서는 바이올린을 마구 긁어 대거나 조그만 창 너머의 수많은 지붕을 오랫동안 바라보거나 했다.

어쨌거나 그는 점차 기운을 회복해 갔다. 그것에는 바베트의 노고 또한 컸다. 그의 상태가 좋지 않은 것을 알면 곧잘 저녁에 계단을 올라와 그의 방문을 두드렸다. 그리고 오랫동안 카를 곁에 앉아 위로해 주었다. 그러면서도 자신이 그의 고민의 원인을 알고 있다는 걸 내색하지 않았다. 티네 이야기는 하지 않고 연애 사건에 대해서는 아무것도 이야기하지 않았다. 그 대신 우스운 조그만 일화들을 들려주었고, 병에 반쯤 남은 과실주나 포도주를 가져와서 바이올린 곡을 하나 켜 달라든가 이야기책을 읽어 달라고 부탁했다. 이렇게 해서 그런 밤은 평화롭게 지나갔다. 밤이 이슥해져 바베트가 내려가면 카를은 마음이 좀 더 진정되어 악몽을 꾸지 않고 잠잘 수 있었다. 나이 든 가정부는 작별 인사를 할 때마다 즐거운 밤을 보낸 것에 고마움을 표시했다.

상사병에 걸렸던 카를은 서서히 이전의 자신으로 돌아와 쾌활함을 되찾았다. 그러나 티네가 바베트에게 종종 편지를 보내 그에 대해 묻고 있다는 건 알지 못했다. 카를은 이전보다 남자다워지고 성숙해졌다. 뒤떨어진 학업도 따라잡고 거의 1년 전과 같은 생활로 돌아갔다. 하지만 도마뱀 수집이나 새 기르는 일은 다시 하지 않았다. 졸업 시험을 치고 있는 최고 상급반 학생들과의 대화를 통해 대학 생활의 낭만과 즐거움에 대한 유혹적인 말이 그의 귀에 솔깃하게 들어왔다. 카를은 이제 낙제할 필요가 없음을 알았기에 자신이 그런 천국에 좀 더 가까이 다가가고 있음을 기분 좋게 느끼고, 이제는 여름 방학이 다가오는 것을 기다리기 힘들 정도로 즐거운 마음으로 손꼽아 기다리게 되었다. 이 무렵이 되어서야 비로소 카를은 바베트를 통해 티네가 진작 이 거리를 떠났다는 것을 듣게 되었다. 아직 사랑의 상처는 욱신거리고 얼얼하게 쑤셨지만, 거의 나아서 아물어 가고 있었다.

그 이상 아무 일도 일어나지 않고 전체 이야기가 그것으로 끝났다 해도, 카를은 자신의 첫사랑 이야기를 멋있고 고마운 추억으로 가슴에 간직하고 언제까지나 잊을 수 없었을 것이다. 그러나 또 짧은 뒷이야기가 더해져 더욱 잊을 수 없는 추억이 되었다.

여름 방학이 시작되기 일주일 전이라 귀향과 자유를 기다리는 즐거운 기분 때문에 카를의 여린 가슴에 아직 남아 있던 사랑의 슬픔도 스러져 가고 있었다. 카를은 벌써 짐 꾸리기를 시작하여 낡은 공책들은 불태워 버렸고, 다음 학년에 필요 없는 책들은 비싸게 팔아 치웠다. 그는 숲속에서의 산책, 물놀이와 노 젓기, 블루베리와 사과, 그리고 아무런 구속 없이 마음껏 즐길 수 있는 휴일들을 생각하면서 오랫동안 더 이상 느끼지 못했던 기쁨에 들떠 있었다. 그는 행복한 기분으로 뜨거운 길거리를 돌아다녔다. 그리고 벌써 며칠 전부터 티네에 대해서는 까맣게 잊고 있었다.

그러던 어느 날 오후였다. 체육 시간이 끝나고 집으로 돌아가는 도중 엿기름 골목에서 생각지도 않게 티네와 마주쳤다. 카를은 깜짝 놀랐다. 그는 발걸음을 멈추고 당황해 손을 내밀며 괴로운 듯 "안녕하세요?" 하고 인사했다. 그는 당황한 중에도 그녀가 슬픔에 잠겨 심란해하고 있음을 곧 눈치챌 수 있었다.

"어떻게 지내요, 티네?" 그는 수줍어하면서 물었다. 그녀에게 말을 놓아야 할지 높여야 할지 알지 못했다.

"좋지 않아요." 그녀가 간단히 대답했다. "잠깐 같이 걸으시겠어요?"

그는 뒤돌아서서 그녀 옆에서 천천히 오던 길을 되돌아갔다. 그러면서 그는 그녀가 전에 자기와 함께 있는 모습이 남의 눈에 띄는 것을 얼마나 싫어했는지를 생각하지 않을 수 없었다. 물론 이제 약혼을 해서 그렇겠지 하고 그는 생각했다. 그리고 그냥 가만히 있는 것이 어색해서 신랑은 잘 있는지 물었다. 그러자 그의 마음이 아플 정도로 티네가 몹시 애처로운 표정으로 흠칫 몸을 움츠렸다.

"그럼 아무것도 모르세요?" 티네는 나직이 말했다.

"네, 대체 무슨 일인데요?"

"병원에 입원해 있어요. 살아날 수 있을지 모르겠어요. 어디가 아프냐고요? 새로 짓는 건물에서 떨어져 어제부터 의식이 없는 상태예요."

두 사람은 아무 말 없이 계속 걷기만 했다. 카를은 뭐라고 적당한 위로의 말을 건네려 했으나 얼른 생각이 나지 않았다. 지금 그렇게 그녀 옆에서 길을 걸으며 그녀를 동정해야 한다는 사실이 불안한 꿈처럼 생각되었다.

"이제 어디로 가는 거지요?" 그는 더 이상 침묵을 견딜 수 없어 마침내 말문을 열었다.

"다시 신랑이 있는 곳으로 가야 해요. 제가 보면 좋지 않다고

낮에는 면회를 시켜 주지 않았어요."

카를은 티네를 따라 병원에 찾아갔다. 키 큰 나무와 울타리를 둘러친 공원 사이에 위치한 크고 조용한 병원이었다. 그도 역시 나직이 몸을 떨면서 넓은 계단을 올라가 안으로 들어갔다. 매트가 깔린 깨끗한 복도를 통과했는데, 복도에 가득 차 있는 약제 냄새가 그를 겁먹게 하고 그의 마음을 무겁게 짓눌렀다.

티네 혼자 번호가 붙은 문 안으로 들어갔다. 카를은 복도에서 가만히 기다리고 있었다. 이런 건물에 오기는 난생처음이었다. 어느 병실이든 밝은 갈색으로 칠해진 이 문들 뒤에 숨겨진 많은 두려움과 고통을 상상하니 카를의 마음은 전율에 사로잡혔다. 그는 티네가 다시 나올 때까지 감히 거의 꼼짝도 할 수 없었다.

"좀 나아졌다네요. 아마 오늘 중으로 의식이 돌아올 거라네요. 그럼, 잘 가요, 카를. 나는 여기 남아 있어야겠어요. 정말 고마웠어요."

그녀는 조용히 다시 안으로 들어가 문을 닫았다. 문 위의 17이라는 숫자를 카를은 멍하니 골백번이고 되뇌어 보았다. 그는 흥분된 마음으로 이 무시무시한 건물을 나왔다. 얼마 전까지의 즐거운 기분은 완전히 사라져 버렸다. 하지만 그가 지금 느끼고 있는 것은 더 이상 그전에 겪었던 사랑의 아픔 같은 것이 아니었다. 그는 그런 고통을 여전히 느끼고 있었지만, 그것은 좀 더 넓고 좀 더 큰 느낌과 체험에 둘러싸이고 에워싸여 있었다. 조금 전에 목격하고 깜짝 놀란 구체적인 불행에 비하면 자신이 겪은 커다란 체념의 고통 따위는 사소하고 우스꽝스러운 것으로 보였다. 또한 자신의 사소한 운명은 특별한 것이 아니고, 예외라고 할 만큼 잔혹한 것도 아니며, 얼핏 행복해 보이는 사람들 위에도 어쩔 수 없이 운명이 지배하고 있다는 것도 갑자기 깨닫게 되었다.

그는 좀 더 많이, 좀 더 낮고 중요한 것을 배웠다. 그 후 며칠 동안 카를은 병원에 있는 티네를 자주 찾아갔다. 그러는 사이 가끔 면회할 수 있을 정도로 환자의 용태가 좋아졌을 때 카를은 또 한 번 전혀 새로운 체험을 하게 되었다.

그때 그는 무자비한 운명 역시 아직 최고의 궁극적인 것은 아니라는 사실, 그리고 약하고 불안에 떠는 짓눌린 영혼이 그 운명을 극복하고 이겨 나갈 수 있다는 사실을 깨달은 것이다. 불의의 사고를 당한 남자가 병약한 불구가 되어 의지할 데 없는 비참한 여생을 보내게 될지 아니면 더 나은 여생을 보내게 될지는 아직 알 수 없는 일이었다. 그러나 카를 바우어는 그런 불안한 걱정을 뛰어넘어 가난한 두 연인이 자신들의 풍요로운 사랑을 즐기고 있는 것을 보았다. 그리고 피곤에 지치고 걱정에 쇠약해진 그 소녀가 굳건한 자세를 유지하고, 자기 주위에 광명과 기쁨을 퍼뜨리는 것을 보았다. 또 낙담한 남자의 창백한 얼굴이 고통에 굴하지 않고 애정 어린 감사의 마음으로 환한 광채에 빛나고 있는 것을 보았다.

벌써 여름 방학이 시작되어 티네가 직접 출발을 독촉할 때까지 카를은 며칠 더 그곳에 머물러 있었다.

병실 앞 복도에서 카를은 티네에게 작별을 고했다. 전에 쿠스터러 가게의 뒤뜰에서와는 다른, 좀 더 아름다운 이별이었다. 그는 티네의 손을 쥐고 무언의 감사를 보냈다. 티네는 눈물을 글썽이며 고개를 끄덕였다. 카를은 그녀의 행복을 빌었다. 그리고 자신도 언젠가 이 가난한 소녀와 그 약혼자처럼 순결하게 사랑하고 사랑받게 되기만을 진심으로 바랐다. 그러고 나서 그는 집으로 떠났다. 첫날 저녁 그가 일찍 잠자리에 들자 아버지는 미소 지으며 어머니에게 말했다. "카를이 변한 것 같지 않소? 당신 생각은 어때요?"

"그래요." 어머니는 생각에 잠겨 말했다. "걔가 달라졌어요. 어느덧 흡사 의젓한 남자가 된 것 같아요. 이 정도면 더는 바랄 게 없어요."

(1905)

시인

옛날 중국에 한혹이라는 시인이 있었다. 그에 관해 전해지는 이야기가 있다. 그는 젊은 시절 시(詩) 쓰는 법이라면 뭐든지 배워, 모든 면에서 완성의 경지에 이르겠다는 놀라운 충동에 사로잡혀 있었다고 한다. 그는 당시 황하 유역의 고향에서 살고 있었다. 그는 자신의 바람에 따라, 또 자식을 끔찍이 사랑하는 양친의 도움으로 양갓집 규수와 혼약을 맺었다. 길일을 택해 얼마 후 혼례를 치를 예정이었다. 당시 그의 나이는 스무 살 남짓이었다. 잘생긴 데다가 겸손하고 예의 바른 청년이었던 그는 학문에도 조예가 깊었다. 약관의 나이에 벌써 탁월한 시를 몇 수(首) 지어 고향의 문인들 사이에서 꽤 이름이 나 있었다. 게다가 아주 부유하지는 않았지만, 그래도 적잖은 유산을 기대할 수 있었다. 거기에 신부의 지참금까지 더해지면 재산이 더욱 늘어날 참이었다. 약혼녀는 매우 아름답고 정숙하여, 청년의 행복에는 더이상 부족할 게 없어 보였다. 그런데도 그는 완전히 만족하지는 못했다. 그의 마음은 완벽한 시인이 되겠다는 공명심으로 가득 찼기 때문이다.

　강에서 등(燈) 축제가 벌어지던 어느 날 저녁이었다. 한혹은 맞은편 강가를 홀로 거닐고 있었다. 그는 강물 너머로 비스듬히 기울어진 나뭇등걸에 몸을 기대고 수많은 등불이 수면에 아롱져 일렁이는 광경을 바라보았다. 조각배나 뗏목에 탄 젊은 남녀와 처녀들이 서로 인사를 나누었고, 그들의 화려한 의상이 아름다운 꽃처럼 반짝였다. 불빛에 어린 물결이 조그맣게 투덜대는 소리, 여가수들의 노랫소리, 붕붕거리는 비파(琵琶) 소리, 달콤한 피리 소리가 그의 귀에 들려왔다. 그리고 이 모든 것 위에는 푸르죽죽한 밤이 신전의 둥근 천장처럼 공중에 떠 있었다. 고독한 구경꾼이 되어 발길 가는 대로 거닐며 이 모든 아름다운 광경을 지켜보자니 청년의 가슴은 두근거렸다. 강을 건너가 신부나 자기 친구들과 같이 어울리며 축제를 즐기고 싶기도 했다. 그럼에도 이 모든 광경을 섬세한 관찰자의 입장에서 받아들여 한 편의 완벽한 시에 반영하고픈 욕구가 훨씬 컸다. 다시 말해 축제 참가자들의 들뜬 기분과 강가의 나무줄기에 기대선 조용한 구경꾼의 동경뿐 아니라 밤의 푸르름, 수면에 일렁이는 불빛의 유희를 표현해 보고 싶었던 것이다. 그는 자신이 이 세상의 어떤 축제나 흥겨움에도 완전히 즐겁고 명랑하게 빠져들 수 없으며, 삶의 한가운데에 있더라도 고독한 자로, 어느 정도는 구경꾼이자 이방인으로 머물게 되리라 느꼈다. 자신의 영혼은 다른 많은 사람 사이에서도 고독을 느끼며, 자신은 지상의 아름다움과 이방인의 비밀스러운 욕구를 동시에 감지할 수밖에 없다고 느꼈다. 그런 생각을 하다 보니 슬퍼진 그는 그 문제에 대해 골똘히 생각에 잠겼다. 그리고 마침내 이런 결론에 도달했다. 즉 언젠가는 세상을 시 속에 완전히 담아내어, 그 영상 속에서 세상 자체를 정화하고 영원하게 해 소유할 수 있을 때만 참된 행복과 깊은 만족감을 얻게 되리라고.

비몽사몽의 상태에 있던 한혹에게 어디선가 나직한 소리가 들려왔다. 나무줄기 옆에 웬 낯선 남자가 서 있었다. 보라색 옷을 입은 위엄 있는 표정의 노인이었다. 한혹은 자리에서 일어나 노인이나 지체 높은 사람들에게 어울리는 예를 갖춰 인사를 올렸다. 그러자 낯선 노인은 미소를 띠며 두세 줄의 시구를 읊었다. 그 시에는 젊은이가 방금 느끼고 있던 모든 것이 몹시 완벽하고도 아름답게, 위대한 시인들의 시작법(詩作法)에 따라 표현되어 있었다. 젊은이는 너무 놀란 나머지 심장의 박동이 멈춰 버릴 것 같았다.

"오, 댁은 뉘신지요." 그는 허리를 깊이 숙이며 소리쳤다. "제 마음속을 꿰뚫어 보시고, 지금까지 그 어떤 스승들한테서 들었던 것보다 더 아름다운 시구를 읊으시는군요."

낯선 노인은 또다시 높은 경지에 이른 자의 미소를 띠며 말했다.

"만약 시인이 되고 싶다면 날 찾아오게나. 내 누옥(陋屋)은 북서쪽 산중의 큰 강 발원지에 있다네. 나는 완벽한 언어의 대가로 불린다네."

그 말을 하고 노인은 좁은 나무 그늘 속으로 들어가더니 이내 사라져 버렸다. 한혹은 그를 찾아보았으나 허사였다. 노인의 흔적마저 더는 찾을 길이 없었다. 그는 이 모든 일이 피곤에 지쳐 잠든 사이에 꾼 꿈이라고 생각했다. 그는 배 있는 곳으로 서둘러 가서 축제에 동참했다. 그러나 대화와 피리 소리 사이에 낯선 노인의 신비로운 음성이 계속 울려왔다. 그의 영혼은 노인을 따라 어디론가 가 버린 듯했다. 그도 그럴 것이 그는 흥겨워하는 사람들 사이에 꿈꾸는 듯한 눈을 하고 동떨어진 표정으로 앉아 있었던 것이다. 그는 사랑에 빠져 그렇다고 놀림받았다.

며칠 후 한혹의 아버지는 혼례일을 택하려고 친인척들을 부르려 했다. 그러자 신랑은 극구 반대하며 나섰다.

"자식 된 도리가 아닌 줄 알지만 아버님 말씀에 순종하지 않는 것 같더라도 용서해 주십시오. 아버님께서는 시 문학에 두각을 드러내고자 하는 저의 갈망이 얼마나 큰지 잘 알고 계십니다. 친구 몇 명이 제 시를 칭찬하긴 해도, 저는 아직 풋내기에 불과하고 이제 시작 단계에 있음을 잘 알고 있습니다. 그러니 얼마 동안은 고독한 생활을 하며 시작(詩作)에 전념할 수 있게 허락해 주십시오. 아내를 얻어 가정을 꾸리면 그 일에 지장이 있을 것 같습니다. 저는 아직 젊은 데다 다른 의무도 없으니 한동안 시 짓기에만 정진하여, 그런 데서 즐거움과 명성을 얻고 싶습니다."

그러자 아버지는 깜짝 놀라 말했다.

"시 짓는 일을 무엇보다 좋아하는 모양이구나. 혼례마저 미루려는 걸 보니. 혹시 신부하고 무슨 일이 있었으면 말해 보아라. 화해를 돕든가 아니면 다른 규수를 얻어 줄 수 있을 테니.”

그러나 아들은 여전히 약혼녀를 사랑하고 있으며, 서로 싸우거나 한 일은 절대로 없었다고 맹세했다. 그러면서 등 축제가 벌어진 날 꿈속에서 한 대가를 알게 되었는데, 자신은 이 세상의 어떤 행복보다 그의 제자가 되길 간절히 바란다고 말했다.

“좋다, 그럼 1년의 여유를 주마. 그동안은 네 꿈을 좇아도 좋다. 혹 하늘이 내려 주신 꿈일지도 모르니.” 아버지가 말했다.

“2년쯤 걸릴지도 모릅니다. 누가 알겠습니까?” 한혹이 머뭇거리며 말했다.

아들이 떠나가게 해 주었으나 아버지는 슬픔에 잠겼다. 젊은이는 편지 한 통을 정혼녀에게 전해 주고 작별을 고한 뒤 고향 마을을 떠나갔다.

무척 오랜 방랑 끝에 그는 강의 발원지에 이르렀다. 아주 외딴 곳에 대나무로 지은 오두막 한 채가 보였다. 오두막 앞의 돗자리에 노인이 앉아 있었다. 축제 날 강가의 나무 옆에서 보았던 노인이었다. 그는 자리에 앉아 칠현금을 켜고 있었다. 경외심을 품고 다가오는 손님을 보고서도 노인은 자리에 앉은 채 인사도 하지 않고 미소만 지을 뿐이었다. 부드러운 손가락은 현 위를 부지런히 오가고 있었다. 매혹적인 음률이 은빛 구름처럼 골짜기로 흘러내렸다. 놀라서 그 자리에 멈춰 선 젊은이는 감미로운 경탄에 사로잡혀 다른 모든 것은 잊어버리고 말았다. 이윽고 완벽한 언어의 대가는 조그만 칠현금을 옆으로 치워 놓고 오두막

안으로 들어갔다. 한혹은 경외감을 품고 그 뒤를 따라갔고, 그의 곁에서 하인이자 제자로 머물게 되었다.

한 달이 지나갔다. 그는 자신이 전에 지은 시가(詩歌)들이 모두 형편없다는 사실을 깨달았다. 다시 몇 달이 지나갔다. 그는 지금까지 고향의 스승들에게서 배운 시가들도 기억에서 지워 버렸다. 대가는 거의 한마디도 하지 않고, 제자의 온몸에 음악이 완전히 흘러들 때까지 말없이 칠현금 켜는 법을 가르칠 뿐이었다.

한번은 가을 하늘을 나는 두 마리 새를 묘사한 짤막한 시를 지었다. 썩 마음에 들었지만 스승에게 보여 드릴 엄두가 나지 않았다. 어느 날 저녁 그는 오두막에서 좀 떨어진 곳에서 그 시를 읊었다. 대가도 그 시를 들었을 테지만 말없이 나지막이 칠현금만 연주할 뿐이었다. 그러자 한여름인데도 이내 공기가 서늘해지고 빠르게 황혼이 몰려오더니 매서운 바람이 일었다. 잿빛 하늘에는 두 마리 왜가리가 방랑의 그리움에 사로잡혀 공중을 날고 있었다. 이 모든 것이 자신의 시보다 훨씬 아름답고 완벽해 보였다. 슬퍼진 그는 입을 다물고 자신의 무가치함을 뼈저리게 느꼈다. 노인은 언제나 이런 식으로 가르쳤다. 1년이 지나자 한혹은 칠현금 연주법을 거의 완전히 습득했다. 그러나 시 쓰는 일은 점점 더 난해하고 고상하게 여겨졌다.

2년이 지나자 젊은이는 가족과 고향, 약혼녀가 보고 싶어 견디기 어려운 그리움을 느꼈다. 그는 고향으로 돌아가게 해 달라고 스승에게 간청했다.

대가는 미소 지으며 고개를 끄덕였다.

"자네는 자유의 몸이네. 원하는 대로 어디든 갈 수 있지. 다시 돌아와도 좋고 안 돌아와도 상관없네. 자네 마음대로 하게나." 대가가 말했다.

여행길에 오른 한혹은 쉬지 않고 발걸음을 옮겼다. 이윽고 어느 날 어스름한 새벽 무렵 강가에 이르러 아치형 다리 너머 고향 마을을 건너다보았다. 그는 몰래 정원으로 살금살금 걸어가서 아버지 침실의 창문 너머로 아직 주무시고 계신 아버지의 숨소리를 들었다. 그런 뒤 약혼녀의 집 옆 과수원으로 몰래 숨어들었다. 그는 배나무 위로 올라가 방에서 머리를 빗는 약혼녀 모습을 바라보았다. 자기 눈으로 본 이 모든 것과 향수에 젖어 그려 보았던 영상을 비교하면서, 그는 자신이 시인으로 태어났다는 사실을 확연히 느꼈다. 그는 현실의 사물 속에서는 찾아볼 수 없는 아름다움과 우아함이 시인의 꿈속에 깃들어 있음을 보았다. 나무에서 내려와 정원을 빠져나온 그는 다리를 건너고 고향 마을을 벗어나 깊은 산골짜기로 되돌아왔다. 거기에는 언제나 그랬듯이 노대가가 오두막 앞의 보잘것없는 돗자리에 앉아 칠현금을 뜯고 있었다. 인사 대신 스승은 시 문학의 기쁨을 노래한 시구를 읊었다. 그 시의 깊이와 아름다운 가락에 젊은이의 눈에는 눈물이 가득 고였다.

한혹은 다시 언어의 대가 곁에 머물렀다. 제자가 칠현금 연주에 통달하자 스승은 이제 비파 연주를 가르쳤다. 서풍에 눈 녹듯 몇 달이 흘렀다. 그사이 한혹은 두 번이나 향수병이 도졌다.

한번은 밤중에 몰래 도망쳤다. 그러나 골짜기의 마지막 모퉁이에 이르기도 전에 오두막의 문에 걸린 비파 위로 밤바람이 스쳐 지나갔다. 그 바람이 일으킨 음조가 쫓아와 다시 불러들이는 바람에 그는 저항할 수 없었다. 또 한번은 집 정원에 어린나무 심는 꿈을 꾸었다. 옆에는 아내가 서 있고, 아이들은 나무에 포도주와 우유를 뿌리고 있었다. 꿈에서 깨어나 보니 달빛이 방을 훤히 비추고 있었다. 그는 혼란스러운 심정으로 자리에서 일어났다. 옆에는 대가가 곤히 잠들어 있었고, 그의 회색 수염이 부드럽게 흔들렸다. 불현듯 이 인간에 대한 극심한 증오심이 치밀어 올랐다. 이 노인이 자신의 삶을 파괴하고 자신의 미래를 속인 것처럼 생각되어서였다. 노인에게 막 달려들어 죽이려는 참이었다. 그때 노인이 두 눈을 번쩍 뜨더니 곧장 우아하고 온화하지만 슬픔 어린 미소를 짓기 시작했다. 그 미소에 증오심이 눈 녹듯 사라지고 말았다.

"명심하게나, 한혹. 자네는 자유의 몸이니 뭐든지 하고 싶은 대로 할 수 있네. 고향에 돌아가 나무를 심어도 좋고, 나를 증오하여 때려죽여도 좋네. 그런 건 별로 중요한 문제가 아니라네." 노인이 나지막한 어조로 말했다.

"아, 제가 어찌 스승님을 증오할 수 있겠습니까?" 한혹은 격한 감동에 못 이겨 소리쳤다. "그건 마치 하늘 자체를 증오하려는 것과 같습니다."

그리하여 그는 다시 스승 곁에 남았다. 그다음엔 비파 연주법과 피리 부는 법을 차례로 배웠다. 그런 후에는 스승의 지시를 받으며 시 짓기를 시작했다. 얼핏 보기엔 단순하고 소박한 것을 말하는 듯하지만, 수면을 스치는 바람처럼 듣는 사람의 영혼을 헤집어 놓는 시작법을 서서히 익혀 갔다. 그는 해가 떠오르며 산자락에 걸려 머뭇거리는 광경을 묘사했다. 또 물고기가 그림자처럼 물밑에서 달아날 때 소리 없이 휙 사라지는 모습, 봄바람에 살랑이는 어린 버드나무를 묘사했다. 그런데 그 시를 들어보면 해와 물고기의 움직임이나 버드나무의 속삭임만이 아니라, 그때마다 하늘과 이 세계가 일순간 완전한 음악이 되어 화음을 이루는 것 같았다. 그걸 듣는 사람이면 누구나 즐겁거나 고통스러운 마음으로 자신이 사랑하거나 증오하는 것을 떠올렸다. 즉 소년은 놀이를, 청년은 애인을, 그리고 노인은 죽음을 생각하게 되는 것이었다.

한혹은 큰 강의 발원지, 스승 곁에서 몇 해나 머물렀는지 더는 알지 못했다. 때로는 바로 어젯밤 이 골짜기에 들어와 노인의 현악 연주로 영접받은 것 같기도 했고, 때로는 과거의 모든 세대와 시간이 지나가 버려 실체가 사라진 것 같기도 했다.

그러던 어느 날 아침 눈을 떠 보니 오두막에 자기 혼자뿐이었다. 사방을 찾아다니며 불러 보아도 대가는 온데간데없었다. 하룻밤 새 갑자기 가을이 찾아온 듯했다. 세찬 바람에 낡은 오두막이 흔들렸고, 때 이르게 산등성이 너머로 떼 지어 날아가는 철새들이 보였다.

한혹은 조그만 칠현금을 들고 고향 마을로 내려갔다. 마주치는 사람마다 그에게 예를 갖춰 인사했다. 노인이나 지체 높은 사람에게 할 만한 인사였다. 고향에 돌아와 보니 아버지와 정혼녀, 친척들은 모두 이 세상 사람이 아니었다. 그들 집에는 이제 다른 사람들이 살고 있었다. 저녁에 강물 위에서 다시 옛날처럼 등 축제가 벌어졌다. 시인 한혹은 맞은편 더 어두운 강가의 고목에 몸을 기대고 있었다. 그가 칠현금 연주를 시작하자 여자들은 황홀해 한숨을 지었고, 숨 막히는 심정으로 밤하늘을 쳐다보았다. 어린 소녀들이 칠현금 연주자를 불러 보았지만, 그의 모습은 어디서도 찾을 수 없었다. 소녀들은 그런 칠현금 소리는 들어 본 적이 없었다고 큰 소리로 외쳤다. 한혹은 빙그레 미소지었다. 그는 수천 개의 등불이 강물에 일렁이는 모습을 가만히 지켜보았다. 그 광경과 실제의 등불을 더 이상 구별할 수 없게 되자, 그는 지금의 축제와 젊은 시절 이곳에서 낯선 대가의 말을 들었던 옛 축제 사이에도 아무런 차이가 없음을 마음속으로 깨달았다.

(1913)

회오리바람

1890년대 중반 무렵이었다. 나는 당시 고향 도시에 있는 어느 조그만 공장에서 수습생으로 일하다가 같은 해에 그곳을 영영 떠나게 되었다. 늦여름과 초가을에 걸치는 그 시기는 우연히 내 기억 속에 아직도 생생하고도 선명하게 남아 있다. 그래서 그 일에 관해 몇 자 적어 두려고 한다. 과거를 사랑하는 법을 배우고, 현재가 더 피곤하고 더 한결같은 발걸음으로 진행되는 나이가 되었기 때문이다.

나는 그때 열여덟 살가량이었다. 날마다 젊음을 누리고 있었음에도, 그리고 새가 공기를 느끼듯 내 주위에서 청춘을 느끼고 있으면서도 내 젊음이 얼마나 아름다운지에 대해서는 아무것도 모르고 있었다. 연도를 일일이 기억하는 것을 좋아하지 않는 좀 나이 든 분들은, 내가 이야기하려는 해에 우리 고향에 회오리바람 또는 폭풍이 불어닥쳤는데, 그와 같은 것이 우리의 땅에 전무후무한 일이었음을 기억에 떠올리기만 하면 된다. 내가 고향을 떠나려던 해에 일어난 일이었다.

나는 2~3일 전에 강철로 만든 끌에 왼손을 다쳤었다. 손에 구멍이 나고 퉁퉁 부어올라 붕대를 감고 있어야 했으므로 공장에 나가 일을 할 수 없었다. 예기치 않은 휴가를 얻어 기분이 무척 좋았다. 소년기가 거의 끝나 갈 무렵이었고, 그 직후에 갑자기 내 손에서 사라지긴 했음에도, 당시만 해도 그 시기는 아직 나의 마음속에서 거의 파괴되지 않고 있었다.

지금도 생생히 기억난다. 늦은 여름 내내 고향의 좁은 골짜기는 전에 없이 무더웠고, 때로는 며칠간이나 천둥과 번개를 동반하는 폭우가 쏟아지기도 했다. 대기 속에는 뜨겁게 달아오르는 듯한 불안감이 담겨 있었다. 나는 물론 그것을 무의식중에 어렴풋이 느꼈을 뿐이지만, 지금은 자세한 부분까지 생각해 낼 수 있다. 예컨대 저녁 낚시를 갔을 때 후텁지근한 공기 때문에 물고기들이 이상하게 흥분해 있는 것을 발견했다. 서로 밀치며 무질서하게 이리저리 몰려다니고, 미지근한 물속에서 자주 튀어오르고, 낚싯바늘에 마구 걸려들기도 했다. 이윽고 얼마 후 대기가 더 서늘해지고 더 조용해지자 뇌우도 잦아들었다. 이른 아침엔 어느덧 약간 가을다운 느낌이 들었다.

어느 날 아침 나는 집을 나섰다. 책 한 권과 빵 한 조각을 가방에 넣고 발길 닿는 대로 발걸음을 옮겼다. 소년 시절에 으레 그랬듯이 먼저 집 뒤의 정원으로 갔다. 그곳에는 아직 그림자가 드리워져 있었다. 거기엔 아버지가 심어 놓은 전나무들이 높이 튼튼하게 자라고 있었다. 나는 막대기만큼 가늘었던 묘목 때부터 그것들을 알고 있었다. 그 밑에는 연갈색의 침엽수 잎사귀들이 쌓여 있었다. 그곳에는 여러 해 동안 상록수 외에는 더 이상 아무것도 자라지 않았다. 그러나 그 옆의 좁고 긴 꽃밭에는 어머니가 심은 다년생 초본(草本)들이 기쁜 듯이 풍성하게 빛나고 있었다. 일요일마다 그것들을 꺾어 커다란 꽃다발을 만들기도 했다. 그곳에는 조그만 주홍색 꽃이 무리 지어 피어 있었는데, 그것은 '불타는 사랑'이라 불렸다. 또 어떤 연약한 식물의 가느다란 줄기에는 심장 모양의 붉고 하얀 꽃들이 오밀조밀 피어 있었는데, 그것은 '여인의 심장'이라 불렸다. 다른 한쪽에는 '냄새 고약한 거만'이라 불리는 관목도 있었다. 그 옆의 줄기 굵은 국화는 아직 꽃이 피어나지 않았다. 그사이에 연한 가시가 달린 두툼한 돌나물과 우스꽝스러운 모습의 쇠비름이 땅 위를 뻗어 가고 있었다. 갖가지 종류의 진기한 꽃이 피어 있는 이 길고 좁은 화단은 우리의 사랑을 받는 꿈의 정원이었다. 우리에게 그 꽃들은 두 개의 둥근 화단에 있는 모든 장미보다 더 색다르고 더 사랑스러웠다.

이곳에 해가 비쳐 담쟁이덩굴이 뻗어 있는 담벼락이 반짝이면 모든 다년생 초본은 각기 아주 독특한 자태와 아름다움을 보여 주었다. 글라디올러스는 현란한 빛깔을 자랑했고, 헬리오트로프는 잿빛 꽃을 피우고 마법에 걸린 듯 곱고 고통스러운 향기에 취해 있었다. 줄맨드라미는 시들어 가며 다소곳이 고개 숙이고 있었지만, 아켈라이는 높이 솟아올라 네 겹의 여름 종(鐘)을 울리고 있었다. 미역취와 푸른색의 플록스 속에는 꿀벌들이 붕붕거리며 몰려들었고, 굵다란 담쟁이덩굴 위에는 조그만 갈색 거미들이 가끔 격렬한 동작을 하며 내달리기도 했다. 스톡 위에는 두툼한 몸과 투명한 날개를 가진 민첩한 나비들이 기분 나쁘게 붕붕거리며 공중을 날고 있었다. 이것은 흔히 '박각시나방'이나 '비둘기 꼬리'로 불리는 나비였다.

휴일을 맞아 편안한 기분에 나는 차례차례 꽃을 감상하며 다녔다. 여기저기서 산형화의 꽃 내음을 맡아 보거나, 손가락으로 조심스레 꽃받침을 헤치고 속을 들여다보고, 희미하고 신비스러운 밑바닥, 잎맥과 암술, 그리고 보드라운 털이 난 수술이나 투명한 세관(細管)의 조용한 질서를 관찰했다. 그러는 사이 나는 구름 낀 아침 하늘도 유심히 살펴보았다. 하늘에는 줄무늬가 있는 안개와 양털처럼 보드라운 조그만 구름들이 특이하게 뒤엉켜 있었다. 오늘은 아무래도 다시 한 번 뇌우가 있을 것 같았다. 그래서 오후에 두세 시간만 낚시하기로 마음먹었다. 지렁이를 잡으려는 생각에 길섶의 돌멩이 몇 개를 열심히 들춰 보았으나 우악스럽게 생긴 회색 지네들이 기어 나와 허둥지둥 사방으로 흩어질 뿐이었다.

이제 무엇을 할까 궁리해 보았지만 당장 뾰족한 수가 생각나지 않았다. 1년 전 마지막으로 휴가를 얻었을 때만 해도 나는 아직 어린 소년에 불과했다. 그 무렵 내가 가장 즐긴 것은 개암나무 열매로 표적을 맞힌다든가, 연을 날린다든가, 들판에 있는 쥐구멍에 화약을 넣고 폭발시키거나 하는 놀이였다. 그러나 내 영혼의 일부가 피로에 지쳐, 한때 사랑스러웠고 순전히 기쁨을 가져다주던 목소리에 더 이상 응답하지 않는 것처럼, 이제는 그 모든 일이 옛날 같은 매력과 빛을 잃어버렸다.

나는 놀랍고 다소 가슴이 죄어드는 느낌으로 소년 시절에 기쁨을 주었던 낯익은 구역을 둘러보았다. 조그만 정원, 꽃으로 장식된 발코니, 안뜰을 무심히 바라보았다. 푸른 이끼가 낀 정교한 디딤돌과 함께 햇볕이 들지 않아 습기 찬 안뜰이 나를 바라보고 있었다. 그런데 이러한 것들은 예전과는 다른 표정을 짓고 있었고, 꽃들마저도 무진장한 매력의 일부를 잃고 있었다. 뜰 한쪽 구석에는 파이프가 달린 낡은 수조(水槽)가 수수하고 별 볼 일 없이 방치되어 있었다. 예전에 이곳에서 나는 반나절 동안 물이 흐르게 하고, 나무로 된 수차 바퀴를 끼워 아버지를 곤혹스럽게 했다. 나는 길가에 제방을 쌓아 운하를 만든 다음 큰 홍수를 일으키기도 했다. 비바람에 손상된 수조는 충실한 내 연인이자 오락거리였다. 그것을 바라보고 있으면 어린 시절의 즐거웠던 여운이 가슴속에 아련히 메아리쳤다. 하지만 그 즐거움에는 슬픈 맛이 났다. 그 물통은 샘물도 큰 강도 아니고, 나이아가라 폭포도 아니었다.

나는 상념에 젖어 울타리를 넘으려 했다. 그런데 메꽃이 내 얼굴을 스치는 바람에 그 꽃잎을 따서 입에 물었다. 이제 나는 산책을 나가 산 위에서 우리 도시를 내려다봐야겠다고 마음먹었다. 이제는 산책도 그런대로 즐거운 계획이었다. 소년은 산책 같은 걸 하지 않기에 전에는 생각지도 못했을 계획이었다. 소년은 숲에 가더라도 자신을 도적이나 기사(騎士) 또는 인디언이라

상상하며 가는 것이다. 강에 갈 때도 뗏목꾼이나 어부로서 또는 방앗간 짓는 목수로서 간다. 초원을 달릴 때는 나비나 도마뱀을 잡으려는 것이다. 그래서 산책은 무얼 시작해야 할지 잘 모르는 어른의 품위 있고 약간 지루한 행위로 생각되었다.

나의 파란 메꽃은 금방 시들어 던져 버리고 말았다. 이번에는 너도밤나무 가지를 꺾어 입에 물었더니 씁쓰레한 강렬한 맛이 났다. 키 큰 금작화(金雀花)가 자라는 기찻길 둑에서 녹색 도마뱀 한 마리가 내 앞을 지나 쏜살같이 달아났다. 그러자 불현듯 어린 시절이 마음속에서 되살아났다. 나는 가만히 있지 않고 뛰거나 기어가고 숨어 있기도 하면서, 겁에 질려 있는 동물을 마침내 손에 잡는 데 성공했다. 그 녀석은 햇살을 받아 따스한 느낌을 주었다. 보석처럼 반짝이는 작은 눈을 들여다보니 예전에 그런 것을 쫓아다니던 무렵의 행복했던 여운과 함께, 유연하고 힘센 몸뚱이와 딱딱한 다리가 내 손가락 사이에서 저항하며 버둥거리는 것을 느꼈다. 하지만 잠시 후 흥미가 완전히 사라졌고, 나는 잡은 동물을 어떻게 해야 좋을지 알지 못했다. 그것은 내게 아무 소용 없는 동물이었고, 그런 것에서는 더 이상 아무런 행복을 느낄 수 없었다. 나는 허리를 구부리고 앉아 손가락을 펼쳤다. 도마뱀은 믿지 못하겠다는 듯 잠시 옆구리로 숨을 헐떡헐떡 쉬며 가만히 있다가 쏜살같이 풀숲 속으로 달아나 버렸다. 그때 반짝반짝 빛나는 철길 위로 기차 한 대가 달려와서 내 옆을 지나갔다. 그것을 바라보면서 순간 여기서는 이제 참된 즐거움이 피어날 수 없음을 아주 분명하게 느꼈다. 그리고 저기차를 타고 멀리, 넓은 세상으로 떠나고 싶다는 열렬한 소망에 사로잡혔다.

근처에 철도원이 있지 않을까 주위를 둘러보았지만, 아무도 보이지 않았고 아무 소리도 들리지 않았다. 그래서 재빨리 선로를 건너가 건너편의 높고 붉은 바위산을 기어올라 갔다. 바위 여기저기엔 선로 공사를 할 때 폭발물을 장치했던 시커먼 구멍들이 아직 눈에 보였다. 나는 위로 올라가는 산길을 알고 있었다. 이미 꽃이 진 질긴 금작화 나무를 꼭 붙잡았다. 붉은 암석 위로 작열하는 태양이 내리쬐고, 암석을 기어오르면서 내 소매 속으로 뜨거운 모래가 졸졸 흘러들었다. 위를 쳐다보니 수직 암벽 위로 따스한 하늘이 놀랄 만큼 가까이 환하게 빛나며 펼쳐져 있었다. 이내 바위 꼭대기까지 기어올라 갔다. 바위 가장자리에 몸을 버티며 일어서서 무릎을 끌어당기고, 두 손은 가시가 돋은 가늘고 조그만 아카시아 줄기를 붙잡을 수 있었다. 이제 경사가 심한 버려진 풀밭으로 나아갔다.

이 조용하고 조그만 황무지 아래로 기차가 굽이진 길을 달리고 있었는데, 이곳은 내가 전에 즐겨 찾던 장소였다. 벨 수 없었던 무성하게 자란 질긴 풀 이외에, 작은 가시가 난 장미 덩굴과 바람에 씨가 날아와 자라난 몇 그루의 작은 아카시아가 보였는데, 그것의 얇고 투명한 잎사귀 사이로 햇살이 비치고 있었다. 바위 위쪽으로 붉은 암벽에 막힌 이 풀밭 섬에서 나는 한때 '로빈슨 크루소'가 된 듯한 기분을 느낀 적이 있었다. 이 고적한 지역은 수직 암벽을 기어올라 정복할 수 있는 용기와 모험심을 지닌 사람만이 소유할 수 있었다. 열두 살 때 나는 이 바위에 정으로 내 이름을 새겨 두었다. 바위에 앉아 『로자 폰 탄넨부르크』를 읽었고, 멸족해 가는 인디언 부족의 용감한 추장을 다룬 어린애다운 희곡을 짓기도 했다.

햇볕에 탄 듯한 풀이 가파른 산비탈의 빛바랜 희끄무레한 털 묶음 속에 달려 있었다. 더위에 바싹 마른 금작화 나뭇잎은 바람 없는 열기 속에서 씁쓰레한 강렬한 냄새를 풍기고 있었다. 나는 식물이 시들어 있는 이 건조한 황무지에 몸을 뻗고 누워 조그만 아카시아가 푸른 하늘 아래에 가만히 서 있는 것을 바라보며 깊은 상념에 잠겼다. 그 잎사귀들은 햇볕을 가득 받아 현란하게 빛나며 곤혹스러울 만치 귀여운 모습으로 무질서하게 늘어서 있었다. 지금이야말로 나의 인생과 나의 장래를 눈앞에 펼쳐 볼 적절한 순간처럼 생각되었다.

그러나 어떠한 새로운 것도 발견할 수 없었다. 사방으로부터 나를 위협하는 확연한 궁핍화만, 확실하다고 생각된 기쁨과 차차 친숙해진 생각이 기분 나쁘게 퇴색하고 시들어 가는 모습만 보일 뿐이었다. 내가 마지못해 넘겨줘야만 했던 것과 소년 시절의 잃어버린 모든 행복에 대해 내 직업은 아무런 보상을 해 주지 못했다. 나는 내 직업을 그다지 좋아하지 않았고, 오랫동안 그것에 충실하지도 않았다. 그것은 내게 어딘가에서 의심의 여지없이 새로운 만족을 찾을 만한 세상으로 가는 하나의 길에 불과했다. 이 만족이란 어떠한 종류의 것이었을까?

넓은 세상을 보고 돈을 벌며 살아갈 수는 있었다. 무슨 일을 행하고 계획할 때 부모에게 물어볼 필요도 없었다. 일요일이면 구주회 놀이를 하든가 맥주를 마실 수 있었다. 그러나 이 모든 것은 부차적인 일에 불과하고, 나를 기다리고 있는 새로운 생활의 의미는 결코 되지 못했다. 나는 그런 사실을 잘 알고 있었다. 인생의 본래적인 다른 의미는 어딘가 다른 곳, 좀 더 깊고 아름다우며 신비스러운 곳에 있었다. 내가 느끼기에 그것은 소녀라든가 사랑과 관련이 있었다. 그곳에는 분명 깊은 쾌감과 만족이 숨겨져 있으리라. 그렇지 않으면 소년의 찬란한 기쁨을 희생하는 것이 무의미하게 될 것이다.

사랑에 관해서라면 나도 잘 알고 있었다. 한 쌍의 연인도 많이 보았고, 놀랄 만치 도취에 빠지게 하는 연애시를 읽기도 했다. 나 자신도 여러 번 사랑에 빠진 적이 있었다. 남자에게 목숨을 걸게 하기도 하는, 그리고 남자의 행동과 노력으로 얻을 수 있는 달콤함에 대해 꿈속에서 다소나마 느끼기도 했다. 지금 벌써 여자 친구들과 데이트를 즐기는 학교 친구들도 있었다. 그리고 일요일에 댄스장에 갔던 일이나, 밤에 침실 창문을 기어올라간 일을 거리낌 없이 떠들어 대는 공장 동료들도 있었다. 반면에 나 자신에게는 사랑이란 아직 닫혀 있는 정원이기에, 그 문 앞에서 나는 수줍은 동경을 품고 기다리고 있었다.

끝에 손을 다치기 직전인 지난주에야 비로소 나는 처음으로 분명한 외침의 소리를 들었다. 그 이후 나는 작별을 고하려는 사람처럼 안절부절못하며 생각에 잠긴 상태에 있었다. 그때부터 지금까지의 내 생활은 과거의 일이 되었고, 내게 미래의 의미가 명확해졌다. 어느 날 저녁 우리 공장의 수습생 친구가 따로 나를 면담했는데, 집으로 가는 도중 그는 내게 이런 말을 했다. 그는 나를 사랑하는 아름다운 아가씨를 알고 있는데, 그녀는 아직 애인이 없고, 나 이외에는 아무도 사귀려고 하지 않으며, 또한 명주로 돈주머니를 떠서 나에게 선물하려고 한다는 것이다. 그녀 이름은 말해 주려고 하지 않고, 내가 알아맞힐 수 있을 거라고 했다. 그는 내가 조르고 캐묻다가 급기야 경멸하는 행동을 하자 발걸음을 멈추고—그때 우리는 막 강 위 물방앗간 판자 다리 위에 와 있었다—나직한 목소리로 말했다. "그녀가 바로 우리 뒤를 따라오고 있어." 어리석은 농담일 걸로 생각하고 반은 기대하는 심정으로, 반은 두려워하는 심정으로 얼떨결에 뒤를 돌아다보았다. 우리 뒤에서는 방직 공장에 다니는 젊은 아가씨가 다리 층계를 올라오고 있었다. 그녀는 견진성사 수업을 들을 때부터 알고 있던 베르타 푀크틀린이었다. 그녀는 발걸음을 멈추고 나를 바라보더니 미소 짓고는 점점 얼굴을 붉히다가 급기야는 얼굴 전체가 빨갛게 달아올랐다. 나는 총총걸음으로 집에 돌아왔다.

그 이후 그녀는 두 번 나를 찾아왔다. 한 번은 우리가 일하고 있는 방직 공장에서 만났고, 또 한 번은 집으로 돌아오는 길에서였다. 그녀는 그냥 "안녕하세요!"라고 말한 다음 "벌써 일이 끝났어요?"라고 인사했다. 그 말에는 대화의 실마리를 끌어내려는 뜻이 담겨 있었다. 그러나 나는 고개를 끄덕이며 "네!" 하고 대답했을 뿐 당황해서 그 자리를 떠나 버렸다.

이제 내 생각은 그때부터 이 일에 얽매여 가야 할 올바른 길을 찾아내지 못했다. 예쁜 소녀를 사랑한다는 것, 그에 관해 나는 이미 종종 간절히 갈망하며 꿈꾸어 왔다. 그런데 지금 금발의 예쁜 아가씨, 나보다 좀 더 키 큰 소녀가 나타나 나에게 입맞춤 받고 내 팔에 안겨 쉬기를 바라고 있다. 키가 크고 튼튼하게 자란 그녀는 얼굴이 예뻤고 하얀 피부에 발그레한 볼을 지니고 있었다. 하얀 목덜미에는 그늘을 만드는 곱슬머리가 드리워져 있었고, 시선에는 기대감과 사랑이 가득 차 있었다. 그러나 나는 그녀 생각을 하거나 그녀에게 반한 적이 한 번도 없었다. 또 사랑스러운 꿈속에서 그녀 뒤를 따라가거나 떨리는 목소리로 그녀 이름을 베개 속에 속삭여 본 적도 없었다. 원하기만 하면 그녀를 애무하고 내 것으로 만들 수 있지만, 그녀를 존경해서 그녀 앞에 무릎을 꿇고 숭배할 수는 없었다. 이 일을 어떡하면 좋단 말인가? 어쩌란 말인가?

나는 언짢은 기분으로 풀밭에서 일어났다. 아, 좋지 않은 시기였다. 공장의 계약 기간이 내일이라도 끝나 여기서 멀리 떨어진 곳으로 여행을 떠날 수 있다면, 그리고 새로 일을 시작하여 이 모든 걸 잊을 수 있다면 좋으련만.

단지 무언가를 하기 위해, 그리고 스스로 살아 있다는 걸 실감하기 위해 산 정상에 올라야겠다고 마음먹었다. 여기서 가려면 꽤 힘은 들겠지만 말이다. 그곳은 소도시보다 높은 곳에 있어서 멀리까지 바라볼 수 있었다. 나는 경사면을 지나 위쪽의 바위까지 단숨에 올라갔다. 바위와 바위 사이에 몸을 끼며 올라가, 무성한 관목과 푸석푸석한 암석 부스러기로 이루어진 황량한 산이 펼쳐져 있는 높은 지대에 겨우 다다랐다. 땀에 젖은 몸으로 숨을 헐떡이며 정상에 도달한 나는 햇볕이 내리쬐는 고지의 희박한 공기를 마음껏 들이마셨다. 시들어 가는 장미가 덩굴에 느슨하게 매달려 있어, 그 곁을 지나가며 살짝 스쳤더니 힘없는 빛바랜 꽃잎이 땅에 떨어져 버렸다. 녹색의 조그만 산딸기가 사방에 무성하게 자라나 있었는데, 햇빛이 비치는 쪽만 희미하게 금속성 갈색빛을 띠기 시작했다. 멋쟁이나비들이 바람 한점 없는 무더위 속을 조용히 날아다니며 공중에 색채의 번갯불을 그리고 있었다. 푸른빛을 띤 서양톱풀의 꽃잎 위에는 붉고검은 반점을 지닌 무수히 많은 딱정벌레가 이상한 모습으로 소리 없이 모여 길고 가는 다리들을 자동 기계처럼 움직이고 있었다. 하늘에 떠 있던 구름들은 모두 진작 사라져 버렸다. 하늘은순수한 푸른색을 띠고 있어, 가까운 숲속의 검은 전나무 우듬지와 확연히 구분되었다.

나는 학창 시절 가을이면 늘 모닥불을 피우며 놀았던 바위 정상에 올라 발걸음을 멈추고 주위를 둘러보았다. 멀리 저 아래쪽의 그늘진 골짜기에서 시냇물이 반짝이고, 하얀 물거품이 이는물방앗간의 둑이 번쩍이는 모습이 보였다. 움푹 파인 좁은 평지에는 갈색 지붕이 있는 고향의 오래된 거리가 있었고, 지붕 위에서는 아궁이에서 나오는 정오의 갈색 연기가 공중으로 가파르게 피어오르고 있었다. 그곳에 아버지의 집과 오래된 다리,우리 공장이 있었다. 그 공장에서는 대장간의 화롯불이 조그맣고 붉게 빛나는 모습이 보였다. 그보다 훨씬 아래쪽에 있는 방직 공장의 평평한 지붕에는 풀이 자라고 있었다. 그곳의 반짝이는 유리창 안에서는 많은 소녀 틈에 섞여 베르타 푀크틀린도 열심히 일하고 있을 것이다. 아아, 그녀! 난 그녀에 관해선 아무것도 알려고 하지 않았다.

눈에 익은 고향의 도시는 모든 정원과 놀이터, 구석진 곳들과 함께 친밀하게 나를 쳐다보고 있었다. 교회 시계탑의 금빛 숫자는 햇빛을 받아 교활하게 반짝이고 있었다. 집과 나무들은 그늘진 물방앗간의 수로에 서늘한 검은빛으로 선명하게 비치고 있었다. 변한 거라곤 나 자신밖에 없었다. 나와 이러한 그림 사이에 소원함이라는 유령 같은 장막이 쳐진 것은 바로 나 자신 때문이었다. 담벼락과 시냇물, 숲으로 둘러싸인 이 조그만 구역에 갇혀 살아서는 나의 삶이 더 이상 안전하고 평화롭지 않았다. 내 삶은 아직 강력한 끈으로 이 장소에 매여 있었다. 하지만 그것은 더 이상 마을 안쪽을 향하거나 그 울타리 안에 갇혀 있지 않고, 좁은 경계를 넘어 동경의 파도를 치며 사방의 넓은 세상으로 나아가고 있었다. 알 수 없는 슬픔에 싸여 저 아래를 내려다보고 있노라니, 내 인생의 모든 은밀한 희망과 아버지의 말씀, 존경하는 시인의 말이 나 자신의 은밀한 맹세와 함께 내 마음속에서 엄숙하게 용솟음쳐 올랐다. 남자가 되어 자기 자신의 운명을 의식적으로 손아귀에 쥔다는 것은 진지하면서도 소중한 일처럼 생각되었다. 그런데 그런 즉시 이러한 생각은 한 줄기 빛처럼 베르타 푀크틀린과 관련된 일로 나를 옥죄었던 회의

감 속으로 들어갔다. 그녀는 예쁘고 또 나를 좋아할지도 모른다. 그러나 행복을 마치 만들어진 물건처럼 아무 노력 없이 소녀에게서 거저 얻는다는 것은 나의 본령이 아니었다.

어느덧 정오가 가까워졌다. 산 위로 더 기어올라 갈 생각이 사라져 생각에 잠긴 채 마을로 향하는 길로 내려가 조그만 철교 밑을 지났다. 거기서는 해마다 여름이면 무성한 쐐기풀 속에서 공작나방의 검은 털이 난 유충을 잡았다. 그리고 공동묘지의 담벼락을 지나갔다. 그 문 앞에는 이끼 낀 호두나무가 짙은 그림자를 드리우고 있었다. 문은 열려 있었고, 그 안의 분수에서 물이 첨벙거리는 소리가 들렸다. 바로 그 옆에는 도시의 놀이터를 겸한 축제 장소가 있었다. 그곳에서는 오월제나 '세당' 함락 기념일'에 먹고 마셨으며, 기념 연설을 하고 댄스파티가 열렸다. 지금 그곳은 태곳적의 우람한 밤나무 그늘 속에 잊힌 듯 적막감이 감돌았고, 붉은빛이 도는 모래 위에 태양의 흑점이 눈부시게 일렁이고 있었다.

여기 골짜기 아래쪽의 계곡물을 따라 햇볕이 비치는 길에는 대낮의 열기가 사정없이 타오르고 있었다. 태양이 눈부시게 내리쬐는 집들의 맞은편 시냇가에는 몇 그루의 물푸레나무와 단풍나무의 얇은 잎사귀들이 늦여름처럼 벌써 누렇게 물들어 있었다. 늘 하던 대로 나는 물가로 내려가서 물고기가 있는지 살펴보았다. 유리처럼 투명한 물속에서는 덥수룩한 털이 달린 수초들이 기다랗게 물결치며 흔들리고 있었다. 그 사이사이로 내가 잘 알고 있는 시커먼 틈새 여기저기에는 굵은 물고기가 한 마리씩 주둥이를 상류로 향한 채 무료한 듯 꼼짝 않고 있었다. 수면 가까운 곳에서는 때때로 어린 대구가 검고 조그맣게 무리 지어 헤엄쳐 다녔다. 오늘 아침에 낚시하러 가지 않길 잘했다는 생각이 들었다. 하지만 공기나 물의 상태, 그리고 두 개의 크고 둥근 바위 사이에 검고 늙은 잉어가 가만히 쉬고 있는 것으로 보아, 오늘 오후에는 아마 물고기가 좀 잡힐 것 같은 예감이 들었다. 그런 생각을 하며 나는 계속 발걸음을 옮겼다. 태양이 이글거리는 큰길에서 우리 집 입구를 지나 지하실처럼 서늘한 현관에 들어서자 깊은 안도의 한숨이 새어 나왔다.

"오늘 또 폭풍우가 몰아치겠구나." 날씨에 민감한 아버지가 식사 중에 말씀하셨다. 나는 "하늘에는 구름 한 점 보이지 않고, 서풍의 기미도 느껴지지 않던데요"라고 반박하는 말을 했다. 그러자 아버지는 웃으며 말씀하셨다. "공기가 저렇게 긴장되어 있는 걸 못 느끼니? 곧 알게 될 거다."

물론 찌는 듯이 무더웠다. 하수도에서는 핀이 불 때처럼 매우 심한 냄새가 났다. 나는 산을 오르며 열기를 들이마셔 뒤늦게 피로를 느꼈으므로 정원 쪽으로 나 있는 베란다에 가서 앉았다. 그리고 하르툼의 영웅『고든 장군의 이야기』를 읽었지만 그리 열중하지는 않고 졸음이 와서 여러 번 중단하기도 했다. 그러는 동안 나 역시 이제 점점 더 폭풍우가 곧 몰아칠 것 같다는 생각이 들었다. 하늘은 여전히 더없이 파랗게 개어 있었지만, 아직 분명히 중천에 떠 있는 태양을 뜨거운 구름층이 겹겹이 둘러싸고 있기라도 한 것처럼 공기는 점점 더 묵직하게 짓누르고 있었다. 나는 2시에 집 안으로 들어와 낚시 도구를 챙기기 시작했다. 오늘은 주교 골목에서 낚싯대로 잉어를 잡고 싶었다. 하지만 거기서 나는 밝게 빛나는 태양을 받으며 눈이 부시는 것에 맞서야 했고, 내게는 살아 있는 미끼도 없었다. 그래서 아래쪽의 물방앗간 판자 다리에 가기로 마음먹었다. 거기서는 그늘에 서서 고기나 치즈를 가지고 황어를 낚을 수 있었다. 낚싯줄과 바늘을 철저히 점검하는 동안 물고기를 낚는 생각에 내심 자못 흥분되었다. 그리고 이러한 큰 열정과 즐거움이 아직 내게 남아 있다는 사실에 감사함을 느꼈다. 손가락 사이에서 낚싯줄의 촉감을 더 이상 느끼지 못한 지도 어언 여러 해가 되었다. 하지만 나는 낚싯바늘을 가지고 고향의 강가에 서 있는 꿈을 여전히 가끔 꾼다. 그럴 때는 팽팽하게 긴장된, 익히 아는 깊은 즐거움을 맛보게 된다. 만약 내가 주문(呪文)을 알고 있다면 가라앉은 열정과 즐거움 중에서 다른 무엇보다 여전히 이 한 가지를 되찾고 싶을지도 모른다.

그날 오후의 이상하리만치 무덥고 짓누르는 듯한 고요함을 나는 아직 잊을 수 없다. 나는 양동이를 들고 강 아래쪽에 있는 높다란 집들의 그림자가 벌써 절반이나 드리워져 있는 판자 다리 밑으로 갔다. 근처의 방직 공장에서는 벌의 날갯짓 소리와 비슷한, 단조롭게 윙윙거리며 잠 오게 하는 기계 소리가 들려왔다. 위쪽의 물방앗간에서는 새로운 둥근 톱에서 나는 금속성의 쇳소리가 이 빠진 톱니바퀴에서 나는 소리처럼 귀에 거슬리게 쉴 없이 삐거덕거리고 있었다. 그것 말고는 무척 조용했다.

직공들은 공장 안의 그늘 속에서 일하고 있어서, 골목에는 사람 모습이라곤 눈을 씻고 봐도 없었다. 물레방아가 있는 섬에서는 조그만 사내아이 한 명이 벌거벗은 채 젖은 돌멩이들 사이를 첨벙거리며 돌아다니고 있었다. 수레 제작 장인이 일하는 작업장 앞의 벽에 기대어 놓은 생나무 판자가 햇볕을 받아 몹시 강한 냄새를 발산했는데, 그것이 마르는 냄새는 내가 있는 곳까지 풍겨 왔다. 그 냄새는 포화 상태의 다소 비릿한 강물 냄새를 뚫고 뚜렷이 감지됐다.

물고기들도 날씨가 이상한 것을 알아차렸는지 변덕스러운 태도를 보였다. 처음 15분 동안 황어 몇 마리가 낚싯바늘을 물었고, 아름다운 붉은 지느러미를 가진 묵직하고 넓적한 녀석은 내가 손으로 막 움켜쥐려는 순간 줄을 끊고 도망쳐 버렸다. 그 이후로는 물고기들이 불안감에 사로잡힌 모양인지 황어는 진흙 속으로 깊숙이 숨어 버리고, 다시는 미끼를 거들떠보지도 않았다. 반면에 수면 가까이에는 한 살쯤 된 어린 고기 떼가 나타나 새로운 무리를 짓더니 피난길에 오른 듯 강 상류로 헤엄쳐 올라갔다. 이 모든 것이 대기가 급변하고 있음을 암시하고 있었다. 그러나 공기는 유리처럼 잔잔하고, 하늘에는 구름 한 점 없었다.

어떤 지저분한 하수가 흘러들어 물고기를 쫓아 버린 것처럼 생각되었다. 그런데 낚시를 벌써 그만둘 수는 없어 새로운 낚시터를 물색하며 방직 공장의 수로로 찾아가 보았다. 그곳의 창고 옆에 자리를 잡고 낚시 도구를 풀어놓으려는 순간, 공장의 층계 쪽 창문에 베르타가 모습을 드러내고 내가 있는 쪽을 바라보며

손짓을 하는 것이었다. 하지만 나는 그녀를 못 본 척하고 낚싯
바늘 위에 허리를 구부렸다.

물은 양편으로 벽을 쌓은 수로에 검은빛을 띠며 흘러갔다. 나
는 물결에 따라 일렁이는 윤곽으로 수면에 비치는 내 모습을 바
라보았다. 발바닥 사이에 고개를 숙이고 앉아 있는 모습이었다.
건너편 창가에 선 소녀는 아직도 내 이름을 부르고 있었지만 나
는 미동도 하지 않고 물속을 들여다보며 고개를 돌리지 않았다.

낚시는 이제 영 틀린 모양이었다. 이곳에서도 물고기들은 급
한 일이라도 있는 듯 황망하게 돌아다니고 있었다. 짓누르는 듯
한 더위에 지친 나는 돌담에 앉아 오늘 수확은 더 이상 아무것도
기대하지 않기로 하고, 어서 저녁이 왔으면 좋겠다고 생각했다.
등 뒤에서는 방직 공장의 넓은 방들에서 윙윙거리는 기계 소리
가 끝없이 울려왔다. 녹색 이끼가 긴 축축한 벽에 부딪힌 수로
의 물은 나직이 좔좔 소리를 내고 있었다. 졸린 바람에 나른해
진 나는 줄을 다시 감는 것조차 하기 싫어 그냥 가만히 앉아 있
었다.

이러한 나른하고 몽롱한 상태로 한 30분 있었을까. 갑자기 불
안감에 휩싸이고 심한 불쾌감을 느낀 나는 조는 상태에서 깨어
났다. 불안정한 기류가 내리깔리며 내키지 않은 듯 빙글빙글 돌
고 있었다. 대기는 두꺼웠고, 무미건조한 맛이 났다. 제비 몇 마
리가 놀란 듯 수면 위를 스치듯 날아갔다. 머리가 어지러웠다.
혹시 일사병에 걸린 게 아닌가 하는 생각이 들었다. 물에서는
아까보다 더 심한 냄새가 풍겨 왔다. 위(胃)의 내용물이 역류하

는 것 같은 불쾌감 때문에 머리가 멍해지며 몸에서는 진땀이 흘러내리기 시작했다. 나는 떨어지는 물방울로 두 손을 씻기 위해 낚싯줄을 감아올리고, 낚시 도구를 챙기기 시작했다.

자리에서 일어서자 방직 공장 앞 광장에서 먼지가 작은 구름 모양으로 빙글빙글 도는 것이 보였다. 그러다가 갑자기 하늘로 솟구치더니 하나의 구름 덩어리로 뭉치는 것이었다. 그 덩어리는 공중의 뒤흔들리는 기류 속을 쫓기는 새들처럼 날아갔다. 그런 직후에 흰빛을 띤 공기가 마치 짙은 눈보라처럼 골짜기 아래쪽으로 내려가는 것이 보였다. 그러다가 이상하게도 바람이 서늘해지면서 마치 적군처럼 나를 향해 휘몰아 닥치고, 낚싯줄을 물에서 날려 보내고, 내 모자를 빼앗으며 주먹으로 때리듯 내 얼굴을 후려치는 것이었다.

마치 눈으로 된 벽처럼 멀리 지붕 위에 있던 흰 공기가 갑자기 내 주위로 다가왔다. 몸이 차가워지고 고통스러웠다. 수로의 물은 수차 바퀴 위로 물이 튀기듯 높이 튕겨 올라갔다. 낚싯줄은 멀리 날아가 버렸다. 내 주위에서는 하얀빛의 으르렁거리는 무질서가 씩씩거리는 소리로 모든 것을 파괴하며 미쳐 날뛰었다. 나는 머리와 손을 얻어맞았다. 흙이 내 옆으로 솟아올랐고, 모래와 나무 조각들이 공중에서 빙빙 돌고 있었다.

모든 것이 내게는 도무지 이해가 되지 않았다. 뭔가 끔찍한 일이 일어나고 위험하다는 것만 느낄 뿐이었다. 나는 단숨에 창고 쪽으로 달려가서 놀라움과 공포에 사로잡혀 정신없이 안으로 뛰어들었다. 나는 쇠기둥을 꽉 붙잡은 채 현기증과 동물적인 불안감 속에서 몇 초 동안 멍하니 숨도 못 쉬고 서 있었다. 그러다가 겨우 사태를 파악할 수 있었다. 전에 본 적이 없었던, 또는 전혀 예상치 못했던 폭풍이 악귀 야차처럼 들이닥친 것이다. 하늘 높은 곳에서 겁먹은 듯한 또는 부드럽게 윙윙거리는 소리가 울려왔다. 내 머리 위의 편평한 지붕과 현관 앞의 땅 위에 거친 우박이 두꺼운 덩어리 모양으로 하얗게 쏟아졌고, 커다란 얼음 알갱이들이 내 앞으로 굴러왔다. 우박과 폭풍이 내는 소음은 무시무시했다. 수로의 물은 채찍에 맞은 듯 거품을 일으켰고, 불안정한 호를 그리며 돌담을 쳤다가 떨어졌다.

모든 것이 1분 이내에 일어난 일이었다. 나무판자나 지붕의 널빤지, 나뭇가지가 찢기며 공중으로 날아갔고, 돌과 모르타르 파편이 떨어지자 곧장 그 위는 떨어지는 우박 알갱이들의 덩어리로 뒤덮였다. 빠른 속도로 망치에 맞는 것처럼 벽돌이 부서져 떨어지고, 유리창이 박살 나고, 찌그러진 빗물 홈통이 날아가 떨어지는 소리가 들렸다.

그때 공장에서 한 사람이 얼음에 덮인 뜰을 가로질러 폭풍에 맞서 몸을 숙이고 내 쪽으로 달려왔다. 옷이 바람에 나풀거리고 있었다. 그 인물은 끔찍하게 파헤쳐져 엉망이 된 대홍수 속을 결사적으로 비트적거리며 내 쪽으로 좀 더 가까이 왔다. 그녀는 창고에 들어오더니 나를 향해 달려들었다. 낯설지만 잘 아는 얼굴이었다. 사랑스러운 큰 눈을 가진 조용한 얼굴이 고통스러운 미소를 띠며 내 눈앞에 떠 있었다. 조용하고 따스한 입술이 내 입술을 찾아들었다. 그녀는 숨 가쁘게 질리지도 않고 오랫동안 내게 입맞춤을 했다. 그녀는 양손으로 내 목을 끌어안았고, 비에 젖은 금발 머리로 나의 두 뺨을 내리눌렀다. 주위에서 우박의 폭풍이 세상을 뒤흔드는 동안 말없이 불안에 떠는 애욕의 폭풍이 한층 심각하고 끔찍하게 나를 덮치고 있었다.

우리는 꼭 부둥켜안은 채 판자 더미 위에 말없이 앉아 있었다. 나는 수줍어하면서 야릇한 기분으로 베르타의 머리칼을 쓰다듬으며 내 입을 그녀의 힘차고 도톰한 입술에 대고 눌렀다. 그녀의 따스한 체온이 나를 달콤하고 고통스럽게 감싸 주었다. 나는 두 눈을 감았다. 그녀는 내 머리를 자신의 뛰는 가슴과 품에 갖다 대었고, 나의 얼굴과 머리칼을 떨리는 손으로 조용히 쓰다듬어 주었다.

어둠 속의 폭풍에 홀려 있다가 깨어나 눈을 떠 보니, 그녀의 진지하고 활기찬 얼굴이 슬픈 듯한 아름다운 모습으로 내 얼굴 위에 있었다. 그녀의 눈은 초점을 잃은 채 나를 응시하고 있었다. 헝클어진 머리칼 밑으로 한 줄기의 연분홍 피가 환한 이마에서 얼굴을 지나 목에까지 흘러내렸다.

"무슨 일인가요? 대체 무슨 일이 일어났나요?" 내가 불안스러운 어조로 물어보았다.

베르타는 내 눈을 더욱 깊이 들여다보며 힘없이 미소 지었다.

"세상이 멸망하는 줄 알았어요." 그녀는 조그만 목소리로 말했다. 굉음을 내는 시끄러운 날씨가 그녀의 말을 삼켜 버렸다.

"피가 나는데요." 내가 말했다.

"우박에 맞아서 그래요. 걱정 마세요! 겁나세요?"

"아니요. 당신은요?"

"아니, 겁나지 않아요. 아, 지금 도시 전체가 무너져 내릴 것 같아요. 당신은 나를 조금도 사랑하지 않으시죠, 그렇죠?"

나는 대답을 못 하고 매혹당한 듯 그녀의 크고 맑은 눈을 바라보았다. 그 눈은 슬픔과 사랑으로 가득 차 있었다. 그 눈이 내 눈 위에서 시선을 내리까는 동안, 그리고 그녀의 입술이 묵직하게 음미하듯 내 입술에 포개져 있는 동안 나는 꼼짝 않고 그녀의 진지한 얼굴을 바라보았다. 왼쪽 눈을 지나가는 연분홍 피가 희고 선명한 피부 위로 흘러내렸다. 나의 감각이 취한 듯 비틀거리는 동안 나의 마음은 그것에서 벗어나려 했고, 그러므로 폭풍 속에서 본의 아니게 빼앗기는 것에 필사적으로 저항하고 있었다. 나는 자리에서 벌떡 일어났다. 내가 그녀를 동정하고 있다는 것을 그녀는 내 눈빛에서 알아차렸다.

그러자 베르타는 고개를 뒤로 젖히며 화난 듯이 나를 바라보았다. 그리고 내가 유감과 근심을 띤 동작을 하며 손을 내밀자 그녀는 두 손으로 내 손을 붙잡고, 얼굴을 그 속에 파묻은 채 무릎을 꿇고 주저앉아 흐느끼기 시작했다. 떨고 있는 내 손 위로 그녀의 눈물이 뜨겁게 흘러내렸다. 나는 당황해서 그녀를 내려다보았고, 흐느껴 우는 그녀의 머리는 내 손에 얹혀 있었다. 그녀의 목덜미 위에는 보드라운 솜털이 그늘을 드리우고 있었다. 나는 격한 심정으로 생각에 잠겼다. 만약 그녀가 다른 소녀였더라면, 내가 진정으로 사랑해 내 영혼을 바칠 수 있는 소녀였더라면, 나는 이 사랑스러운 솜털을 손으로 어루만지며 이 흰 목덜미에 얼마나 키스하고 싶었을까! 그러나 내 피는 좀 더 차분해졌다. 나의 청춘과 자부심을 바치고 싶은 생각이 들지 않는 아가씨가 내 발밑에 이렇게 꿇어앉아 있는 모습을 보니 부끄럽고 고통스러웠다.

이 모든 일을 나는 마치 마법에 걸렸던 해처럼 겪었다. 지금도 그 일은 수많은 조그만 마음의 움직임이며 몸짓과 함께 장구한 세월에 걸쳐 일어난 일처럼 내 기억 속에 남아 있지만, 실은 불과 몇 분 동안에 일어난 일에 불과했다. 갑자기 사방이 환하게 밝아지며, 푸른 하늘이 화해 가능한 결백한 모습으로 축축한 빛을 띠고 한 조각씩 나타나기 시작했다. 예리한 칼에 잘린 듯, 돌연 폭풍우의 지속적인 굉음이 오그라들며 멎어 버렸고, 우리는 놀랍고도 믿기지 않는 정적에 에워싸였다.

나는 환상적인 꿈의 동굴 밖으로 나오듯 창고에서 되돌아온 대낮으로 나왔다. 내가 아직 살아 있다는 게 놀랍게 생각되었다. 황폐된 뜰은 처참했다. 땅은 말발굽에 짓밟힌 듯 마구 파헤쳐졌고, 사방에 커다란 얼음 우박 덩어리들이 쌓여 있었다. 내 낚시 도구는 어디론가 가 버렸고, 고기 담는 양동이는 흔적도 없이 사라져 버렸다. 공장에서는 사람들이 소란스럽게 웅성대는 소리가 들렸다. 나는 수없이 깨져 버린 유리 창문을 통해 사람들이 모여 있는 넓은 공간을 들여다보았다. 모든 문에서 사람들이 몰려나오고 있었다. 바닥은 유리 조각과 깨어진 벽돌로 가득 차 있었다. 기다란 함석 홈통이 떨어져 내려 건물의 중간 높이에 비스듬히 구부러진 채 매달려 있었다.

나는 이제 조금 전에 무슨 일이 있었는지는 다 잊어버렸다. 대체 무슨 일이 일어났는지, 폭풍으로 얼마만큼 피해를 입었는지 알고 싶은 온건하고 불안한 호기심 말고는 아무런 느낌이 없었다. 공장의 부서진 유리창과 기왓장들은 처음 보는 순간 꽤 심하고 절망적으로 보였다. 하지만 결국 이 모든 것이 엄청나게 소름 끼칠 정도는 결코 아니어서, 회오리바람이 내게 안겨 준 무서운 인상과는 걸맞지 않았다. 나는 마음이 놓이는 동시에 반쯤은 기이하게도 실망과 환멸을 느끼며 안도의 한숨을 쉬었다. 마을의 집들은 예전과 다름없이 서 있었고, 골짜기 양쪽의 산들도 그대로 솟아 있었다. 그렇다, 세상이 멸망해 버리지 않은 것이다.

그러나 공장의 뜰을 나온 뒤 다리를 건너 첫 번째 골목에 와 보니 피해는 다시 좀 더 심각한 양상을 보였다. 조그만 길에는 파편과 부서진 창의 덧문들이 잔뜩 널려 있고, 굴뚝 두 개가 쓰러져 있었다. 지붕에서 떨어져 나온 조각들도 있었다. 집집마다 사람들이 문 앞에 나와 어쩔 줄 몰라 하며 탄식하고 있었다. 이 모든 광경은 내가 포위당하고 약탈당한 도시의 그림들에서 본 것과 똑같았다. 돌덩어리와 나뭇가지가 길을 가로막고 있고, 창에 난 구멍들이 사방에서 찢어진 조각과 부서진 파편들 뒤를 응시하고 있었다. 정원의 울타리가 땅바닥에 쓰러져 있거나 벽 위에 걸려 덜커덩거리고 있었다. 잃어버린 아이들을 부르며 찾아다니는 사람도 있었고, 밭에서 일하던 사람들이 우박에 맞아 죽었다는 이야기도 들렸다. 탈러 은화만큼이나 큼직한, 아니 그보다도 더 큰 우박 덩어리를 내보이며 돌아다니는 사람도 있었다.

나는 너무 흥분해 있어 집에 돌아가 우리 집과 정원의 피해를 살펴볼 생각을 하지 못했다. 내가 보이지 않아 식구들이 궁금해할 수 있으리라고는 생각하지 못했다. 내게는 아무 일도 일어나지 않았기 때문이다. 그래서 나는 수많은 깨진 파편에 채이고 비틀거리면서 계속 가는 대신 교외로 나가야겠다고 마음먹었다. 내가 제일 좋아하는 장소가 뇌리에 떠오르며 나를 유혹하는 것이었다. 그것은 공동묘지 옆에 있는 오래된 축제장이었다. 소년 시절 큰 축제가 열릴 때마다 나는 그 묘지의 그늘에서 축제를 벌였다. 겨우 네다섯 시간 전에 바위산에 올랐다가 돌아오는 길에 그곳을 지나왔다는 것을 깨닫고 의아한 생각이 들었다. 그때부터 오랜 시간이 흐른 것 같아서였다.

나는 발길을 돌려 아래쪽에 있는 다리를 건넜다. 가는 도중에 정원에 난 틈새로 보니 사암으로 지은 교회 탑이 잘 보존되어 있고, 체육관도 경미한 피해밖에 입지 않았다. 훨씬 저쪽에는 지붕을 멀리서도 분간할 수 있는 오래된 음식점이 외롭게 서 있었다. 음식점은 예전처럼 서 있었지만, 이상하게 변해 보였다. 그 이유를 곧바로 알 수는 없었다. 힘들여 곰곰 생각해 보고서야 비로소 그 음식점 앞에 항시 커다란 미루나무 두 그루가 서 있었다는 사실이 생각났다. 미루나무는 이제 그곳에 없었다. 아주 오래전부터 친숙했던 광경이 파괴되고, 사랑스러운 장소가 흉하게 손상된 것이다.

그 순간 혹시 더 많은 것이, 또 더 귀중한 것이 파괴되어 못 쓰게 되지나 않았을까 하는 불길한 예감이 들었다. 갑자기 나는 내가 내 고향을 얼마나 사랑하고 있는지, 나 자신의 마음과 행복이 얼마나 깊이 이러한 지붕과 탑, 다리와 길거리, 나무, 정원이나 숲에 의존하고 있는지를 새삼 가슴 뭉클하게 느꼈다. 새로운 흥분과 걱정에 휩싸인 나는 건너편 축제장 근처로 급히 달려갔다.

그곳에서 나는 가만히 멈추어 서서, 내가 가장 사랑하던 추억의 장소가 완전히 파괴되어 그야말로 초토화되어 있는 것을 보았다. 우리는 해묵은 밤나무 그늘 밑에서 축일을 즐겼고, 그 밑동은 우리 같은 소년 서넛이 손을 맞잡고 둘러싸도 안을 수 없을 만큼 컸다. 그런데 그 나무가 부러지고 쪼개져 뿌리까지 뽑힌 채 쓰러져 있고, 땅에는 집채만 한 커다란 구멍들이 아가리를 벌리고 있었다. 이제는 제자리에 온전하게 서 있는 게 한 그루도 없었다. 마치 소름 끼치는 전쟁터 같았다. 옆의 보리수나 단풍나무도 서로 겹쳐진 채 쓰러져 있었다. 이 넓은 장소가 나뭇가지와 쪼개진 줄기, 나무뿌리와 흙더미로 처참한 폐허 더미를 이루고 있었다. 우람한 줄기는 아직 땅속에 그대로 서 있었지만, 나무는 온데간데없이 쪼개지고 벌거벗은 수많은 허연 조각을 드러내고 있었다. 가지는 부러지거나 구부러져 있었다.

앞으로 더 나아갈 수도 없었다. 광장과 도로는 서로 뒤엉킨 나무줄기와 나무의 잔해가 산더미처럼 쌓여 가로막혀 있었다. 어린 시절부터 심오하고 성스러운 그늘이자 높다란 나무 신전으로 알고 있었던 그곳이 지금은 폐허 위의 텅 빈 하늘을 가만히 바라보고 있었다.

　나는 나의 모든 은밀한 뿌리와 함께 나 자신이 몽땅 뿌리 뽑혀 사정없이 내리쬐는 한낮의 태양 아래 내동댕이쳐진 것 같은 느낌이 들었다. 며칠 동안 마을 주변을 돌아다녔으나 이젠 숲길도, 정들었던 호두나무 그늘도, 소년 시절 기어올라 가 놀았던 떡갈나무도 더 이상 찾을 수 없었다. 도시 주변은 멀리까지 가 보아도 어디든 부서진 조각들과 구덩이, 풀을 베어 버린 것처럼 무너져 내린 숲의 경사면, 작열하는 태양에 애처롭게 뿌리 부분이 드러난 수목의 잔해들뿐이었다. 지금의 나와 나의 어린 시절 사이에는 커다란 간격이 벌어졌다. 내 고향은 이제 더 이상 예전의 고향이 아니었다. 지난날들의 즐거웠던 일과 어리석었던 일들이 나에게서 떨어져 나가 버렸다. 그런 직후 나는 한 사람의 성인이 되기 위해, 또 인생을 이겨 내기 위해 이 도시를 떠나갔다. 돌이켜 보면 이런 상황에서 인생 최초의 그늘이 내 곁을 가볍게 스쳐 지나간 것이다.

(1916)

청춘은 아름다워

마테우스 삼촌조차 특유의 제스처를 하며 다시 보게 되었다고 나를 반가이 맞이해 주었다. 한 젊은이가 여러 해 동안 객지를 떠돌다가 어느 날 제법 단정한 모습으로 다시 고향에 돌아온다면 아무리 신중한 친척이라도 웃으며 반갑게 그의 손을 잡고 흔들 것이다.

소지품을 넣은 나의 조그만 갈색 트렁크는 아직 무척 새것으로, 거기에는 좋은 자물쇠와 반짝반짝 윤이 나는 가죽끈이 달려 있었다. 그 속에는 깨끗한 양복 두 벌, 속옷 여러 벌과 새 장화 한 켤레, 책 서너 권, 사진과 멋진 담배 파이프 두 개, 그리고 권총 한 자루가 들어 있었다. 이 밖에도 나는 바이올린 케이스와 자질구레한 일용품이 가득 담긴 배낭, 모자 두 개, 지팡이, 우산, 가벼운 외투와 고무신 한 켤레를 갖고 왔다. 이 모든 물품은 새것으로 튼튼했다. 그뿐 아니라 나는 2백 마르크 넘게 예금된 통장과 가을에 외국에서의 좋은 일자리를 내게 약속한 편지를 가슴 안쪽 주머니에 꿰매 붙여 지니고 있었다. 이 모든 것을 나는 당당하게 지니고 있어야 했다. 나는 꽤 오랫동안 객지 생활을 하다가, 과거 부끄럼을 잘 타는 걱정거리 자식으로 떠났던 고향에 단정한 신사의 모습으로 이제 이런 물건들을 잔뜩 싸 들고 다시 돌아온 것이었다.

기차는 조심스럽게 언덕을 크게 돌면서 천천히 내리막길을 달려갔다. 굽이를 돌 때마다 아래쪽 도시의 집과 거리, 강물과 과수원들이 가까워지면서 한결 뚜렷하게 모습을 드러내기 시작했다. 이내 나는 지붕들을 구분할 수 있게 되어 그중에서 눈에 익은 것들을 찾아낼 수 있었다. 그러고는 금세 창문들도 셀 수 있을 정도가 되었으며, 황새 둥지들도 식별할 수 있게 되었다. 유년 시절과 소년 시절의 몹시도 감미로웠던 고향 추억들이 골짜기에서 살랑살랑 불어오자, 나의 오만불손한 귀환 감정과 저 밑의 고향 사람들에게 뻐기고 싶었던 기분은 차츰 사라지고 감사와 경탄의 감정이 대신 자리 잡게 되었다. 고향을 떠나 여러 해 동안 생활하면서 느껴 보지 못했던 향수가 이제 마지막 15분 동안 내 마음속에 용솟음쳤다. 플랫폼 연변의 모든 풀과 눈에 익은 모든 과수원 울타리가 내게 놀라우리만치 소중하게 느껴졌다. 그리고 내가 오랫동안 이러한 것을 잊고 살았으며, 그런 것 없이도 지낼 수 있었다는 데 대해 마음속 깊이 사죄했다.

기차가 우리 집 정원 옆을 지나쳐 갈 때 누군가가 오래된 집의 제일 꼭대기 층의 창문에 서서 커다란 수건을 흔들었다. 그분은 나의 아버지임이 틀림없었다. 그리고 베란다 위에는 어머니와 가정부가 손수건을 흔들며 서 있었다. 굴뚝 꼭대기에서는 커피를 끓일 때 나는 푸른색 연기가 따뜻한 하늘로 은은하게 피어올라 도시 저 너머로 흘러갔다. 나를 기다려 왔던 이 모든 것은 이제 다시 나와 친숙해지며 나를 환영했다.

역에서는 턱수염을 기른 늙은 역무원이 예전처럼 이리저리 분주하게 오가며 사람들을 선로 밖으로 밀어젖혔다. 누이와 남동생이 사람들 틈에 끼여 잔뜩 기대에 찬 채 나를 바라보고 있는 모습이 보였다. 남동생은 내 짐을 운반하려고 조그만 손수레를 끌고 왔다. 그 손수레는 소년 시절 내내 우리의 자랑거리였다. 우리는 그 손수레에 내 트렁크와 배낭을 실었다. 동생 프리츠가 앞에서 끌고 나와 누이는 뒤를 따라갔다. 누이동생은 머리를 너무 짧게 깎았다고 나에게 핀잔을 주었다. 반면 내 턱수염은 멋지고 새 트렁크는 매우 우아하다며 칭찬했다. 우리는 웃으면서 서로의 눈을 들여다보았고 이따금 거듭 손을 잡기도 했다. 그리고 손수레를 끌고 앞서가면서 종종 뒤를 돌아다보던 프리츠에게 우리는 고개를 끄덕여 보였다. 그는 키가 나만 했으며 체격도 건장해졌다. 그가 앞서가는 동안 어린 시절 뻔질나게 다투면서 동생을 때려 주었던 기억이 문득 떠올랐다. 동생의 어린 시절 얼굴과 감정이 상한 슬픈 눈이 뇌리에 떠올랐다. 그리고 당시에 화가 가라앉자마자 항시 느꼈던 고통스러운 후회의 감정이 되살아났다. 이제 프리츠는 다 큰 청년이 되어 내 앞을 유유히 걸었으며 턱에는 이미 누런 솜털 수염이 나 있었다.

우리는 벚나무와 마가목이 들어선 가로수 길을 지나 높다란 작은 다리를 건너고 새로 생긴 상점과 옛날 그대로인 많은 집을 지나쳤다. 그러다가 다리의 귀퉁이가 나오자 언제나 그랬듯이 창문이 열린 우리 집이 보였다. 창문으로 앵무새 소리가 들려오자 내 가슴은 추억과 기쁨에 들떠 마구 고동쳤다. 서늘하고 컴컴한 대문과 돌로 된 커다란 현관을 지나 후다닥 계단을 오르자 아버지가 나를 맞아 주셨다. 아버지는 내게 입을 맞추고 웃으면서 내 등을 두드려 주셨다. 그러고 나서 아무 말 없이 내 손을 잡고 위층 문까지 나를 데리고 가셨다. 그곳에 어머니가 서서 나를 껴안아 주셨다.

그다음에는 가정부 크리스티네가 달려 나와 내 손을 덥석 잡았다. 그리고 커피가 준비되어 있던 안방에서 나는 앵무새 폴리에게 인사를 했다. 폴리는 나를 금방 다시 알아보고 새장에서 내려와 내 손가락 위에 앉고는 자기를 어루만져 달라는 듯 아름다운 회색 머리를 내밀었다. 방에는 벽지가 깨끗이 도배된 것 말고는 모두 옛날 그대로였다. 할아버지, 할머니의 초상화와 유리그릇 찬장에서부터 라일락 무늬가 새겨진 고풍스러운 탁상시계에 이르기까지 모두 그대로였다. 식탁보가 덮여 있는 식탁에는 접시들이 있었다. 내 잔에는 조그만 레세다 꽃다발이 놓여 있었는데 나는 그것을 집어 들고 단춧구멍에 꽂았다.

내 맞은편에 앉은 어머니는 나를 빤히 들여다보면서 우유를 넣어 만든 빵을 건네주셨다. 어머니는 이야기하느라 식사를 소홀히 하지 말라고 주의를 주셨다. 그러면서 이런저런 질문을 해 거기에 답을 해야 했다. 아버지는 말없이 귀를 기울이며 하얗게

센 수염을 쓰다듬으면서 안경 너머 따뜻한 눈길로 나를 찬찬히 바라보셨다. 내가 겪은 체험, 행동이나 성공을 담담히 얘기해 가는 동안 나는 뭐니 뭐니 해도 부모님께 최고로 감사해야 한다는 사실을 뼈저리게 느꼈다.

나는 고향에서의 첫날을 집에서만 보내고 싶었다. 다른 데 가는 것은 내일이나 나중에 아직 충분히 시간이 있었다. 우리는 커피를 마시고 난 다음 모든 방과 부엌, 복도를 돌아다녔다. 거의 모든 것이 옛날 그대로였다. 내가 발견해 낸 새로운 몇 가지 사실은 다른 사람들에게는 이미 익숙한 것이어서 당연하게 여겨졌다. 그래서 그들은 그것이 내가 있을 때도 마찬가지 아니었느냐 하는 문제를 두고 서로 갑론을박했다.

산기슭의 담쟁이덩굴 담벼락 사이에 있는 조그마한 정원에는 오후의 햇살이 깨끗한 길과 종유석 모양의 울타리, 그리고 반쯤 찬 물통과 화려한 색깔의 화단을 비추고 있어 모든 것이 환해 보였다. 우리는 베란다의 안락의자에 앉았다. 그곳으로 담배 연기가 만드는 투명한 커다란 꽃잎을 뚫고 약해진 햇살이 담록색을 띠며 따사롭게 흘러들어 왔다. 몇 마리 벌이 붕붕거리며 힘들게 날아다녔다. 길을 잃어버린 모양이었다. 아버지는 모자를 벗고 나의 귀향을 감사하는 마음으로 주기도문을 외우셨다. 우리는 아무 말 없이 손을 깍지 꼈다. 익숙하지 않은 이러한 엄숙한 분위기가 내게는 다소 답답했지만, 옛날에 듣던 성스러운 말씀에 기꺼이 귀 기울이고 감사하는 마음으로 같이 '아멘' 했다.

그런 다음 아버지는 서재로 들어가셨고 남동생과 누이도 자기 방으로 사라졌다. 주위는 완전히 정적에 잠겼다. 나는 어머니와 단둘이 의자에 앉았다. 내가 오랫동안 고대하기도 하고 또 두려워하기도 한 순간이었다. 왜냐하면 나의 귀향을 가족들은 반가운 마음으로 환영해 주었지만 지난 몇 년 동안의 내 생활이 결코 깨끗하다거나 문제가 없는 것이 아니었기 때문이다.

이제 어머니는 아름답고 따뜻한 눈길로 바라보면서 나의 안색을 살피셨다. 무슨 말을 할까, 무슨 질문을 할까 곰곰 생각하시는 모양이었다. 나는 난처한 질문을 각오한 채 어찌할 바 몰라 잠자코 손가락을 만지작거렸다. 대체로 아주 수치스러운 질문은 하지 않겠지만 내 입장에 면목 없는 질문을 할 듯싶었다.

어머니는 한동안 조용히 내 눈을 바라보시다가 우아하고 조그만 손으로 내 손을 잡으셨다.

"가끔 기도도 하니?" 어머니가 나지막이 물으셨다.

"최근에는 통 안 해요." 나는 이렇게밖에 말씀드릴 수 없었다. 어머니는 다소 걱정스러운 듯 나를 바라보셨다.

"곧 다시 하게 되겠지." 어머니가 말씀하셨다. 나는 "아마 그렇게 되겠지요"라고 말했다.

그러고 나서 한동안 아무 말씀이 없으시다가 이윽고 이렇게 물으셨다. "그런데 착한 사람이 되어 줄 테지?"

그에 대해 나는 "네"라고 답할 수 있었다.

그러자 어머니는 이제 곤란한 질문은 하지 않고 내 손을 어루만지면서 참회의 말은 들을 필요가 없다는 듯 나를 믿는다는 의미로 고개를 끄덕이셨다. 그러고 나서 어머니는 옷이나 빨래 문제에 관해 물어보셨다. 최근 2년 동안 나는 모든 문제를 혼자 처리해 왔으며 세탁이나 수선을 위해 집에 옷을 보내지 않았던 것이다.

"우리 내일 함께 살펴보자꾸나." 내가 보고를 마치자 어머니는 그렇게 말씀하셨다. 이것으로 시험이 모두 끝난 셈이다.

그런 직후 누이가 나를 자기 방으로 불렀다. '아름다운 방'에서 그녀는 피아노 옆에 앉고는 내가 오랫동안 들어 보지도 노래 부르지도 않았지만 결코 잊지 않은 옛날 악보를 끄집어냈다. 우리는 슈베르트와 슈만의 가곡을 불렀다. 그러다가 질허*의 악보를 꺼내 저녁 먹을 시간이 되도록 독일과 외국 민요들을 불렀다. 내가 앵무새와 대화하는 동안 누이는 식탁을 차렸다. 폴리라는 이름은 여자 이름이었지만 우리는 앵무새를 수새로 간주해 '데어' 폴리라고 불렀다. 폴리는 여러 가지 말을 했으며 우리 목소리와 웃음소리를 흉내 내어 우리 모두와 각별한 우정을 나누었다. 폴리와 가장 친한 사람은 아버지였다. 폴리는 아버지 말이라면 뭐든지 따랐다. 그다음은 동생, 엄마, 나 그리고 누이동생 순이었는데, 폴리는 내 누이동생을 불신하고 있었다.

우리 집의 유일한 동물인 폴리는 20년 이상 아이처럼 우리와 함께 살아왔다. 폴리는 대화, 웃음이나 음악을 좋아했지만 너무 가까이 다가가는 것은 좋아하지 않았다. 그가 혼자 있는데 옆방에서 왁자지껄하는 소리가 들리면 귀를 쫑긋 기울이고 함께 말하며 독특하게 선량한 방식으로 따라 웃었다. 그리고 가끔 폴리는 적막이 감돌고 햇볕이 따사롭게 방 안을 비추는 가운데 누구의 주의도 끌지 못한 채 새장 속의 가지 위에 앉아 있을 때면 플루트 같은 소리를 내면서 깊고 낭랑한 음으로 삶을 찬미하고 신을 찬양하기 시작했다. 그 소리는 혼자 노는 아이가 무심코 흥얼거리는 노래처럼 엄숙하고 따뜻하며 경건하게 들렸다.

저녁 식사를 마친 뒤 나는 30분 동안을 정원에 물을 뿌리는 데 보냈다. 물에 젖고 더럽혀진 몸으로 다시 방으로 들어오는데 안에서 반쯤 귀에 익은 소녀의 목소리가 들려왔다. 손수건으로 얼른 손을 닦고 방에 들어가 보니 거기에는 자주색 옷을 입고 챙이 넓은 밀짚모자를 쓴 큰 키의 아름다운 한 소녀가 앉아 있었다. 그녀는 일어서서 나를 쳐다보더니 손을 내밀었다. 그녀는 누이의 친구 헬레네 쿠르츠였다. 전에 나는 그녀와 사랑에 빠진 적이 있었다.

"날 알아보시겠어요?" 나는 즐거운 마음으로 물어보았다.

"돌아오셨다는 소식을 이미 로테한테서 들었어요." 그녀는 친절하게 말했다. 하지만 그녀가 그냥 '네'라고 했더라면 나는 더 기뻤을 것이다. 그녀는 키가 훌쩍 커졌으며 얼굴도 퍽 아름다워졌다. 그녀가 어머니와 로테랑 담소를 나누는 동안 나는 더 이상 어떻게 말해야 할지 몰라 창가의 꽃을 향해 다가갔다.

내 눈은 거리를 내려다보고 있었고, 내 손은 제라늄 꽃줄기의 이파리들을 만지작거리고 있었다. 하지만 내 생각은 다른 곳에 가 있었다. 나는 몹시 추운 어느 겨울 저녁, 높다란 오리나무들 사이에 있는 강에서 스케이트 타던 모습을 떠올렸다. 내 시선은 멀리서 겁을 먹은 채 반원을 그리는 어떤 소녀의 모습을 좇고 있었다. 그녀는 아직 스케이트가 익숙하지 않아 어느 여자 친구의 손에 의지하고 있었다.

그녀의 목소리는 이제 예전보다 훨씬 더 힘차고 그윽하게 들렸다. 나에게 친근한 목소리였지만 왠지 낯설게 들렸다. 그녀는 젊은 숙녀가 되어 있었다. 나는 여전히 열다섯 살밖에 안 된 것처럼 느껴져 동년배로서 그녀와 대등한 자격으로 설 수 없다고 생각되었다. 그녀가 집에 가려고 하자 나는 그녀에게 다시 악수를 청하면서 필요 이상으로 몸을 숙이고 말했다. "안녕히 가세요, 쿠르츠 양."

"그 여자 집에 갔을까?" 하고 나는 나중에 물었다.

"안 그러면 어디에 있겠어?" 로테가 말했다. 나는 더 이상 그에 관해 언급하고 싶지 않았다.

정각 10시에 대문이 잠기고 부모님은 잠자리에 드셨다. 아버지는 잘 자라며 입맞춤을 하고 팔로 내 어깨를 감싸면서 나지막한 소리로 말씀하셨다. "네가 다시 집에 돌아오다니 반갑구나. 너도 기쁘지?"

모두 잠자리에 들었다. 가정부도 조금 전에 이미 안녕히 주무시라는 인사를 했다. 그리고 문들이 몇 번 여닫히는 소리가 들리더니 온 집 안이 깊은 정적에 잠겼다.

나는 미리 작은 맥주 컵을 차게 해 두었다가 내 방 탁자 위에 올려놓았다. 우리 집 안방에서는 담배를 못 피우게 되어 있었으므로 지금 내 방에 와서 파이프에 담배를 끼우고 불을 붙였다. 방 안의 두 창문은 어둡고 고요한 마당 쪽으로 나 있었으며 거기에서 위쪽의 정원으로 통하는 돌계단이 있었다. 저 위쪽에는 어두운 하늘에 전나무가 서 있는 것이 보였고 그 위에서는 별들이 반짝거렸다.

나는 한 시간 이상이나 자지 않고 있었다. 유령처럼 램프 주위를 날아다니는 솜털 같은 불나비들을 보면서 열린 창문으로 천천히 담배 연기를 내뿜었다. 옛날 고향에서 살던 어린 시절의 온갖 추억이 꼬리를 물고 뇌리를 스쳐 지나갔다. 말 없는 한 무리의 사람들이 바다의 거친 파도처럼 눈앞에 나타나 찬란한 빛을 발하다가 다시 사라졌다.

아침이 되자 나는 내 옷 중에서 가장 좋은 옷을 골라 입었다. 그것은 내 고향 도시와 잘 아는 많은 옛날 사람들의 호감을 사기 위해서였으며, 내가 아주 잘 지내고 있으며 초라한 녀석으로 귀향한 게 아님을 보란 듯이 드러내기 위해서였다. 도시의 좁은 계곡 위에는 여름 하늘이 눈부시게 푸른빛을 발하고 있었고, 흰 거리에서는 뽀얀 먼지가 일었다. 이웃한 우체국 앞에는 산간 지방의 마을에서 돌아온 우편 마차가 서 있었다. 골목에서는 조그만 아이들이 양털로 만든 공을 가지고 놀고 있었다.

맨 먼저 소도시에서 가장 오래된 건축물인 돌다리를 건너며 나는 이전에 수천 번이나 달음박질치며 지나쳤던 조그만 고딕식 교회를 쳐다보았다. 그러고 나서는 다리 난간에 기대어 급히 흘러가는 푸른 강물을 위아래로 바라보았다. 합각머리 벽에 흰 바퀴가 그려져 있던 오래되고 포근한 방앗간은 사라지고 없었다. 대신 그 자리에는 벽돌로 지어진 커다란 새 건물이 들어서 있었다. 그 외에는 아무런 달라진 게 없었다. 그리고 예전에도 그랬듯이 수많은 거위와 오리 떼가 물 위와 강가에서 유유히 헤엄치고 있었다.

다리 건너편에서 나는 처음으로 아는 사람을 만났다. 학교 동창생인 그는 피혁공이 되어 반짝반짝 빛나는 오렌지색 앞치마를 두르고 있었다. 그는 멀뚱멀뚱 쳐다볼 뿐 내가 누군지 언뜻 알아채지 못했다. 나는 반가운 표정으로 그에게 고개를 끄덕이고 계속 걸어갔다. 그러는 동안 그는 내 뒤를 쳐다보며 내가 누군지 골똘히 생각에 잠겼다. 구리 대장장이 작업장의 창가에서 나는 그에게 인사를 했다. 그는 멋지게 흰 수염을 기르고 있었다. 대장장이가 곧장 시선을 선방공에게 돌렸고 그는 바퀴 줄을 덜커덕거리며 내게 코담배를 한 줌 내밀었다. 잠시 후 나는 낯익은 시청 청사와 커다란 분수가 있는 광장에 도착했다. 거기에 책방이 있었는데 늙은 가게 주인은 몇 년 전 내가 하이네의 책을 그에게 주문했다고 나를 추문에 휩싸이게 했다. 하지만 나는 책방에 들어가서 연필과 그림엽서를 샀다. 여기에서 학교까지는 그리 멀지 않았다. 그래서 지나가면서 낡은 집들을 구경하는데, 교문 옆에서 익히 알고 있는 불안감을 일으키는 학교의 냄새가 풍겨 나와 나는 숨을 몰아쉬며 교회와 사제관 쪽으로 피해 갔다.

몇 개의 골목을 이리저리 헤매다가 이발사에게 수염을 깎았을 때는 10시였다. 이제 마테우스 삼촌을 방문할 시간이 되었다. 나는 으리으리한 마당을 지나 그의 멋진 집 안으로 들어가

서늘한 복도에서 바지의 먼지를 털고는 거실 문에 노크했다. 안에는 숙모와 바느질하고 있는 두 딸이 있었다. 삼촌은 벌써 출근하고 없었다. 집 구석구석은 말끔했으며 고풍스러운 분위기가 감돌았는데, 다소 엄격하고 지나치게 실리적인 면을 지향하고 있었다. 하지만 명랑한 분위기 역시 감지되었고 그것은 신뢰감을 주었다. 이 집에는 쉬지 않고 쓸고, 닦고, 빨고, 깁고, 짜고, 다렸지만 사촌 누이들은 시간을 내서 음악을 하기도 했다. 둘은 피아노를 치고 노래를 불렀는데, 최근의 작곡가들은 잘 몰라도 헨델, 바흐, 하이든이나 모차르트에 대해서는 그런 만큼 더욱 친숙했다.

숙모는 벌떡 일어나서 나를 맞아 주셨다. 딸들은 바느질을 끝내고 나서야 내게 악수를 청했다. 놀랍게도 나는 완전 귀빈 대우를 받아 근사한 응접실로 안내되었다. 더욱이 베르타 숙모는 내가 아무리 사양해도 막무가내로 포도주 한 잔과 구운 과자를 내오셨다. 그런 다음 그녀는 내 맞은편 의자에 자리를 잡았다. 딸들은 바깥에서 계속 일을 하고 있었다.

어제 착한 어머니가 차마 하지 못한 질문이 이제 부분적으로 갑자기 내게 들이닥쳤다. 하지만 여기서도 불충분하게 답변해서 나의 처지를 빛나게 하려는 생각은 추호도 없었다. 나의 숙모는 존경받는 설교사들의 인물 됨됨이에 대해 지대한 관심을 지니고 계셨다. 숙모는 내가 살았던 모든 도시의 교회와 목사들에 대해 꼬치꼬치 물어보셨다. 우리는 서로에 대한 호의적인 감정으로 몇 가지 사소한 곤혹스러운 일을 극복한 뒤, 10년 전 어느 유명한 고위 성직자가 타계한 사실에 대해 같이 안타까워했다. 만약 그분이 아직 살아 계셨더라면 나는 슈투트가르트에서 그분의 설교를 들을 수 있었을 것이다.

그러고 나서 나의 운명, 체험과 전망에 대한 화제로 이어졌다. 내가 운이 좋았으며 앞으로 전도유망할 거라는 점에서 우리는 의견 일치를 보았다.

"6년 전만 해도 누가 상상이나 했겠니!" 숙모가 말씀하셨다.

"그땐 제가 정말 그렇게도 형편없었나요?" 나는 이제 이렇게 물어보지 않을 수 없었다.

"꼭 그랬다는 것은 아니지만, 그랬다기보다는, 그 당시엔 네 부모님이 꽤나 걱정을 하셨단다."

"저로서도" 하고 나는 말을 꺼내려고 했다. 하지만 근본적으로는 숙모의 말씀이 옳았다. 나는 당시의 다툼을 다시 꺼내고 싶지 않았다.

"그건 아마 사실일 겁니다." 그래서 나는 이렇게 말하고 진지하게 고개를 끄덕였다.

"너는 정말 별별 일을 다 해 보았겠구나."

"네, 그렇고말고요, 숙모님. 전 그러한 일을 후회하지 않아요. 지금 하는 일도 언제 그만둘지 모르거든요."

"하지만 안 돼! 그게 정말이니? 이제 겨우 그렇게 좋은 일자리를 구했는데 말이니? 한 달에 2백 마르크 정도면 젊은이로서는 상당한 액수잖니."

"거기서 일을 계속 할 수 있을지 누가 알겠어요, 숙모님."

"그런 말 마라! 네가 착실하게 일하면 오래 일할 수 있을 거야."

"네, 그렇게 되기를 바라야죠. 그럼 이제 위층에 가서 리디아 할머니를 만나 뵙고 나중에 사무실에 가서 삼촌을 찾아뵈어야겠어요. 그럼 안녕히 계셔요, 베르타 숙모님."

"그래, 잘 가거라. 정말 반가웠단다. 언제 또 놀러 오렴!"

"네, 그럴게요."

거실에서 나는 두 소녀에게 인사를 하고 숙모의 방문 아래서 그녀와 헤어졌다. 그런 다음 넓고 밝은 계단을 올라갔다. 위층은 여태까지 아래에서 느꼈던 고풍스러운 분위기보다 훨씬 더 고풍스러웠다.

위에는 조그만 방이 두 개 있었는데 여든이 된 종조모님이 살고 계셨다. 할머니는 지난 시절의 상냥하고 정중한 태도로 나를 맞아 주셨다. 방 안에는 할머니의 부모님을 수채화로 그린 초상화, 유리구슬로 수놓은 덮개, 꽃다발이 그려진 돈지갑, 그 위의 풍경화 및 타원형의 조그만 그림 액자가 있었다. 방에는 백단재 향기와 오래된 은은한 방향제 향기가 감돌았다.

리디아 할머니는 아주 간편한 모양의 짙은 보라색 옷을 입고 계셨다. 근시에다 머리를 약간 떠는 것 말고는 놀라우리만치 정정하고 젊으셨다. 할머니는 내게 좁고 긴 안락의자를 꺼내 주셨다. 할머니는 할아버지 시절에 관해서는 이야기하지 않고, 나의 형편이나 생각을 물으시고 모든 것에 주의와 관심을 기울이셨다. 나이가 하도 많아서인지 할머니에게서 조상 대대로의 냄새가 나는 것 같았다. 그런데 불과 2년 전까지만 해도 할머니는 곧

잘 여행을 다니셨다. 할머니는 오늘날의 세계를 전적으로 긍정하지는 않는다 해도, 그에 대해 분명하고도 악의적이지 않은 견해를 지니고 계셨다. 할머니는 그런 생각을 신선하게 유지하고 보완하고자 하셨다. 그리고 대화술에서는 단정하고도 사랑스러운 세련미를 갖추고 계셨다. 할머니와 마주 앉으면 대화가 막힘없이 술술 흘러나와 하여튼 언제나 재미있고도 유쾌했다.

내가 돌아가려고 하자 할머니는 내게 입맞춤을 하면서 이전에 누구에게서도 보지 못했던 몸짓으로 나를 축복해 주셨다.

나는 마테우스 삼촌을 만나러 그의 사무실을 찾아갔다. 삼촌은 앉아서 신문과 카탈로그를 보고 계셨다. 그는 내가 의자에 앉지 않고 곧장 나가려는 것을 그다지 만류하지 않았다.

"그래 네가 다 찾아왔니?" 삼촌이 말했다.

"네, 접니다. 오래간만이에요."

"그런데 듣자 하니 잘 지내고 있다며?"

"덕분에 그럭저럭 잘 지내고 있어요."

"네 숙모한테도 인사해야지?"

"벌써 찾아뵙고 오는 길이에요."

"그래, 기특하구나. 아무쪼록 잘 지내야지."

그러고는 삼촌은 얼굴을 다시 밑으로 내려 장부를 보며 내게 손을 내뻗었다. 그가 대충 방향을 제대로 맞혔기 때문에 나는 그의 손을 재빨리 잡고 흡족한 마음으로 밖으로 나갔다.

이제 공식적인 방문은 끝난 셈이었다. 식사하러 집에 가 보니 나를 위해 쌀밥과 송아지 구이 요리가 준비되어 있었다. 식사가 끝난 후 동생 프리츠는 나를 옆에 있는 자기 방으로 데리고 갔다. 그의 방에는 옛날에 내가 채집해 놓은 나비가 병에 든 채 벽에 걸려 있었다. 누이는 같이 수다를 떨려고 머리를 문 안으로 쏙 들이밀었지만, 프리츠는 점잔을 빼며 누이가 못 들어오게 손으로 제지하면서 이렇게 말했다. "안 돼, 우리한텐 비밀리에 할 얘기가 있어."

그러고는 나를 타진하듯이 살펴보았다. 그는 내 얼굴에서 흡족한 듯한 긴장을 감지하고 침대 밑에서 상자 하나를 꺼냈다. 양철판이 입혀 있던 그 뚜껑에는 무거운 돌멩이 여러 개가 얹혀 있었다.

"이 속에 뭐가 들었는지 한번 알아맞혀 봐." 프리츠는 교활하게 나직이 말했다.

나는 예전에 우리가 잘하던 장난질이나 엉뚱한 일을 생각해 내고 이렇게 소리쳤다.

"도마뱀이구나."

"아니야."

"뱀이니?"

"어림도 없어."

"송충이?"

"아니, 살아 있는 게 아니야."

"아니라고? 그렇다면 왜 그렇게 상자를 꽁꽁 닫아 놓았어?"

"송충이보다 더 위험한 물건이 있거든."

"위험한 것이라고? 아하, 화약이구나?"

대답 대신 동생은 뚜껑을 뜯었다. 나는 상자 속에 여러 종류의 알맹이가 든 화약 봉지, 목탄, 도화선, 유황, 초석(硝石) 봉지와 쇠 부스러기가 담긴 것을 보았다. 그것은 흡사 의미심장한 병기창(兵器廠) 같았다.

"어때 대단하지?"

만약 아버지가 그와 같은 내용물이 든 상자가 동생 방에 있다는 것을 아셨더라면, 한숨도 주무시지 못했을 것이다. 이런 생각은 조심스레 암시만 하고 내가 그의 말에 즉각 만족해하자, 프리츠는 나를 놀라게 해 주었다는 사실에 환희와 기쁨이 넘치는 모습이었다. 나 자신도 이미 도덕적으로는 공범이 되어 축제 전야를 기다리는 아이처럼 불꽃놀이를 고대했기 때문이다.

"형도 같이 할 거지?" 프리츠가 물었다.

"물론이지. 밤에는 과수원 어딘가에서 가능하겠지, 안 그래?"

"물론 할 수 있어. 얼마 전에 목장에서 반 파운드의 화약으로 터뜨린 적이 있어. 마치 지진이 일어나는 것처럼 소리가 굉장하더군. 하지만 지금은 나한테 땡전 한 푼 없어. 아직 필요한 게 여러 가지 있는데 말이야."

"내가 1탈러 줄게."

"정말이야, 형? 그럼 로켓 폭죽과 땅 위를 튀는 대형 폭죽을 살 수 있겠어."

"그렇지만 조심해야 해, 알았지?"

"조심하라고? 지금껏 아무 일 없었다니까."

이것은 내가 열네 살 때 폭죽놀이를 하다가 당한 불운한 재난을 암시한 말이었다. 그때 난 하마터면 시력과 목숨을 잃을 뻔했다.

이제 그는 내게 자기가 가진 화약이며 제조 중인 물건을 보여주고, 새로운 물건을 고안하려고 시험 중에 있는 몇 가지 계획을 털어놓았다. 그리고 내게 보여 주고 싶지만 당분간은 비밀로 해 둘 물건이 있다며 잔뜩 내 호기심을 자극했다. 그러는 동안 그의 점심시간이 지나갔다. 그는 일하러 가야 했다. 동생이 떠난 후 무시무시한 그 상자를 다시 닫고 침대 밑으로 치우자마자 로테가 들어와 아빠와 함께 산책하자며 나를 데리고 나갔다.

"프리츠 어떻더냐?" 아버지가 물었다. "많이 컸던데요, 그렇지 않아요?"

"그렇지."

"그리고 더 의젓해지지 않았더냐? 개도 철이 들기 시작했지. 그래, 내 자식들도 이제 다 컸어."

아버지 말씀이 맞는다고 생각한 나는 나 자신이 약간 부끄러워졌다. 화창한 오후였다. 들판에는 양귀비가 흐드러지게 피어 있고 밀밭의 독초인 선옹초가 활짝 피어 있었다. 우리는 천천히 거닐면서 흥겨운 이야기를 주고받았다. 아주 낯익은 길, 수풀과 과수원들이 나를 맞이해 주면서 반갑게 눈짓을 했다. 지나간 일들이 주마등처럼 떠올랐다. 당시의 일은 모두 좋고 완벽했던 것처럼 몹시도 사랑스럽고 찬란하게 보였다.

"그런데 오빠한테 뭔가 물어볼 말이 있는데." 로테가 입을 열었다. "내 여자 친구를 몇 주 동안 우리 집에 초대할 생각이야."

"그래, 어디 사는데?"

"울름에 살아. 나보다 두 살 많은 친구야. 어때? 지금은 오빠가 우리 집의 귀한 손님이니까 만약 오빠가 싫다면 그렇다고 말하기만 하면 돼."

"어떤 친군데?"

"교사 시험에 합격한 친구야."

"아, 그래!"

"아, 그래가 아냐. 아주 좋은 여자고 결코 고상한 척하는 친구가 아니야, 그건 확실해. 또 교사가 되지도 않겠대."

"무엇 때문에?"

"그건 직접 물어보면 되잖아."

"그럼 그 친구가 오기로 한 거니?"

"아유 바보같이! 그건 오빠에게 달렸어. 오빠가 우리와 있고 싶다면 그 친구는 나중에 오라고 하면 돼. 지금 그걸 묻는 거야."

"그야 명백하지."

"그냥 차라리 '그래'라고 말해."

"그래."

"좋아. 그럼 오늘 당장 편지를 쓰겠어."

"내가 전하는 안부도 써 줘."

"그런 인사는 걔가 기뻐하지 않을 거야."

"그런데 걔 이름이 뭐니?"

"안나 암베르크야."

"암베르크라는 성이 멋있구나. 안나라는 이름은 성녀의 이름이지만 지겨운 이름이야. 더 줄여 부를 수가 없거든."

"아나슈타지아라는 이름이 더 좋아?"

"그래, 그럼 슈타지나 슈타젤로 줄여 부를 수가 있잖아."

이럭저럭하는 동안 우리는 언덕 꼭대기에 올랐다. 그 언덕은 가까운 듯이 보였지만 올라가는 데 꽤 시간이 걸렸다. 이제 우리는 바위에 올라가서 시내를 바라보았다. 이상하게도 바로 코앞에 있는 듯이 보이는 시내는 우리가 올라온 가파른 언덕 너머 좁은 계곡 저 아래에 있었다. 우리 뒤 멀리에는 파도처럼 울퉁불퉁한 땅에 울창한 전나무 지대가 펼쳐져 있었다. 그곳은 군데군데 좁은 초지나 밀밭으로 끊겨 있었다. 그 밀밭은 푸르스름한 빛을 내는 검은 수풀 속에서 눈에 확연히 드러났다.

"사실 천지사방 다 다녀 봐도 여기처럼 아름다운 곳은 없더군요." 나는 생각에 잠겨 말했다.

아버지는 미소 지으며 나를 바라보셨다.

"얘야, 네 고향이 이렇게 좋은 곳이란다. 그리고 아름답다는 것은 정말이야."

"아빠 고향은 더 아름다운가요?"

"아니야, 하지만 자기가 어릴 때 자란 곳은 어디나 아름답고 신성한 법이지. 향수병에 걸리지는 않았니?"

"네, 가끔은 그런 적이 있었어요."

부근에는 어릴 때 가끔 작은부리울새를 잡았던 숲 지대가 있었다. 그리고 조금만 더 가면 우리가 소년 시절 돌로 지은 성채의 잔해가 있을 터였다. 하지만 아버지가 피곤해하셔서 잠깐 휴식을 취한 뒤 방향을 바꿔 다른 길로 내려갔다.

나는 헬레네 쿠르츠에 대해 몇 가지 물어보고 싶은 생각이 굴뚝같았지만, 감히 엄두가 나지 않았다. 내 속마음이 들킬까 두려워서였다. 고향에서 조용히 휴식을 취하고 앞으로 몇 주 동안 한가롭게 지낼 생각을 하니, 나의 젊은 감정은 동경과 사랑의 계획에 들뜨기 시작했다. 그런 계획을 실행하기 위해서는 때맞춰 무슨 일이 터져 줘야 했다. 하지만 내게 그런 기회는 좀처럼 오지 않았다. 아름다운 그 처녀에게 내 마음이 쏠리면 쏠릴수록, 그만큼 더 그녀와 그녀의 사정에 대해 물어볼 용기가 나지 않았다.

우리는 집으로 천천히 걸어오면서 들길에 핀 꽃들을 모아 꽃다발을 만들었다. 이것은 내가 오랫동안 더 이상 만들어 보지 못한 예술품이었다. 우리 집에는 어머니 때부터 방마다 꽃병뿐 아니라 책상이나 옷장에 늘 싱싱한 꽃을 놓아두는 습관이 있었다. 세월이 흐르는 동안 간단한 꽃병, 유리병이나 항아리 들이 많이 모였다. 우리 남매들은 산책에서 돌아올 때면 으레 꽃, 양치식물이나 나뭇가지 들을 주워 오곤 했다.

나는 마치 몇 해 동안 들꽃을 못 본 것 같은 생각이 들었다. 왜냐하면 들꽃들은 우리가 들을 어슬렁거리며 회화적(繪畵的)인 만족감을 갖고 그것들을 푸른 땅에 핀 색채의 섬으로 바라볼 때나, 무릎을 굽히고 주저앉아 하나하나 관찰하면서 그중 최고 예쁜 것을 꺾으려고 찾을 때와는 영 딴판으로 보였기 때문이다. 나는 숨어 있는 조그만 식물들을 찾아냈는데, 그 꽃을 보니 학창 시절 소풍 가던 때가 생각났다. 어머니가 유난히 좋아하거나 혹은 직접 특별한 이름을 붙여 주었던 다른 꽃들도 보였다. 각양각색의 꽃마다 나의 어린 시절 추억을 되살려 주었다. 푸른색이나 노란색을 띤 각종 꽃받침을 보니, 즐거웠던 어린 시절이 매우 사랑스럽고 친근하게 아로새겨졌다.

우리 집에서 소위 큰 방이라고 불리는 방에는 전나무로 만든 높은 책장들이 많이 있었다. 거기에는 할아버지 때부터 내려오는 장서들이 뒤죽박죽으로, 어느 정도는 마구 방치된 채 꽂혀 있거나 놓여 있었다. 나는 그 방에서 어린 시절에 본 누렇게 변색된 『로빈슨 크루소』와 『걸리버 여행기』를 발견하고 읽어 보았다. 책 안에는 재미있는 목판화가 들어 있었다. 그러고 나서 항해자나 발견자의 이야기를 읽었고 그 후에는 『지크바르트, 수도원 이야기』, 『새로운 아마디스』, 『젊은 베르터의 고통』이나 오시안 같은 문학 작품도 많이 읽었다. 또한 장 파울, 슈틸링, 월터 스콧, 플라텐, 발자크나 빅토르 위고뿐만 아니라 라바터의 관상학이나 산뜻한 연감, 일기장과 민담을 읽었다. 그리고 오래된 연감에는 호도비키'의 동판화가 들어 있었으며, 좀 더 새로운 것에는 루트비히 리히터의 삽화가, 스위스의 국민 연감에는 디스텔리의 목판화들이 들어 있었다.

음악 연주를 하지 않거나 프리츠와 같이 화약 봉지 앞에 앉아 있지 않을 때는 저녁에 이 장서 중의 어느 책을 꺼내 내 방으로 와서는 누렇게 변색된 책갈피 속에 파이프 연기를 뿜어 넣었다. 내

조부모는 이 책들을 보면서 열광하고 탄식하며 사색에 잠겼다. 장 파울의 소설『거인』중의 한 권은 내 아우가 불꽃놀이를 할 목적으로 속을 다 덜어 내어 못 쓰게 만들었다. 내가 책의 1, 2권을 읽은 뒤 3권을 찾을 때 그는 이런 사실을 고백했다. 그러면서 사실 안 그래도 그 책이 원래부터 훼손된 것이었다고 주장했다.

이런 저녁에는 분위기가 언제나 멋지고 화기애애했다. 우리는 노래를 불렀고, 로테는 피아노를 쳤으며, 프리츠는 바이올린을 켰다. 어머니는 어린 시절 이야기를 들려주셨고, 폴리는 잠자리에 들지도 않고 새장에서 피리 소리를 냈다. 아버지는 창가에서 쉬거나 어린 조카를 위한 그림책을 보고 계셨다.

하지만 쿠르츠가 어느 날 저녁 다시 와서 30분 동안 잡담을 나눈 것을 나는 결코 언짢게 느끼지는 않았다. 나는 그녀를 볼 때마다 어쩜 저렇게도 아름답고 완벽할까 놀라움에 사로잡혀 바라보곤 했다. 그녀가 왔을 때까지도 피아노 위에서는 아직 촛불이 타고 있었다. 그녀는 이중창으로 함께 가곡을 불렀다. 나는 그녀의 낮은 목소리를 온전히 듣기 위해 아주 조그만 소리로 노래를 불렀다. 나는 그녀 뒤에 서서 그녀의 갈색 머리카락으로 인해 황금색으로 어른어른 빛나는 촛불을 보았고, 노래 부를 때 그녀의 두 어깨가 가볍게 흔들리는 것을 보았다. 그리고 손으로 그녀의 머리카락을 쓰다듬으면 얼마나 좋을까 생각했다.

내게는 부당하게도 어떤 추억으로 인해 옛날부터 그녀와 나 사이에 일종의 끈이 있다는 느낌이 들었다. 나는 견진성사를 할 나이에 벌써 그녀에게 홀딱 반했기 때문이다. 그녀가 아무렇지도 않다는 듯 친절을 보이는 게 내게는 조금 실망스러웠다. 내 생각으로는 나만 그녀에게 빠진 게 아니라 그녀 역시 나의 그런 감정을 전혀 모른 것이 아니었기 때문이다.

잠시 후 그녀가 집으로 돌아갈 때 나는 모자를 들고 그녀를 유리문까지 바래다주었다.

"안녕히 주무세요!" 하고 그녀가 말했지만 나는 그녀가 내미는 손을 잡지 않고 이렇게 말했다. "집까지 바래다 드리지요."

그녀는 웃었다.

"아, 고맙지만 그럴 필요는 없어요. 여기서는 그러질 않아요."

나는 "그래요?" 하며 그녀가 내 곁을 지나가게 했다. 그때 푸른 리본이 달린 밀짚모자를 든 누이가 이렇게 소리쳤다. "나도 같이 가."

우리 세 사람은 계단을 내려가 무거운 현관문을 열어젖혔다. 우리는 어둑어둑 땅거미가 깔린 시내를 천천히 걸었다. 그리고 다리와 광장을 지나 헬레네의 부모가 살고 있던 교외의 가파른 길을 올라갔다. 두 소녀는 마치 찌르레기처럼 서로 재잘거렸다. 그녀들 말에 귀 기울이며 나도 거기에 포함되어 셋이 한 짝을 이루었다는 사실에 기뻤다. 가끔 나는 더 천천히 걸으며 마치 날씨를 살피는 것 같은 시늉을 했다. 때로는 한 발짝 뒤처져 걸으며 그녀의 검은 머리카락이 드리워진 쭉 뻗은 새하얀 목덜미와 힘차게 움직이는 그녀의 균형 잡힌 날씬한 몸을 바라보았다.

그녀의 집 앞에 이르자 그녀는 우리에게 손을 내밀고 안으로 들어갔다. 문이 닫힐 때까지 나는 어스름한 복도에서 반짝이는 그녀의 모자를 지켜보았다.

"그래." 로테가 말했다. "참으로 아름다운 아이지? 쟤한테는 사랑스러운 점이 있어."

"물론이지. 그런데 네 여자 친구는 어떻게 지내? 곧 올 거니?"

"어제 오라고 편지했어."

"그래 알았어. 그럼 우리 왔던 길로 되돌아갈까?"

"아, 그런데 과수원 길로 가면 어떻겠어?"

우리는 양쪽에 과수원 울타리가 쳐진 좁은 길로 갔다. 벌써 날은 어두웠다. 금방 무너질 것 같은 목조 계단과 울타리에서 툭 튀어나온 썩은 막대기들 때문에 우린 조심해야 했다.

얼마 안 돼 우리는 어느새 우리 과수원에 닿았는데, 저 건넛집 거실에서는 불빛이 반짝거리고 있었다.

그때 "쉭! 쉭!" 하는 나지막한 소리가 들렸다. 누이는 겁에 질렸다. 하지만 그 소리는 거기에 숨어 우리를 기다리고 있던 동생 프리츠의 짓이었다.

"꼼짝 말고 거기 서 있어!" 그가 우리를 향해 소리쳤다. 그러고 나서 성냥으로 도화선에 불을 붙이고는 우리에게로 왔다.

"벌써 또 불꽃놀이야?" 로테가 나무랐다.

"그렇게 큰 소리는 나지 않아." 프리츠가 그녀를 안심시켰다. "그냥 지켜보기만 하면 돼. 내가 발명한 물건이야."

우리는 도화선이 다 타들어 갈 때까지 기다렸다. 그러고 나서 타닥타닥하는 소리가 나더니 습기 찬 화약처럼 조그만 불꽃들이 흩어지기 시작했다. 프리츠는 기쁨에 차 얼굴이 달아올랐다.

"이제 타오르게 될 거야, 이제 곧. 처음에는 흰 불, 다음에는 조그만 폭발음이 들리고 붉은 화염이 솟구친 뒤 파란 불이 멋지게 피어오를 거야!"

하지만 동생이 말한 대로 되지 않았다. 그 대신 불꽃이 약간 튀더니 고작 폭발음만 강력히 날 뿐 흰 연기가 피어오르며 허공으로 흩어져 버렸다.

로테는 웃었고, 프리츠는 실망스러운 표정이었다. 그를 위로하려고 하는 동안 어둠이 깔린 과수원 저 위로 유유히 날아가는 짙은 화약 구름은 그야말로 장관이었다.

"파란빛이 약간 보였어." 나는 프리츠의 이 말에 동의해 주었다. 그는 거의 울상이 되어 화려한 불꽃의 전체적인 실상과 이 모든 것이 어떻게 되어야 하는지를 이야기해 주었다.

"또 한 번 하지." 내가 말했다.

"내일?"

"아니야, 프리츠. 다음 주에 말이야."

그냥 내일이라고도 말할 수 있었겠지만 내 머릿속은 온통 헬레네 쿠르츠에 대한 생각으로 가득 차 있었다. 그리고 내일 어떤 행복한 일이 일어날지도 모른다는 망상에 사로잡혀 있었다. 혹시 그녀가 저녁에 나를 다시 찾아오거나, 갑자기 나를 좋아할지도 모른다는 생각이 엄습했다. 요컨대 지금 나로서는 온 세상의 어떠한 불꽃놀이보다도 내게 더 중요하고 자극적이라고 여겨지는 일에 온통 마음을 빼앗기고 있었다.

우리가 정원을 통과하여 집 안에 들어섰을 때 부모님은 거실에서 체스를 두고 계셨다. 이러한 모든 것은 늘 볼 수 있는 평범한 모습이었다. 그런데 오늘은 여느 때와는 달리 그러한 일이 무한히 낯설게 여겨졌다. 오늘 내게 고향이 없어진 것 같았기 때문이다. 오래된 집, 정원과 베란다, 눈에 익은 방들, 가구들과 그림들, 커다란 새장 속의 앵무새, 사랑스러운 옛 도시와 골짜기 전부가 나에게 낯설게 느껴졌으며, 더 이상 내 것이 아니었다. 어머니와 아버지는 돌아가셨고 어린 시절의 고향은 추억과 향수가 되었다. 어떤 거리도 나를 그곳으로 인도해 주지 않는 것이다.

장 파울의 두꺼운 책을 읽고 있던 밤 11시경, 나의 조그마한 석유등이 흐릿해지기 시작했다. 불꽃이 실룩실룩 흔들리다가 불안한 소리를 내며 빨갛게 타오르더니 그을음이 생겼다. 웬일인지 살펴보며 심지를 돋웠지만 알고 보니 그 안에 석유가 없었다. 소설을 재미있게 읽고 있던 차라 퍽 아쉬웠지만 그렇다고 어두운 집 안을 더듬더듬 돌아다니며 석유를 찾을 수도 없는 노릇이었다.

할 수 없이 연기가 모락모락 피어오르는 석유등을 불어서 끄고, 달갑지 않은 기분으로 잠자리에 들었다. 바깥에는 따뜻한 바람이 일어 전나무와 라일락 꽃나무가 부드럽게 살랑거렸다. 저 아래 정원의 풀밭에서는 귀뚜라미 한 마리가 노래하고 있었다. 나는 잠을 이루지 못하고 또다시 헬레네 생각을 했다. 하지만 나로서는 그토록 우아하고 근사한 소녀를 황홀하게 바라보기만 할 뿐, 달리 그녀의 마음을 사로잡을 희망은 전혀 없어 보였다. 그녀를 쳐다보면 기분이 좋기도 했지만 아울러 고통스럽기도 했다. 그녀의 얼굴과 잔잔하게 울리는 그녀의 음성을 생각하고, 그녀가 저녁에 거리와 광장을 지나 자신만만하고도 힘차게 내디뎠던 발걸음과 걸음걸이를 생각하자 내 가슴은 타는 듯한 고통에 사로잡혔다.

마침내 나는 침대에서 벌떡 일어났다. 너무 더운 데다가 마음이 초조해서 잠을 이룰 수 없었다. 나는 창가로 다가가 밖을 내다보았다. 실타래 모양의 옅은 구름들 사이로 기울기 시작하는 달만 둥실 떠가고 있었고, 뜰에서는 아직도 귀뚜라미가 울고 있었다. 하지만 우리 집은 밤 10시 정각에 대문을 닫았다. 이 시간 이후에도 대문이 열린 채 누군가 그곳을 드나든다면, 그것은 우리 집에서는 몹시 특이한 경우로 남을 방해하는 모험적인 일이었다. 나는 대문 열쇠가 어디에 걸려 있는지도 알지 못했다.

그때 지나간 일들이 불현듯 주마등처럼 뇌리를 스쳐 지나갔다. 나는 철이 들기 전 부모님 슬하에서 사는 게 때로 노예 생활처럼 느껴졌다. 그래서 야밤에 술집에서 맥주를 마시려고 양심의 가책과 모험적인 반항심을 느끼며 몰래 집을 빠져나오기도 했다. 그럴 때는 정원 뒤의 빗장만 걸어 둔 뒷문을 이용했다. 그런 다음 울타리를 타 넘고 이웃 과수원 사이의 조그만 길을 통과하여 거리로 나왔다.

나는 바지를 입었다. 공기가 따뜻해 그것만 있으면 충분했다. 신을 손에 들고 맨발로 집을 빠져나와 정원 울타리를 넘고는 적막하게 잠들어 있는 도시를 통과하여 강을 따라 계곡 상류 쪽으로 걸었다. 조용한 물소리를 내는 계곡물에서는 달빛에 비친 그림자가 조그맣게 일렁거리고 있었다.

고요한 밤하늘에 고요히 흐르는 강물을 바라보며 야외를 걷는다는 것은 항시 비밀스러운 일이자 영혼의 근저를 뒤흔드는 일이었다. 이럴 때 우리는 우리의 근원에 더 가까워져 동식물에 친밀감을 느끼며 태곳적 생활에 대한 아스라한 추억을 떠올리게 된다. 그때는 집도 도시도 지어지지 않았고, 고향이라는 게 없이 유랑하던 인간은 수풀, 강물이나 산, 늑대나 매를 자기와 동류인 친구나 불구대천지원수로 여기고 사랑하기도 미워하기도 했다. 또한 밤은 공동생활이라는 우리의 습관적인 감정을 소원하게 해 준다. 전등이 꺼지고 더 이상 사람 목소리가 들리지 않게 되면 아직 잠을 못 이루고 깨어 있는 사람은 고독감을 느끼며, 외부와 단절된 자신이 의지할 곳은 자신밖에 없다고 여기게 된다. 그럴 때면 자신이 홀로 존재하고 홀로 살고 있다는 감정에 사로잡히며, 어떤 생각을 하든 고통과 두려움이나 죽음을 홀로 맛보고 견뎌야 한다는 섬뜩하기 이를 데 없는 인간으로서의 감정이 잔잔하게 울린다. 그래서 그러한 감정이 건강한 사람이나 젊은 사람에게는 하나의 어두운 그림자이자 경고로 기능하며, 약한 사람에게는 전율로 다가오는 것이다.

나도 그런 감정을 약간 느꼈다. 적어도 나의 언짢은 기분은 사라지고 조용히 관조하는 자세가 되었다. 내가 간절히 열망하는 아름다운 헬레네는 필경 내가 그녀를 생각하듯 나를 생각하지 않을 거란 생각이 들자 가슴이 아팠다. 하지만 나는 대답 없는 사랑의 고통으로 파멸하지는 않으리라는 것도 알고 있었다. 그리고 비밀스러운 삶이란 휴가 중에 한 젊은이가 겪는 고뇌보다 더 어두컴컴한 심연과 더 진지한 운명을 지니고 있음을 막연하게나마 예감하고 있었다.

그럼에도 흥분한 나의 피는 아직 뜨거워서 은연중에 부드러운 바람이 애무하는 손길이나 그 소녀의 갈색 머리카락처럼 느껴졌다. 그래서 밤늦게 이렇게 돌아다녀도 피곤하거나 졸리지 않았다. 나는 색 바랜 풀밭을 지나 강 아래로 내려가서 가벼운 옷가지를 벗고 차가운 물속에 풍덩 뛰어들었다. 물살이 빨라 즉시 투쟁과 강력한 저항을 하지 않을 수 없었다. 나는 15분가량 상류 쪽으로 헤엄쳤다. 상쾌한 물결을 맛보니 후텁지근하고 언짢은 기분이 싹 달아났다. 몸이 차가워지고 약간 피곤해져서 나는 옷가지를 찾아 흠뻑 젖은 몸으로 옷을 주섬주섬 입었다. 그러고 나자 집으로 돌아가는 나의 귀로는 상쾌하고 위로받은 기분이었다.

처음 며칠간은 긴장된 기분이었지만 차츰 나는 고향 생활에 차분히 적응해 갔다. 객지에 나가 이 도시 저 도시 떠돌면서 각양각색의 사람들 틈에 끼여 일하고 꿈꾸며, 공부하고 밤새워 술 마시며, 빵과 우유로 한동안 버티기도 하지 않았던가! 또 한동안은 독서와 담배로 생활하면서 달이 바뀔 때마다 다른 생활을 하지 않았던가! 그런데 여기 고향은 10년 전이나 20년 전이나 그대로였다. 이곳에서는 하루면 하루가, 일주일이면 일주일이 동일한 박자로 조용히 흘러갔다. 그리고 타향에 살면서 불안정하고 다양한 체험에 익숙해진 내가, 마치 객지에 나가 보지 못하기라도 한 것처럼 다시 이곳 생활에 적응이 되어 수년 동안 깡그리 잊고 지냈던 사람이나 사물들에 흥미를 갖게 되었다. 그리하여 내게 낯설게 여겨지는 것이 하나둘 사라졌다.

시간과 나날은 마치 여름날 구름처럼 내게서 흔적도 없이 가볍게 흘러갔다. 하루하루가 아름다운 색깔의 그림 같았고 정처 없이 헤매는 것 같은 느낌을 주었다. 그런 느낌은 요란한 소리를 내며 찬연히 빛나다가, 그 즉시 꿈과 같은 여운을 남기며 사라지는 것이었다. 나는 정원에 물을 주고 로테와 함께 노래를 불렀으며 프리츠와 같이 불꽃놀이를 했다. 어머니와는 낯선 도시들 이야기를 나누었고, 아버지와는 새로운 세상사에 대해 의견을 교환했다. 나는 괴테를 읽고 야콥센을 읽었다. 그리고 한 가지가 다른 것과 뒤섞여 서로 조화를 이루었으므로 어느 것도 특별히 중요하지는 않았다.

당시 내게 중요한 일은 헬레네 쿠르츠와 그녀에 대한 나의 경탄인 것 같았다. 하지만 그것도 다른 모든 일처럼 잠시 내 마음을 움직이다가 다시 어느 순간 사라져 버렸다. 변함없이 지속되는 것은 다만 즐겁게 숨 쉬는 나의 생활 감정뿐이었다. 그것은 매끄러운 수면 위를 유유자적하게 목표도 없이 힘들이지 않고 걱정 없이 헤엄쳐 가는 사람의 감정이었다. 숲에서는 어치새가 지저귀고 월귤나무가 익어 가고 있었으며, 정원에서는 장미와 니겔라가 불타는 듯 피어 있었다. 그 꽃들을 바라보니 세상이 화려하단 생각이 들었다. 내가 언젠가 나이가 들고 어엿한 성인이 되어 분별력 있는 사람이 되더라도 그것은 그대로일 거라 생각하니 기분이 이상해졌다.

어느 날 오후 커다란 뗏목이 도시를 통과해 떠내려왔다. 나는 거기에 뛰어올라 널빤지 더미 위에 누웠다. 그러고는 몇 시간 동안이나 강물을 따라 뜰과 마을을 지나고 다리 밑을 지나 내려갔다. 위에서는 공기가 심하게 흔들렸고, 후텁지근한 구름들이 나지막한 천둥소리를 내며 끓어올랐다. 아래서는 시원한 강물이 서로 부딪치며 상쾌하게 거품을 내뿜으며 웃고 있었다. 그때 나는 쿠르츠가 함께 있다면 얼마나 좋을까 생각했다. 그녀를 꾀어 손에 손을 잡고 앉아 여기서 네덜란드까지 떠내려가며 서로에게 아름답기 그지없는 세상을 보여 주는 생각을 했다.

계곡 저 멀리까지 가서 뗏목에서 내렸는데, 너무 짧은 거리를 뛴 탓에 가슴팍까지 물에 젖었다. 하지만 날씨가 따뜻해 집으로 돌아오는 중에 김이 모락모락 나면서 옷이 말랐다. 먼지를 뒤집어쓰고 지친 채 먼 거리를 걸어 도시에 다다랐을 때 마을 어귀에서 빨간 블라우스 차림의 헬레네 쿠르츠와 마주쳤다. 나는 모자를 벗어 들고 인사했다. 그리고 그녀와 손을 마주 잡고 강물 밑으로 내려가며 그녀가 나에게 허물없이 '너'라고 말하던 꿈을 생각했다. 이날 저녁은 내게 다시 아무런 희망이 없어 보였다. 나는 나 자신이 멍청한 계획을 세우는 사람이나 몽상가처럼 생각되었다. 그렇지만 나는 잠자러 가기 전 멋진 파이프 담배를 피웠다. 그 파이프의 머리 부분에는 풀을 뜯고 있는 노루가 두 마리 그려져 있었다. 그러고는 11시가 되도록 『빌헬름 마이스터의 수업시대』를 읽었다.

다음 날 저녁 8시 반쯤에 나는 동생 프리츠와 함께 호호슈타인에 올라갔다. 우리는 무거운 짐을 교대로 들었다. 그 안에는 탁탁 튀는 강력한 화약 한 다스, 위로 치솟는 화약 여섯 개, 대형 폭약 세 개와 함께 여러 가지 조그마한 물건이 들어 있었다.

날씨는 온화했다. 푸르스름한 하늘은 두둥실 떠가는 엷고 우미한 구름으로 가득 차 있었다. 구름은 교회 탑과 산등성이를 지나 희미하게 빛나는 샛별들을 종종 가리곤 했다. 우리는 일단 호호슈타인에 올라 잠깐 휴식을 취하면서 저녁이 되어 색채를 잃어 가는 좁은 계곡을 내려다보았다. 도시와 인근의 마을, 다리와 물레방아용 방죽, 잡초가 양쪽에 무성하게 나 있는 좁은 강물을 바라보고 있노라니 황혼의 분위기에 사로잡혀 다시 그 아름다운 아가씨 생각이 살그머니 나를 엄습했다. 나로서는 홀로 꿈꾸면서 달이 뜨기를 간절히 기다리는 심정이었지만 사정은 내 마음 같지 않았다. 동생이 벌써 포장을 풀고 내 뒤에서 탁탁 튀는 화약을 두 발 터뜨려 나를 깜짝 놀라게 했기 때문이다. 하나의 줄에 연결되어 하나의 막대기에 묶여 있던 그 화약은 바로 내 귓전을 사정없이 때렸다.

나는 약간 화가 났다. 하지만 그것에 완전히 매료되어 있던 프리츠는 웃으며 흡족해했으므로 나도 그에 물들어 동참했다. 우리는 서둘러 특히 강력한 폭약 세 개를 잇달아 터뜨린 뒤 골짜기 위아래로 길게 은은히 메아리치며 울리는 엄청난 폭발음을 들었다. 그러고 나서 탁탁 튀는 폭죽, 흩어지는 폭죽과 바퀴형 폭죽을 터뜨렸으며, 마지막으로 천천히 위로 솟구치는 아름다운 불꽃들이 하나하나 어두워진 밤하늘로 올라가게 했다.

"이렇게 하늘로 치솟는 폭죽은 마치 예배드리는 것 같아." 동생은 이제 그런 비유를 섞어 가며 말했다. "또는 아름다운 가곡을 부르는 것 같지 않아? 정말 화려해."

우리는 집으로 돌아오는 길에 마지막 남은 탁탁 튀는 폭죽을 성질 사나운 개에게 던졌다. 그 개는 극도로 화가 나 짖으며 15분 동안이나 우리를 쫓아왔다. 그런 다음 우리는 재미있는 장난을 친 두 소년처럼 손가락을 시커멓게 더럽힌 채 태연히 집에 돌아왔다. 그리고 부모님께 즐거웠던 저녁 산책이며 계곡의 경치와 별이 총총 빛나는 밤하늘에 대해 자랑스럽게 이야기를 늘어놓았다.

어느 날 아침 창가 복도에서 파이프를 닦고 있는데 로테가 뛰어 들어오며 소리쳤다. "오빠, 11시 정각에 내 친구가 올 거야."

"그 안나 암베르크 말이야?"

"물론이지, 우리 마중 나가지 않을래?"

"그러지 뭐."

생각지도 않은 손님이 온다는 소식에 나는 그냥 덤덤한 기분이었다. 하지만 어쩔 도리가 없어 나는 11시경 누이와 함께 역에 나갔다. 너무 일찍 나왔기 때문에 우리는 역 앞을 이리저리 걸어 다녔다.

"어쩌면 안나는 2등 칸으로 올지도 모르겠어." 로테가 말했다.

나는 믿을 수 없다는 얼굴로 동생을 쳐다보았다.

"그럴지도 몰라. 그 애가 비록 성격은 단순한 편이지만 유복한 집안 출신이거든."

나는 섬뜩한 기분이 들며 으리으리한 여행 가방을 들고 2등 칸에서 내리는, 버릇이 잘못 든 숙녀를 생각했다. 그녀는 아늑한 우리 집을 초라하게 여기고 나를 변변찮게 생각할지도 모른다.

"만약 그녀가 2등 칸으로 온다면 차라리 내리지 말고 그냥 가 버렸으면 좋겠어, 알겠니."

로테는 성난 표정을 지으며 나의 잘못을 꾸짖으려고 했다. 하지만 그때 열차가 진입해 들어와 정차해서 로테는 급히 그쪽으로 달려갔다. 나는 서두르지 않고 느릿느릿 그녀를 따라가 안나가 3등 칸에서 내리는 것을 보았다. 그녀는 회색의 명주 양산, 체크무늬의 숄과 수수한 손가방을 들고 있었다.

"안나, 우리 오빠야."

나는 "안녕하세요!" 하고 인사했다. 그녀가 비록 3등 칸에서 내렸지만 그녀의 생각이 어떤지 잘 몰랐으므로 가벼운 가방이 었지만 나는 그녀의 트렁크를 직접 운반하지 않고 짐꾼이 하도록 했다. 그런 다음 나는 두 소녀 곁에서 시내로 들어오는데 여자들끼리 웬 이야기가 그토록 많은지 놀랄 지경이었다. 하지만 암베르크 양은 내 마음에 들었다. 사실 그리 예쁜 편은 아니라 적이 실망했지만, 그 대신 상냥한 목소리가 마음에 들었고 신뢰감을 일으켰다.

내게는 어머니가 유리문에서 두 소녀를 맞아들이는 모습이 눈에 보는 듯 선하다. 어머니는 사람을 보는 안목이 훌륭했다. 그녀가 처음 보는 사람을 찬찬히 살핀 뒤 미소 지으며 환영할 때면 그 사람의 앞날은 탁 트인 거나 마찬가지였다. 지금 내게는 어머니가 암베르크 양을 한번 살피고 나서 그녀에게 고개를 끄덕이고 두 손을 내밀면서 아무 말 없이 곧장 허물없이 친숙하게 대하는 모습이 눈에 보는 듯 선하다. 이제 낯선 사람을 대할 때 느끼는 불신의 감정이 싹 가셨다. 이 손님은 내민 손을 맞잡고 다소곳이 진심으로 호의를 받아들였고, 처음 만나자마자 우리와 친숙해졌기 때문이다.

나는 지혜가 좀 부족하고 세상을 사는 경험이 일천하다. 그러나 그녀를 처음 보는 순간, 그 상냥한 소녀가 뒤끝 없고 자연스러운 명랑함을 지니고 있음을 금세 알 수 있었다. 그녀가 혹시 세상사에 서툴다 하더라도 아무튼 존중할 만한 아가씨라는 사실은 분명했다. 어떤 사람은 궁핍과 고난 가운데 얻는다지만, 사람들 대부분은 좀 더 고상하고도 가치 있는 명랑함을 쉽사리 얻지 못한다. 나는 사실 그런 명랑함이 존재한다는 것을 알고 있었지만 실제로 경험한 적은 아직 없었다. 그런데 우리 집에 온 그 손님이 이런 드문 종류의 유화적인 쾌활함을 지니고 있었다는 사실을 나는 한동안 포착하지 못했다.

내가 동료처럼 대하며 인생과 문학에 대하여 대화를 나눌 수 있었던 소녀들은 당시의 내 생활 반경으로는 희귀한 경우에 속했다. 내 누이의 여자 친구들은 여태껏 항시 내가 사랑에 빠지는 대상이 아니거나, 나의 관심을 끌지 못하는 존재였다. 이제 젊은 숙녀와 아무 거리낌이 없이 교제하며 나의 동년배를 대하듯 그녀와 여러 가지 사항에 관해 이야기 나눌 수 있다는 게 내게는 새롭고 기분 좋은 일이었다. 서로 유사한 점이 있었지만 목소리나 말, 사고방식 면에서 그녀의 여성스러운 점이 느껴졌기 때문이다. 그런 여성적인 면이 나를 따뜻하고 부드럽게 감동시켰다.

또 한 가지 덧붙일 말이 있다. 안나가 조용히 슬기롭게 남의 눈에 안 띄는 식으로 우리의 삶에 동참하고 우리 방식에 따라 주자 나는 은연중 부끄러운 생각이 들었다. 휴가 때 우리 집에 놀러온 내 친구들은 모두 어느 정도 격식을 차리고 낯설어했기 때문이다. 나 자신만 해도 집에 돌아온 처음 며칠 동안은 필요 이상으로 말이 많고 요구 사항이 많았다.

가끔 나는 안나가 아무런 허물없이 대하기를 원하는 것을 알고 놀랐다. 심지어 대화 중에 내가 다소 무례한 말을 하더라도 그녀는 마음이 상해 보이지 않았다. 반면에 헬레네 쿠르츠라면 어떠했겠는가! 그녀하고는 아무리 열띤 이야기를 한다 해도 신중하고도 정중한 말밖에 사용하지 못했으리라.

게다가 헬레네는 이즈음 우리 집에 자주 놀러 왔는데 아마 내 누이의 여자 친구를 좋아하는 것 같았다. 한번은 우리 모두 마테우스 삼촌 댁에 초대를 받은 적이 있었다. 커피와 케이크가 나왔고 나중에는 구스베리주(酒)가 나왔다. 그러는 사이 우리는 위험하지 않은 어린이 놀이를 하기도 하고 정원에 난 길을 따라 즐거운 마음과 단정한 태도로 이리저리 거닐기도 했다. 정원이 깨끗이 정돈되어 있어 우리는 자연 예의 바른 행동을 취할 수밖에 없었다.

헬레네와 안나를 함께 쳐다보면서 동시에 두 사람과 대화를 나눈다는 게 나로서는 기묘한 기분이 들었다. 여전히 굉장히 아름답게 보였던 헬레네 쿠르츠와는 피상적인 이야기밖에 나눌 수 없었지만, 나는 극히 우아한 어조로 이야기했다. 반면에 안나와는 흥분하거나 긴장하지 않고 아주 재미있는 이야기도 나눌 수 있었다. 그리고 그녀에게 감사하면서 대화하는 중에 푹 쉬며 마음을 편히 가질 수 있었다. 그렇지만 곁눈으로는 줄곧 더 아름다운 쿠르츠를 쳐다보았다. 그녀를 바라보면 내 마음이 행복했지만 늘 허전한 느낌이 들었다.

동생 프리츠는 지겨운 나머지 어쩔 줄 몰라 했다. 그는 케이크를 양껏 먹고 나서 야한 놀이를 제안했지만, 일부는 받아들여지지 않았고 또 일부는 조금 하다가 중단되고 말았다. 그러자 그는 나를 끌고 옆으로 가서 오늘 오후는 너무 무미건조하다고 신랄하게 하소연했다. 내가 어깨를 움칠하자 그는 주머니에 화약이 있다고 고백해 나를 깜짝 놀라게 했다. 그는 나중에 소녀들이 헤어지면서 여느 때처럼 오랜 인사를 나눌 때 그것을 터뜨릴 생각이라고 했다. 나는 제발 그런 장난은 하지 말아 달라고 간곡히 부탁했다. 그러자 그는 커다란 정원의 가장 구석진 곳에 가서 구스베리 덤불 밑에 누워 버렸다. 나는 그의 악동다운 불만을 보고 다른 사람들과 웃으며 이야기하는 가운데 그의 계획을 누설해 버렸다. 그는 비록 나를 못마땅하게 생각했지만 나는 그의 심정을 충분히 이해할 수 있었다.

두 여자 사촌과는 일이 쉽게 마무리될 수 있었다. 그들은 훌륭한 가정 교육을 받았으며, 이제 하나도 새로울 게 없는 재담에도 감사하는 마음으로 신기한 듯 귀를 쫑긋 기울였다. 삼촌은 커피를 마시고 나서 금방 물러가셨다. 베르타 숙모는 대체로 로테 곁에 붙어 계셨지만 내가 딸기 통조림 만드는 법을 설명하자 나에 대해 만족해하셨다. 그래서 나는 두 소녀 곁에서 대화가 중단되는 기회에 왜 사랑에 빠진 여자와는 다른 사람보다도 말하기가 더 힘이 드는지 곰곰 생각해 보았다. 나는 헬레네에게 이런저런 사랑의 표시를 하고 싶었지만 어떻게 해야 할지 도무지 좋은 묘안이 떠오르지 않았다. 결국은 장미 두 송이를 꺾어 하나는 헬레네에게, 다른 하나는 안나 암베르크에게 주었다.

이것이 내 휴가 기간에 세상사를 잊고 마냥 천진난만하게 지낸 마지막 날이었다. 다음 날 나는 별로 친하지 않은 어떤 시내 친구에게서 헬레네가 최근 누구누구 집에 자주 들락거린다는 소식을 들었다. 아마 머지않아 약혼할 거라고 한다. 그가 다른 새로운 이야기를 하던 중에 불쑥 튀어나온 말이었다. 나는 표정을 들키지 않도록 주의했다. 하지만 그게 비록 뜬소문에 지나지 않았다 해도 나는 어차피 헬레네에게는 감히 그다지 희망을 걸지 않았다. 나는 그녀가 내게서 떠나갔다는 사실을 확신했고 심란한 마음으로 집에 돌아와 내 방으로 들어가 버렸다.

아무렇게나 되는 대로 낙천적으로 살았던 나의 청춘 시절에는 슬픈 감정이 그리 오래 가지 않았다. 하지만 며칠 동안은 그어떤 재미있는 일도 하고 싶지 않아 숲으로 혼자 달려가거나, 아무 생각 없이 오랫동안 상심한 채 집구석에 처박혀 있었다. 그리고 저녁에는 닫힌 창가에서 즉흥적으로 바이올린을 켰다.

"애야, 어디 몸이 안 좋니?" 아버지가 그렇게 말씀하시면서 내 어깨에 손을 얹었다.

"잠을 제대로 못 잤어요." 나는 솔직하게 대답했지만 더 이상은 털어놓지 않았다. 하지만 아버지는 이런 말씀을 하셨고 그것은 나중에 종종 생각이 났다. "잠이 오지 않는 밤은 말이야, 항상 성가신 법이지. 하지만 좋은 생각을 하면 견딜 수 있단다. 누워도 잠이 오지 않을 땐 공연히 화가 나서 화나는 일을 생각하게 되지. 하지만 자기의 의지로 좋은 일을 생각할 수도 있는 거란다."

"그럴 수 있을까요?" 나는 여쭤보았다. 근래 들어 자유 의지가 과연 진짜 존재하는지 회의하기 시작했기 때문이다.

"그렇고말고." 아버지는 단호한 어조로 말씀하셨다.

며칠 동안 말도 하지 않고 고통스럽게 보낸 후, 겨우 나 자신이며 내 고통을 잊고 다른 사람들과 어울려 즐겁게 지낸 순간이 아직도 나의 뇌리에 뚜렷이 박혀 있다. 프리츠만 제외하고 우리는 모두 거실에 모여 오후 커피를 마시고 있었다. 다른 사람들은 신이 나서 이야기꽃을 피웠으나 나만은 입을 꼭 다물고 거기에 끼지 않았다. 속으로는 그들과 다시 말을 나누며 대화하고 싶었지만 말이다. 젊은이들이 으레 그렇듯이 나는 침묵이라는 방벽(防壁)과 방어적인 외고집으로 나의 고통을 에워쌌다. 다른 사람들은 우리 집의 훌륭한 관습에 따라 나를 건드리지 않고 내버려 뒀으며 내게서 드러나는 언짢은 기분을 존중해 주었다. 그래서 나는 나의 방벽을 허물 결심을 하지 않고, 무엇이 과연 적합하고 필요한 것인가 하는 생각을 계속하며 그것을 하나의 역할로 삼았다. 나 자신은 지겨움을 느끼고 나의 고행이 잠깐으로 그친 것을 부끄러워하기도 하면서 말이다.

우리가 안락한 기분으로 조용히 커피를 마시고 있을 때 돌연 트럼펫 소리가 드높이 울려 퍼졌다. 대담하고 공격적으로 시끄러운 소리가 계속 울려 대자 우리 모두는 순간적으로 자리에서 벌떡 일어났다.

"불이다!" 누이가 깜짝 놀라 소리쳤다.

"장난으로 그러는지도 몰라."

"그다음엔 군인이 나타날 거야."

그러는 사이 우리는 이미 경황없이 창가로 달려갔다. 바로 우리 집 앞 거리에 아이들이 떼 지어 몰려 있는 것이 보였다. 그들 틈에 싸여 불처럼 빨간 옷을 입은 사나이가 커다란 흰 말을 타고 트럼펫을 불고 있었다. 그의 나팔과 제복은 햇빛에 반사되어 번쩍번쩍 빛나고 있었다. 그 이상한 남자는 트럼펫을 불며 모든 창문을 쳐다보았는데 그럴 적에 헝가리식 콧수염에 갈색 얼굴이 보였다. 그가 트럼펫을 열광적으로 계속 불면서 자기를 알리는 소리를 내고, 스스로 고안해 낸 각종 기발한 착상을 선보였기에 이웃의 창문마다 호기심 어린 사람들이 빼곡히 머리를 내밀고 있었다. 그러자 그는 악기를 내려놓고 콧수염을 문지르며 일장 연설을 시작했다. 그러면서 왼손은 허리에 대고 오른손으로는 날뛰는 말고삐를 잡고 있었다. 세계적으로 유명한 그의 곡마단은 두루 돌아다니는데, 오늘 하루 동안만 이곳 소도시에 머물며 열화와 같은 간청에 못 이겨 오늘 저녁 브뤼엘에서 '곡마, 줄타기 곡예나 무언극 같은 축제 흥행'을 베푼다는 것이다. 성인 입장료는 20페니히고 어린이는 그 절반이라고 했다. 그런 요지의 말을 한 다음 그 기수(旗手)는 새로이 번쩍거리는 트럼펫을 불었고, 아이들 틈에 끼여 뽀얀 흰 먼지를 일으키며 말을 타고 갔다.

곡마사가 말을 전하면서 우리에게 일깨워 준 즐거운 흥분과 웃음은 나에게 도움이 되었다. 나는 이 순간을 이용해 우울한 침묵을 떠나보내고 다시 흥겨운 사람들 틈에서 흥겨운 사람이 되었다. 나는 즉각 두 소녀에게 저녁 구경을 가자고 제의했다. 아버지는 내키지 않아 했지만 마지못해 승낙해 주셨다. 우리 셋은 그 광경을 일단 밖에서 한번 구경하기 위해 곧장 어슬렁거리며 브뤼엘 쪽으로 내려갔다. 두 남자가 둥근 무대에 말뚝을 박은 다음 밧줄로 울타리를 두르는 데 몰두하고 있었다. 그런 다음 그들은 높다랗게 무대의 뼈대를 만들기 시작했다. 반면 옆에서는 끔찍하게 뚱뚱한 한 노파가 녹색 포장마차의 공중 계단 위에 앉아 뜨개질하고 있었다. 귀엽게 생긴 흰 삽살개 한 마리가 그녀 발밑에 누워 있었다. 그런 광경을 살펴보는 와중에 그 기수는 시내를 한 바퀴 돌고 돌아와서 백마를 마차 뒤에 묶어 두었다. 그런 다음 요란한 빨간 옷을 벗고 셔츠 바람으로 동료의 일을 도와주었다.

"불쌍한 사람들이에요!" 안나 암베르크가 말했다. 그렇지만 나는 그녀의 동정에 동의하지 않고 곡예사들 편에 섰다. 그리고 무리 지어 사는 그들의 자유로운 유랑 생활을 큰 소리로 찬양했다. 나도 그들과 함께 다니면서 높은 줄 위에 올라가 재주를 부리거나 접시 돌리는 묘기를 할 수 있다면 정말 좋겠다고 선언했다.

"나도 그걸 보고 싶어." 안나가 재미있다는 듯 웃으면서 말했다.

그래서 나는 접시 대신 모자를 벗어 든 채 돈 걷으러 다니는 사람 흉내를 내며 굽실거리면서 한 푼 달라고 간청했다. 그녀는 주머니에 손을 집어넣고 잠시 무언가를 주섬주섬 찾더니 1페니히 동전을 내 모자에 던져 주었다. 나는 그 돈을 조끼 주머니에 찔러 넣으며 감사 표시를 했다.

한동안 억압되었던 즐거운 기분이 되살아나 나는 날마다 어린이처럼 자유분방하게 지냈다. 그러면서 아마 나 자신이 변화할 수 있는 존재임을 인식하게 되었는지도 모른다.

저녁에 우리는 프리츠와 함께 서커스 구경을 갔다. 가는 도중에 벌써 흥분되고 기쁨에 넘쳐 있었다. 어둠이 깔린 브뤼엘은 사람들로 붐볐고, 아이들은 기대에 차 눈을 동그랗게 뜨고 기쁜 표정으로 조용히 서 있었다. 개구쟁이들은 사람들을 놀리며 서로의 발을 걸어찼다. 울타리 밖의 공짜 구경꾼들은 밤나무 속으로 들어갔고 경찰관들은 헬멧을 쓰고 있었다. 무대 주위에는 줄지어 좌석이 마련되어 있었다. 장내에는 팔이 네 개인 기둥이 서 있었는데 그 팔들에는 기름통이 걸려 있었다. 이제 기름통에 불을 붙이자 사람들이 좀 더 북적대기 시작하며 좌석은 서서히 만원이 되어 갔다. 좌석과 사람들 머리 위에는 검게 그을리며 빨갛게 불타오르는 석유등 불빛이 일렁거렸다.

우리는 마침 앉을 자리를 하나 발견했다. 손풍금이 울리자 곡마단 단장이 조그만 흑마를 데리고 무대에 나타났다. 어릿광대가 함께 나타나 우레 같은 박수갈채를 받았던 단장과 대화를 나누며 무수히 뺨을 얻어맞았다. 대화는 그 어릿광대가 어떤 무례한 질문을 던지는 것으로 시작되었다. 단장은 뺨을 한 대 올려붙이며 이렇게 대답했다. "너는 도대체 나를 낙타라고 생각하느냐?"

그러자 광대가 대답했다. "아닙니다, 단장님. 저는 낙타와 단장님의 다른 점을 잘 알고 있습니다."

"그래? 그럼 어떻게 다르단 말이냐?"

"단장님, 낙타는 물을 전혀 안 마시고 8일 동안 일할 수 있지만 단장님은 아무 일도 안 하면서 8일 동안 마실 수 있습니다."

다시 뺨을 때렸고 다시 박수갈채가 터졌다. 이런 식으로 대화가 계속되었다. 익살이 지닌 순박함과 즐거워하는 관중의 단순성을 재미있게 생각하며 나 자신도 웃음을 터뜨렸다.

조그만 말은 몇 번 뜀뛰기를 시작하면서 벤치를 뛰어넘고, 열둘까지 세어 나가자 죽은 것 같은 자세를 취했다. 그런 다음 삽살개가 나타나 타이어를 뛰어넘어 통과하고는 두 다리로 춤을 추고 군대식 훈련을 받았다. 그러는 중간에 몇 번이고 어릿광대가 나타났다. 이번에는 아주 귀여운 동물인 염소가 등장해 안락의자 위에서 균형 잡는 묘기를 보였다.

마지막으로 광대는, 도대체 당신은 어슬렁거리며 돌아다니고 우스갯소리나 하는 것 말고는 아무 재주도 없느냐는 질문을 받았다. 그러자 그는 입고 있던 헐렁한 광대 옷을 재빨리 벗어 던지고 빨간 타이츠 차림으로 높다란 밧줄 위로 올라갔다. 그는 귀엽게 생긴 녀석이었고, 줄 타는 재주가 뛰어났다. 안 그래도 흔들리는 불빛에 비친 빨간 모습이 검푸른 밤하늘에 높이 떠 있는 광경은 무척이나 아름다웠다.

흥행 시간이 이미 지났다고 팬터마임 공연은 하지 않았다. 외출해 있는 시간이 여느 때보다 이미 늦어져서, 우리도 지체 없이 집으로 돌아왔다.

공연하는 동안 우리는 줄곧 활기차게 담소를 나누었다. 나는 안나 암베르크 옆에 앉아 있었고, 서로 그리 대수롭지 않은 대화만 나누다 보니 집으로 돌아올 때는 벌써 그녀 곁에서 느꼈던 따뜻함이 약간 그리워졌다.

나는 침대에 누워 오랫동안 잠을 못 이루고 그 일을 생각하며 온갖 상념에 젖었다. 그러면서 나 자신의 불충함을 깨닫고 몹시 불편하고 부끄러워졌다. 아름다운 헬레네를 어떻게 그리 빨리 포기할 수 있었단 말인가? 그러나 그날 밤과 그 후 며칠 동안 약간의 궤변을 동원하여 모든 것을 깨끗이 정돈하고 겉으로 보이는 온갖 모순을 충분한 정도로 해결했다.

그날 밤 나는 불을 켜고, 안나가 내게 장난삼아 선물한 1페니히 동전을 조끼 주머니에서 찾아내어 사랑스레 들여다보았다.

동전에는 1877년이란 연호(年號)가 새겨져 있었다. 내가 태어난 해와 같았다. 나는 그 동전을 흰 종이에 싸고 그 위에 안나 암베르크의 머리글자인 A·A와 오늘 날짜를 써넣었다. 그리고 행복의 동전이라 생각하며 내 지갑 깊숙이 그것을 숨겨 두었다.

내 휴가의 절반은—휴가는 항시 앞쪽 절반이 좀 더 긴 법이다—진작 지나가 버렸다. 사나운 뇌우가 일주일 동안 계속되고 나자 여름은 어느새 더 깊어지고 서서히 사색의 계절이 시작되었다. 그러나 나는 다른 중요한 일은 세상에 아무것도 없는 것처럼 사랑의 깃발을 펄럭이며 채 깨닫지 못하는 사이에 줄어드는 나날들을 통과해 노 저어 갔다. 그리고 금빛 희망을 실은 그날그날이 찾아와 빛났다가 사라져 가는 것을 초연한 자세로 바라볼 뿐 결코 그 나날을 붙잡으려 하거나 아쉬워하지 않았다.

내가 이렇게 초연한 자세를 취했던 것은 무엇보다 청춘기의 불가해한 태평스러움 때문이었지만, 일정 부분 사랑하는 어머니 탓이기도 했다. 어머니는 한마디 말씀도 하지 않았지만, 넌지시 안나와 나의 우정을 싫어하지는 않는다는 표시를 하셨기 때문이다. 영리하고 예의 바른 소녀와의 교제는 사실 내게 확실히 도움이 되었다. 그리고 그녀와 좀 더 깊고 내밀한 관계를 맺는 것도 어머니는 허락하실 것 같았다. 그러니 걱정할 필요도, 비밀에 부칠 이유도 없었다. 정말이지 나는 다름 아닌 사랑스러운 여동생과 지내듯이 안나와 지내 왔다.

물론 그것만으로는 내가 소망하는 목표와는 여전히 거리가 있었다. 그래서 얼마 후 나는 안나와 변함없이 친구로 교제하는 것에 가끔 다소 곤혹스러운 느낌을 갖게 되었다. 그 이유는 분명히 울타리가 쳐진 우정의 정원에서 넓고 자유로운 사랑의 나라로 옮겨 가고 싶었기 때문이다. 또 아무것도 모르는 내 여자친구를 몰래 꾀어 어떻게 그 길로 데려갈 수 있을지 도저히 알 수 없었기 때문이다. 그렇지만 그로 인해 나의 휴가가 끝날 무렵에는 만족감과 그 이상의 갈망 사이에서 흔쾌히 자유롭게 떠도는 상태가 되었다. 그리고 그 상태는 마치 크나큰 행복처럼 내 기억 속에 남아 있다.

이처럼 우리는 행복한 우리 집에서 즐거운 여름날을 보냈다. 그동안 나는 어머니와 옛날 어릴 때의 관계로 되돌아갔다. 그래서 허심탄회하게 내 생활에 관해 이야기하고, 지난 일을 참회하며 앞으로의 내 계획들을 의논할 수 있게 되었다. 지금도 기억에 생생하다. 어느 날 오전 어머니와 나는 정자에 앉아 실을 감고 있었다. 나는 하느님에 대한 나의 신앙 상태를 이야기했고, 내가 다시 신앙을 가지려면 나를 설득할 만한 누군가가 먼저 나타나야 한다고 주장하며 대화를 끝마쳤다.

그러자 어머니는 미소 지으며 나를 바라보시다가 잠시 생각에 잠긴 뒤 말씀하셨다. "아마 너를 설득할 사람은 결코 나타나지 않을 게다. 하지만 신앙 없이는 세상을 살아 나갈 수 없음을 너 스스로 차차 알게 될 거야. 지식이란 아무 소용이 없는 거니까. 정확히 알고 있다고 생각하는 누군가가 무엇을 알고 있다든가, 확실한 지식을 갖고 있거나 하는 것이 아무것도 아님을 보여 주는 사례가 매일 나타나고 있잖니. 그렇지만 사람에게는 신뢰와 확신이 필요한 법이란다. 그러자면 교수나 비스마르크, 또는 그 밖의 누군가에게 의존하기보다는 구세주께 의지하는 편이 언제나 더 나은 법이란다."

"왜 그런데요?" 내가 여쭤보았다. "구세주에 대해선 알다시피 그리 확실한 것을 잘 모르잖아요."

"오, 충분히 알고 있단다. 그리고 오랜 세월이 지나는 동안 스스로를 믿으며 아무런 불안 없이 죽어 간 사람도 어쩌다 있긴 했지. 소크라테스라든가 몇몇 다른 사람이 그랬다고들 하지. 하지만 그런 사람은 많지 않아. 심지어 아주 극소수에 불과하지. 더구나 그런 사람들이 침착하고 편안하게 죽을 수 있었다면 그것은 그들이 영리해서가 아니라 마음속과 양심이 순수했기 때문이지. 그러므로 그것으로 족해. 이분들은 각자 나름대로 올바르게 살았으니까. 그러나 우리 중 누가 그들과 같을 수 있겠니? 그런 소수의 사람들에 비해 다른 한편으로 불쌍하고 평범한 사람이 수없이 많지 않니. 그런 사람들이 편안한 마음으로 순순히 눈을 감을 수 있었던 것은 구세주를 믿었기 때문이야. 네 할아버지는 구원받기 전에 열네 달 동안이나 병상의 고통 속에서 참담하게 신음하셨단다. 그러나 구세주한테서 위안을 얻었기에 불평하지 않고 거의 기쁜 듯이 고통과 죽음을 견뎌 내셨던 거야."

끝으로 어머니는 이렇게 말씀하셨다. "이런 말로 너를 설득할 수 없다는 건 나도 잘 알고 있다. 그러나 신앙이란 사랑과 마찬가지로 지성을 통해 얻을 수 있는 게 아니란다. 지성만으로 모든 게 다 되지는 않는다는 것을 너는 언젠가 알게 될 거다. 그렇게 되어 네가 어려움에 처할 때는 위안이 될 만한 것이면 무엇이고 손을 내밀어 붙잡으려 할 것이다. 아마 그럴 때는 우리가 오늘 이야기한 여러 가지 일이 다시 생각날 게다."

나는 아버지의 정원 일을 도와 드렸다. 또 가끔 산책 갈 때면 아버지의 화분에 쓰기 위해 숲의 흙을 작은 봉지에 담아 오기도 했다. 프리츠와는 새로운 불꽃놀이 기술을 고안하기도 했고, 폭죽을 터뜨리다가 손가락에 화상을 입기도 했다. 로테나 안나 암베르크와는 종종 같이 숲에서 반나절을 보내며 딸기를 따고, 그들이 꽃을 찾는 일을 도와주기도 했다. 책을 읽어 주거나 새로운 산책로를 찾아내기도 했다.

아름다운 여름날이 하루하루 지나갔다. 나는 거의 늘 안나 곁에 있는 것에 익숙해졌다. 이제 그것도 곧 끝날 거라 생각하니 내 휴가의 푸른 하늘 위에 먹구름이 덮쳐 왔다.

모든 아름다운 것이나 아무리 소중한 것이라 해도 유한한 것에 불과하고 정해진 끝이 있듯이, 내 기억에 나의 청춘 전체를 종결짓는 것처럼 보이던 이 여름도 하루하루 지나가 버렸다. 사람들은 임박한 나의 출발을 입에 올리기 시작했다. 어머니는 내가 가지고 갈 내의와 옷가지 등을 다시 한 번 샅샅이 점검하면서 군데군데 기워 주시고, 짐을 꾸리는 날에는 회색 털실로 손수 짠 좋은 양말 두 켤레를 선물로 주셨다. 그런데 어머니나 나나 그것이 어머니의 마지막 선물이 될 줄은 알지 못했다.

오랫동안 두려워하고 있던 마지막 날이 놀랍게도 마침내 오고야 말았다. 하늘이 연한 푸른색으로 맑게 갠 늦여름의 어느 날이었다. 하늘에는 솜털처럼 부드러운 조각구름이 바람에 떠다니고 있었고, 부드러운 동남풍이 불고 있었다. 그 바람은 정원에 아직 무수히 피어 있는 장미꽃을 희롱하다가 정오 무렵에는 꽃향기를 잔뜩 머금고 피곤한 듯 잠들어 버렸다. 나는 이날 하루를 충분히 즐긴 다음 저녁 늦게 출발하려고 마음먹었다. 그래서 우리 젊은이들끼리 오후에 다시 한 차례 즐거운 소풍을 가기로 했다. 오전 시간은 부모님을 위해 남겨 두었다. 나는 아버지의 서재에 있는 소파에서 아버지와 어머니 사이에 앉아 있었다. 아버지는 이제 마음속의 감동을 다정하게 농담 섞인 어투로 전하면서 나를 위해 간직해 둔 몇 개의 작별 선물을 내 손에 쥐어 주셨다. 그것은 탈러 은화가 몇 개 든 구식 소형 지갑, 호주머니에 넣어 다닐 수 있는 펜, 그리고 아버지께서 손수 만드신 말끔하게 철한 소형 수첩이었다. 그 수첩 안에는 딱딱한 라틴어 필체로 쓴, 처세에 관한 열두 개의 좋은 금언이 담겨 있었다. 은화에 담긴 뜻은 절약하되 그렇다고 인색하지는 말라는 것이었다. 펜은 되도록 자주 집에 편지를 쓰라는 뜻이었다. 그리고 수첩은 괜찮다 싶을 만한 새로운 좋은 금언이 있으면 아버지께서 자신의 삶에서 유용하고 진실하다고 여겼다는 금언들 뒤에 써 넣으라는 뜻이었다.

우리는 두 시간 아니 그 이상이나 같이 앉아 있었다. 부모님은 나의 어린 시절과 부모님 자신의 어린 시절, 그리고 조부모님의 생활에 관한 몇 가지 이야기를 내게 들려주셨다. 그것들은 내가 처음 듣는 소중한 이야기였는데, 지금은 그중에 많은 것을 잊어버렸다. 나는 이야기를 들으면서도 생각은 번번이 안나에게 쏠려서 진지하고 중요한 이야기인데도 반은 건성으로 듣고 그냥 흘려 넘겼을지도 모른다. 그래도 아버지의 서재에서 보낸 이날 오전 일은 기억에 뚜렷이 남아 있었다. 부모님에 대한 깊은 감사와 존경의 마음 역시 가시지 않았다. 요즘 와서 나는, 내가 보기에 부모님이 다른 사람들에게서는 볼 수 없는 순수하고 성스러운 빛으로 둘러싸여 있는 것을 보게 된다.

하지만 그 당시는 오후에 가족과 작별해야 하는 일이 훨씬 더 내 마음을 차지하고 있었다. 점심을 마친 직후 나는 두 소녀와 함께 산을 넘어 숲이 우거진 아름다운 협곡으로 길을 떠났다. 그곳은 우리 고향의 강으로 흘러드는 험준한 지류였다.

처음에는 나의 울적한 기분 때문에 두 아가씨 역시 생각에 잠기며 말이 없었다. 그러나 울창한 은색 소나무 가지 사이로 구불구불한 골짜기며 푸른 숲이 우거진 넓은 구릉이 내려다보이고, 줄기가 긴 촛대 꽃이 바람에 하늘거리는 산마루에 이르자 나는 비로소 환호성을 지르며 답답한 기분을 떨쳐 버릴 수 있었다. 소녀들도 웃으며 곧장 〈나그네의 노래〉를 부르기 시작했다. 그것은 '오, 머나먼 골짜기여, 산봉우리여'로 시작되는, 어머니가 옛날에 좋아하시던 노래였다. 같이 노래 부르는 동안 어린 시절과 예전의 여름 방학 때의 즐거웠던 많은 숲속 소풍이 생각났다. 마지막 소절이 끝나자 우리는 마치 약속이라도 한 듯 여름 방학 때의 일들과 어머니에 관해서도 이야기하기 시작했다.

우리는 그 무렵의 일들을 감사하고 자랑스러운 마음으로 이야기했다. 우리는 고향에서 멋진 청춘 시절을 보냈기 때문이다. 나는 로테와 손에 손을 잡고 걸어갔다. 그러다가 안나도 웃으면서 손잡는 데 합류했다. 산등성이를 따라 뻗어 있는 길을 따라 셋이 줄곧 손에 손을 잡고 흔들면서 마치 춤추듯이 걸어가니 기쁘기 한량없었다.

그런 다음 우리는 옆쪽의 가파른 소로로 접어들어 시냇물이 흐르는 컴컴한 계곡을 향해 내려갔다. 멀리서부터 자갈과 바위 위로 흐르는 시냇물 소리가 들려왔다. 훨씬 위쪽 개울가에는 여름 한철에만 문을 여는 이름난 다과점이 있었는데, 나는 커피와 아이스크림, 쿠키를 사 주기 위해 두 소녀를 그곳에 초대했다. 개울을 따라 비탈길을 내려가려면 우리는 한 줄로 나란히 서서 걸어가야만 했다. 나는 줄곧 안나의 뒤를 따르며 그녀의 뒷모습을 바라보았고, 오늘 중으로 그녀와 단둘이 이야기할 기회를 만들려고 궁리했다.

드디어 한 가지 묘안이 떠올랐다. 어느덧 우리는 목적지에 가까운 시냇가 풀밭에 다다랐다. 그곳에는 패랭이꽃이 잔뜩 피어 있었다. 나는 로테에게 먼저 가서 커피를 주문하고 우리를 위해 정원에 깔끔한 자리를 하나 마련해 두라고 부탁했다. 마침 이곳은 매우 아름답고 꽃들이 많이 피어 있으니 그동안 나와 안나는 같이 커다란 꽃다발을 만들겠다고 했다. 로테는 좋은 제안이라 생각하고 먼저 갔다. 안나는 이끼 긴 바위 위에 앉아 고사리를 꺾기 시작했다.

"드디어 나의 마지막 날이 되었군요." 나는 이렇게 말문을 열었다.

"네, 퍽 아쉽네요. 그렇지만 곧 다시 고향에 돌아오실 테죠?"

"글쎄요? 아무튼 내년에는 어려울 겁니다. 다시 돌아온다 해도 모든 것이 더 이상 이번과 같지는 않을 거고요……."

"왜 그렇다는 거죠?"

"그래요, 그때도 댁이 다시 이곳에 계신다면 몰라도요!"

"어쩌면 불가능한 일은 아닐 거예요. 그렇지만 이번에도 저때문에 고향에 돌아오신 건 아니잖아요?"

"그야 아직 댁을 전혀 몰랐으니까요, 안나 양."

"물론 그렇기는 하죠. 그런데 저를 조금도 도와주시지 않는군요. 저기 있는 패랭이꽃 몇 개라도 꺾어 주세요."

나는 생각을 가다듬었다.

"이따가 원하는 대로 꺾어 드리죠. 하지만 지금은 정말 중요한 다른 얘기가 있어요. 안나, 지금 당신과 단둘이 있을 시간이 몇 분밖에 없어요. 온종일 이때가 오기를 기다리고 있었어요. 아시다시피 나는 오늘 떠나야 하니까요. 그래서 단도직입적으로 말씀드리자면 댁한테 묻고 싶은 게 있었어요, 안나……."

그녀는 내 얼굴을 뚫어져라 바라보았다. 영리해 보이는 그녀의 얼굴은 진지하고 거의 수심에 잠겨 있었다.

"잠깐만요!" 당황해서 앞뒤 두서없는 내 말을 그녀가 가로막았다. "무슨 말씀을 하시려는 건지 알 것 같아요. 그런데 지금 간곡히 부탁드리는데, 그 말씀은 하지 말아 주세요!"

"하지 말라고요?"

"그래요, 헤르만. 왜 안 되는지 지금은 말씀드릴 수 없어요. 정
알고 싶으시다면 나중에 여동생한테 한번 물어봐 주세요. 걔는
죄다 알고 있으니까요. 지금은 우리의 시간이 너무 짧아요. 또
그것은 슬픈 이야기인데 오늘은 슬퍼하고 싶지 않거든요. 자,
로테가 다시 돌아오기까지 우리 지금 우리의 꽃다발을 만들어
요. 하여튼 앞으로도 우리 좋은 친구로 지내고, 오늘도 서로 즐
겁게 지내도록 해요. 아시겠죠?"

"할 수만 있다면 그러고 싶어요."

"그럼 들어 보세요. 저도 당신과 같은 입장이에요. 사랑하는
사람이 있는데 그 남자를 얻을 수 없는 처지예요. 그러나 그와
같은 처지에 있는 사람이라면 어떤 우정이든, 그 외에 자기가
가질 수 있는 모든 좋은 것과 즐거운 것을 두 배 더 꽉 잡고 있어
야 할 거예요, 그렇지 않을까요? 그러니 우리 계속 좋은 친구로
지내자는 거예요. 적어도 오늘 마지막 하루만이라도 서로에게
즐거운 얼굴을 보여 주자는 거예요. 아시겠죠?"

그녀의 이런 말에 나는 "그래요!" 하고 나직이 대답하고 서로
손을 맞잡았다. 시냇물은 요란한 소리를 내고 흐르면서 환호하
듯 우리 쪽으로 고운 물방울들을 튀기기도 했다. 우리의 꽃다발
은 갖가지 꽃으로 크고 알록달록하게 만들어졌다. 얼마 지나지
않아 여동생이 노래 부르며 다시 우리를 향해 소리치며 다가왔
다. 그녀가 우리 곁에 다가오자 나는 물을 마시려고 하는 것처
럼 냇가에 꿇어앉아 차갑게 흐르는 냇물에 이마와 눈을 잠시 담

갔다. 그런 다음 꽃다발을 손에 집어 들었고, 우리는 다과점에 이르는 지름길을 함께 걸어갔다.

단풍나무 아래에 우리를 위한 탁자가 하나 마련되어 있었다. 아이스크림과 커피, 비스킷이 차려져 있었고, 여주인이 우리를 반갑게 맞아 주었다. 나는 모든 일이 잘되어 가는 것처럼 이야기하고 대답하며 먹을 수 있었다. 스스로 생각해도 놀랄 정도였다. 나는 거의 즐거운 기분이 되어 짧은 탁상연설도 하고, 두 소녀가 웃으면 나도 자연스럽게 따라 웃었다.

나는 결코 잊지 않으리라. 안나가 그날 오후 얼마나 단순하고 사랑스럽게 나를 굴욕과 슬픔에서 구출해 줬는지를. 그것은 내게 큰 위로가 되었다. 안나가 나와 자기 사이에 일어난 일을 눈치채지 못하게 아름다운 우정으로 나를 감싸 준 덕분에 나는 침착한 태도를 유지할 수 있었다. 그리고 나보다 더 오래되고 더 깊은 고민을 명랑한 얼굴로 감내한 그녀의 태도를 높이 평가하지 않을 수 없었다.

우리가 집으로 돌아올 무렵 숲이 우거진 좁은 계곡에는 일찍 땅거미가 지고 있었다. 하지만 잰걸음으로 산마루에 올라가자 우리는 넘어가려던 태양을 다시 따라잡을 수 있었다. 그리고 나서 시내로 내려가면서 그 빛이 다시 우리 시선에서 사라질 때까지 한 시간가량 따스한 햇살을 받으며 걸어갔다. 나는 이제 붉은 빛을 띤 커다란 태양이 시커먼 전나무 가지에 떠 있는 것을 바라보면서, 내일이면 여기서 멀리 떨어진 외지에서 다시 저 저녁놀을 바라보게 되리라고 생각했다.

집안 식구들에게 작별 인사를 한 다음 저녁에 로테와 안나가 나를 역까지 바래다주었다. 기차에 몸을 싣고 어둠이 밀려오는 저녁 어스름을 향해 기차가 달리기 시작하자, 두 소녀가 나를 향해 손을 흔들었다.

나는 차창에 기대어 시내를 내다보았다. 그곳에는 벌써 가로등과 환한 창문들이 반짝이고 있었다. 우리 집 정원 근처를 지나갈 때 무언가 강렬한 붉은 불빛이 눈에 띄었다. 동생 프리츠가 양손에 벵골 폭죽'을 들고 서 있었다. 내가 손을 흔들며 그의 옆을 지나가는 순간 동생은 로켓 폭죽을 하늘 높이 쏘아 올렸다. 나는 차창 밖으로 몸을 내밀고서, 그 폭죽이 하늘 높이 치솟아 공중에 머물렀다가 부드러운 포물선을 그리며 붉은 불꽃 비가 되어 사라지는 모습을 물끄러미 지켜보았다.

(1916)

유럽인

드디어 지구상에서 피비린내 나는 세계 대전이 끝이 났다. 급기야 신은 생각 끝에 대홍수를 보내 지구를 싹 쓸어버리기로 했다. 넘쳐흐르는 큰물은 늙어 가는 행성이 더럽힌 것을 자비롭게 씻어 내렸다. 피로 물든 설원, 대포들이 노려보고 있는 산, 썩어 가는 시체, 시체를 보고 울부짖으며 애도하는 사람들, 격분한 자와 살기등등한 자, 몰락한 자와 굶주리는 자, 정신적으로 갈피를 못 잡는 자들을 함께 씻어 내렸다.

푸른 하늘은 반짝이는 지구를 다정히 내려다보았다.

여하튼 유럽의 기술은 최후의 순간까지 대단히 우수한 것으로 밝혀졌다. 유럽은 서서히 차오르는 물에 맞서 몇 주 동안 침착하고 끈질기게 버텼다. 수백만의 전쟁 포로가 밤낮으로 엄청난 제방을 쌓아 그나마 버텼고, 그다음에는 믿기지 않게 빠른 속도로 인공 언덕을 세워 버틸 수 있었다. 그 아랫부분은 거대한 테라스처럼 보이다가, 꼭대기는 점점 탑 모양으로 되었다. 이 탑으로 인간의 감동적인 영웅심은 최후의 날까지 여지없이 드러났다. 유럽과 온 세계가 가라앉고 물에 잠기는 동안, 축축하게 젖은 황혼녘의 지구는 가라앉으면서도 마지막까지 솟아 있던 철탑 탐조등에 의해 여전히 눈부시게 반짝였다. 대포에서 피융 소리 내며 쏟아지는 포탄은 우아한 포물선을 그리며 이리저리 날아다녔다. 종말을 맞이하기 이틀 전 중부 유럽 제국의 지도자들은 등화 신호를 보내 적에게 평화 제안을 하기로 결정했다. 그러나 적들은 아직 견고하게 서 있는 탑들의 즉각적인 제거를 요구했고, 그에 대해선 더없이 결연한 평화주의자들마저 응할 수 없었다. 그래서 마지막 순간까지 맹렬한 포격이 가해졌다.

이제 온 세상에 물이 흘러넘쳤다. 지구상에서 유일하게 살아남은 유럽인은 구명대를 타고 큰물 위를 떠다녔다. 그는 마지막 남은 힘을 다해 지구 최후의 날에 벌어진 일을 기록하는 데 몰두했다. 그의 조국은 최후의 적들이 몰락한 후에도 몇 시간 버텨냈으니 영원히 승리를 확보한 셈이었다. 그는 이런 사실을 후세 인류에게 알리려 했다.

그때 잿빛 수평선에서 육중한 검은 배 한 척이 나타나더니 기진맥진한 남자를 향해 서서히 다가왔다. 어마어마하게 큰 방주였다. 그 사실을 안 그는 흐뭇해했다. 이 떠다니는 집의 뱃전에 은빛 수염을 휘날리며 당당히 선 호호백발 족장이 보였다. 그런 뒤 유럽인은 실신하고 말았다. 키 큰 흑인 한 명이 물에 떠다니는 그를 건져 올렸고, 구조된 그는 곧 다시 제정신으로 돌아왔다. 족장은 다정하게 미소 지었다. 그의 작업은 성공적이었다. 지구상의 모든 생명체 종마다 견본 하나씩이 구조된 것이다.

방주가 바람 부는 대로 유유히 떠다니며 탁한 물이 가라앉기를 기다리는 동안, 뱃전에서는 차츰 다채로운 삶이 펼쳐지기 시작했다. 큰 물고기들이 떼 지어 배 뒤를 따라다녔고, 새와 곤충들이 꿈길 같은 색색의 편대를 이뤄 열린 지붕 위로 무리 지어 몰려들었다. 구출된 온갖 짐승과 인간들은 새 삶이 펼쳐지리라는 기대감에 진심으로 기쁨에 넘쳐 있었다. 오색찬란한 색을 뿜내는 공작은 맑고 날카로운 소리를 내며 물 위의 아침을 알렸고, 흥겨운 코끼리는 코를 높이 뻗어 올리고 웃으면서 자신과 아내에게 목욕물을 내뿜었다. 도마뱀은 오색영롱한 빛을 반짝이며 양지바른 들보에 앉아 있었다. 인디언은 끝없이 넘쳐 오르는 물속에 재빨리 창을 던져 반짝이는 물고기들을 건져 올렸다. 흑인은 마른 나무 두 개를 마구 비벼 대며 아궁이에 불을 지폈다. 그러면서 기쁨에 넘쳐 박자를 딱딱 맞추며 살찐 아내의 허벅지를 찰싹찰싹 때렸다. 비쩍 마른 인도인은 팔짱을 낀 채 멋진 자세로 세계 창조의 노래에 나오는 태곳적 시구를 혼자 중얼거렸다. 누워서 햇빛을 받는 에스키모인은 땀을 뻘뻘 흘리며 가는 눈으로 웃고 있었다. 온순한 맥(貘) 한 마리가 자기의 땀과 지방 냄새를 킁킁대며 맡고 있었다. 왜소한 일본인은 막대기를 가늘게 깎아 코와 턱에 번갈아 올려놓으며 신중하게 균형을 잡고 있었다. 유럽인은 필기도구로 현재 살아 있는 생물체 목록을 작성하고 있었다.

차츰 사람들끼리 그룹이 형성되어 친교를 맺고 우정을 나누었다. 서로 간에 싸움이 벌어질 듯하다가도 족장의 눈짓 한 번에 중단되었다. 다들 함께 어울리며 즐겁게 지냈으나, 유럽인만은 홀로 글 쓰는 일에 몰두했다.

그때 온갖 다양한 인간과 동물들 사이에서 제가끔 자기 능력과 재주를 경쟁적으로 선보이는 새로운 놀이가 생겨났다. 다들 먼저 하겠다고 아우성이라 족장이 직접 나서 순서를 정해야 할 정도였다. 큰 동물, 작은 동물을 따로 나눈 다음, 다시 인간을 별도로 구분했다. 각자 참가 신청을 해서 자신이 대단하다고 생각하는 능력을 말해야 했다. 하나씩 번갈아 가며 순서가 돌아왔다.

이 굉장한 놀이는 몇 날 며칠이고 계속되었다. 한 그룹의 놀이를 지켜보려고 다른 그룹이 몰려가는 바람에 놀이가 중단되는 사태가 번번이 빚어졌기 때문이다. 멋진 능력을 선보일 때마다 다들 감탄하며 우레 같은 박수갈채를 보냈다. 놀라운 볼거리가 얼마나 많았던가! 신의 피조물 각자 얼마나 굉장한 재능을 숨기고 있었던가! 삶의 풍요로움이 얼마나 흥미진진하게 펼쳐졌던가! 얼마나 많은 웃음이 터지고 박수갈채가 쏟아졌으며, 얼마나 많이 손뼉 치고 발을 구르며 큰 웃음소리가 울려 퍼졌던가!

족제비는 놀라운 속도로 내달렸고, 종달새는 매혹적인 음성으로 노래했다. 볼을 잔뜩 부풀린 칠면조는 멋진 모습으로 성큼성큼 걸었고, 다람쥐는 믿기지 않을 만치 빠른 속도로 나무 위를 기어올랐다. 덩치 큰 비비(狒狒)가 말레이인 흉내를 내자 작은 비비는 큰 비비 흉내를 내는 것이 아닌가! 모두 달리고, 기어오르고, 헤엄치고, 날면서 지칠 줄 모르고 경쟁했다. 모두 나름 대로 탁월했고, 자신의 진가를 톡톡히 발휘했다. 마법을 부릴 줄 아는 동물이 있는가 하면, 제 모습을 숨길 능력이 있는 동물도 있었다. 많은 동물은 힘이나 술수로 두각을 드러냈고, 어떤 동물은 공격이나 수비로 역량을 선보였다. 곤충들은 몸을 풀이나 나무, 이끼나 바위처럼 보이게 해서 자신을 지킬 줄 알았다. 약한 동물 중에서 어떤 것은 고약한 냄새를 피워 적의 공격으로부터 자신을 지켜 내어, 박수갈채를 받으며 웃는 구경꾼들을 달아나게 하기도 했다. 어떤 동물도 뒤처지지 않았고, 누구든 나름대로 재능이 있었다. 새들은 나뭇가지를 엮거나 짜고, 이겨 붙이기도 하고, 벽처럼 쌓기도 하면서 둥지를 지었다. 맹금류는 아찔하게 높은 곳에서 아주 조그만 것도 알아볼 수 있었다.

인간들도 제가끔 자신의 장기를 훌륭히 선보였다. 키 큰 흑인은 그리 힘들이지 않고 수월하게 높다란 대들보를 훌쩍 뛰어넘었다. 말레이인은 손을 세 번 놀려 야자수 잎으로 노를 만들고는, 아주 조그만 널빤지 위에서 배를 조종하고 방향을 돌리는 묘기를 보여 주었다. 참으로 놀랄 만한 볼거리였다. 인디언은 가벼운 화살로 아주 조그만 목표물을 맞췄고, 그의 아내는 두 종류의 속껍질로 돗자리를 짜내 커다란 감탄을 자아냈다. 인도인이 걸어 나와 몇 가지 마술을 보여 주자, 다들 오랫동안 숨죽이고 바라보며 경탄을 금치 못했다. 중국인은 아주 어린 밀을 캐내 똑같은 간격으로 옮겨 심으며, 열심히 일하면 밀 수확을 세 배로 늘릴 수 있음을 보여 주었다.

반면 유럽인은 놀랄 만치 냉정한 모습을 보였다. 그는 다른 이들의 재주를 가혹하게 평가하고 업신여기며 헐뜯었다. 그래서 몇 번이나 사람들 기분을 상하게 했다. 인디언이 하늘 높이 나는 새 한 마리를 쏘아 떨어뜨리자, 백인은 어깨를 으쓱하며 다이너마이트 20그램으로 그보다 세 배 높은 곳의 새도 쏘아 맞출 수 있다고 주장했다. 사람들이 시범을 보여 달라 하자, 그는 이것저것 열 가지 다른 물건이 있으면 능히 해낼 수 있다는 말만 늘어놓았다. 그러면서 실제로 하지는 못했다. 그는 중국인도 비웃었다. 어린 밀을 옮겨 심으려면 무척 부지런히 일해야 하는데, 그런 노예 같은 노동에 백성은 행복하지 않을 거라고 말했다. 그러자 중국인은 먹을 게 있고 신을 경배하기만 하면 백성은 행복할 수 있다고 응수해 박수갈채를 받았다. 그러나 유럽인은 이 말에도 비웃음을 보였다.

이 흥미진진한 놀이는 짐승과 인간 모두 각자의 재능과 재주를 선보일 때까지 계속되었다. 아주 감명 깊고 신나는 일이었다. 수염이 허연 족장 역시 웃으며 칭찬의 말을 아끼지 않았다. 그는 물이 조금씩 빠져 새 삶이 시작되면 좋겠다고 말했다. 신의 옷자락 안에 아직 갖가지 다채로운 실이 존재하며, 끝없는 행복을 이루어 내기에 지구상에 부족한 게 없기 때문이라는 것이다.

아직 이렇다 할 아무런 재주도 보여 주지 않은 사람은 오직 유럽인밖에 없었다. 그러자 다른 모든 이가 그에게 앞으로 나와 재주를 보이라고 강력히 요구했다. 그자도 신의 상큼한 공기를 마시며 족장의 떠다니는 방주를 타고 다닐 권리가 있는지 봐야 겠다는 것이다.

이 남자는 핑계를 대며 한사코 거부했다. 그러자 노아가 직접 그의 가슴에 손을 얹으며 자기 말을 따르라고 독촉했다.

"나 역시 모종의 능력을 매우 쓸모 있게 키우고 단련해 왔소." 백인이 입을 떼기 시작했다. "내게 다른 인간보다 나은 점이 있다면 눈, 코, 귀나 손재주 또는 그와 비슷한 것이 아니오. 내 재능은 한 차원 높은 종류의 것이오. 그것은 바로 '지성'이라는 것이라오."

"그럼 보여 달라니까요!" 흑인이 소리치자, 모두 좀 더 가까이 모여들었다.

"그건 보여 줄 수 있는 성질의 것이 아니오." 백인은 온화하게 말했다. "여러분은 내 말을 제대로 이해하지 못했소. 내가 여러분보다 뛰어난 점은 바로 지력(智力)이라는 거요."

흑인은 하얀 이빨을 드러내며 유쾌하게 웃었고, 인도인은 비웃듯 얇은 입술을 비죽거렸다. 중국인은 교활하면서도 선량한 미소를 지었다.

"지력이라고요?" 중국인이 느릿느릿 입을 열었다. "그럼 그걸 우리에게 좀 보여 주시지. 머리털 나고 그런 건 본 적이 없는데."

"그건 볼 수 있는 게 아니라니까요." 유럽인은 퉁명스레 대꾸했다. "나의 재능과 특기는 이런 것이오. 난 외부 세계의 모습을 머릿속에 저장해 두고, 그 영상으로 오직 나만을 위한 새로운 상과 질서를 세울 수 있소. 내 두뇌 속에서 세상 전체를 생각할 수 있소. 그러니까 새로 창조해 낼 수 있단 말이오."

노아는 손으로 눈을 문지르며 말했다.

"미안한 말이지만 그게 대체 어디에 좋단 말인가?" 노아가 느릿느릿 말했다. "신이 이미 창조해 낸 세상을 또 한 번 창조하고, 그것도 전적으로 자네 혼자만을 위해 자네 머릿속에 저장해 둔다면 대체 그걸 어디에 써먹을 수 있단 말인가?"

모두 이 말에 동조하며 질문을 퍼부었다.

"잠깐!" 유럽인이 소리쳤다. "여러분은 내 말을 제대로 이해하지 못하고 있소. 지력은 손재주처럼 간단히 보여 줄 수 있는 게 아니란 말이오."

인도인은 미소를 지어 보였다.

"오, 그렇지 않소, 하얀 사촌. 어쩌면 보여 줄 수 있을지도 모르오. 그 지력이라는 작업, 예컨대 계산하는 걸 우리에게 한번 보여 주시오. 우리 계산 시합을 한번 해 봅시다! 그러니까 어느 부부에게 자녀 셋이 있는데, 셋 다 가정을 꾸렸소. 이 젊은 부부들이 해마다 제가끔 아이를 한 명씩 낳는다면, 몇 년 만에 백 명이 되겠소?"

다들 호기심에 차 귀를 쫑긋 기울였다. 손꼽아 헤아리거나 안간힘을 다하는 모습을 보이기도 했다. 유럽인은 계산을 시작했다. 하지만 잠시 후 벌써 계산을 끝낸 중국인이 문제를 풀었다고 알렸다.

"아주 좋아요." 백인은 인정했다. "하지만 그건 단순히 숙련된 기능의 문제일 뿐이오. 나의 지력은 그런 자잘한 재주를 부리기 위한 것이 아니라, 인류의 행복이 달린 위대한 과제의 해결을 위한 거요."

"오, 그 말 마음에 드는군." 노아가 격려하는 말을 했다. "행복을 얻는 것은 다른 모든 숙련된 기능보다 확실히 더욱 중요하지. 그 점에선 자네 말이 옳아. 인류의 행복에 대해 가르쳐야 할 내용을 어서 말해 보게. 그럼 우리 모두 자네에게 고마워할 걸세."

다들 무언가에 사로잡힌 듯 숨죽이고 백인의 입술을 주시했다. 이제 올 것이 왔다. 인류의 행복이 어디 있는지 우리에게 보여 줄 그에게 영광 있기를! 저 마술사에게 온갖 나쁜 말을 한 것에 용서를 빌어야겠어! 그자가 그런 문제를 알고 있다면 눈이나 귀, 손으로 하는 재주와 숙련된 기능이 무슨 소용이 있으랴! 또 근면함이나 계산 기술이 무슨 필요가 있으랴!

지금껏 의기양양한 표정을 짓던 유럽인은 경외심에 찬 이런 호기심에 차츰 당황하기 시작했다.

"그건 내 잘못이 아니오!" 그는 머뭇거리며 말했다. "하지만 여러분은 줄곧 나를 잘못 이해하고 있소! 내가 행복의 비밀을 안다고는 하지 않았소. 내 지력은 인류의 행복을 촉진하는 과제의 해결에 관여한다고 했을 뿐이오. 거기에 이르는 길은 아득히 멀어서 나도 여러분도 그 길의 끝을 보지는 못할 거요. 수많은 세대가 이 난제에 매달릴 거요."

사람들은 결론을 못 내리고 믿지 못하겠다는 표정으로 서 있었다. 대체 저 인간이 무슨 소리를 하는 거지? 노아 역시 옆쪽을 쳐다보며 이맛살을 찌푸렸다.

인도인은 중국인에게 미소를 지어 보였다. 다들 모두 황당해서 입을 다물자 중국인이 다정하게 말했다.

"사랑하는 형제들이여, 이 하얀 사촌은 익살꾼이 분명합니다. 자기 머릿속에서 어떤 일이 일어나고 있음을 우리에게 얘기하려는군요. 그 소득을 후일 우리 증손자의 증손자나 보게 되거나 아니면 그들도 보지 못할 거라면서요. 저자를 익살꾼으로 인정하기를 제안합니다. 그의 말을 제대로 이해하는 사람은 우리 중에 아무도 없습니다. 하지만 우리가 그런 일을 정말 이해하게 된다면, 그것은 우리에게 끝없이 웃음을 터뜨릴 기회를 제공할 겁니다. 여러분 생각도 그렇지 않습니까? 좋습니다, 그럼 우리의 익살꾼을 위해 만세를 부릅시다!"

대부분은 그 말에 동조했고, 이 달갑잖은 이야기가 끝난 것에 기뻐했다. 그러나 몇몇은 화를 내며 언짢아했고, 유럽인은 아무런 위로의 말도 듣지 못하고 외로이 서 있었다.

그러나 흑인은 저녁 무렵 에스키모인, 인디언, 말레이인과 함께 족장을 찾아가 이렇게 말했다.

"존경하는 족장님, 한 가지 여쭐 말씀이 있어 찾아왔습니다. 오늘 우리를 웃음거리로 삼은 하얀 녀석은 우리 마음에 들지 않습니다. 잘 생각해 보십시오. 모든 인간과 동물, 다시 말해 곰과 벼룩, 꿩과 말똥구리까지도 우리 인간들처럼 뭔가를 선보였습니다. 신께 영광을 돌리고, 우리의 삶을 지키거나 향상하고 아름답게 하려고 말입니다. 우린 놀랄 만한 재능들을 보았습니다. 개중에는 우스꽝스러운 것도 더러 있었지요. 하지만 아무리 하찮은 짐승이라 해도 뭔가 즐겁고 귀여운 것을 보여 줄 수 있었습니다. 그런데 맨 나중에 건져 낸 그 창백한 녀석 말입니다. 그자만은 아무것도 내보이지 않았습니다. 이상하고 오만한 말을 한 것 외에는 말입니다. 변죽을 울리는 그의 말과 농담을 이해하는 사람은 아무도 없었고, 누구도 그런 것에 기쁨을 얻을 수 없었습니다. 그 때문에 여쭙는 건데요, 친애하는 족장님, 이 사랑스러운 지구에서 그런 피조물이 새 삶을 일구도록 돕는 게 과연 옳은 일일까요? 혹 재앙을 일으키는 일이 아닐까요? 그 사람 얼굴을 좀 보십시오! 눈빛은 탁하고, 이마엔 주름이 자글자글합니다. 손은 창백하고 약한 데다 얼굴은 사악하고 슬퍼 보입니다. 밝은 구석이라곤 눈곱만치도 없어요! 제정신이 아닌 자가 분명합니다. 대체 누가 이런 녀석을 우리 방주로 보냈는지 모르겠어요!"

백발의 족장은 질문을 던진 이를 향해 밝은 눈을 다정하게 치켜들었다.

"애들아!" 그가 자비로운 목소리로 나직이 입을 떼자, 그들 표정이 금세 밝아졌다. "사랑하는 아이들아! 너희 말은 옳기도 하고 그르기도 하단다! 하지만 너희가 질문하기도 전에 신께서는 이미 답을 주셨다. 너희 말에는 동의할 수밖에 없다. 전쟁의 참화를 겪는 땅에서 그 남자가 과히 기분 좋은 손님은 아니지. 또 그런 괴짜가 뭣 때문에 이곳에 있어야 하는지 잘 모르겠구나. 하지만 그런 종류의 인간을 창조하신 신은 그런 일을 하신 까닭을 잘 알고 계신다. 너희 모두는 이 백인들을 너그러이 용서해

쥐야 한다. 그들은 또다시 처벌받아야 할 만큼 이 가엾은 지구를 완전히 망쳐 놓은 자들이다. 하지만 보아라. 신은 신호를 주셨다. 그 하얀 인간을 어떻게 할 계획이신지 말이야. 너희 모두, 그러니까 너 흑인, 너 에스키모인은 제가끔 사랑하는 아내와 함께 새 삶을 시작할 희망에 부풀어 있을 게다. 너 흑인은 흑인 아내가 있고, 너는 인디언 아내가, 너는 에스키모인 아내가 있지 않느냐. 그런데 그 유럽 남자만은 홀몸이다. 오랫동안 그게 마음에 걸렸지만, 이제 그 의미를 어렴풋이 알 것 같구나. 이 남자는 하나의 경고이자 자극으로, 어쩌면 망령으로 우리 곁에 남을 것이다. 다채로운 인류의 흐름에 동참하지 못하는 한 그는 자손을 번식할 수 없다. 그는 새로운 지상에서 너희 삶을 망치지 못할 것이다. 그러니 안심하거라!"

밤이 지나고 다음 날 아침이 동터 오자, 신성한 동쪽 산봉우리가 조그맣고 뾰족하게 물 밖으로 드러나 있었다.

(1917/1918)

클라인과 바그너

1

프리드리히 클라인은 흥분 상태에 있었다. 느닷없이 도망을 쳐서 국경을 넘는 행동을 감행했기 때문이다. 긴장과 사건, 흥분과 위험의 소용돌이를 겪으며 적잖이 놀랐다가, 모든 일이 잘 진행되었다는 사실에 겨우 안도의 한숨을 내쉬었다. 그는 급행열차 안에서 물에 젖은 솜처럼 완전 녹초가 되어 있었다. 이젠 그리 서두를 필요가 없는 곳인데도, 열차는 무척 빠른 속도로 허겁지겁 남쪽으로 달렸다. 호수, 산, 폭포와 여타의 자연 경관들을 지나고 귀먹게 하는 터널을 통과해, 부드럽게 흔들리는 다리를 지나 몇 안 되는 여행객을 부산하게 실어 날랐다. 죄다 이국적인 느낌을 주었고, 아름다우면서도 다소 무의미하기도 했다. 교과서나 그림엽서에 등장하는 그림처럼 언젠가 한번 본 듯한 기억이 나는 풍경이었지만 보는 사람과는 아무 상관 없는 것들이다. 여기는 낯선 곳이다. 클라인은 이제 이곳에 속해 있어 집으로 돌아갈 수 없는 몸이다. 돈 문제는 아무 걱정이 없었다. 그는 지금 다 합해 천 마르크나 되는 지폐를 가슴 안주머니에 넣어 휴대하고 있었다.

그는 이젠 아무 문제 없을 것으로 생각했다. 위조 여권으로 국경을 넘으면 당분간은 추적으로부터 안전하리라 생각했다. 그는 자신을 위로하고 충만하게 하려는 욕구에 가득 차 이러한 유쾌하고도 위안이 되는 생각을 번번이 끄집어냈다. 하지만 이런 유쾌한 생각은 아이가 죽은 새의 날개에 바람을 불어넣는 것과 같았다. 생각이 죽어 있어 눈을 뜨지 못했다. 생각은 납처럼 손에서 굴러떨어졌다. 생각에는 아무런 흥도 광택도 기쁨도 없었다. 이상한 일이었다. 최근 벌써 몇 번이고 그런 생각이 떠올랐다. 그는 자기가 무엇을 원했는지 전혀 생각할 수 없었다. 그는 자기 생각을 마음대로 지배할 힘을 상실했다. 생각들은 제 마음 대로 굴러다녔다. 그리고 그 생각들은 완강한 저항에도 불구하고 그를 괴롭힌 사념(思念)들을 선호했다. 마치 머리가 만화경이라도 된 듯, 머릿속 장면 장면이 누군가 낯선 자의 손에 의해 교체되었다. 아마 장시간의 불면과 흥분 탓이었을 것이다. 사실 그는 벌써 꽤 오랫동안 신경과민에 시달리기도 했다. 하여튼 그런 상태는 지긋지긋했다. 곧장 약간의 안정과 즐거움을 되찾지 못하면 이는 절망적이었다.

프리드리히 클라인은 외투 주머니에 든 권총을 손으로 더듬으며 만져 보았다. 이 권총은 그가 새롭게 무장해서 역할을 수

행하고 변장하는 데 필요한 물건이기도 했다. 범죄, 위조 서류, 비밀리에 옷에 꿰매 단 지폐, 권총, 가명(假名) 같은 이 모든 것을 끌고 다니면서, 몸에 해로운 선잠을 자면서도 휴대하고 있어야 한다는 사실이 요컨대 얼마나 성가시고 귀찮은 노릇이었던가. 그래서 여기에 강도 이야기나 천박한 낭만주의 냄새가 풍겼는데, 이 모든 것은 선량한 클라인에게는 전혀 어울리지 않았다. 그것은 성가시고 귀찮을 따름이지 애당초 기대한 안도감이나 해방감 같은 느낌은 전혀 없었다.

아니, 어언 마흔 줄에 들어선 그가 무엇 때문에 그런 일을 하게 되었는가? 그는 원래 유능한 관리이며 학구적 성향이 있는 조용하고 순진한 시민이자 사랑스러운 아이들의 아버지가 아니었던가? 무엇 때문에? 그는 이렇게 느꼈다. 이 같은 남자가 불가능한 일을 하도록 부추긴 상당한 강도의 충동, 강요나 열망이 있었음이 틀림없다. 그런데 이러한 강요와 충동의 진상을 파악해 다시 내면의 질서를 회복해야만 안도의 한숨을 쉴 수 있었다.

그는 몸을 반듯하게 고쳐 앉고 엄지손가락으로 관자놀이를 누르며 뭔가를 생각해 내느라 애썼다. 그러나 잘되지 않았다. 그의 머리는 유리로 된 듯 흥분, 피로와 수면 부족으로 속이 텅 비어 있었다. 하지만 어쩔 도리 없이 곰곰 생각해 봐야 했다. 탐색해서 찾아내야만 했다. 자기 안의 중심점이 어디 있는지 알아내 자기 자신을 어느 정도 파악하고 이해해야만 했다. 그렇지 않으면 더는 삶을 감당할 수 없었다.

마치 원래의 도자기에 다시 갖다 붙이려고 잘게 부서진 도자기 파편들을 핀셋으로 주위 모으듯 그는 최근의 기억들을 힘들게 주위 모았다. 그것들은 순전히 부서진 파편에 지나지 않았다. 서로 아무 연관성이 없었고, 구조나 색채 면에서 전체 윤곽을 암시하는 어떤 것도 없었다. 생각난 기억들은 어떤 것이었던가! 그가 손을 부들부들 떨면서 끄집어낸 조그만 푸른색 갑이 눈에 보였다. 상사의 직인(職印)이었다. 갈색, 푸른색 지폐와 함께 수표를 그에게 건네준 창구의 늙은 남자 모습이 눈에 보였다. 수화기로 대화를 나누는 동안 몸을 가누기 위해 왼손으로 벽을 받쳤던 전화 부스가 보였다. 오히려 그 자신의 모습은 보이지 않고 웬 낯선 남자가 이 모든 일을 하고 있었다. 그자의 이름은 클라인이었지만 그 자신은 아니었다. 이 남자가 편지를 쓰고 불태우는 것이 보였다. 레스토랑에서 식사하는 그 남자 모습이 보였다. 그가 본 사람은 낯선 남자가 아니라 바로 그 자신, 프리드리히 클라인이었다! 그자는 밤에 잠든 아이의 침대 너머로 허리를 굽히고 있었다. 아니, 그자는 바로 그 자신이 아니던가! 지금 다시 그 기억을 떠올리는 것만으로도 고통스러운데 그때는 얼마나 괴로웠던가! 잠자는 아이의 얼굴을 들여다보며 그 숨결을 듣고 다음과 같은 사실을 안다는 게 얼마나 괴로웠던가. 다시는 이 사랑스러운 눈들을 보지 못하고, 이 조그만 입이 웃고 음식을 먹는 것을 보지 못할 거야. 다시는 이 아이에게 입맞춤 받지 못할 거야. 얼마나 괴로운 일이던가! 클라인이라는 인간이 무엇 때문에 자신에게 그토록 고통을 안겨 주었는가!

그는 조그만 파편들을 모아 맞추는 일을 포기했다. 낯선 어느 큰 역에 열차가 멈추어 섰다. 문들이 꽈당거렸고 차창 밖으로 여행객의 트렁크들이 지나갔다. 파랑과 노랑 글씨로 쓰인 종이 간판들이 큰 소리로 외치고 있었다. 호텔 밀라노요, 호텔 콘티넨탈이요! 그 점을 유의해야 했는가? 그게 중요했던가? 위험했던가? 그는 눈을 감고 1분간 넋을 잃고 있다가 곧 다시 소스라치게 놀라면서 눈을 번쩍 뜨고 주의 깊은 사람인 척했다. 그는 어디에 있었던가? 아직 역이었다. 가만있자, 내 이름이 뭐였더라? 골백번이고 묻고 또 물었다. 그러니까 내 이름이 뭐였더라? 클라인이지. 아니야, 맹세코! 클라인이란 이름은 사라져 버려 이제 더 이상 존재하지 않았다. 그는 여권이 꽂혀 있는 가슴 안주머니에 손을 넣어 뒤적였다.

이 모든 일은 얼마나 넌더리 나는 일이었는가! 대관절 범죄자의 처지가 이렇게 미칠 정도로 힘든 일임을 알기라도 한다면……! 그는 긴장한 나머지 두 주먹을 불끈 쥐었다. 여기에 있는 모든 것은 그와 전혀 상관없는 것들이었다. 호텔 밀라노니 역이니 트렁크니 하는 이 모든 것은 조용히 기억에서 지워 버릴 수 있었다. 아니, 다른 중요한 것이 문제였다. 무엇이 문제였던가?

선잠을 자는 사이 열차가 어느새 출발하자, 그는 원래의 생각으로 되돌아갔다. 그러니까 이제 중요한 문제는 좀 더 오랫동안 삶을 견뎌 낼 수 있느냐 하는 것이었다. 아니면 이 넌더리 나는 무의미한 삶에 종지부를 찍는 것이 더 간단한 일이 아니겠는가? 독약도 수중에 있지 않은가? 아편은? 아아, 아니야, 그의 기억에 독약은 구하지 못했다. 하지만 권총은 지니고 있었다. 정말 그래. 그래 좋아. 아주 좋아.

"그래 좋아", "아주 좋아"라고 혼자 큰 소리로 말한 뒤, 그는 그런 말을 몇 마디 더 덧붙였다. 갑자기 그는 자신의 말소리를 듣고 깜짝 놀라 창에 비친 자신의 일그러진 얼굴을 보았다. 잔뜩 일그러진 그 얼굴은 낯설고도 슬퍼 보였다. 제기랄, 그는 마음속으로 소리 질렀다. 제기랄! 무엇을 한단 말인가? 어째서 아직 살아 있단 말인가? 이마를 이 일그러진 창백한 얼굴에 처박고, 이 흐릿하고 멍청한 유리창 속으로 달려들어 목이 잘려 버린다면. 철로 침목(枕木)에 머리를 부딪쳐 머리가 얼얼하고 정신이 아득한 가운데 기차 바퀴에 휘말려 들어가게 된다면. 창자와 뇌수, 뼈와 심장, 두 눈, 이 모든 게 레일에 으깨져 흔적도 없이 사라져 버린다면. 이것이야말로 아직 의미 있고 아직 해 볼 만한 유일한 일이었다.

절망적인 심정으로 유리창에 비친 자기 얼굴을 골똘히 응시하며 코로 유리를 밀치는 동안 그는 다시 잠이 들었다. 혹시 몇 초가 흘렀을까, 혹시 몇 시간이 흘렀을까. 머리가 좌우로 흔들렸지만 눈을 뜨지 않았다.

그는 어떤 꿈을 꾸다가 깨어났다. 그 꿈의 마지막 부분이 아직 기억에 남아 있었다. 그는 꿈속에서 자동차 앞 좌석에 앉아 있었다. 자동차는 전속력으로 도시를 내달리고 있었다. 그의 옆에는 누가 앉아 차를 운전하고 있었다. 꿈에서 그는 그 녀석의 복부를 한 방 갈기고 그에게서 핸들을 빼앗아 자신이 직접 운전했다. 그는 말이나 쇼윈도를 아슬아슬하게 피하고 나무들을 가볍게 스치면서 눈앞에서 불꽃이 튈 정도로 마구잡이로 차를 몰았다.

이런 꿈을 꾸다가 그는 깨어났다. 그의 머리는 좀 더 맑아졌다. 그는 꿈의 영상들을 생각하고 웃음 지었다. 누군가의 복부를 한 방 갈기길 잘했다. 그러한 행위를 한 여운으로 즐거운 기분이 남아 있었다. 이제 꿈 내용을 재구성하여 곰곰 생각해 보기 시작했다. 나무들을 스치며 휘익 질주한 기세가 어떠했던가! 혹시 기차를 타고 달리는 데서 연유한 것이던가? 비록 위험한 운전이었지만 쾌감이자 행복이며 구원이었다! 그렇다, 늘 다른 사람이 모는 차를 타고 가는 것보다 자신이 직접 몰다가 산산조각이 나는 편이 더 나았다.

하지만 그가 꿈에서 한 방 먹인 사람은 대체 누구였을까? 그의 옆에서 자동차 핸들을 잡고 있던 낯선 운전자는 누구였을까? 그 사람의 얼굴도 체격도 생각나지 않았다. 다만 어떤 느낌과 막연한 어두운 분위기밖에 생각나지 않았다……. 그가 누구였을까? 그가 존경했고, 그의 삶의 지배권을 가졌으며, 그가 꾹 참으며 견뎠고, 하지만 비밀리에 그가 증오했으며, 급기야는 그가 복부에 일격을 가한 그 사람이! 혹시 아버지였을까? 아니면 그의 상사 중 한 명이었을까? 아니면, 아니면 그자는 결국……?

클라인은 눈을 번쩍 떴다. 잃어버린 실마리를 찾아낸 것이다. 그는 모든 것을 다시 알게 되었고, 꿈은 흔적도 없이 잊혀 버렸다. 더 중요한 문제가 있었다. 이제야 그는 알아냈다! 무엇 때문에 그가 여기 급행열차에 앉아 있는지, 무엇 때문에 그가 더 이상 클라인이 아니게 되었는지, 무엇 때문에 그가 돈을 횡령하고 서류를 위조했는지 내막을 알고 예감하며 절실히 느끼기 시작했다. 마침내, 마침내!

그렇다, 사정이 이러했다. 그것을 혼자 비밀에 부친다는 건 더이상 아무 의미가 없었다. 그의 아내 때문에 일어난 일이다! 오로지 그의 아내 때문에. 마침내 내막을 알게 되자 그는 얼마나 좋아했던가!

이러한 인식의 탑에 올라 그는 오래전부터 늘 조그맣고 무의미한 파편으로 산산이 부서지기만 했던 자기 삶의 먼 도정(道程)을 조망하고자 생각했다. 그는 지나온 긴 도정, 자신의 결혼생활 전반을 되돌아보았다. 그러자 그 도정이 고단하고 황량한 먼 길처럼 여겨졌다. 그 길에는 한 남자가 홀로 먼지를 뒤집어쓴 채 무거운 짐을 질질 끌며 나르고 있다. 그는 알고 있었다. 저 뒤 어딘가, 먼지 나부끼는 보이지 않는 저편에 청춘의 빛나는 고지와 바람에 흔들려 살랑살랑 소리를 내는 푸른 나무 우듬지가 사라졌다는 것을. 그렇다, 그에게도 한때 젊은 날이 있었다. 그는 누구 못지않게 큰 꿈을 꾸었고, 인생과 자신에 대해 많은 것을 갈망했다. 하지만 그 이후론 무거운 짐을 지고 먼지투성이의 머나먼 길을 고열과 피로에 시달리며 걸었다. 단지 말라빠진 가슴속에서나 낡아빠진 어렴풋한 향수가 기회를 엿보며 숨어 있었다. 그게 그의 삶이었다. 그것이 그의 삶이었다.

그는 창밖을 내다보고 깜짝 놀라 몸을 움츠렸다. 낯선 광경들이 그를 응시하고 있었다. 남쪽 나라에 와 있는 자신을 돌연 깨달은 것이다. 놀란 눈초리로 일어서서 그는 창밖으로 몸을 내밀었다. 그러자 다시 베일이 걷히면서 그의 운명의 수수께끼가 좀 더 분명해졌다. 그는 남쪽에 와 있었다! 그는 푸른 테라스 위에 포도 덩굴로 뒤덮인 정자가 서 있는 모습, 오래된 동판화에서나 볼 수 있었던 것 같은 반쯤 폐허가 된 황갈색 담벼락, 장미처럼 붉은 나무들이 무성하게 자라는 모습을 보았던 것이다! 작은 역이 옆으로 사라져 갔다. 오그노니 오그나니 하는 이탈리아식 이름의 역이었다.

클라인은 이제 자기 운명의 풍향계를 이 정도로 읽을 수 있었다. 그는 자신의 결혼 생활, 직무, 여태껏 자신의 삶이자 고향이었던 모든 것과 단절되었다. 그리고 남쪽으로 온 것이다! 이제야 자신이 무엇 때문에 정신없이 쫓기는 몸이 되어 이탈리아식 이름을 지닌 도시를 목적지로 택했는지 알게 되었다. 그는 호텔 안내서를 펼쳐 놓고, 짐작건대 무턱대고 운명에 맡긴 채 하나를 선택한 것이다. 암스테르담이나 취리히, 말뫼를 선택해도 아무 상관 없었으리라. 그런데 지금 와서 보니 이게 우연은 아니었다. 그는 알프스를 넘어 남쪽에 와 있었다. 이로써 그는 청춘 시절의 찬란한 소망을 이루었다. 청춘 시절의 추억의 표지들은 그가 무의미한 삶을 영위하는 가운데 황량한 먼 길을 걸어오면서 광택을 잃고 사라졌었다. 알 수 없는 힘의 섭리로 그는 인생의 두 가지 열렬한 소망을 이루게 되었다. 이미 오래전에 잃어버린 남쪽에 대한 동경과 결혼 생활의 질곡에서 벗어나고자 하는 은밀한 갈망이 그것이다. 결코 명백히 표출되지 않은 갈망이었다. 상사와 다툰 일이며 뜻밖에 돈을 횡령할 절호의 기회, 이 모든 것은 그에게 그토록 중요하게 생각되었지만 이제 와 생각해 보니 하찮은 우연지사에 불과했다. 그런 사건들에 이끌린 것이 아니었다. 그의 영혼에 내재한 두 가지 큰 소망이 승리를 거둔 것이고, 여타의 것은 단지 수단과 방법에 지나지 않았다.

클라인은 이렇게 새로운 통찰을 하며 소스라치게 놀랐다. 자신이 마치 성냥으로 불장난하다가 집에 불을 낸 아이처럼 느껴졌다. 이제 그 불이 활활 타오르고 있는 셈이었다. 이를 어쩌지! 그렇다고 자신에게 무슨 도움이 되었던가? 시칠리아나 콘스탄티노플까지 갔다고 해서 그가 20년 정도 더 젊어질 수 있었겠는가?

그러는 동안 기차는 쉬지 않고 달렸다. 이국적인 풍경의 아름다운 마을들이 지나가고 또 지나갔다. 유쾌한 그림책에서 볼 수 있는 이 모든 예쁜 정경은 남쪽 나라 하면 으레 떠오르는 것으로 누구나 그림엽서를 통해 익히 알고 있다. 시냇물과 갈색 암석 위에 걸린 어여쁜 곡선의 석조 다리, 조그만 양치식물들이 무성하게 자란 포도원 담벼락, 높고 가느다란 종탑, 알록달록하게 칠해졌거나 가볍고 귀한 활이 장치된 아치형 회랑이 있는 교회의 정면, 장밋빛 색깔로 칠해진 가옥들과 차디찬 청색으로 칠해진 두꺼운 담벼락이 있는 아치형 건물들, 잘 재배된 밤나무들, 군데군데 보이는 검은색 실측백나무들, 언덕을 기어오르는 암염소들, 관리소 앞 잔디밭에서 처음 보는 줄기가 짧고 굵은 야자수들. 이 모든 것은 이상야릇하고 다소 비현실적인 느낌을 주었다. 하지만 모든 것을 종합해 보면 무척이나 정겨운 모습이어서 무언가 알 수 없는 위안을 주었다. 이런 남쪽 나라도 있었다.

그것은 동화에 나오는 거짓 이야기가 아니었다. 다리들과 실측 백나무들은 젊은 시절의 성취된 꿈과 같았다. 가옥들과 야자수들은 이렇게 말하고 있었다. '너는 이제 더 이상 옛날의 클라인이 아니고 순전히 새로운 것이 시작되고 있어.' 공기와 햇볕은 아기자기하고도 강렬하게 빛났다. 숨쉬기가 더 쉬워졌고, 사는 게 가능할 것 같았다. 권총이 없어도 될 것 같았고, 레일 위에 깔리는 일도 그리 절박하지 않게 되었다. 어쨌든 한번 시도해 보는 게 가능할 것 같았다. 어쩌면 삶을 감당할 수 있을지도 몰랐다.

다시 그는 무기력한 기분에 사로잡혔으나 이제는 좀 더 가벼운 마음으로 몸을 내맡겼다. 그리고 저녁때까지 잠을 자다가 조그만 호텔 도시의 이름을 부르는 낭랑한 소리에 잠이 깼다. 서둘러 그는 기차에서 내렸다.

'호텔 밀라노'라는 간판이 적힌 모자를 쓴 어떤 종업원이 독일어로 말을 걸어 왔다. 그는 방을 하나 예약하고 주소를 알아 두었다. 그는 잠에 취해 비틀거리며 유리 현관문을 열고 무아지경에서 빠져나와 미지근한 저녁 속으로 발걸음을 옮겼다.

'마치 호놀룰루에라도 온 것 같군.' 얼핏 이런 생각이 뇌리를 스쳤다. 벌써 거의 밤이 다 되었다. 이 순간 엄청나게 불안정한 풍경이 흔들거리며 낯설고도 이해할 수 없게 접근해 왔다. 눈앞에는 가파른 내리막길이 있었고, 저 아래에는 성냥갑 같은 도시가 내려다보였다. 그는 바로 발밑에 수직으로 내려다보이는, 불빛으로 반짝이는 광장을 바라보았다. 끝이 뾰족뾰족한 원추형의 가파른 산들이 사방에서 호수를 향해 내달리고 있었다. 호숫가 주변에 무수히 켜진 등불이 반사되어 호수는 눈에 선명히 드러났다. 케이블카 한 대가 마치 바구니처럼 협곡 저 아래 시내로 내려가는 모습이 약간은 위태위태해 보이기도 하고 약간은 장난감 같아 보이기도 했다. 몇 개의 높은 원추형 산에는 불 켜진 창들이 성좌처럼 정상에 이르기까지 일정치 않은 순서로 휘황찬란한 빛을 발하고 있었다. 시내에는 커다란 호텔 지붕들이 높다랗게 솟아 있었고, 그 사이에는 어두컴컴한 정원들이 있었다. 먼지와 향기를 가득 담은, 따뜻한 여름의 저녁 바람이 눈부신 가로등 밑에서 기분 좋게 나부끼고 있었다. 호반의 얼룩얼룩한 암흑 속에서 악대의 연주 소리가 정확한 박자로 우스꽝스럽게 울려왔다.

그에게는 지금 이곳이 호놀룰루든 멕시코든 또는 이탈리아든 아무래도 상관없었다. 이 낯선 곳은 새로운 세계이자 새로운 공기였다. 그는 혼란스럽기도, 내심 불안하기도 했으나 도취와 망각, 겪어 보지 못한 새로운 느낌의 향내도 맡았다.

야외로 통할 것 같은 길이 있었기에 그는 창고와 빈 짐마차 옆을 지나 그쪽으로 어슬렁거리며 걸어갔다. 그리고 이탈리아어로 시끄럽게 떠드는 소리가 들렸던 집들, 새된 소리로 만돌린 소리가 흘러나왔던 변두리의 조그만 술집들을 지나갔다. 마지막 집에 오자 소녀의 목소리가 들렸는데, 낭랑한 음의 향기가 그의 가슴을 죄었다. 다행히도 몇 마디 말을 알아들어 이런 후렴을 기억할 수 있었다.

엄마도 싫다 하고, 아빠도 싫다시니

어떻게 사랑이 움틀 것인가?

그것은 마치 청춘 시절의 꿈에서 흘러나오는 가락처럼 울렸다. 그는 무의식중에 계속 발걸음을 옮기며 귀뚜라미 울어 대는 따뜻한 밤 속으로 휩쓸려 들어갔다. 어느 포도원에 이르러 무언가에 홀린 듯 우뚝 섰다. 이른바 불꽃놀이였다. 푸른빛을 내는 조그만 불빛들의 윤무가 어두운 밤하늘과 향내 나는 높다란 풀밭을 수놓았고, 수많은 유성이 술 취한 듯 비틀거리며 뒤엉켜 있었다. 개똥벌레 떼들이었다. 그것들은 따뜻하게 깜박거리는 밤하늘에 소리 없이 유령처럼 천천히 맴돌았다. 빛을 발하는 형상들인 여름의 공기와 흙은 어지러이 움직이는 조그만 유성들 속에서 환상적인 모습으로 소진하는 것 같았다.

이방인은 오랫동안 매혹에 사로잡힌 채 서서 불가사의한 아름다움 덕에 여행과 삶이 가져다주는 불안스러운 이야기를 잊고 있었다. 아직 현실이란 것이 존재하고 있었던가? 아직 일이니 경찰이니 하는 것이? 아직도 배석 판사니 시세 보고니 하는 것이? 이곳에서 10분 정도의 거리에 과연 역이 있기는 있단 말인가?

삶으로부터 빠져나와 동화 속으로 여행한 도망자는 시내 쪽으로 천천히 방향을 틀었다. 가로등들이 빨갛게 불타고 있었다. 사람들은 알 수 없는 말들을 걸어 왔다. 이름 모를 거대한 나무들이 꽃을 활짝 피우고 서 있었다. 아찔할 정도의 가파른 테라스를 지닌 석조 교회가 낭떠러지 위에 걸려 있었다. 군데군데 계단이 있는 선명한 길들이 산골짜기의 급류처럼 가파르게 시내로 내려가고 있었다.

클라인은 예약해 놓은 호텔을 발견했다. 지나치게 밝아 정신이 번쩍 들게 하는 공간들, 홀과 계단에 발을 들여놓으면서 그의 도취한 상태는 차츰 사라져 버렸다. 그리고 그에 대한 저주이자 카인의 낙인인 예의 불안스러운 소심함이 되돌아왔다. 문지기, 종업원, 엘리베이터 보이며 호텔 손님들이 의심의 눈초리로 힐끗힐끗 쳐다보는 것 같아 그는 몸 둘 바 모르고 식당에서 제일 후미진 구석으로 숨어들었다. 그는 모기 같은 목소리로 메뉴를 가져오게 하고는 마치 돈이 없어 절약해야 하는 사람처럼 음식물 가격을 하나씩 찬찬히 훑어보았다. 그는 다소 값싼 음식을 주문하고 보르도산(産) 포도주 반병을 시켜 억지로 기분 내려고 했으나 맛이 없었다. 그러다가 문을 잠그고 자신의 조그맣고 초라한 방에 눕자 마침내 마음이 놓였다. 곧 잠이 들어 드렁드렁 코를 골며 깊은 잠에 빠졌다. 하지만 두세 시간밖에 자지 못하고 한밤중에 다시 깨어났다.

그는 무의식의 심연에서 빠져나오며 적의를 품은 어스름한 어둠 속을 응시했다. 자신이 있는 곳이 어딘지 알 수 없었다. 무언가 중요한 일을 잊고 하지 않은 듯한 답답하고도 죄스러운 느낌이 들었다. 이리저리 더듬다가 스위치가 손에 닿아 불을 켰다. 조그만 방이 갑자기 눈부시게 환해지며 어쩐지 낯설고 적막하며 무의미한 기분이 들었다. 그가 어디에 있었던가? 벨벳 안락의자가 뚱하니 놀란 듯 쳐다보았다. 모든 것이 그를 차갑고도 도전적으로 응시하고 있었다. 그러자 거울 속에 비친 자기 얼굴을 보고 잊어버린 사실을 발견했다. 그렇다, 이유를 알았다. 전에는 이런 얼굴이 아니었다. 이런 눈, 이런 주름, 이런 안색이 아니었다. 그것은 새로운 얼굴이었다. 근래 언젠가 정신없이 쫓기는 소동을 벌이면서 이미 유리창에 한번 비쳤던 자기 얼굴이 떠올랐다. 그것은 선하고 조용하며 다소 참을성 있어 보이는 자기 얼굴, 프리드리히 클라인 얼굴이 아니었다. 새로운 운명의 낙인이 찍힌 자의 얼굴이었다. 예전 얼굴보다 더 늙어 보이기도 더 젊어 보이기도 하고, 가면 같기도 하면서 놀랄 만치 발갛게 달구어진 얼굴이었다. 그 같은 얼굴을 사랑할 사람은 세상 어디에도 없었다.

그는 지금 남국의 호텔 방에서 예의 낙인찍힌 얼굴을 하고 앉아 있었다. 고향에는 자기가 버리고 온 아이들이 잠자고 있었다. 이제 다시는 아이들이 잠자거나 깨어나는 모습을 보지 못하고, 다시는 그들 목소리를 듣지 못하리라. 다시는 침대 옆 탁자 위의 컵에 든 물을 마시지 못할 것이다. 탁자 위 스탠드 옆에는 저녁 우편물과 책 한 권이 놓여 있었다. 그리고 탁자 저 뒤 침대 위의 벽에는 부모님 사진이 걸려 있었다. 이 모든 것을 다시는 보지 못하리라. 대신 그는 이 외국 호텔 방에서 거울 속에 비친 범죄자 클라인의 슬프고도 불안스러운 얼굴을 들여다보았다. 벨벳 가구들은 차갑고도 기분 나쁘게 그를 쳐다보았다. 모든 게 다른 환경이었고, 제대로 된 것은 아무것도 없었다. 만일 아버지가 살아 계셔서 이 광경을 보셨더라면!

클라인이 청년 시절 이후로 이렇게 직접적이고도 고독하게 자신의 감정에 스스로를 내맡긴 적은 없었다. 또 외지에서 가차 없는 운명의 태양 아래서 이렇게 적나라하고도 급전직하로 자신의 감정에 내맡겨진 적은 없었다. 그는 자신의 일과는 다른 어떤 일을 하느라 늘 분망했고, 돈 때문에 늘 신경 써야 했다. 직장에서는 승진 문제에, 가정의 평화를 위해, 아이들 학교 일이나 건강 문제에 신경을 써야 했다. 항시 그는 가장이자 시민으로서의 중차대하고도 신성한 의무를 졌고, 그런 의무에 짓눌리며 그런 것에 자신을 희생하며 살아왔다. 그런 의무를 수행함으로써 그의 삶은 정당성을 획득하고 의미를 지녔다. 이제 그는 갑자기 벌거벗은 채 우주 공간에 걸려 있게 되었다. 그는 달과 태양 아래 오직 혼자였다. 그리고 그의 주변 공기는 희박하고 얼음장처럼 차갑게 느껴졌다.

그런데 불가사의하게도 끔찍하고 치명적인 이런 상황으로 그를 몰고 온 것은 지진이나 신, 악마가 아니라 오직 그 자신이 아니었던가! 자신의 행위가 그를 이곳으로 내팽개쳤고, 여기 낯선 무궁한 곳으로 그를 데려다 놓았다. 모든 것이 자신의 내면에서 자라고 생겨났다. 자신의 가슴속에서 그의 운명, 가령 범죄와 반항, 신성한 의무의 방기, 우주 공간으로의 도약, 아내에 대한 증오, 도망, 고독이 자라고 생겨났다. 게다가 자살할 생각마저도 커져 갔다. 아마 다른 사람들은 화재나 전쟁, 돌발 사건이나 타인의 악의 때문에 이보다 더 나쁜 끔찍한 일을 체험했을 것이다. 하지만 그, 범죄자 클라인은 그 어떤 것에도 핑계 대거나 책임 전가를 할 수 없었다. 기껏해야 자기 아내에게나 핑계 댈 수 있을지도 모른다. 그렇다, 물론 그녀를 찍어 책임 지울 수 있었고 책임 지워야 했다. 누군가 그에게 그에 대한 해명을 요구한다면 그녀를 지적할 수 있었다!

그의 마음속에서 분노가 끓어올랐다. 그리고 갖가지 생각과 체험의 덩어리가 뒤엉켜 뇌리에 불현듯 떠올랐다. 그의 가슴은 활활 타오르는 것 같았고, 극단적 상태에 빠져들었다. 자동차의 꿈과 거기서 원수의 복부를 한 방 갈긴 기억이 떠올랐다.

지금 그의 기억에 떠오른 것은 하나의 감정이거나 또는 하나의 환상이었다. 그것은 말하자면 병적인 정신 이상 상태였으며 하나의 유혹이자 광적인 욕구였다. 그것은 자기 아내와 아이들을 살해하고 자신도 자살하는 끔찍한 참극에 관한 환상이었다. 거울 속 범죄자의 낙인이 찍힌 자기 얼굴을 여전히 들여다보면서 그는 여러 번 그 같은 생각을 했다. 여러 번 그는 이 같은 연쇄 살인을 뇌리에 떠올려야 했다. 당시 그에게 떠오른 이 추악하고 어처구니없는 환상에 그는 절망적으로 저항했다. 바로 당시에 그런 생각, 꿈과 고통스러운 상태가 내부에서 꿈틀거리기 시작했다. 그의 생각으로는 그러다가 점차 돈을 횡령하고 도망치게 되었다. 아마―그러한 가능성이 있었다―자기 아내와의 결혼 생활에 대한 혐오감이 지나치게 커져서 그가 집을 뛰쳐나오게 되었을지도 모른다. 그뿐 아니라 오히려 어느 날 다음과 같은 더욱 끔찍스러운 범죄를 저지를 것 같은 불안감 때문에 그랬을지도 모른다. 그들을 모두 살해해서 피투성이가 된 그들 곁에 눕고 싶다. 게다가 이런 생각에도 하나의 전사(前史)가 있었다. 가끔 일어나는 가벼운 현기증처럼 그런 생각이 이따금 찾아왔다. 그럴 때면 사람들은 좀 누워야겠다는 생각을 하는 법이다. 하지만 그 그림, 이 살인 사건에는 하나의 특별한 유래가 있었던 것이다! 지금에야 생각났다는 것이 이해되지 않을 뿐이었다!

그가 처음으로 가족 살해라는 강박관념을 품고 이런 악마적 환상에 대해 소스라치게 놀랐던 당시, 흡사 조롱하듯 조그만 기억이 그를 덮쳤다. 다음과 같은 기억이었다. 수년 전 아직 생활에 아무 문제가 없어서 거의 행복하다고 할 수 있었던 무렵, 그는 어느 날 동료들과 W(이름은 곧장 생각나지 않았다)라는 이름을 지닌 남부 독일의 어느 교사가 저지른 만행에 대해 얘기를 나누었다. 그는 자기 가족을 잔인하게 몰살한 뒤 스스로 목숨을 끊었다. 문제는 그런 행위에 어느 정도 책임 능력이 있느냐 하는 것이었다. 그리고 더 나아가 대체 그 행위, 그런 만행의 잔인한 폭발을 어떻게 이해하고 설명할 수 있느냐 하는 문제였다. 당시 클라인은 지나치게 흥분한 나머지 그 살인 사건에 대해 심리적 설명을 하려는 한 동료를 매우 격렬하게 쏘아붙였다. 그런 끔찍한 범죄에 대해선 행실 바른 인간으로서는 분노나 혐오와 같은 태도나 지닐 수 있으며, 그런 만행은 악마의 머릿속에서나 생겨날 수 있다며. 그리고 이런 종류의 범죄자에게는 도대체 처벌이며 징역형이며 어떠한 고문도 부족하다며. 지금도 그때 둘러앉아 대화를 나누던 탁자가 분명히 기억났다. 그리고 그렇게 분노를 폭발하자 자기보다 나이 많은 한 동료가 놀라워하며 그에게 다소 비판적인 눈길을 보낸 기억도 났다.

당시 그는 처음으로 추악한 환상 속에서 자신을 가족 살인범으로 상상하고 몸서리치게 놀란 적이 있었다. 그런데 이제 몇 년 지난 후 친족 살해범 W에 관한 대화가 그의 뇌리에 다시 떠올랐다. 그가 당시 아주 솔직하게 그의 진실된 감정을 토로했다는 것은 단언할 수 있다 해도, 지금 그의 내부에서는 그를 조롱하면서 그에게 소리쳤던 추악한 목소리가 들렸다. 이미 당시, 이미 수년 전 학교 교사 W에 대한 대화를 나누던 당시 그의 마음 아주 깊은 곳에서는 그런 행위를 익히 이해하고 시인했다는 것이다. 그리고 그가 그렇게 격렬하게 화내고 흥분한 것도 내면의 속물적인 위선자가 마음의 소리를 인정하지 않으려 해서 생긴 것에 불과하다는 것이다. 그가 살해범을 극형에 처하고 고문해야 한다 하고, 그 행위를 저지른 남자에게 격분하여 저주의 말을 퍼부은 것도 기실은 자기 자신에게 퍼부은 것이었고, 확실히 당시에 이미 그의 내부에 싹트고 있던 범죄의 씨앗에 대해 퍼부은 것이었다! 이런 대화를 나누면서 그가 그토록 흥분한 이유는 사실은 자기가 거기에 앉아 살인을 저지른 데 대한 추궁을 받고 있다고 생각하고, 자신에게 그 모든 고소와 중형의 판결을 쌓으면서 자신의 양심을 구하려고 한 때문이었다. 마치 이처럼 자신에게 분노함으로써 자신의 내부에 있는 은밀한 범죄의 싹을 처벌하거나 억누를 수 있다는 듯이 말이다.

클라인은 거기까지 생각을 진행했다. 그리고 그것은 바로 목숨과 직결되는 중요한 문제임을 느꼈다. 하지만 이런 기억과 생각의 실타래를 풀어 정리하는 데는 말할 수 없는 어려움이 뒤따랐다. 자신을 구원해 줄 최종적 인식을 언뜻 예감했지만 그의 전체 상황에 대한 반감과 피곤함 때문에 그것은 다시 사라져 버렸다. 그는 일어나서 얼굴을 씻고, 어슬어슬 추워질 때까지 맨발로 오갔다. 그리고 이제 자기로 마음먹었다.

하지만 좀체 잠이 오지 않았다. 그는 자신의 느낌들, 즉 극히 추악하고 고통스러우며 굴욕적인 여러 감정에 가차 없이 내맡겨진 채 누워 있었다. 아내에 대한 증오, 자신에 대한 연민, 속수무책의 상태, 설명하고 용서하고픈 욕구와 위로할 구실의 필요성에. 그런데 지금의 그로서는 위로할 아무런 구실도 생각나지 않았다. 이해를 위한 길은 너무나 깊고 너무나 무자비하게 그의 기억의 가장 은밀하고도 가장 위험한 총림 속으로 나 있었다. 잠이 다시 오지 않아 그는 남은 밤을 말할 수 없이 추악한 상태로 누워 있었다. 그의 마음속에서 다툼을 벌였던 그 모든 역겨운 감정은 숨 막히고 끔찍한 치명적인 불안과 심장이나 폐를 가위 누르는 악몽으로 합일되었고, 이 악몽은 번번이 참을 수 없는 한계점에까지 치달았다. 불안이 무엇인지는 이미 수년 전부터 진작 잘 알고 있었지만 최근 몇 주나 며칠 전부터 비로소 실감하게 되었다! 하지만 지금껏 불안을 이토록 통절히 느낀 적은 없었다! 그는 잃어버린 열쇠나 호텔 계산서 같은 하찮은 것을 억지로 생각하지 않을 수 없었다. 그리하여 산더미 같은 걱정거리와 곤혹스러운 기대감을 만들어 냈다. 이런 초라한 작은 방에서 하룻밤 묵는 데 아마 3.5프랑 이상 들지도 모른다는 의구심, 그리고 이 같은 경우 한 시간 더 머물러 있어야 하는지의 문제가 한 시간 이상이나 그를 숨 가쁘고 진땀 나게 하며 가슴 두근거리게 했다. 이런 생각을 하는 게 얼마나 멍청한 짓인지 그는 너무나 잘 알고 있었다. 그래서 말을 듣지 않는 아이에게 그러듯 번번이 자신을 분별력 있게 차근차근 타이르고, 자신의 걱정이 아무 근거가 없음을 자기 자신에게 명약관화하게 밝혔지만 아무 소용 없었다! 오히려 이러한 위로와 설득의 배후에도, 마치 그것 역시 단순한 짓거리이자 연극인 양 지독한 조롱 같은 것이 어렴풋이 피어올랐다. 살인자 W의 문제를 가지고 그가 행한 짓거리도 이와 마찬가지였다. 죽을 듯한 불안과, 숨 막힐 정도로 목 졸린 듯하고 유죄 판결을 받은 듯한 끔찍한 감정이 단 몇 푼의 프랑에 대한 걱정이나 그와 유사한 이유 때문은 아니라는 사실이 그에게 분명했다. 그 배후에는 좀 더 좋지 않은 것, 좀 더 심각한 것이 숨어 있었다. 그런데 그게 무엇이던가? 그것은 그 잔혹한 교사, 자신의 살인 욕구, 자기 내부의 병적이고 비정상적인 모든 생각과 관계 있는 일이 틀림없었다. 하지만 거기에 어떻게 손댈 것인가? 어떻게 그 밑바닥을 발견할 것인가? 그의 내부에는 피 흘리지 않고, 아프거나 썩어 문드러지지 않고, 미칠 정도로 아픔을 느끼지 않는 부위란 하나도 없었다. 그는 오랫동안 견뎌 나갈 수 없으리라 느꼈다. 이런 식으로 계속된다면, 즉 이렇게 많은 불면의 밤을 보내야 한다면 미쳐 버리거나 목숨을 끊을 수밖에 없을 것이다.

그는 긴장된 마음으로 침대에 반듯이 앉아 현 상황의 자기감정을 다 퍼 올리고는 일단 이 상황을 종결짓고자 했다. 하지만 매번 마찬가지였다. 그는 속수무책으로 고독하게 앉아 있었다. 머리는 고열로 활활 타올랐고, 가슴은 고통으로 콕콕 짓눌렸다. 뱀 앞의 새처럼 운명에 대해 죽도록 공포에 시달리며 옴짝달싹할 수 없이 두려움에 떨었다. 운명이 어디 다른 데서 온 게 아니라 자신의 내부에서 자라났음을 이제 알게 되었다. 그에 대한 대책이 강구되지 않자 그는 잡아먹히게 되었다. 그는 한 걸음 한 걸음 불안, 이 끔찍한 불안에 시달리며 이성으로부터 내몰렸다. 이렇게 한 걸음씩 내몰리다가 어느새 거의 경계선에까지 내몰렸음을 느꼈다.

이해할 수 있다는 것, 그것은 좋은 일이리라. 아마 그게 구원일지도 모르리라! 그는 아직 자신에게 일어난 그 일, 그 상황을 제대로 인식하지 못하고 있었다. 그는 아직 일의 첫 단계에 있다고 느꼈을지도 모른다. 그가 지금 전력을 기울여 모든 것을 아주 정확히 요약하고 정리하며 숙고할 수 있다면 혹 해결의 실마리를 찾을 수 있을지도 모른다. 전체가 의미를 지니고 새로운 양상을 띠게 되어 혹시 그가 삶을 감내할 수 있을지도 모른다. 하지만 이 같은 분발과 이 같은 최종적인 정신 집중은 그로서는 너무 과한 일이었다. 이것은 그의 힘을 넘어섰으며, 그는 도저히 그럴 수도 없었다. 마음을 집중해 생각하려고 하면 할수록 상황이 더 나빠져 갔다. 그는 기억이나 설명 대신 자기 내부의 뻥 뚫린 구멍들만 발견했을 뿐 아무 생각도 떠오르지 않았다.

그러면서 바로 가장 중요한 것을 잊었을지도 모른다는 불안감에 계속 시달렸다. 그는 어쩌면 차표가 모자에 들어 있거나, 심지어 손에 들고 있는데도 그것을 찾아 모든 주머니나 트렁크를 샅샅이 뒤지는 불안한 여행객처럼 혼란에 빠져 자신의 내부를 이리저리 뒤적였다. 하지만 그게 무슨 소용이람?

방금 전, 한 시간 전이나 좀 더 이전에 깨달은 사실, 습득한 물건이 있지 않았던가? 그게 뭐였더라, 뭐였지? 어디론가 사라져 버린 그것을 다시 찾을 수 없었다. 절망한 나머지 그는 주먹으로 이마를 쳤다. 신이여, 내가 열쇠를 찾게 해 주소서! 내가 이처럼 비참하고 아둔하며 슬프게 죽지 않도록 해 주소서! 마치 폭풍에 구름이 흩어지듯 그의 과거 전체가 너덜너덜 풀리며 그의 옆으로 달아났다. 수백만의 알 수 없는 그림이 서로 얽히고설키며 조롱하듯 각기 무언가를 생각나게 하는데, 무엇을 생각나게 하는가? 무엇을?

갑자기 그의 입에서 '바그너'라는 이름이 튀어나왔다. 그는 거의 무의식적으로 그 이름을 입 밖에 냈다. "바그너, 바그너." 이 이름은 어디서 나왔는가? 마음속 깊디깊은 어느 구석에서? 그 이름이 원하는 것이 무엇이었던가? 바그너는 누구였던가? 바그너는?

그는 그 이름을 되씹어 보았다. 그에게 하나의 과제이자 문제가 생겼다. 형체도 없는 것에 매달려 있기보단 이것이 더 나았다. 그럼 바그너는 누구던가? 바그너가 나와 무슨 상관이 있단 말인가? 범죄자의 얼굴에 달린 이 비틀어진 입술이 왜 지금 이

한밤중에 바그너라는 이름을 혼자 되뇌고 있는가? 그는 정신을 가다듬고 생각을 짜냈다. 별별 생각이 그의 뇌리를 스쳐 지나갔다. 그는 로엔그린을 생각했다. 그리고 작곡가 바그너에 대한 그의 모호한 관계를 떠올렸다. 그는 스무 살 시절 바그너를 미친 듯이 좋아했다. 그러다 나중에는 그에게 의심의 눈초리를 보내게 되었다. 그리고 세월이 흐르면서 그에게서 수많은 납득할 수 없는 점과 우려할 만한 점을 발견했다. 여러 가지 면에서 바그너를 혹평하게 된 것이다. 그런데 혹시 이런 비판이 그 리하르트 바그너 본인에게보다도 오히려 그에 대한 자신의 한때의 사랑에 적용된 것은 아니었던가? 하하, 그는 또다시 자신을 낚아챘던가? 그때 다시금 속임수, 조그만 거짓, 조그만 오물을 찾아냈던가? 아, 그렇다, 하나씩 하나씩 백일하에 드러났다. 그러고 보니 관리이자 남편으로서의 프리드리히 클라인의 흠 잡을 데 없는 삶이 실은 흠 잡을 데 없는 게 아니었고, 결코 깨끗한 게 아니었으며, 구석구석마다 문제의 핵심이 들어 있었다! 그래 맞아, 그러니까 바그너도 같은 경우를 당한 것이다. 작곡가 리하르트 바그너는 프리드리히 클라인에 의해 신랄하게 비판당하고 미움을 받았다. 무엇 때문에? 젊은 시절 이 같은 이름의 바그너에 열광한 자기 자신을 용서할 수 없었기 때문이다. 그는 이제 바그너에게서 자신의 젊은 시절의 열광, 자신의 젊은 시절과 자신의 사랑을 추적했다. 무엇 때문에? 청춘 시절, 열광, 바그너 이 모든 것이 그가 잃어버린 것을 너무 생각나게 해 주었기에. 그는 사랑하지 않는 여인과 결혼했다. 하지만 이것은 옳지 않고 충분한 이유가 못 된다. 아, 그리고 그가 바그너에게 반대했듯이, 관리 클라인은 많은 사람과 사물에도 반대했다. 클라인 씨는 청렴결백한 남자였다. 하지만 그 청렴결백함의 배후에는 다름 아닌 추잡하고 수치스러운 것이 숨어 있었다. 그렇다, 그가 정직한 사람이고자 했다면 얼마나 많은 비밀스러운 생각을 혼자 꽁꽁 감추어야 했던가! 그가 일을 끝내고 아내가 기다리는 집으로 갈 때면 길거리에서 만나는 예쁜 소녀들에게 얼마나 많은 눈길을 보냈으며, 저녁에 맞닥뜨리는 연인들을 얼마나 선망했던가! 그리고 자기 가족을 살해할 생각마저 품지 않았던가. 그리고 자신에게 적용해야 마땅할 증오를 그 교사에게도 품지 않았던가…….

그는 갑자기 소스라치게 놀랐다. 다시 하나의 연관 관계가 성립한 것이다! 그 교사이자 살인자 이름이 바로 바그너였다! 그러니까 문제의 핵심이 거기에 있었다! 바그너, 자기 가족을 몰살한 무시무시한 미치광이 범죄자 이름이 바그너였다. 이 바그너라는 사나이와 가령 자기의 전체 삶이 수년 전부터 연관 지어진 것이 아니었을까? 그가 가는 곳마다 이 같은 사악한 그림자가 따라다닌 것이 아니었을까?

이제 다행히도 다시 실마리가 발견되었다. 그렇다, 그리고 이 바그너란 사나이에 대해 이전에, 좀 더 좋았던 옛날에는 무척 화내고 격분해 욕을 하며, 그가 극형에 처해지기를 원했다. 그런데도 나중에 가서 정작 바그너는 깡그리 잊어버린 채 자신이 그 같은 생각을 품고, 일종의 환상을 통해 처자식을 살해하는 모습을 보게 된 것이다.

　그런데 엄밀히 말하자면 그런 건 몹시도 자명한 일이 아니었을까? 그것은 당연한 일이 아니었을까? 자식의 생존을 책임지는 일이 견딜 수 없게 되면 얼마든지 그런 생각을 품을 수 있지 않겠는가? 이는 자신의 존재와 생존마저 단지 오류나 죄업, 고통으로 느껴 그런 것을 견딜 수 없게 되어 버리는 것과 마찬가지가 아니겠는가?

　안도의 한숨을 내쉬며 그는 이 같은 생각을 끝까지 밀고 나갔다. 그 이야기를 처음 들었던 당시 이미 그가 마음속으로 바그너적인 살인을 이해하고 시인했다는 사실이 이제 그에게 무척 확실해지는 것 같았다. 물론 다만 가능성으로서 시인한 것이긴 하지만. 아직은 자신이 불행하다거나 자기 삶이 실패작이라고는 느끼지 않았던 당시에 이미, 자기 아내를 사랑하고 있다고 생각하고 그런 사랑을 믿었던 수년 전에 이미 그의 마음속 아주 깊은 곳에서는 교사 바그너를 이해하고, 그의 끔찍한 희생에 남몰래 찬동한 것이다. 당시에 그가 말하고 생각했던 바는 항시 그의 지성의 견해에 불과했고, 그의 마음의 견해는 아니었다. 운명이 자라고 있었던 내부의 깊디깊은 뿌리인 그의 마음은 진작부터 늘 다른 견해를 품고 있었다. 그 마음은 범죄를 이해하고 시인하고 있었다. 그러므로 눈에 보이는 자와 비밀리에 숨은 자, 관리와 범죄자, 가장과 살인자라는 두 명의 프리드리히 클라인이 항시 존재했던 것이다.

　하지만 당시에 그는 삶에서 늘 '더 나은' 나, 즉 관리이자 행실 바른 인간, 남편과 정직한 시민으로서의 편에 서 있었다. 자신의 내부 깊은 곳에 있던 은밀한 견해는 결코 시인하지 않았고, 그것을 알지조차 못했다. 그런데 이 내심의 목소리가 부지불식간에 그를 이끌어 급기야는 도망자와 저주받은 자의 신세로 만들어 버렸다!

그는 감사하는 마음으로 이런 생각에 집착했다. 거기에는 수미일관한 점, 무언가 이성적인 면이 있었지만 아직은 불충분했고, 모든 중요한 점이 아직 밝혀지지 않고 있었다. 하지만 이것으로 어느 정도 사정이 밝혀졌고, 웬만큼 진실이 규명되었다. 그런데 진실, 그게 중요한 문제였다. 실마리의 짧은 끝이 다시 그에게서 사라지기라도 한다면!

그는 기진맥진한 채 열에 들떠 깨고 잠들기를 되풀이하며, 생각과 꿈의 경계 지역에서 골백번이고 그 실마리를 잃어버렸다가 골백번이고 다시 찾았다. 날이 밝아 와 창문으로 거리의 소음이 울려올 때까지.

2

클라인은 오전 내내 시내를 돌아다녔다. 그는 어느 호텔 앞을 지나다가 마음에 드는 정원 안으로 들어가 방을 구경하고는 한 개 빌렸다. 호텔 문을 나서면서 비로소 건물을 둘러보고 이름이 '호텔 콘티넨탈'인 것을 알았다. 이 이름을 알고 있는 게 아니었던가? 미리 예언되어 있지 않았던가? 마치 '호텔 밀라노'처럼? 그러는 사이 그는 이 같은 탐색을 이내 포기하고, 그의 삶이 빨려 들어온 것 같은 낯선 분위기, 유희적인 분위기와 독특하게 의미심장한 분위기에 만족해했다.

어제의 마법이 점차 되살아났다. 그는 남쪽에 오기를 썩 잘했다고 감사하는 마음을 품었다. 그는 잘 인도되었다. 가는 곳마다 이런 사랑스러운 마법이나 이런 평온한 어슬렁거림과 자신을 잊을 수 있는 능력이 없었더라면 그는 매 순간 끔찍한 강박관념에 시달리며 아마 자포자기했을지도 모른다. 하지만 그럼으로써 그는 몇 시간 동안이나 강요나 불안, 또는 아무 생각 없이 유쾌한 피곤을 느끼며 이처럼 유유자적하게 거닐 수 있었다. 이는 기분 좋은 일이었다. 이 같은 남쪽 나라가 있어 그가 그걸 지목했다는 것은 매우 좋은 일이었다. 남쪽은 삶을 가볍게 하고 위안을 주었으며 마비시켰다.

하지만 환한 대낮인데도 풍경은 비현실적이고 환상적으로 보였다. 산들은 모두 너무 가까이 있었고 너무 가팔랐으며 너무 높았다. 마치 좀 괴팍스러운 화가가 고안해 낸 풍경 같았다. 하지만 가까이 있는 작은 것은 모두 아름다웠다. 나무 한 그루, 호안(湖岸), 아름답고 밝은 색채의 집, 마당의 돌담, 집 정원처럼 작고 잘 가꾸어진 포도 덩굴 아래의 좁은 밀밭. 이 모든 것은 사랑스럽고 친근했으며, 명랑하게 서로 잘 어우러져 있었다. 건강과 신뢰의 분위기가 숨 쉬고 있었다. 조용하고 명랑한 사람들과 아울러 이 조그맣고 친근하며 살기 좋은 풍경은 사랑스러웠다.

뭔가를 사랑할 수 있다는 것, 그게 구원이 아니던가!

　모든 것을 잊고 자신을 잃어버리겠다는 열렬한 생각을 품은 그 고뇌하는 자는 호시탐탐 기회를 엿보는 불안한 감정으로부터 도망치면서 낯선 세계에 푹 빠져 이리저리 돌아다녔다. 그는 야외로, 잘 손질된 아늑한 전원 쪽으로 어슬렁거리며 들어갔다. 그는 이 같은 풍경에서 고향의 농촌이나 농부가 아니라 오히려 호메로스나 로마인을 떠올렸다. 그는 거기서 무언가 태곳적인 모습, 개화되었지만 원시적인 모습, 북쪽에는 없는 순진무구함과 성숙함을 발견했다. 조그만 교회당들과 그리스도의 십자가상이 있는 길가의 기둥들은 일부는 부서지고 있었고, 대부분은 아이들에 의해 형형색색의 들꽃으로 장식되어 길가 도처에 성인(聖人)들을 기리기 위해 세워져 있었다. 그의 생각에 그것들은 고대인들이 지은 조그만 많은 신전이나 성전들과 같은 정신에서 유래하여 같은 의미를 지니는 것 같았다. 고대인들은 모든 언덕, 샘물이나 산마다 신성이 깃들어 있다고 숭배했고, 그들의 명랑한 경건성은 빵, 포도주나 건강의 내음을 발산하고 있었다. 그는 시내로 되돌아가 쿵쿵 소리 울리는 아케이드 밑을 지나며 돌로 포장된 울퉁불퉁한 길을 걷느라 피곤해졌다. 그리고 열려 있는 가게와 작업장들을 호기심 어린 눈길로 들여다보았고, 이탈리아 신문들을 사서 읽지는 않았다. 그러고는 급기야 지친 나머지 호반의 으리으리한 공원으로 빨려 들어갔다. 이곳에는 요양객들이 어슬렁거리거나 벤치에 앉아 책을 읽고 있었다. 그리고 엄청나게 큰 오래된 나무들이 물에 비친 자기 모습에 반한 듯

흑록색 물 위에 걸려 있었다. 나무들은 어두컴컴하게 물 위에 둥근 아치를 만들고 있었다. 이 세상에 있을 것 같지 않은 식물들, 뱀처럼 굽어진 나무들, 가발처럼 생긴 나무들, 코르크나무 그리고 다른 진기한 것들이 대담하게 또는 꽃이 만발한 잔디밭에 불안하고도 슬픈 듯 서 있었다. 그리고 멀리 호반 맞은편에는 밝게 빛나는 지붕과 별장들이 흰색과 장미색을 띠며 어렴풋이 보였다.

벤치에 맥없이 주저앉아 꾸벅꾸벅 졸려는 순간, 그는 경쾌하고 힘찬 발소리에 번쩍 눈을 떴다. 굽 높은 적갈색의 끈 달린 부츠를 신고, 미세한 구멍이 난 얇은 스타킹 위에 짧은 치마를 입은 한 여자가 힘찬 발걸음으로 또박또박 옆을 지나가고 있었다. 입술에 빨간 루주를 칠한 그녀는 무척 꼿꼿하고도 도발적인 자세로 우아하고 거만하게 냉정한 얼굴로 걸어갔다. 높이 달린 무성한 머리카락은 금속성의 밝은 노란색이었다. 지나가면서 그녀는 1초 정도 그와 눈을 마주쳤는데, 호텔의 문지기나 보이의 시선처럼 남을 깔보는 듯한 자신만만한 눈초리였다. 그러고는 아무런 관심 없이 계속 걸어갔다.

물론 그녀 생각이 옳아, 하고 클라인은 생각했다. 난 남의 주목을 끌 만한 인물이 아니야. 그런 여자가 나 같은 인간에게 눈길을 보낼 리 없지. 하지만 그녀의 짧고 냉정한 눈길이 남몰래 그의 마음을 아프게 했다. 그는 겉치레와 외면밖에 보지 못하는 인간에게 경멸당하고 무시받은 듯한 생각이 들었다. 그의 과거의 깊은 곳에서 가시와 칼날 같은 것이 솟아 나와 그녀에게 저항하려고 했다. 그녀의 우아하고 멋진 구두, 몹시도 경쾌하고 자신만만한 걸음걸이, 얇은 비단 스타킹을 신은 매끈한 다리가 한순간이나마 그를 사로잡고 기쁘게 해 주었다는 사실은 벌써 잊혀 버렸다. 그녀의 팔랑거리는 옷자락 소리, 그녀의 머리카락과 피부를 생각나게 하는 희미한 향내도 사라졌다. 그의 마음을 가볍게 스쳤던, 성과 연애라는 곱고 아름다운 입김은 내동댕이쳐져 짓밟혔다. 그런 것 대신 많은 기억이 떠올랐다. 매춘부든 허영심 많은 사교계의 부인이든 그 같은 자신만만하고 도발적인 젊은 여자, 그 같은 존재를 얼마나 자주 보았던가! 그들의 후안무치한 도발이 얼마나 자주 그를 화나게 했고, 그들의 자신만만한 태도가 얼마나 그를 자극했으며, 그들의 쌀쌀맞고 조야한 모습이 얼마나 그를 역겹게 했던가! 소풍 길이나 시내 레스토랑에서 그런 여자답지 않은 창부 같은 존재를 보고 아내가 성을 발칵 내는 것에 그가 내심 얼마나 번번이 동감했던가!

불쾌한 마음으로 그는 다리를 쭉 뻗었다. 이 여자가 그의 좋은 기분을 망쳐 버리지 않았는가! 그는 자신이 자극을 받아 성이 나고 불이익을 당했다고 느꼈다. 금발의 그 여자가 또 한 번 이곳을 지나가며 그를 또 한 번 검사하듯 훑어본다면 그는 얼굴이 빨개지고, 자신의 의복, 모자, 구두, 얼굴, 머리카락이며 수염이 보잘것없게 보여 열등감을 느끼리라 생각된 것이다! 그녀 같은 인간은 꺼져 버릴 것이지! 이 금발만 해도 그래! 그건 가짜였다. 그런 금발은 세상 어디에도 없었다. 그녀는 화장도 하고 있었다. 어떻게 인간이 입술에 루주를 덕지덕지 바를 생각을 할 수 있단 말인가, 흑인처럼 말이다! 그런데 이런 부류의 인간들은 세상이 마치 제 것인 양 활보하며 자신만만하고도 뻔뻔스럽게 활개를 쳐서 행실 바른 사람들의 기분을 잡쳐 버린다.

불쾌감, 분노와 당황한 감정이 파도처럼 일어남과 동시에 다시 과거의 거센 파도가 들끓어 왔다. 그러는 사이 불현듯 이런 생각이 들었다. 그래 너는 아내를 증인으로 끌어들이고, 그녀의 언행이 옳다고 시인하며, 그녀의 뜻에 또다시 순종하고 있구나! 일순간 이런 감정이 그의 뇌리를 스쳤다. 나는 아직 나 자신을 '행실 바른 사람들' 부류에 포함하는 멍청이다. 나는 더 이상 그런 사람이 아니다. 나는 바로 이 금발 여자처럼 이전의 나의 세계와는 다른, 더 이상 행실 바르지 않은 세계에 속하는 사람이다. 그 세계에서는 행실 바르고 어쩌고 하는 소리가 더 이상 아무 의미가 없으며, 거기서는 제가끔 힘든 삶을 살아가고 있다. 일순간 그는 그 금발 여자를 경멸한 것이 피상적이고 솔직하지 못하다는 느낌을 받았다. 이는 전에 교사이자 살인자였던 바그너에게 자신이 격분한 사실과 같은 경우다. 그리고 그가 한때 매우 감각적이고 관능적인 음악을 작곡했다고 느꼈던 또 다른 바그너에 대한 혐오도 마찬가지다. 매몰되었던 그의 감각과 사라져 버렸던 그의 자아가 1초 동안 눈을 뜨고 모든 걸 알고 있다는 눈초리로 그에게 말했다. 모든 격분과 분노, 모든 경멸은 하나의 오류이자 유치한 짓거리이며, 그것은 경멸하고 있는 그 불쌍한 장본인에게 곧장 귀속되는 것이라고.

이런 선하고 전지(全知)한 그의 감각은 그가 여기서 다시, 그의 삶에서 중요한 의미를 띠는 어떤 비밀에 직면하게 된다고 말했다. 이 같은 창녀나 사교계 부인, 즉 우아하고 유혹적인 이 같은 성의 향기는 결코 그에게 역겨움을 주거나 마음에 거슬리는 것이 아니라, 그가 단지 공상하면서 이런 판단을 머릿속에 억지로 주입했던 것에 지나지 않았다는 것이다. 그의 실제적인 천성에 대한 불안, 바그너에 대한 불안, 동물이나 악마에 대한 불안 때문에 그러했다. 그가 언젠가 자신의 도덕성이나 시민성의 고삐를 풀고 가면을 벗어 버리기만 하면 자기 내부에서 그 같은 악마를 발견할 수 있었다. 그의 내부에서 웃음이나 조소 같은 무엇이 번개처럼 스쳐 지나갔지만 이내 다시 잠잠해졌다. 또다시 불쾌한 감정이 승리를 거두었다. 모든 각성, 흥분, 생각이 왜 번번이 그가 고통을 느낀 취약한 곳으로만 집중되는지 알 수 없었다. 그는 다시 고민의 한복판에 앉아 있었다. 그것은 실패로 돌아간 자신의 삶, 아내, 범죄, 그리고 아무 희망 없는 장래 현실과 관계 있었다. 그는 다시 불안해졌고, 전지한 자아는 아무도 들을 수 없는 한숨을 짓듯 맥없이 쓰러졌다. 아, 이 무슨 엄청난 고통이란 말인가! 아니야, 금발 여자는 그것에 아무 책임이 없었다. 그리고 그가 그녀에게 느꼈던 모든 역겨운 감정은 그녀에게 고통을 준 것이 아니라 그 자신에게 타격을 가할 뿐이었다.

그는 일어서서 걷기 시작했다. 이전에는 종종 자신이 꽤 고독한 생활을 하고 있다고 여겼다. 그리고 약간의 허영심으로 그것을 일종의 체념 철학 탓으로 돌렸다. 그는 동료들 사이에서도 학자, 독서가이자 은밀한 문예 애호가로 통했다. 젠장, 그가 언제 고독한 적이 있었단 말인가! 그는 동료들, 아내, 자식들, 그리고 가능한 모든 사람과 얘기를 나누었다. 그렇게 해서 나날은 흘러갔고 걱정은 참을 수 있게 되었다. 비록 혼자 있을 때도 그는 결코 고독하지는 않았다. 그는 견해, 걱정, 기쁨, 위안을 온 세상의 많은 사람과 공유했다. 항시 그의 주변은 물론 그의 내부에까지 공통성이 있었으며, 그는 혼자 고통을 느끼고 체념할 때도 항상 그를 보호해 주는, 얌전하고 질서 정연하며 행실 바른 세계의 무리에 속해 있었다. 하지만 지금 이 순간은 고독을 맛보았다. 모든 화살은 그 자신에게 떨어졌고, 모든 위로는 무의미한 것으로 증명되었다. 불안으로부터 도피하려고 아무리 발버둥 쳐 봤자 자신이 부수고 뛰쳐나온 그 세계로 되돌아갈 뿐이었다. 일평생 동안 선하고 옳았던 모든 것은 이제 다시는 존재하지 않았다. 모든 것을 자신의 손으로 해결해야 했으며, 아무도 그를 도와주지 않았다. 그런데 자신의 내부에서 발견한 것이 도대체 뭐란 말인가? 아, 혼란과 내면 분열이라니!

그가 길을 비켜 준 자동차가 생각을 다른 데로 돌리게 해서 사고에 새로운 사료를 제공해 주었다. 그는 잠을 충분히 자지 못해 머리가 멍하고 현기증 나는 느낌을 받았다. '자동차' 하고 그는 생각했다. 아니면 그렇게 말했는지도 모른다. 그런데 그게 무슨 의미였는지는 알지 못했다. 그는 잠시 무력감에 빠져 눈을 감고 다시 어떤 광경을 떠올렸다. 그가 익히 잘 알고 있는 듯했던 그 광경은 그의 기억을 되살려 주고 그의 생각에 새로운 피를 공급해 주었다. 자신이 자동차를 타고 운전하는 모습이 보였다.

이전에 꾼 꿈의 장면이었다. 운전자를 밀어붙이고 자신이 운전했기에 그 꿈의 감정은 해방이나 승리와 같은 그 무엇이었다. 그때 이유는 몰라도 어딘가에 어떤 위안이 있었다. 단지 환상이나 꿈속에서였다 해도 다른 모든 운전자를 조롱하고 운전석에서 밀쳐 버리며, 자동차를 전적으로 혼자 힘으로 운전한다는 유쾌한 가능성이 있었다. 설사 자동차가 튀어 오르고, 보도로 뛰어오르거나 집이나 사람을 들이받는다 해도 남이 운전하는 안전한 차를 타고 영원히 어린애로 남는 것보단 그게 훨씬 소중하고 더 나았다.

어린애라니! 그는 미소 지을 수밖에 없었다. 그가 소년 시절과 청년 시절에 클라인이라는 자기 이름을 저주하고 증오했다는 기억이 떠올랐다. 하지만 지금은 더 이상 그런 이름으로 불리지 않았다. 그것은 하나의 비유이자 상징으로서 의미 있지 않았던가? 그는 조그만 어린아이로 남의 이끌림을 받기를 그만두었다.

호텔에서 식사하는 동안 그는 무턱대고 좋고 부드러운 포도주를 주문해 마시면서 그 이름을 기억해 두었다. 사람을 도와주고 위로해 주며 삶을 수월하게 해 주는 것이란 그리 많지 않았다. 이런 몇 안 되는 것을 안다는 게 중요했다. 이 같은 포도주가 바로 그러한 것들의 하나였다. 그리고 남쪽 공기와 풍경도 그 하나였다. 또 뭐가 있었던가? 다른 뭐가 또 있었던가? 그렇다, 생각하는 것도 사람의 기분을 좋게 해 주고 사는 것을 도와주며 같은 위로를 해 주었다. 하지만 모든 생각이 다 그렇다는 것은 아니다! 아, 아니다, 어떤 생각은 고통이며 광기였다. 어떤 생각은 간단없이 고통을 들쑤시며 다름 아닌 구역질이나 불안, 삶의 권태감을 초래했다. 우리가 찾아내 익혀야 할 생각은 다른 것이었다. 그것을 도대체 생각이라고 할 수 있었던가? 항시 잠깐만 지속되었다가 억지로 긴장해서 생각하려 하면 파괴되고 마는 어떤 내부 심리 상태가 있다. 이러한 극히 바람직한 상태에서 사람들은 특수한 종류의 착상, 기억, 환영, 환상, 통찰을 한다. 자동차에 대한 생각(혹은 꿈)도 이 같은 종류의 것으로 위로를 해 주는 고마운 성질의 것이다. 느닷없이 떠오르는 살인자 바그너에 대한 기억과 자신이 수년 전 그에 대해 나눈 대화의 기억이 그것이다. 클라인이라는 이름에 대해 떠오른 기묘한 착상도 역시 같은 종류의 것이다. 그는 이러한 생각과 착상을 함과 동시에 불안감과 끔찍한 불쾌감이 한동안 사라지고 돌연 환히 밝아오는 안정된 기분을 느꼈다. 그러면 모든 것이 좋게 생각되었다. 혼자 있어도 마음 든든하고 자부심이 생겼으며, 과거지사는 극복되고 다가오는 시간에 대한 아무런 두려움도 없었다.

그는 그 같은 상태를 똑똑히 파악하여 익혀야 할 처지였다! 그런 종류의 생각을 자신의 내부에서 자주 발견하고 잘 간직해 불러내는 데 성공한다면 그는 구원받은 셈이다. 그는 여러모로 생각을 거듭했다. 자신이 오후를 어떻게 보냈는지 알 수 없었다. 시간은 꿈에서처럼 용해되었다. 아마 정말 잠을 잤을지도 모른다. 그걸 누가 알겠는가. 그의 생각은 이런 비밀 주위를 계속 맴돌았다. 그는 금발 여인을 만난 사실에 대해 몹시 애를 써서 곰곰 생각해 보았다. 그녀는 무슨 의미가 있는가? 그의 마음 속에서 이런 잠깐 동안의 만남, 낯모르는 아름다운 여인, 하지만 마음에 들지 않는 여인과의 1초 동안의 시선 교환이 오랫동안 생각, 감정, 흥분, 고통, 자책의 원천이 된 것은 어찌 된 일인가? 그건 어찌 된 일인가? 다른 사람들도 그랬을까? 어째서 그 금발 여인의 자태, 걸음걸이, 다리, 구두며 양말이 일순간이나마 그를 황홀하게 했을까? 그러면 냉정하게 평가하는 듯한 그녀의 시선이 어째서 그를 말짱한 기분으로 되돌아오게 했는가? 이 같은 불길한 눈길이 어째서 그를 말짱한 정신으로 만들고, 잠시 동안의 에로틱한 황홀 상태에서 깨어나게 했을 뿐 아니라, 그를 모욕하고 분노케 하여 스스로 자신을 평가 절하하게 했는가? 자신이 이 같은 눈길에 맞서 끄집어낸 말과 기억이 어째서 순전히 그의 이전 세계에 속하는 것들이었는가? 그 같은 말들은 더 이상 아무 의미가 없고, 더 이상 신뢰할 근거가 없는 것들인데 말이다. 그 금발 여인과 그녀의 불쾌한 눈초리에 대항하여 그가 끄집어낸 것은 자기 아내의 판단, 동료의 말, 더 이상 현존하지 않는 시민이자 관리인 예전의 자기 생각이나 견해였다. 그는 이러한 눈초리에 맞서 온갖 수단을 동원해 자신을 정당화할 필요성을 느꼈다. 그런데 그 수단들이 더 이상 통용되지 않는 구식 화폐에 불과했음을 깨우쳐야 했다. 이러한 장기간의 고통스러운 온갖 숙려(熟慮)의 결과는 자신이 부당하다는 느낌과 가슴 죄는 듯한 불안감뿐이었다! 하지만 단 일순간이기는 했으되 그와는 다른 바람직한 상태를 다시 느끼기도 했다. 한동안 그는 고통스러운 이 모든 생각을 마음속으로 부정하면서 더 나은 방도를 발견했다. 그는 1초 동안 다음 사실을 알고 있었다. 금발여인에 대한 내 생각은 우둔하고 무가치하다. 나뿐만 아니라 그녀 역시 운명의 지배를 받고 있으며, 신은 나를 사랑하듯 그녀 역시 사랑하고 있다.

이러한 고마운 목소리는 어디서 왔는가? 어디서 그 목소리를 다시 찾을 수 있으며, 어떻게 다시 꾀어 올 수 있으며, 이 이상하고 소심한 새는 어느 가지에 앉아 있었던가? 이 목소리는 진리를 말했으며, 진리는 선행, 구원, 도피였다. 이 목소리는 마음이 운명과 합일되고 자기 자신을 사랑할 때 생겨났다. 그것은 신의 목소리이거나 또는 온갖 거짓과 변명이나 희극 저편에 있는 자신의 가장 진실한 가장 깊은 자아의 목소리였다.

무엇 때문에 이런 목소리를 매번 들을 수 없었던가? 어찌하여 진리는 유령처럼 내 옆을 항시 쏜살처럼 지나쳐 버렸는가? 휙 하고 지나가는 것을 한쪽 눈으론 겨우 볼 수 있지만 두 눈으로 보려 하면 어느새 사라져 버리는 유령처럼 말이다. 이 행운의 대문은 항시 열려 있었으나, 그가 들어가려 하면 어째서 닫혀 버리고 마는가!

선잠에서 깨어난 그는 방 탁자 위에 놓인 쇼펜하우어 책*을 집어 들었다. 그는 여행할 때 보통 그 책을 가지고 다녔다. 그는 아무렇게나 책장을 열고 문장 하나를 읽었다. "우리가 지나온 인생행로를 뒤돌아보고 무엇보다도 우리의 불행했던 발자취와 아울러 그 결과를 주시해 보면 우리가 어떻게 이런 일은 하고 저런 일은 하지 않았는지 이해할 수 없을 때가 있다. 그래서 알 수 없는 힘이 우리를 조종하지나 않았나 하는 생각이 든다. 괴테는 『에그몬트』에서 이렇게 말하고 있다. '인간이란 자신의 삶을 조종하고 자신을 지배한다고 생각하지만 그의 내심은 어쩔 수 없이 그의 운명에 이끌리는 것이다.'" 여기에 그와 관련되는 구절이 있지 않았던가? 그의 현재 생각과 내적으로 밀접하게 관련되는 구절이? 그래서 미친 듯 계속 읽어 봤지만 그다음 구절들은 그를 별로 감동시키지 못했다. 그는 책을 내려놓고 회중시계를 보았다. 태엽 감는 것을 잊어버려 시계는 멈춰 있었다. 일어나서 창밖을 내다보니 얼추 저녁이었다.

그는 정신적으로 심하게 긴장한 양 약간 피곤한 기분이 들었다. 하지만 불쾌하고 부질없이 피곤한 것이 아니라 일을 만족하게 끝냈을 때처럼 의미심장하게 피곤했다. 아마 한 시간이나 그 이상 잠을 잤을지도 모르겠다는 생각이 들었다. 그러고는 머리를 빗으려 거울 장식장 앞으로 다가갔다. 이상하게도 기분이 홀가분하고 좋았다. 거울 속에서 미소 짓는 자기 모습을 본 것이다! 오래전부터 일그러지고 경직되어 혼란스럽게만 보였던 창백하고 초조 불안한 얼굴이 부드럽고 친근하며 선량한 미소를 짓고 있었다. 이상하게 생각되어 그는 머리를 흔들면서 자신에게 미소 지었다.

아래로 내려가 보니 레스토랑의 몇몇 식탁에서는 벌써 저녁 식사를 하고 있었다. 사실 그는 조금 전에 먹지 않았던가? 그건 아무래도 상관없었다. 그는 다시 강렬한 식욕을 느꼈다. 그는 이것저것 열심히 웨이터에게 물어 일류 요리를 주문했다.

"선생님은 혹시 오늘 저녁 카스틸리오네에 가시지 않을 겁니까?" 웨이터가 식기 도구를 내려놓으며 물었다. "호텔에서 모터보트 한 척이 나갈 겁니다."

클라인은 고개를 흔들어 사의를 표했다. 아니, 그런 호텔 행사에는 아무 관심이 없었다. 카스틸리오네라고? 그에 대해선 이미 들은 적이 있었다. 그곳은 도박장이 개설된 유흥지로 작은 몬테카를로라 할 수 있는 곳이었다. 대체 그런 곳에 가서 무얼 하겠는가?

커피가 배달되는 동안 그는 자기 앞의 수정 꽃병에 든 꽃묶음에서 작은 흰 장미 한 송이를 따서 가슴에 꽂았다. 옆 식탁에서 방금 불붙인 시가 연기가 그에게 스쳐 왔다. 옳거니, 그도 질 좋은 담배를 피우고 싶었다.

그러고는 어떻게 하겠다는 목적도 없이 집 앞을 오가며 거닐었다. 불현듯 다시 시골 마을에 가 보고 싶은 생각이 들었다. 어제저녁 이탈리아 여인의 노랫소리를 듣기도 하고, 개똥벌레의 환상적인 윤무(輪舞)를 통해 남국의 달콤한 현실을 맛보았던 그곳으로. 하지만 수목이 울창하게 그늘진 적막한 호숫가, 진기한 나무들이 자라는 공원에도 가 보고 싶었다. 금발의 여인을 맞닥뜨린다 해도 그녀의 쌀쌀한 눈길은 이제 그를 화나게 하거나 부끄럽게 하지는 못하리라. 게다가 어제만 해도 얼마나 아득한 옛날처럼 생각되었던가! 이 남쪽이 벌써 얼마나 고향 같은 느낌을 주었던가! 그는 얼마나 많은 일을 겪고 생각하며 체험했던가!

그는 여름 저녁의 기분 좋고 부드러운 바람을 맞으며 계속 거리를 어슬렁거렸다. 막 켜진 가로등 주위로 나방들이 미친 듯 몰려들었고, 부지런한 사람들은 밤늦게 가게를 닫고 셔터를 내렸다. 어린이들은 아직도 떼 지어 이리저리 몰려다니며, 거리 한가운데서 커피나 레몬을 파는 카페의 조그만 탁자 사이를 뛰어다녔다. 벽의 구석진 부분에서는 마리아상이 타오르는 촛불을 받으며 미소 짓고 있었다. 호숫가 벤치에도 아직 사람들이 남아 웃고 싸우며 노래 부르고 있었다. 물 위에는 셔츠 바람의 노 젓는 젊은이들과 흰 블라우스 차림의 소녀들을 태운 보트 한 척이 유유히 떠다니고 있었다.

공원 가는 길은 어렵지 않게 다시 발견했지만 높다란 문은 닫혀 있었다. 높은 철책 뒤에는 어둠이 깔려 조용했고, 벌써 밤이라 잠에 빠져 있었다. 그는 오랫동안 안을 들여다본 다음 미소 지었다. 이제야 그를 이 닫힌 철문 앞으로 오게 한 은밀한 소망이 의식되었다. 공원에 들어가지 못해도 상관없는 일이었다.

그는 호숫가 벤치 위에 평화로이 앉아 지나다니는 사람들을 쳐다보았다. 그는 밝은 가로등 아래서 이탈리아 신문을 펼치고 읽어 보려 했다. 문장이 다 이해되는 건 아니었지만 그가 알 수 있는 문장은 재미있었다. 점차 문법에는 구애받지 않고 문장의 의미를 파악하려 노력하기 시작했다. 그러다가 놀랍게도 그 기사가 그의 민족과 조국을 혹독하고 가열하게 모욕하고 있다는 사실을 발견했다. '이상하구나, 아직도 이런 일이 있다니!' 하고 그는 생각했다. 이탈리아 신문이 그의 민족에 대해 쓰는 것은 본국 신문들이 이탈리아에 대해 쓰고 있는 것과 똑같았다. 기사의 방향이나 격분하는 태도며 자신의 정당성과 남의 부당성을 전적으로 확신하는 것마저도! 증오와 끔찍한 혹평이 담긴 그 신문에 격분하거나 화나지 않은 것도 이상한 일이었다. 아니면 당연한 일인가? 그렇다, 왜 화를 낸단 말인가? 이 모든 것은 이제 그가 속하지 않는 세계의 일이며 말이었다. 그것은 좋고 더 나은, 올바른 세계일지도 몰랐다. 하지만 더 이상 그의 세계는 아니었다.

그는 신문을 벤치에 내려놓고 계속 거닐었다. 무성하게 피어 있는 장미 덩굴 너머 공원에는 오만 가지 알록달록한 불빛이 반짝이고 있었다. 사람들이 그 안으로 들어가기에 그도 대열에 합류했다. 매표소와 안내인이 있었고, 플래카드가 걸린 벽이 있었다. 공원 한가운데는 커다란 천막 지붕만 있고 벽은 없는 홀이 있었다. 그 지붕에는 알록달록한 색깔의 수많은 등불이 걸려 있었다. 공기가 잘 통하는 공원에는 탁자가 가득 놓여 있었는데, 거기에는 사람들이 반쯤 차 있었다. 안쪽에는 은색, 초록색, 장미색의 눈부신 빛으로 좁고 높은 무대가 무척 밝게 번쩍이고 있었다. 조명 아래는 조그만 오케스트라의 악사들이 앉아 있었다. 플루트는 알록달록한 따뜻한 밤 속으로 활기차고 밝게 호흡하고 있었고, 오보에는 잔뜩 먹어 배부른 듯이, 첼로는 음울하고 불안하며 따뜻하게 노래하고 있었다. 무대에서는 한 노인이 우스꽝스러운 노래들을 불렀다. 분장한 그의 입은 경직된 미소를 지었고, 그의 대머리에는 온갖 불빛이 반사되고 있었다.

클라인이 원한 것은 그런 장면이 아니었다. 한순간 그는 다소 못마땅한 기분과 실망감이 들었고, 흥겨워하는 우아한 사람들 틈에 끼여 쓸쓸히 앉아 있는 것에 객쩍은 느낌이 들었다. 이 같은 인위적인 오락이 향내 나는 공원의 저녁에 별로 안 어울리는 것 같았다. 하지만 그는 자리를 잡고 앉았다. 그러자 약해진 갖가지 등불에서 새어 나오는 불빛이 곧장 그의 마음을 누그러뜨렸다. 등불은 개방된 홀 위에 흡사 마법의 베일처럼 걸려 있었다. 나지막이 울리는 그 음악은 수많은 장미 향내와 뒤섞여 부드럽게 속으로 불타올랐다. 사람들은 짐짓 흥을 조금 억누른 채 명랑한 얼굴로 앉아 있었다. 밝은 얼굴들과 여러 색깔로 빛나는 여성용 모자들이 부드럽고 다채로운 색으로 곱게 분장되어 접시나 병, 아이스크림 컵 위에 떠 있었다. 컵 속에 든 노란색, 장미색 아이스크림이나 빨간색, 초록색, 노란색 레몬 잔들도 보석처럼 반짝거려 이러한 축제 같은 장면을 한층 빛내 주었다.

우스꽝스러운 노인의 노래에 귀 기울이는 사람은 아무도 없었다. 초라한 노인은 그래도 아무 상관 없다는 듯 무대에 쓸쓸히 서서 배워 익힌 노래를 불러 댔다. 불쌍한 그의 몸에 근사한 불빛이 흘러내렸다. 노래를 끝내자 그는 이제 갈 수 있다는 사실에 만족하는 듯 보였다. 무대 제일 앞쪽에서 손뼉 치는 사람이 두서넛 있었다. 가수는 무대를 내려와 공원을 통과하여 곧 홀에 나타나더니 앞쪽의 오케스트라 옆자리에 자리를 잡았다. 한 젊은 부인이 그에게 소다수 한 잔을 대접했다. 클라인은 반쯤 몸을 일으킨 그녀의 얼굴을 볼 수 있었다. 바로 그 금발 여인이었다.

어디선가 째지는 듯한 벨 소리가 오랫동안 긴급히 울렸다. 장내가 소란스러워지기 시작했다. 많은 사람이 모자나 외투는 그냥 둔 채 바깥으로 나갔다. 오케스트라 옆자리도 텅 비어 있었다. 금발 여인은 다른 사람들과 함께 나갔다. 그녀의 머리카락은 어스름한 가운데 밝게 빛났다. 탁자에는 그 노인만 앉아 있을 뿐이었다.

클라인은 단단히 각오하고 그쪽으로 건너갔다. 노인에게 공손히 인사를 하자 그는 고개만 끄덕일 뿐이었다.

"왜 벨 소리가 나는 건가요?" 클라인이 물었다.

"휴식 시간이니까요." 우스꽝스러운 노인이 대답했다.

"그럼 다들 어디 갔나요?"

"도박하러요. 이제 30분간 휴식입니다. 그동안 건너편 요양실에서 도박할 수 있지요."

"감사합니다. 여기에도 도박장이 있는 걸 몰랐습니다."

"별 게 아니지요. 애들 장난에 불과해요. 기껏 5프랑을 넘겨선 안 되지요."

"대단히 감사합니다."

클라인은 어느새 모자를 다시 벗어 들고 몸을 돌렸다. 그때 불현듯 노인에게 금발 여인에 대해 물어볼 수 있지 않을까 하는 생각이 들었다. 노인은 그녀를 알고 있었다.

그는 여전히 모자를 손에 들고 머뭇거렸다. 그러다가 발걸음을 옮겼다. 이제 어쩌자는 걸까? 그녀가 자기와 무슨 상관이란 말인가? 하지만 그는 그녀가 자기와 상관이 있다고 느꼈다. 그것은 다만 소심증, 하나의 망상, 억압에 불과했다. 불쾌감의 잔잔한 물결이 엷은 구름처럼 그의 마음속에 피어올랐다. 무거운 물결이 다시 접근해 왔다. 이제 다시금 어찌할 바 몰라 수줍음에 사로잡힌 자신에게 화가 치밀어 올랐다. 집으로 돌아가는 게 더 나을 듯싶었다. 여기 흥겨운 사람들 틈에 섞여 뭘 하겠다는 건가? 그는 그들과 같은 부류의 사람이 아니었다.

한 종업원이 계산을 요구하며 그를 방해했다. 그는 불쾌했다.

"내가 부를 때까지 기다릴 수 없나요?"

"죄송합니다, 선생님께서 나가시는 줄 알았습니다. 손님이 달아나면 저만 골탕 먹거든요."

그는 필요 이상으로 팁을 주었다.

홀을 나서는데 정원에서 금발 여인이 돌아오는 모습이 보였다. 그는 기다리면서 그녀가 옆으로 지나가게 했다. 그녀는 꼿꼿이, 깃털 위를 걷듯 가볍고도 힘차게 걸었다. 그녀는 쌀쌀맞은 시선으로 그를 흘깃 쳐다보았지만 못 알아보는 듯했다. 그는 환하게 비치는 그녀의 얼굴을 잘 볼 수 있었다. 조용하고 영리하게 생긴 다부진 얼굴은 창백하고 약간 권태로워 보였다. 루주를 칠한 입술은 새빨갰고, 회색 눈은 잔뜩 경계하는 눈초리였으며, 귓불이 두툼한 귀에는 녹색을 띤 기다란 보석이 빛나고 있었다. 그녀는 흰 비단옷을 입고 있었다. 녹색 보석이 달린 엷은 목걸이가 걸린 가느다란 목은 젖빛 그림자 속에 잠겨 있었다.

그는 남몰래 흥분해 그녀를 바라보았다. 그리고 다시 모순된 인상을 받았다. 그녀의 일부분은 유혹하며 행복과 내적인 것을 이야기했고, 살, 머리카락과 잘 가꾸어진 아름다움의 향내를 풍겼다. 다른 부분은 배척하고 진실하지 못해 보였으며, 환멸을 두려워하게 했다. 그것은 일평생 길들여져 버릇이 된 소심증으로, 그는 누군가가 매춘부 같다고 느껴질 때나 의식적으로 아름다움을 과시할 때 그런 기분을 느꼈다. 또 성과 사랑의 투쟁을 공공연히 기억에 떠올릴 때 그런 기분을 느꼈다. 그는 모순이 자신의 마음 내부에 있다고 느꼈다. 그때 다시 바그녀가 있었고, 미의 세계, 매력적인 세계가 있었지만 거기에는 기율이 없었다. 하지만 그 세계에는 숨기는 게 없고, 소심증도 없으며, 양심의 가책이란 것도 없었다. 그의 천국 입장을 금지하는 적은 그의 내부에 있었다.

종업원들이 이제 홀의 탁자들을 치우자 중앙에 넓은 공간이 마련되었다. 손님들의 일부는 다시 돌아오지 않았다.

'남아 있어라.' 고독한 남자의 내면에서 소망하는 소리였다. 그는 자신이 지금 나간다면 오늘 밤이 어떤 밤이 될지 미리 예감하고 있었다. 어젯밤과 똑같은, 아니 어쩌면 더 나쁜 밤이 될 것이 분명했다. 악몽, 좌절과 자책에 시달리며 잠 한숨 못 이룰 것이다. 게다가 관능의 울부짖음과 하얀색에 진주색을 띤 가슴팍의 녹색 보석 목걸이 때문에 잠 한숨 못 이룰 것이다. 혹시 곧 더 이상 삶을 지탱할 수 없는 순간이 올지도 모른다. 하지만 그는 이상하게도 목숨을 부지하고 있었다. 그렇다, 그러했던가? 그렇지 않다면 그가 이런 곳에 있겠는가? 아내를 버리고, 돌아갈 배들을 불태워 버리고, 이 모든 고약한 일을 요구하고, 자신의 살을 이렇게 난도질할 수 있겠는가? 그가 삶에 집착하지 않고 그의 내부에 소망과 미래가 없었다면 급기야 이 남쪽으로 왔겠는가? 그가 오늘 그런 사실을 닫힌 공원의 문 앞 호반의 벤치 위에서 일급 포도주를 마시며 분명하고도 아름답게 느끼지 않았던가?

그는 남아 있기로 하고 가수와 금발 여인의 옆에 자리를 잡았다. 거기에는 예닐곱 명의 사람이 함께 있었는데, 그들은 분명이 고장 사람으로 어느 정도는 이 같은 행사와 유흥의 일부를 이루고 있었다. 그는 줄곧 곁눈으로 그들을 쳐다보았다. 그들은 이 정원의 단골손님들과 아주 친한 모양이었고, 오케스트라 악사들도 알고 있었다. 그들은 가끔 악사들 자리로 가거나 서로 재미있는 농담을 주고받았다. 그들은 이름만 부르며 종업원들에게 반말을 사용했다. 독일어, 이탈리아어와 프랑스어가 뒤섞여 사용되었다.

클라인은 금발 여인을 유심히 살펴보았다. 여전히 진지하고 쌀쌀맞은 표정이었다. 그녀가 미소 짓는 모습은 통 볼 수 없었고, 잘 제어된 그녀의 얼굴은 전혀 변화가 없어 보였다. 그녀는 주위 사람들에게 상당한 대접을 받고 있었고, 남자와 소녀들은 그녀에게 동료로서 존경한다는 식의 말투를 쓰고 있었다. 그는 이제 그녀의 이름도 알아낼 수 있었다. 그녀는 테레지나였다. 그는 그녀가 아름다운지, 그의 마음에 드는지 생각해 보았다. 그렇다고는 말할 수 없었다. 의심의 여지 없이 그녀의 몸매와 몸가짐은 아름다웠다. 특히 앉아 있는 그녀의 자세와 잘 손질된

손의 움직임은 심지어 비할 데 없이 아름다웠다. 하지만 그녀의 얼굴과 눈초리에는 조용한 냉정함, 자신만만하고 안정된 표정과 거의 가면처럼 굳은 표정이 깃들어 있어 그를 성마르게 했다. 그녀는 누구의 참여도 허락하지 않는 자신의 천국과 지옥을 공유하는 인간처럼 보였다. 거칠고 딱딱하며 아마 자만하는, 그러니까 나쁘게 보인 이 영혼에도 분명 불타오르는 소망과 정열이 있어 보였다. 이 여자는 어떤 종류의 감정을 추구하고 사랑하며, 어떤 감정을 피해 달아날까? 이 여자의 약점, 불안이나 비밀은 어디에 있을까? 이 여자가 웃고 잠자며, 울고 키스할 때는 어떤 모습일까?

그런데 반나절 이상이나 그녀 생각에 몰두하고, 그녀를 관찰하고 연구하고 두려워하며, 그녀에 대해 화를 내야 하는 것은 어찌 된 까닭일까? 그러면서도 아직 그녀가 자기 마음에 드는지 안 드는지조차 모르고 있다니!

혹시 그녀가 그의 목적지나 운명이라도 된단 말인가? 그를 남쪽으로 유인한 것과 같은 은밀한 힘이 그로 하여금 그녀에게 이끌리게 했는가? 선천적인 성향, 운명선, 평생의 무의식적 충동이라도 있단 말인가? 그녀와의 만남이 미리 예정되어 있었던가? 그에 대한 벌이 내려져 있었던가?

그는 와글거리는 여러 목소리 중에서 귀를 쫑긋 기울여 그녀 말소리를 엿들었다. 검은 웨이브 진 머리와 미끈한 얼굴을 가진 어떤 고상하고 나긋나긋하며 우아한 젊은이에게 그녀가 말하는 소리가 들렸다. "또 한번 제대로 도박하고 싶어. 여기서 아이들 장난 같은 도박이 아니라 카스틸리오네나 몬테카를로 같은 곳에서."

그가 대답하자 그녀가 또다시 이렇게 말했다. "아니지, 당신 같은 사람이 진짜 맛을 어떻게 알겠어요! 그건 현명치 않은 추한 일일지도 모르지요. 하지만 정말 매혹적인걸요."

이제 그녀를 조금이나마 알 수 있게 되었다. 그녀 옆에 다가가서 대화를 엿들었다는 사실이 그로서는 대단히 흡족했다. 낯선 사나이인 그가 보초를 서면서 불 밝혀진 조그만 창을 통해 바깥에서 그녀 마음속을 정탐할 수 있었던 것이다. 그녀에게는 소망이 있었다. 그녀는 무언가 자극적이고 위험한 일에 대한 갈망으로 괴로워하고 있었다. 그것은 사람들이 열중할 만한 일이었다. 그것을 알게 되어 그는 기분이 좋았다. 그런데 카스틸리오네란 어떤 곳이었지? 오늘 벌써 한 번 그에 관한 말을 듣지 않았던가? 언제? 어디서?

도무지 생각이 나지 않았지만 그건 아무래도 상관없었다. 하지만 그는 이상한 나날들이 계속된 근래 벌써 여러 번 그랬듯이 지금 또다시 같은 기분을 느꼈다. 그것은 그가 행하고 듣고 보고 생각한 일체의 일이 필연적인 인과 관계로 연결되어 있고, 어떤 안내자가 그를 인도하여 멀리 떨어진 일련의 기다란 인과 관계가 열매를 맺은 것 같은 기분이었다. 이제 정말 그 열매를 맺은 것일지도 모른다. 분명히 그랬다.

다시 행복감, 침착한 감정과 마음의 안정감이 그의 마음속에 넘쳤다. 불안과 공포를 알고 있는 자에게는 놀랄 정도로 황홀한 감정이었다. 어린 시절의 어떤 말이 기억에 떠올랐다. 줄 타는 사람들이 어떻게 조금도 불안해하지 않고 그토록 자신만만하게 줄 위를 갈 수 있는지에 대해 학급 동료들이 서로 이야기를 나누었다. 그런데 한 소년이 이렇게 말했다. "방바닥에 분필로 선을 그어 놓고 그 위를 걷기란 아주 가는 줄 위를 걷는 것과 마찬가지로 어려운 일이야. 하지만 그런 일을 해도 아무런 위험이 없으니까 침착하게 할 수 있지. 그러니까 밧줄은 분필로 그은 선이라 생각하고, 공중은 방바닥이라 생각하면 어떤 줄이든 자신 있게 탈 수 있어." 이 말이 그의 뇌리에 떠올랐다. 얼마나 아름다운 시절이었던가! 그의 경우에는 혹 반대가 되지 않았던가? 그는 평탄한 지면을 허공에 걸린 밧줄이라 간주하고 초조하고 불안하게 걸은 것이 아니었던가?

그 같은 위안이 되는 일이 문득 생각나고, 그 같은 일이 그의 내부에서 꾸벅꾸벅 졸다가 이따금 불쑥 모습을 드러내는 것에 그는 마음속으로 기뻤다. 사람의 마음속엔 문제의 관건이 되는 모든 것이 있어서, 외부에서는 누구도 남을 도울 수 없는 법이다. 자기 자신과 투쟁하지 않고, 자기 자신을 사랑하고 신뢰하면 무슨 일이든 이룰 수 있다. 그렇게 되면 줄타기뿐 아니라 하늘을 날 수도 있다.

한동안 그는 주변의 모든 일을 잊은 채, 꿈꾸는 듯 손으로 턱을 괴고 영혼의 부드럽고 미끄러운 오솔길에서 사냥꾼이나 개척자처럼 자신의 내부를 더듬으며 들어갔다. 이 순간 금발 여인이 그의 쪽으로 시선을 돌리며 그를 쳐다보았다. 그녀의 시선은 오랫동안 머물러 있지 않았지만 그의 표정에서 뭔가를 주도 면밀하게 알아내려는 것 같았다. 그런 사실을 느낀 그는 그녀에 게 시선을 보내면서 경의와 동감, 친밀감 같은 것을 느꼈다. 이 번에는 그녀의 시선이 고통스럽지 않았고, 부당하게 여겨지지 도 않았다. 그의 느낌에 이번에 그녀는 그 자신을 보았고, 의복 이나 몸가짐, 머리 모양이나 손을 본 게 아니라 그에게서 진정 한 것, 불변하는 것, 비밀스러운 것, 일회적인 것, 신적인 것, 운 명을 보았던 것이다.

오늘 그녀를 혹독하고도 추하게 생각한 것에 그는 그녀의 용 서를 빌었다. 아니, 용서를 빌 필요도 없었다. 그가 그녀를 나쁘 고 어리석게 생각하고 그녀에게 반감을 품은 것은 사실 그녀가 아닌 그 자신에 대한 타격이었다. 그렇다, 분명히 그랬다.

갑자기 음악이 다시 연주되어 그는 깜짝 놀랐다. 오케스트라 는 무도곡을 연주했다. 하지만 텅 빈 무대는 어두컴컴했다. 손 님들의 시선은 무대가 아니라 탁자들 사이의 텅 빈 네모 난 공간 에 쏠렸다. 그는 춤이 시작될 거라고 짐작했다.

그는 옆자리의 금발 여인과 수염이 나지 않은 우아한 젊은이 가 일어나는 것을 쳐다보았다. 그는 이 젊은이에 대해서도 반감 을 느낀 것을 깨닫고 자신에 대해 미소 지었다. 그는 젊은이의 우아하고 무척 상냥한 태도, 그의 예쁜 머리 모양과 얼굴이 역 겹게 느껴졌다는 것을 알았다. 젊은이는 그녀에게 손을 내밀어 넓은 공간으로 끌고 갔다. 다른 한 쌍이 가세해서 이제 두 쌍이 우아하고 안정된 탱고를 예쁘게 추었다. 그는 춤을 잘 알지 못했지만 테레지나의 춤 솜씨가 보통이 아님을 곧 알 수 있었다. 그가 보기에 그녀가 터득한 완숙한 춤은 그녀 내부에 잠재해 있다가 자연스럽게 빠져나온 것이었다. 검은 웨이브 머리의 젊은이 역시 춤 솜씨가 뛰어났다. 두 사람의 호흡이 잘 맞았다. 그들의 춤은 구경꾼에게 순전히 유쾌하고 밝으며, 단순하고 친절한 것을 이야기해 주고 있었다. 두 사람의 손은 가볍고도 부드럽게 서로를 감싸고 있었고, 무릎과 팔, 발과 몸뚱이는 순순히 흥겨운 마음으로 가벼운 노동을 하고 있었다. 그들의 춤은 행복과 즐거움, 아름다움과 사치, 훌륭한 몸가짐과 처세술을 표현했다. 그들의 춤은 사랑과 성적인 것도 표현했지만, 그것은 조야하게 불타오르지 않고 조금도 무리 없이 순수함과 우아함으로 가득 찬 사랑이었다. 그들은 부유한 요양객들에게 춤으로 아름다움을 보여 주었다. 이들 역시 이런 아름다움을 간직하고 있지만 스스로 이를 표현할 수 없으며, 그 같은 도움 없이는 느낄 수조차 없었다. 이 같은 숙련된 전문 춤꾼들은 상류 사회의 대리 만족물로 쓰였다. 스스로는 그처럼 훌륭하고 나긋나긋한 춤을 출 수 없었다. 인생의 유쾌한 도락을 제대로 향유할 수 없었던 부자들은 멋지게 춤추는 이들에게서 대리 만족을 얻었다. 하지만 이뿐만이 아니었다. 두 사람은 인생의 경쾌함과 명랑한 자주성을 표출했을 뿐만 아니라 자연스러움, 감정의 순진무구와 관능을 일깨워 주기도 했다. 너무 일에 쫓기는 생활을 하거나 게을러 삶에 싫증 난 그들은 지나친 일, 방종한 환락, 요양원 생활의 강요된 고행에 넌더리 난 사람들이었다. 그래서 그들은 어여

쁘고 숙련된 두 사람의 춤을 짐짓 무감각하게, 그러나 속으로는 감동받아 미소 지으며 구경하고 있었다. 그들은 마치 잃어버린 먼 천국에서 사랑스러운 인생의 봄을 보는 듯했다. 이제 천국을 믿는 사람은 거의 없으며, 축제일에나 자식들에게 들려주는 정도에 불과하지만, 그래도 밤이면 열렬히 천국을 꿈꾸기도 한다.

그런데 춤을 추는 중에 금발 여인의 얼굴에 변화가 일어났다. 프리드리히 클라인은 그러한 변화를 순수한 황홀감으로 지켜보았다. 아주 서서히, 부지불식간에 새벽하늘이 빨갛게 물들어오듯이 진지하고 냉정한 그녀 얼굴이 점차 따뜻한 미소를 머금기 시작했다. 정면을 바라보며 그녀는 잠에서 깨어난 듯 미소 지었다. 마치 그녀의 차가움이 춤을 춘 탓에 이제 비로소 충만한 삶으로 데워진 것처럼. 젊은이 역시 미소를 지었고, 다른 한 쌍도 미소를 지었다. 마치 가면을 쓴 것처럼 그들의 얼굴에 비인간적인 면이 있기도 했지만 그들 넷의 얼굴은 놀랄 만치 아름다웠다. 하지만 가장 아름답고 가장 신비스러운 사람은 바로 테레지나였다. 그녀의 미소는 흉내 낼 수 없을 만치 독특했다. 그녀는 외부의 영향을 받지 않고 내부로부터 용솟음치는 쾌감으로 활짝 피어났다. 그는 깊이 감격한 채 그녀를 바라보았다. 그는 마치 은밀한 보물을 발견한 것처럼 어쩔 줄 몰라 했다.

"저 여자 머리카락은 정말 아름답구나!" 옆에서 누가 나지막이 외치는 소리가 들렸다. 그는 이 놀랄 만한 금발을 헐뜯고 의심했던 것을 생각했다.

탱고가 끝이 났다. 테레지나는 한동안 젊은이 옆에 서 있었다.

그는 아직 그녀의 왼손을 잡고 어깨높이로 들고 있었다. 그녀의 얼굴에 마지막 남은 매력이 빛을 발하다가 점차 사라져 갔다. 잔잔한 박수가 터졌다. 그들이 사뿐사뿐 제자리로 돌아가는 동안 뭇사람의 시선은 두 사람을 좇았다.

잠깐 쉰 다음 다시 춤이 시작되었는데, 이번에는 테레지나와 예쁜 젊은이 둘만 추었다. 자유롭고 환상적인 그 춤은 복잡한 단편 문학 같았다. 그것은 각자 자신만을 위해 연기한 일종의 팬터마임 같은 것이라서 서너 군데 반짝하는 정점이나, 돌연 급속하게 끝을 맺는 종결 악장에서만 둘이 짝지어 춤을 추었다.

테레지나는 여기서 행복에 겨워 눈이 풀린 채 내적으로 음악의 유혹에 따라 경쾌하게 사지를 움직였다. 모두 숨죽이고 황홀한 듯 그녀를 쳐다보았다. 춤은 격렬한 선회 동작으로 끝이 났다. 그러면서 두 사람은 손과 발끝으로만 서로 접촉하며 몸을 뒤로 잔뜩 젖힌 상태로 미친 듯이 원을 돌았다.

이 둘의 몸놀림과 발놀림, 떨어졌다가 다시 엉키는 동작, 균형을 잃을 듯하다가 번번이 다시 잡는 춤을 보고 모두 자신에게 친근하고 마음 깊이 바라던 감정을 느꼈다. 하지만 이런 느낌은 소수의 행운아나 간단하고도 강렬하게 원형 그대로 체험하는 법이다. 건강한 사람의 자기 자신에 대한 즐거움, 다른 사람에 대한 사랑으로 인한 이러한 즐거움의 고양, 자신의 천성에 대한 믿음직한 동의, 마음속에서 우러나오는 소망, 꿈, 유희에 대한 헌신적 신뢰가 그것이다. 많은 사람은 한동안 그들의 삶과 충동 간에 많은 모순과 투쟁이 존재하는 것을, 그리고 그들의 삶은 춤이 아니라 짐을 지고 힘들게 숨을 헐떡이는 것임을 슬프고 우울하게 생각했다. 그러한 것은 결국 그들 자신이 져야 할 짐이었다.

이러한 춤을 시선으로 좇으면서 프리드리히 클라인은 지나온 반생을 회고해 보았다. 마치 어둑한 터널을 뚫고 나온 느낌이었다. 햇빛 비치고 바람 부는 저쪽에는 푸른빛을 내는 잃어버린 청춘 시절이 있었다. 거기에는 단순하고 강렬한 느낌이 있었고, 행복을 신뢰하며 기다리는 젊음이 있었다. 그런데 이 모든 것이 이상하리만큼 가까이에 있는 것처럼 느껴졌다. 마치 한 걸음만 더 옮기면 마법의 힘으로 끌어당겨 거울에 비춰 볼 수 있을 것처럼.

춤을 출 때의 그윽한 미소를 지으면서 테레지나가 그의 옆을 지나갔다. 그에게 기쁨과 황홀한 기분이 넘쳐흘렀다. 그런데 마치 그의 부름이라도 받은 것처럼 그녀는 갑자기 그를 그윽한 눈으로 쳐다보았다. 아직 깨어나지 못한 그녀의 영혼은 행복에 넘쳤고, 달콤한 미소는 여전히 입가에 맴돌고 있었다. 그도 그녀에게 미소를 지어 보였다. 지난 오랜 세월 동안 어두컴컴한 갱도를 뚫고 어슴푸레한 행복의 빛이 가까워진 느낌이었다.

이와 동시에 그는 일어서서 마치 오랜 친구처럼 말없이 그녀에게 손을 내밀었다. 그녀는 그의 손을 잡고 자기 자리로 가면서 한동안 손을 꼭 잡았다. 그는 그녀를 따라갔다. 예술가들 좌석에 그의 자리가 마련되었다. 이제 그는 테레지나 옆자리에 앉았다. 그녀의 흰 목덜미 위에 반짝거리는 기다란 녹색 보석이 보였다.

그는 대화를 거의 이해할 수 없어서 거기에 끼지는 않았다. 테레지나의 머리 뒤로 피어 있는 장미 덩굴이 가로등의 눈부신 빛을 받아 시커먼 공처럼 눈에 확 띄었고, 여기저기서 날아다니는 개똥벌레들이 보였다. 생각할 것이 아무것도 없어 그의 생각은 쉬고 있었다. 공처럼 둥근 장미꽃이 밤바람에 가볍게 나부꼈다. 테레지나는 그의 옆에 앉아 있었다. 그녀의 귀에 걸린 녹색 보석이 반짝였다. 세상은 정상이었다.

이제 테레지나가 그의 팔에 손을 얹었다.

"서로 대화를 나누도록 해요. 여기서 말고요. 이제야 댁을 공원에서 뵌 기억이 나네요. 내일 같은 시각에 거기서 만나요. 지금은 피곤해서 곧 자야 해요. 빨리 가시는 게 좋을 거 같아요. 안 그러면 내 동료들이 들볶을 거예요."

그녀는 옆을 지나가는 종업원을 불러 세웠다.

"에우제니오, 이분이 계산하겠대요."

그는 돈을 지불하고, 그녀와 악수를 나눈 뒤 모자를 벗어 들고 호수 쪽으로 갔다. 어디로 가야 할지 알 수 없었다. 이대로 호텔 방에 가서 드러누울 수는 없을 것 같았다. 그는 호숫가의 길을 따라 시외로 나가서 호반의 벤치와 공원 시설물이 없는 곳까지 걸었다. 거기 제방에 앉아 이제는 잊어버린 청춘 시절의 노래 몇 마디를 혼자 소리 없이 불러 보았다. 날씨가 추워지고 험준한 산들이 적대적인 서먹서먹한 모습을 띨 때까지 그러고 있었다. 그런 다음 손에 모자를 들고 되돌아갔다.

졸려 보이는 문지기가 문을 열어 주었다.

"좀 늦었네요." 클라인은 그렇게 말하고 그에게 1프랑을 주었다.

"아, 우린 이런 데 습관이 돼서요. 댁이 아직 마지막은 아닙니다. 카스틸리오네로 간 모터보트도 아직 돌아오지 않았거든요."

3

클라인이 공원에 도착해 보니 테레지나는 이미 와 있었다. 그녀는 힘찬 발걸음으로 공원 내부의 잔디밭 주위를 돌아다니다가, 무성한 수목으로 그늘진 공원 입구에서 불쑥 그의 앞에 나타났다.

테레지나는 담회색 눈으로 그를 찬찬히 들여다보았다. 그녀의 진지한 얼굴은 다소 초조해 보였다. 걸으면서 곧장 그녀는 말문을 열었다.

"어제 무슨 일이 있었는지 말해 줄 수 있나요? 어떻게 우리가 길에서 만나게 되었지요? 그 점에 대해 곰곰 생각해 보았어요. 어제 요양원 정원에서 댁을 두 번 보았지요. 처음 만났을 때 댁은 출구에 서서 나를 지켜보았지요. 댁은 지루해하는 듯 보이기도 했고 화난 듯 보이기도 했어요. 그런데 댁을 보고 문득 이런 생각이 떠올랐어요. '이미 이 사람을 공원에서 한 번 만난 적이 있어.' 인상이 좋아 보이지 않아 곧 다시 댁을 잊으려 애를 썼어요. 그러다가 채 15분도 못 돼 댁을 다시 보게 되었지요. 댁이 옆자리에 앉아 있는데, 갑자기 딴사람으로 보이더군요. 나는 댁이 진작 마주친 적이 있는 동일인이라는 점을 즉각 깨닫지 못했어요. 그러다가 내 춤이 끝나자 댁은 돌연 내 앞을 가로막고 서서 내 손을 잡았지요. 아니면 내가 댁의 손을 잡았는지는 제대로 생각나지 않는군요. 어떻게 그런 일이 일어나게 되었지요? 하지만 댁은 무언가 알고 있는 게 틀림없어요. 하지만 설마 나한테 사랑 고백하러 온 것은 아니겠지요?"

그녀는 명령하듯 그를 쳐다보았다.

"모르겠군요." 클라인이 말했다. "내가 특정한 의도를 가지고 온 것은 아닙니다. 난 어제부터 댁을 사랑하고 있습니다. 하지만 그에 관한 얘기를 나눌 필요는 없습니다."

"그래요, 다른 문제에 대해 이야기해요. 어제 잠깐 우리 사이에는 내가 관련되어 나를 깜짝 놀라게도 한 일이 벌어졌어요. 마치 우리에게 무슨 닮은 점이나 공통점이 있기라도 한 듯 말이에요. 그것이 무엇인가요? 그런데 중요한 점은 댁한테 모종의 변화가 일어났다는 사실이에요. 한 시간도 안 되어 어떻게 전혀 다른 두 얼굴을 가질 수 있는 거죠? 댁은 아주 중요한 일을 겪은 사람처럼 보여요."

"내가 어떻게 보였나요?" 그는 어린아이처럼 물어보았다.

"아, 처음에 댁은 슬픔에 여윈 불유쾌한 중년 남자로 보였어요. 자신의 무능력에 대한 분노를 다른 사람한테 화풀이하는 습관이 있는 속물 남자처럼 보였지요."

그는 열심히 그녀 말을 들으며 활기 있게 머리를 끄덕였다. 그녀는 이야기를 계속했다.

"그런데 그 후에, 나로서는 제대로 표현하기 힘든데요, 댁은 몸을 앞으로 숙이고 있었어요. 우연히 댁의 모습을 보게 되었을 때 처음에는 이렇게 생각했어요. '주여, 이런 속물들은 슬픈 자세를 하고 있군요!' 댁은 손으로 턱을 괴고 있었지요. 그런데 그런 모습이 갑자기 이상하게 생각되더군요. 댁이 세상에서 유일무이한 사람처럼 여겨지더라고요. 댁한테나 이 세상에 무슨 일이 일어나든 댁은 상관하지 않겠다는 듯 보였어요. 가면 같은 댁의 얼굴은 몸서리치도록 슬퍼 보이기도 하고 진저리 치도록 무심해 보이기도 했어요."

그녀는 갑자기 말을 중단하고 뭔가 할 말을 찾는가 싶더니 아무 말도 하지 않았다.

"댁의 말이 옳아요." 클라인은 겸손하게 말했다. "정말이지 내가 깜짝 놀랄 정도로 제대로 보셨어요. 마치 편지를 읽듯 내 마음을 읽으셨군요. 하지만 엄밀히 말하자면 댁이 모든 것을 보셨다는 것은 당연하기도 하고 지당하기도 할 뿐입니다."

"어째서 당연하단 거죠?"

"댁의 춤도 다소 다르기는 하지만 같은 것을 표현하니까요. 다른 많은 순간에도 그렇지만 댁, 테레지나가 춤출 때면 나무나 산, 동물이나 별처럼 오로지 자신을 위해 홀로 존재합니다. 댁은 선과 악에 대해선 전혀 상관없다는 식입니다. 그게 나와 똑같은 점이 아닐까요?"

그녀는 대답은 하지 않고 심사하듯 그를 관찰했다.

"댁은 기이한 인물이군요." 그러다가 그녀는 주저하며 말했다. "그럼 묻겠는데, 댁의 마음은 댁의 표정과 정말 같다는 건가요? 댁한테 무슨 일이 일어나든 정말 매한가지라는 건가요?"

"그래요, 항상 그렇지는 않지만요. 때때로 불안하기도 해요. 하지만 그런 생각이 다시 떠오르면 불안은 달아나 버려요. 모든 일이 매한가지가 되지요. 그러면 강해집니다. 제대로 말하자면 매한가지라는 말은 적절한 말이 아닙니다. 뭐든지 다 소중하고 바람직하지요."

"일순간 난 심지어 댁이 범죄자일지도 모른다는 생각도 했어요."

"그것도 가능해요. 그럴 수도 있지요. 댁이 나를 흔히 말하듯이 '범죄자'라고 봤다면, 그것은 금지된 일을 한 자를 일컫는 말이지요. 하지만 그 범죄자 본인은 자신의 내부에 있는 일을 할 뿐입니다. 보세요, 그게 우리 둘의 유사한 점이지요. 우리 둘은 드물기는 하지만 때로 우리 내부에 있는 일을 하지요. 사람들이 대부분 그런 사실을 모르고 있다는 게 너무 이상해요. 나도 그걸 몰랐지요. 나는 다만 낯선 것, 다만 습득한 것, 다만 좋고 옳은 것만을 말하고 생각하고 행하며 살다가 마침내 어느 날 그 같은 생활을 끝내게 됐지요. 나는 더 이상 그렇게 살 수 없어 탈주해야만 했어요. 선이란 더 이상 좋지 않고, 옳은 것이 더 이상 옳지 않게 되어 더는 삶을 견딜 수 없게 됐어요. 하지만 그럼에도 나는 삶을 견뎌 내고 싶고, 심지어 많은 고통을 수반하더라도 삶을 사랑해요."

"댁 이름이 뭐고, 뭐 하는 분인지 말씀해 주시겠어요?"

"나는 댁이 보는 그대로의 인물이지 그 밖에는 아무것도 아닙니다. 내게는 이름도, 직함도, 직업도 없어요. 난 일체의 것을 포기해야 했습니다. 오랫동안 착하게 열심히 살다가 어느 날 둥지에서 떨어진 셈이지요. 아직 오래되지는 않았습니다. 그래서 난 지금 땅속으로 들어가거나 아니면 하늘을 나는 법을 배워야 할 처지입니다. 이 세상은 이제 나와 하등 상관없습니다. 난 지금 완전 혼자의 몸이지요."

다소 당황해서 그녀가 물었다. "어느 병원에 계셨나요?"

"미쳤다는 말인가요? 아닙니다. 그렇게도 말할 수 있겠지만." 내부의 생각에 사로잡혀 그의 마음이 흐트러졌다. 그는 점점 불안해지는 심정으로 말을 계속했다. "그걸 이야기하면 가장 간단한 사실도 곧장 복잡다단해지고 이해할 수 없게 됩니다. 그런 이야기는 하지 맙시다! 그런 일을 할 때도 있긴 하지요. 하지만 그걸 이해하려고 하지 않을 때만 그에 관해 말하게 됩니다."

"무슨 말이지요? 난 정말로 이해하려고 해요. 내 말 믿어 주세요! 너무 재밌는데요."

그는 활기차게 미소 지었다.

"네, 네. 그에 관해 환담을 나누자는 말이군요. 댁은 뭔가 체험한 바를 지금 말하려는 겁니다. 아, 그건 아무 소용이 없어요. 말이란 만사를 천박하고 삭막하게 만들며, 만사를 오해하게 만드는 확실한 방도입니다. 댁은 나는 물론이고 댁 자신도 이해하려하지 않습니다! 댁은 자신이 감지한 경고에 대해 다만 안심하고 있을 뿐입니다. 댁은 나를 분류해 넣을 표찰을 찾음으로써 나와 그 경고를 처리하고자 합니다. 댁은 나를 범죄자나 정신병자로 몰아붙임으로써 그런 일을 시도하고 있습니다. 그래서 나의 신분이나 이름을 알려는 것입니다. 하지만 그 모든 것은 이해로 통하는 길이 아니며, 사기이자 속임수일 뿐입니다. 그 모든 것은 이해하는 대신 이용하는 나쁜 대체물이며, 오히려 이해하려는 의욕이나 이해해야 하는 의무로부터 도망치는 것입니다."

그는 말을 멈추고 고통스러운 듯 손으로 눈 위를 문질렀다. 그러고 나서 무언가 친밀한 느낌이 생각나는 듯 다시 미소 지었다. "그래요. 어제 댁과 내가 일순간 아주 똑같은 것을 느꼈을 땐 우리는 아무 말도 하지 않았고, 아무것도 묻지 않았으며, 아무 생각도 하지 않았어요. 자신도 모르게 손을 잡았지요. 그게 좋았던 거지요. 그런데 지금 우리는 말하고 생각하며 설명하고 있습니다. 그래서 지금은 아주 간단한 일이 이상하고 이해할 수 없게 되어 버렸어요. 하지만 내가 댁을 이해하는 것만큼이나 댁이 나를 이해하기가 아주 쉬울 것 같은데 말입니다."

"나를 그렇게 잘 이해한다고 생각하세요?"

"네, 물론이고말고요. 댁이 어떻게 살아가는지는 모릅니다. 하지만 댁은 내가 그랬던 것처럼 모든 사람과 다름없이 살고 있습니다. 그들은 대체로 어둠 속에서 자신의 본모습을 비껴가며 어떤 목적이나 의무, 의도에 따라 살아가지요. 거의 모두 그렇게 하지요. 그 점에서 세상 전체가 병들어 있습니다. 그 점 때문에 세상이 몰락할 것입니다. 하지만 이따금, 예컨대 춤출 때는 의도나 의무가 당신에게서 사라집니다. 그러면 댁의 삶은 돌연 딴판이 됩니다. 댁은 갑자기 이 세상에서 외톨이가 된 듯 느낍니다. 아니면 내일이라도 당장 죽을 수 있다는 듯 느낍니다. 그러면 댁의 진정한 모습이 깡그리 드러나지요. 댁이 춤출 때면 심지어 그런 것을 남에게 전염시킵니다. 그게 댁의 비밀이라는 겁니다."

그녀의 발걸음이 훨씬 빨라졌다. 그녀는 호숫가의 툭 튀어나온 지점에 멈추어 섰다.

"댁은 이상한 분이시군요." 그녀가 말했다. "많은 점이 이해되긴 하지만 댁이 나한테 바라는 게 대체 뭔가요?"

고개를 숙인 그의 모습은 일순간 슬픈 듯이 보였다.

"댁은 사람들이 항상 댁을 소유하려고 한다는 데 길들여져 있군요. 테레지나, 난 댁이 직접 원하거나 기꺼이 하고 싶어 하지 않는 것은 바라지 않아요. 내가 댁을 사랑하더라도 댁이 개의치 않으면 되지요. 사랑받는 건 행복한 게 아니에요. 누구나 자신을 사랑하지만 수많은 사람은 일평생 괴로워하지요. 그래요, 사랑받는 건 행복한 게 아니에요. 사랑하는 게 행복한 거지요!"

"할 수만 있다면 어떻게든 댁을 기쁘게 해 드리고 싶어요." 테레지나는 천천히 동정하듯 말했다.

"댁의 소원을 이루어 드리는 걸 허락해 준다면 가능하지요."

"어머, 내 소원을 어떻게 안단 말이에요!"

"하긴 댁한테 소원 같은 게 없을지도 모르지요. 댁이 지닌 천국에 이르는 열쇠는 댁의 춤이지요. 하지만 난 댁의 소원을 알고 있어요. 난 그것을 사랑해요. 그러니 댁의 모든 소원을 이루어 드리는 것을 낙으로 삼는 자가 있다는 걸 이제 아셔야 해요."

테레지나는 깊은 생각에 잠겼다. 경계의 눈초리가 다시 날카로워지고 쌀쌀해졌다. 그가 그녀에 대해 알 수 있었던 게 뭘까? 그걸 알 수 없었기에 그녀는 신중하게 말을 꺼내기 시작했다.

"나의 첫 번째 부탁은 솔직해져 달라는 거예요. 나에 관한 이야기를 댁한테 들려준 장본인이 누군지 말해 주세요."

"아무도 없어요. 아무와도 댁 이야기를 나누지 않았어요. 내가 알고 있는 얼마 안 되는 사실은 댁한테 직접 들은 이야기입니다. 내가 어제 들은 내용은 댁이 한번 카스틸리오네에 가서 도박하고 싶어 한다는 거였어요."

그녀의 얼굴이 씰룩 움직였다.

"아 그래요, 내 말을 엿들은 거네요."

"네, 물론입니다. 댁의 소원이 이해가 되더군요. 댁이 댁 자신과 항상 일치하는 것은 아니므로 자극이나 마비를 추구하는 거지요."

"아, 아니에요. 난 댁 생각처럼 그리 낭만적이지 않아요. 내가 도박에서 추구하는 것은 마비가 아니라 그냥 돈일 뿐이에요. 나는 한번 부자가 돼 보고 싶거나, 몸 팔지 않고 아무 걱정 없이 살고 싶어요. 그게 다예요."

"지극히 당연하게 들리는군요. 하지만 난 그 말 믿지 않아요. 그렇지만 어떻게 말하든 그건 자유지요! 물론 댁은 몸을 팔 필요가 없다는 걸 매우 잘 알고 계십니다. 그 이야기는 그만하도록 합시다! 하지만 도박하기 위해서든 그렇지 않든 돈이 필요하면 나한테서 가지세요! 내 생각으로 난 필요 이상의 돈을 갖고 있거든요. 난 거기에 아무런 가치도 두지 않아요."

테레지나는 다시 몸을 사렸다.

"난 댁을 잘 몰라요. 어떻게 그 돈을 받을 수 있겠어요?"

그는 어떤 고통에 휩쓸린 듯 갑자기 모자를 벗고 말문을 닫았다.

"왜 그러세요?" 테레지나가 외쳤다.

"아무것도 아닙니다, 아무것도. 가게 해 주세요! 우리는 너무 많은 대화를 나누었어요, 너무 많은. 그렇게 많은 말을 해서는 안 되지요."

그러고는 작별 인사도 없이 그는 절망에 사로잡힌 듯 급히 가로수 길을 달려가 버렸다. 무희(舞姬)는 꽁하고 언짢은 기분으로 그의 뒷모습을 우두커니 바라보았다. 솔직히 그녀는 그와 자신에 대해 놀라고 있었다.

하지만 그가 달려간 것은 절망감에서가 아니라 감당할 수 없는 긴장과 충만감에서였다. 그로서는 갑자기 한마디 더 하거나, 한마디 더 듣는다는 것이 불가능해졌다. 그는 혼자, 절대로 혼자 생각하고 경청하며 자신의 소리에 귀 기울여야 했다. 테레지나와의 대화로 인해 그는 당황과 혼란 속에 빠졌다. 아무 의지도 없이 말들이 튀어나왔다. 마치 목을 졸린 듯 자기의 경험이나 생각을 전달하고 형성하며 발설해서, 그것들을 자신에게 호소하고픈 강렬한 욕구에 사로잡힌 것이다. 그는 자기의 말 한마디 한마디에 깜짝깜짝 놀랐다. 하지만 더 이상 간단하거나 옳지 않은 일에 자기가 개입하고 있으며, 자기로서도 파악할 수 없는 일을 쓸데없이 설명하려고 한다는 느낌을 점점 더 많이 받았다. 그러다가 그로서는 도저히 참을 수 없게 되어 갑자기 말을 중단해야 했다.

하지만 지난 15분간을 회상하려고 하는 지금, 그는 이런 체험을 즐겁고도 보람되게 느꼈다. 그것은 하나의 진전이자 구원이며 확증이었다.

이제까지 살아왔던 세계가 미심쩍게 보이자 그로서는 너무나 피곤하고 곤혹스러웠다. 그는 모든 감각과 의미가 사라지는 순간, 삶이란 가장 의미심장한 것이 된다는 놀랄 만한 사실을 체험했다. 하지만 번번이 이러한 체험이 정말 본질적인 것인지, 지치고 병든 감정이 우연히 약간 미동하는 것에 불과한 것인지, 요컨대 변덕스러운 기분이나 가벼운 신경 쇠약이 아닌지 하는 곤혹스러운 의구심이 들었다. 이제 그는 어젯밤과 오늘의 체험이 진짜임을 확인했다. 그러한 체험은 그에게서 빛을 발해 그를 변화시켰고, 다른 사람을 그에게로 끌어당겼다. 그의 고독은 붕괴하고 사랑하는 사람이 생겨, 그녀에게 봉사하고 그녀를 기쁘게 해 주려고 했다. 그는 다시 미소 지을 수 있었고 웃을 수 있었다!

그의 마음속에 고통과 희열 같은 감정이 파도쳤다. 그는 그러한 감정으로 인해 몸을 부르르 떨었다. 그의 내부에서 삶의 소리가 거센 파도처럼 울려왔다. 모든 게 다 이해할 수 없는 것들이었다. 그는 눈을 치뜨고 보았다. 거리의 가로수, 호수의 은빛 물결, 달리는 개 한 마리, 자전거 타는 사람. 이 모든 것은 이상하고 동화 같았으며 몹시도 아름다웠다. 이 모든 것은 신의 장난감 상자에서 방금 꺼낸 것처럼 여겨졌다. 모든 것이 오직 그 자신, 프리드리히 클라인을 위해서만 존재하는 것 같았다. 그리고 그 자신은 이러한 불가사의, 고통, 희열의 물결을 뼈저리게 느끼기 위해 존재했다. 어디에나 아름다움이 있었다. 길가의 쓰레기 더미에도 아름다움이 있었다. 어디에나 깊은 고뇌가 있었고, 어디에나 신이 있었다. 그렇다, 그게 신이었다. 아주 오래전 소년 시절 언젠가 '신'이나 '신의 편재'를 그렇게 느끼고 진심으로 갈구했던 적이 있었다. 심장이여, 충만해서 터지지 말지어다!

다시 그의 삶의 잊힌 모든 틈새에서 자유로워진 수많은 기억이 용솟음쳐 올랐다. 대화, 약혼 시절, 어릴 때 입은 옷가지들, 학창 시절의 방학 날 아침. 그리고 이 기억들은 몇 개의 고정된 중심점 주위를 질서 정연하게 맴돌았다. 아내의 형상, 어머니, 살인자 바그너, 테레지나의 주위를 말이다. 고전 작가의 작품에 나오는 구절, 언젠가 학창 시절에 그를 사로잡았던 라틴어 격언, 그리고 민요에 나오는 우매하고 감상적인 구절들이 그의 뇌리에 떠올랐다. 아버지의 그림자가 뒤에 어른거렸다. 그는 장모의 죽음을 다시 체험했다. 여태껏 눈과 귀를 통해, 사람과 책을 통해, 희열이나 고통으로 그의 마음속에 들어가 가라앉았던 일체의 것이 생생해지는 것 같았다. 모든 것이 동시에 휘저어진 것처럼 뒤섞여 소용돌이치면서, 그러나 모든 것이 잊히지 않은 채 의미심장하게 소생하는 것이었다.

이처럼 밀어닥치는 생각은 성적 흥분의 절정과 분간되지 않는 고통을 일으켰다. 심장의 고동은 빨라지고, 눈에는 눈물이 괴어 있었다. 그는 지금이 미치기 직전 상황임을 파악했다. 하지만 결코 미치지는 않을 거라는 사실도 알았다. 그러면서 과거를 되돌아보거나 호수나 하늘을 보는 것처럼 이 광기라는 영혼의 나라를 놀랍고도 매혹적으로 바라보았다. 여기에서도 모든 게 불가사의하고 매혹적이며 의미심장했다. 고상한 민족들이 광기를 신성하게 여기는 이유를 알 것 같았다. 그는 모든 것을 파악했고, 모든 것이 그에게 말을 걸었으며, 모든 것이 그에게 해명되었다. 말로는 뭐라고 표현할 길이 없었다. 그러한 그 무엇을 언어로 생각해 내려 하거나 이해하려 하는 것은 잘못이며 아무런 가망 없는 일이리라! 오로지 가슴을 활짝 열고 준비하고 있어야 했다. 그러면 삼라만상이, 마치 노아의 방주 속으로 들어가듯, 전 세계가 끊임없는 행렬을 지어 사람 마음속으로 들어갈 수 있었다. 그러면 세계를 소유하고 이해해서 그것과 하나가 되었다.

그는 슬픔에 사로잡혔다. 아, 모두 이 같은 사실을 알고 체험한다면 좋으련만! 그러면 어떻게 아무렇게나 생활하고 마구 죄를 짓겠는가! 또 어떻게 맹목적으로 한없이 고통당할 필요가 있겠는가! 어제만 해도 그는 테레지나에게 화내지 않았던가? 어제만 해도 자기 아내를 증오하고 비난하며, 자기 생활의 모든 고통을 그녀에게 전가하려 하지 않았던가? 얼마나 슬프고 우둔하며 희망이 없었던가! 하지만 내부로부터 보고, 사물 배후의 본질인 그를, 신을 보자마자 모든 것은 이처럼 간단하고 선하며 의미심장한 것이었다.

여기서 길이 꺾여 새로운 생각의 뜰과 그림의 숲이 나왔다. 오늘의 감정을 미래로 돌려 보니 그와 모두를 위한 수많은 행복한 꿈이 불꽃처럼 튀어 올랐다. 그의 둔탁하고 타락한 지난 삶은 고소당하고 탄핵되어 심판받아야 할 것이 아니라 새로이 기쁨, 선, 사랑에 가득 차 의미심장하게 반대로 전환되어야 했다. 그가 체험한 은총은 빛을 반사해 계속 작용해야 했다. 성서의 말씀과 은총받은 경건한 성자에 대해 알고 있던 모든 것이 그에게 중요한 의미로 다가왔다. 그들도 자기와 같은 현상을 매번 겪었다. 그들 역시 자기처럼 소심하게 불안에 떨며 암울하고 곤고한 길을 걸었다. 그러다가 어느 순간 대전환을 맞이하고 커다란 깨달음을 얻은 것이다. "이 세상에서 너희는 불안하게 살리라." 그리스도는 제자들에게 말했다. 하지만 이러한 불안을 극복한 자는 더 이상 이 세상에 살지 않고 신, 영원 속에서 사는 것이다.

전 세계의 모든 현자, 석가모니와 쇼펜하우어, 그리스도, 그리스 사람들은 모두 이렇게 가르쳤다. 단 하나의 지혜, 단 하나의 믿음, 단 하나의 사유만이 존재했다. 그것은 우리 내부의 신을 아는 것이었다. 이런 사실을 학교, 교회, 책이나 학문에서 얼마나 왜곡되고 그릇되게 가르쳐 왔던가!

클라인의 정신은 날개를 파닥이며 자신의 내부 세계, 지식과 교양의 영역을 두루 날아다녔다. 외부 세계와 마찬가지로 여기에도 토지, 재화, 샘물이 줄줄이 있었다. 하지만 자기 것은 죄다 외떨어진 불모지에 있어 아무 가치가 없었다. 하지만 이제 지식과 깨달음의 빛을 쬐자 여기에도 돌연 혼란의 와중에 질서, 의미와 형성이 자리를 잡고, 창조가 시작되어 극에서 극으로 삶과 관계가 용솟음쳐 나왔다. 아주 머나먼 곳에서 명상의 결과 나온 말들이 자명해졌고, 어두움이 밝아졌으며, 구구단은 신비스러운 신앙 고백이 되었다. 이 세계에도 혼이 불어 넣어져 사랑이 불타오르게 되었다. 젊은 시절 그가 사랑한 예술 작품들은 새로운 매혹으로 되살아났다. 예술이라는 수수께끼 같은 마법도 같은 열쇠로 열린다는 것을 알았다. 예술이라는 것은 다름 아닌 은총과 깨달음의 상태에서 세계를 관찰하는 것이었다. 예술이란 모든 사물의 배후에서 신을 가리키는 것이었다.

그는 황홀경에 빠져 세상을 두루 돌아다녔다. 모든 나무의 가지마다 황홀경에 참가해 더 고상하게 비상하려 했고, 더 내적으로 가지를 드리워 상징이나 계시가 되었다. 보라색의 엷은 구름이 면경 같은 호수에 아주 감미로운 그림자를 드리우며 지나갔다. 모든 돌멩이 하나하나가 그 그림자 옆에 의미심장하게 누워 있었다. 이 세계가 몹시도 아름답고 심원하며 성스러워 예전에 한 번도 그런 적이 없을 정도로 사랑스러웠다. 또는 어릴 때 신비롭고 전설 같은 시절 이래로 한 번도 이보다 더 사랑스러웠던 적이 없었다. "이제 너희는 어린이처럼 되지는 않는다"는 말이 떠올랐다. 그런데 그는 다시 어린이가 되어 하늘나라로 들어간 기분이었다.

피곤과 허기를 느끼기 시작했을 때 그는 시내에서 멀리 떨어져 있음을 알았다. 이제야 자기가 어디서 왔으며 어떤 일이 벌어졌는지 생각났다. 그리고 자신이 테레지나와 작별 인사도 없이 부리나케 도망쳐 나왔음을 알았다. 그는 인근 마을에 들러 어느 주점을 찾았다. 월계수 나무 밑의 마당에 나무 탁자가 마련된 어느 조그만 촌티 나는 포도주 가게가 그의 마음을 끌었다. 식사를 달라고 했지만 포도주나 빵 말고는 아무것도 없었다. 수프나 달걀, 또는 햄을 부탁했지만 아무것도 없었다. 이곳에 그런 음식은 없었다. 물가가 비쌌던 시기에 여기서 그 같은 음식은 먹지 않았다. 처음에는 여주인과 협상하다가, 다음에는 돌 문지방 위에 앉아 옷을 깁고 있는 할머니와 협상했다. 하는 수 없이 짙은 그림자가 드리워진 마당에 앉아 빵과 떫은 적포도주로 허기를 때우는 수밖에 없었다. 무성한 포도 덩굴과 잔뜩 걸린 빨래 때문에 보이지 않았던 이웃 마당에서 소녀 두 명이 부르는 노랫소리가 들려왔다. 갑자기 그 노래의 어느 가사가 그의 폐부를 찔렀지만 가사를 똑똑히 파악할 수는 없었다. 다음 구절에서 그 가사가 또 반복되었는데, 거기에 테레지나라는 이름이 나왔다. 반쯤 우스꽝스러운 종류의 그 재치 있는 노래는 테레지나에 관해 다루고 있었다. 이해되는 다음 가사는 이러했다.

여인의 어머니가 창가에서
뱀 같은 목소리로 말하기를
오, 테레지나, 빨리 돌아오렴,
건달 같은 녀석일랑 죄다 물리치고!

테레지나! 얼마나 사랑했던가! 사랑한다는 것은 얼마나 멋진 일이던가!

그는 머리를 탁자 위에 얹고 꾸벅꾸벅 졸며 깜빡 잠들었다가 다시 깨어났다. 이러기를 여러 차례 반복했다. 때는 저녁이었다. 여주인이 탁자 앞에 와서 이상한 손님이라고 생각했다. 그는 돈을 주며 포도주를 한 잔 더 시키고 그 노래에 대해 물어보았다. 그녀는 친절하게 포도주를 가져와서 그의 옆에 선 채로 있었다. 그녀에게 테레지나 노래의 가사 전부를 낭송하게 한 그는 다음 가사를 듣고 무척 기뻐했다.

난 결코 건달이 아니고
그대를 속이려는 게 아니지요,
난 갑부의 아들,
진정 반해서 왔답니다.

여주인은 이젠 수프를 먹을 수 있다고 했다. 그렇지 않아도 기다리는 남편을 위해 끓인다는 것이었다.

그는 야채수프와 빵을 먹었다. 주인이 돌아왔다. 마을의 회색 돌 지붕들에 늦은 저녁의 햇빛이 사그라지고 있었다. 그는 방이 있는지 물어보았다. 두꺼운 돌벽이 그대로 드러난 방이 그에게 제공되었다. 그 방에서 밤을 묵기로 했다. 그는 여태껏 그런 방에서 자 본 적이 없었다. 그것은 마치 도둑 이야기에 나오는 방 같았다. 이제 그는 마을의 밤거리를 돌아다니다가 조그만 잡화

점이 아직 열려 있는 것을 발견하고 초콜릿을 사서는 골목길에서 떼 지어 놀고 있는 아이들에게 나눠 주었다. 그들은 그의 뒤를 졸졸 쫓아다녔고, 부모들은 그에게 인사했으며, 만나는 사람마다 그에게 안녕히 주무시라는 인사를 했다. 그도 같은 인사말을 던지고는, 집의 문지방이나 현관 계단 위에 앉아 있는 모든 노인과 젊은이들에게 고개를 끄덕였다.

그는 즐거운 마음으로 주막집의 자기 방, 이 동굴 같은 원시적인 숙소를 생각했다. 회색 담벼락엔 오래된 석회가 덕지덕지 떨어져 있었고, 맨몸으로 드러난 벽면엔 필요한 것이라곤 하나도 없었다. 그림도 거울도 없었고, 카펫도 커튼도 없었다. 그는 마치 탐험가처럼 시골 마을을 돌아다녔다. 모든 게 찬란한 빛을 발했고, 모든 게 은밀한 약속으로 충만해 있었다.

주막집으로 되돌아오면서 그가 텅 빈 어두컴컴한 객실에서 문틈으로 난 불빛을 따라가니 부엌이 나왔다. 그곳은 동화에 나오는 동굴 같았다. 얼마 안 되는 약한 빛이 돌로 된 붉은 지면에 흘러들었으나 벽이나 천장에 도달하기도 전에 짙게 깔린 따스한 어두움 속으로 사라져 버렸다. 그리고 칠흑처럼 새까만 무척 큰 연통에서는 무진장한 암흑의 샘물이 흘러나오는 것 같았다.

부인은 할머니와 함께 앉아 있었다. 둘 다 손을 무릎에 다소곳이 얹고 등받이 없는 낮은 의자에 맥없이 허리를 굽히고 앉아 있었다. 주막집 부인은 울고 있었다. 들어오는 사람은 아무도 신경 쓰지 않았다. 그는 채소 찌꺼기 옆 탁자에 자리를 잡았다. 날이 무딘 칼이 흐릿한 빛을 발했고, 벽에는 불빛에 반사되어 반짝반짝 광택을 내는 놋쇠 그릇이 붉게 빛나고 있었다. 부인은 울고 있었고, 늙은 할머니는 그녀 옆에 서서 사투리로 그녀와 중얼중얼 대화를 나누고 있었다. 집안에 불화가 있어 다툰 뒤 남편이 다시 집을 나가 버렸다는 사실을 그는 차츰 알게 되었다. 남편이 폭력을 썼는지 물어보았지만 아무런 대답도 듣지 못했다. 그는 부인을 위로하기 시작했다. 그는 남편이 곧 다시 돌아올 거라고 말했다. 부인은 날카롭게 쏘아붙였다. "오늘은 안 되고, 아마 내일도 안 돌아올 거예요." 그는 위로해 주는 일을 포기했다. 부인은 좀 더 반듯이 앉았다. 모두 말없이 앉아 있었고, 울음은 침묵으로 변했다. 아무 말이 없는 단순한 상황이 그로서는 이상하게 생각되었다. 부인은 남편과 다툰 뒤 속상해서 울고 있었다. 이제 그런 상황이 지나가고 조용히 앉아 기다리고 있었다. 삶은 정말이지 이렇게 계속될 것이다. 어린이나 동물이 살아가는 것처럼. 다만 대화를 나누지 않고, 간단한 일을 복잡하게 만들지 않으며, 영혼을 바깥으로 돌리지 않을 뿐이다.

클라인은 할머니에게 셋이 마실 커피를 좀 끓여 달라고 했다. 여자들은 환한 표정을 지었다. 노파는 당장 난로에 장작을 넣었다. 장작과 종이 타는 소리가 타닥타닥 났고, 빠지직거리며 화염이 피어올랐다. 이글이글 타오르는 불빛으로 밑에서 비추어진 여주인 얼굴을 보니 울어서 다소 해쓱했지만 이제 마음이 가라앉아 보였다. 그녀는 불 속을 들여다보다가 이따금 미소를 짓기도 했다. 그러더니 갑자기 일어나 천천히 수도꼭지로 가서 손을 씻었다.

그런 다음 그들 셋 모두 탁자에 앉아 뜨거운 블랙커피에 오래 묵은 두송주를 곁들여 마셨다. 여자들은 더 활기를 띠어 여러 가지 이야기를 나누며 묻고는 힘들여 말하는 클라인의 부정확한 말에 웃음을 지었다. 그가 여기에 온 지 이미 매우 오래된 것처럼 생각되었다. 근래 일어난 모든 일은 얼마나 놀랄 만한 일이었던가! 전체적인 시공과 평생의 국면이 어느 날 오후에 몽땅 일어난 셈이어서 매시간 과중한 삶을 짐 지고 있는 것 같았다. 몇 초 동안 그의 내부에 섬광처럼 두려움이 스쳐 지나갔다. 마치 태양이 바위 위의 물 한 방울을 빨아들이듯, 피곤과 생활력의 감퇴가 돌연 백배의 위력으로 들이닥쳐 그를 깡그리 빨아들일지도 모른다는 생각이었다. 이따금 되찾아 오는 이런 찰나의 순간, 이런 번쩍하는 낯선 순간 그는 자신이 살아 있음을 보았고, 자신의 뇌수 속을 느끼며 들여다보았다. 그리고 가속 진동을 하는 순간 거기서 말할 수 없을 만치 복잡하고 정교하며 귀중한 기계가 수천 배의 작업량으로 진동하는 것을 보았다. 이는 유리 뒤의 극히 예민한 시계 장치에 장애를 일으키는 데는 미세한 먼지 하나로 족한 거나 마찬가지다.

주인이 불안정한 사업에 돈을 투자하고, 자주 외박을 하며, 사방에서 여자들과 관계 맺고 있다는 이야기가 그의 귀에 들어왔다. 부부에게 자식은 없었다. 클라인이 애를 써서 이탈리아 말로 간단한 질문을 하며 정보를 얻으려 하는 동안 유리 뒤에서는 정교한 시계 장치가 쉼 없이 우아한 열을 내며 가고 있었다. 그것은 살아온 매 순간을 즉각 청산하고 계량하는 것이었다.

그는 적당한 때를 보아 잠자러 가려고 일어섰다. 그는 두 여인에게 손을 내밀었다. 할머니가 하품을 삼키는 동안 여주인은 강렬한 시선으로 그를 쳐다보았다. 그런 다음 그는 몹시 높고 커다란 어두컴컴한 돌계단을 더듬더듬 올라가 자기 방으로 갔다. 거기서 그는 점토 항아리에 물이 준비된 것을 발견하고 얼굴을 씻으면서 일순간 비누, 실내화와 잠옷이 있었으면 좋겠다고 생각했다. 그리고 15분 정도 더 화강암 창틀에 몸을 기대고 있다가 옷을 다 벗고 딱딱한 침대에 가서 누웠다. 까끌까끌한 아마포가 그를 황홀하게 하고 온갖 시골 정취를 불러일으켜 주었다. 사면이 돌로 된 방에서 양탄자나 장식물, 많은 가구 같은 가소롭고 잡다한 물건 없이, 모든 과도한, 필시 야만적인 부속물 없이 항시 이렇게 살아가는 게 유일하게 옳은 것이 아니었던가? 비를 막기 위한 머리 위의 지붕, 추위를 막기 위한 간단한 천장, 배고픔을 해결하기 위한 약간의 빵과 포도주나 우유, 잠을 깨우기 위한 아침의 태양, 잠들게 하기 위한 저녁의 석양. 더 이상 인간에게 뭐가 필요했단 말인가?

하지만 불을 끄자마자 방과 집, 마을도 그의 마음속에 가라앉았다. 그는 다시 호반에서 테레지나 곁에 서서 그녀와 대화를 나누고 있었다. 그는 오늘 나눈 대화를 어렵사리 겨우 기억해낼 수 있었지만, 자신이 대체 무슨 말을 했는지 의심스러웠고, 모든 대화가 꿈이나 환영이 아니었을까 생각되었다. 암흑이 그의 기분을 좋게 했다. 내일 그가 어디서 잠을 깰지 누가 알겠는가?

문에서 시끄러운 소리가 들려 그는 잠이 깼다. 문의 손잡이가 살며시 돌아가고 실낱같은 불빛이 새어 들며 틈새에서 망설이고 있었다. 그는 의아하게 생각했지만 순간 눈치를 채고 건너쪽을 바라보니 아직 모습이 드러나지는 않았다. 그때 문이 열렸다. 여주인이 손에 등불을 들고 맨발인 채 아무 소리 없이 서 있었다. 그녀는 뚫어져라 그를 쏘아보고 있었다. 그는 미소를 지으며 팔을 내뻗었다. 적이 놀랐지만 아무 생각이 없었다. 그녀는 이미 그의 곁에 와 있었다. 그녀의 까만 머리카락이 그의 옆조야한 베개 위에 흘러내렸다.

그들은 한마디의 말도 나누지 않았다. 그녀의 입맞춤에 발동이 걸린 그는 그녀를 끌어안았다. 갑자기 어떤 사람이 밀착해와 가슴에 온기를 느끼고, 낯모르는 여인의 억센 팔이 목덜미에 감겨 있다는 사실에 그는 야릇한 충격을 받았다. 이러한 온기는 정말 오랜만에 느껴 보는 감정이었고, 어떤 여인과 뒤엉켜 이런 온기를 느낀다는 사실이 너무나 서먹서먹하고 고통스러울 정도로 새로운 느낌이었다. 그는 얼마나 고독하고 쓸쓸했으며, 얼마나 오랫동안 혼자였던가! 나락과 화염이 이글거리는 지옥이 그와 모든 세계 사이에 아가리를 떡 벌리고 있었다. 그런데 이제 낯선 사람이 말 없는 신뢰감을 보이며 위로를 갈구하며 찾아왔다. 자신이 수년 동안 무시당하고 위축된 사내였듯이 그녀 역시 무시당한 불쌍한 여인이었다. 그녀는 그의 목에 매달려 주거니 받거니 곤궁한 삶에서 나오는 환희의 물방울을 탐욕스럽게 빨아들였다. 그녀는 도취해 있었지만 수줍어하며 그의 입을 찾았고, 애처롭도록 부드러운 손으로 그의 손을 만지작거리며 자기 뺨을 그의 뺨에 문질렀다. 그는 일어나 그녀의 핼쑥한 얼굴을 들여다보며 두 눈을 꼭 감은 그녀에게 입맞춤을 했다. 그러고는 이렇게 생각했다. 이 여자는 받는다고 생각하지만 주고 있음은 알지 못하고, 자기의 고독으로부터 탈출해 나에게 왔으면서 나의 고독은 알지 못하는구나! 이제야 그녀 얼굴을 보았다. 그는 저녁 내내 그녀 옆에 맹목적으로 앉아 있었다. 그녀는 길고 가느다란 손과 손가락, 귀여운 어깨며 숙명적인 불안이 가득 담긴 얼굴, 어린이 같은 맹목적인 갈망을 지니고 있었다. 그리고 애무의 세밀한 기교에 대해선 어설픈 지식밖에 없었다.

그 자신도 사랑에는 어린아이며 초심자에 지나지 않는다는 사실을 알고 그에 대해 서글프게 생각했다. 오랫동안 밋밋한 결혼 생활을 하는 가운데 체념하고 소심해졌지만 딱히 순결한 것도 아니어서 탐욕스레 갈구하며 양심의 가책에 시달렸다. 무수한 입맞춤으로 갈증을 축이며 여인의 입술과 가슴에 매달려 있으면서도, 그녀의 부드러운 손길과 머리카락에서 흡사 어머니 같은 느낌을 받으면서도 그의 마음속에서는 벌써 환멸과 압박감이 느껴졌다. 그는 예의 언짢은 불안감이 다시 엄습해 옴을 느꼈다. 그리고 그의 본성 깊은 곳에서는 자신은 사랑할 능력이 없으며, 사랑이란 단지 고통과 사악한 마술을 가져다줄 뿐이라는 예감과 두려움이 그를 전율케 했다. 짧은 순간의 성적 쾌락이 진정되기도 전에 그의 영혼 속에서는 두려움과 불안이 사악한 눈을 떴다. 반면에 자신이 소유하고 정복한 것이 아니라 소유 당했다는 반감과 역겨운 예감이 들었다.

여인은 촛불을 들고 소리도 없이 다시 빠져나갔다. 클라인은 어둠 속에 누워 있었다. 그리고 포만감을 만끽하는 와중에 벌써 아까 몇 시간 전 섬광처럼 두려움을 느꼈던 순간이 왔다. 그의 새로운 삶의 과분한 음악이 그의 내부에서 지친 나머지 불협화음을 내고, 수많은 쾌감을 맛본 대가로 돌연 피곤과 불안을 느껴야 하는 언짢은 순간이 왔다. 불면과 침울, 악몽이라는 온갖 적이 잠복하고 있어 그는 가슴이 콩닥거림을 느꼈다. 까칠까칠한 아마포에 닿은 피부가 따끔거렸고, 밤이 창백한 얼굴로 창 너머로 바라보고 있었다. 여기에 머무른다는 것은 있을 수 없는 일이고, 다가오는 고통을 배겨 낸다는 것은 불가능한 일이다! 아아, 그 순간이 다시 찾아왔다. 죄책감과 불안감, 슬픔과 절망이 다시 찾아왔다! 극복해 낸 모든 과거지사가 다시 찾아왔다. 이제 어떠한 구원도 존재하지 않았다.

그는 허둥지둥 옷을 주워 입고 등불도 없이 문 앞에서 먼지투성이의 장화를 찾아 신고는 살금살금 계단을 내려가서 집을 빠져나갔다. 피로에 지쳐 흐늘거리는 다리를 가누며 절망적인 심정으로 한밤중에 마을을 달렸다. 자신으로부터 조소당하고 박해받고 증오받으면서.

4

클라인은 마음속의 악마와 뒤엉켜 절망적인 심정으로 싸웠다. 그가 최근에 운명적으로 새로 획득한 인식과 구원은 취한 것 같은 상태에서 과거지사를 투시하는 가운데 최고조에 달했다. 그래서 다시 잃어버릴 것 같지 않았는데, 얼마 안 가 다시 곤두박질치기 시작했다. 지금 그는 또다시 계곡과 응달 속에 누워 있었다. 여전히 투쟁하고, 여전히 은밀하게 희망하지만 깊은 상처를 입은 채. 하루 동안, 짧고 찬란한 하루 동안 누구나 할 수 있는 간단한 일을 하는 데 성공했다. 가련한 하루 동안 그는 자신을 사랑하면서 자신을 적대적인 부분으로 쪼개지지 않은, 하나의 통일체로 느꼈다. 그는 자신을 사랑했으며, 자신의 내부에 세계와 신을 지녔다. 그리고 다름 아닌 사랑과 기쁨, 확증이 사방에서 그에게 몰려왔다. 어제 만약 강도의 습격을 받거나 경찰에게 체포당했더라면 확증, 미소와 조화가 있었으리라! 그런데 지금 행복의 한가운데서 그는 다시 쓰러져 왜소해졌다. 모든 법정이 그릇되고 어리석다는 것을 그의 내심이 알고 있었지만, 그는 자신을 심판했다. 화려한 하루 동안 투명하게 보이고 온전히 신으로 충만했던 세계는 다시 딱딱하고 무거워졌다. 그리고 모든 사물은 자신의 고유한 의미를 지니고 있었고, 모든 의미는 다른 것과 모순되었다. 이날의 감동이 점차 줄어들어 사멸해 버릴 수 있다니! 성스러운 감동은 하나의 변덕스러운 기분에 불과했다. 그리고 테레지나와의 일은 하나의 공상에 불과했고, 주막집에서의 모험은 하나의 수상쩍고 추잡한 이야기에 지나지 않았다.

선생 같은 투로 자신을 훈계하거나 비판하지 않고, 상처들, 오래된 상처들을 들쑤시지 않을 때만 이 같은 숨 막히는 불안감이 사라진다는 걸 그는 이미 알고 있었다. 모든 고통스러운 일, 모든 어리석은 일, 모든 나쁜 일마저 신으로 인식할 수 있다면, 고락이나 선악을 뛰어넘어 그 깊디깊은 뿌리를 추적해 들어가면 상황이 역전됨을 알고 있었다. 그는 이 같은 사실을 알고 있었다. 하지만 어떻게 손쓸 도리가 없었다. 그의 내부에는 사악한 정신이 깃들어 있었고, 신이란 다시금 멀리 떨어져 있는 그럴싸한 단어에 불과했다. 그는 자신을 증오하고 경멸했다. 사랑이나 믿음을 원하지 않았을 때 그것이 숙명적으로 다가왔듯이 증오심 역시 마찬가지로 그를 찾아왔다. 번번이 이런 식으로 일이 진행되어 갔다! 수없이 되풀이해 그는 은총과 축복을 체험하고, 다시 저주스러운 그 반대를 체험할 것이다. 그의 삶은 결코 자신의 의지가 명하는 길을 가지 않으리라. 장난감 공이나 물 위에 떠도는 코르크처럼 그는 영원히 이리저리 표류할 것이다. 최후의 순간이 올 때까지, 언젠가 노도(怒濤)가 덮쳐 그가 죽거나 미칠 때까지. 아, 그런 순간이 빨리 오면 좋으련만!

그는 진작부터 친숙했던 쓰라린 생각들인 불필요한 걱정과 불안, 불필요한 자책에 어쩔 수 없이 다시 시달리게 되었다. 그러한 무의미한 일을 꿰뚫어 보았자 단지 고통만 가중될 뿐이었다. 그가 최근에(마치 몇 달이나 된 것처럼 생각되었지만) 여행하며 떠올렸던 어떤 생각이 다시 살아났다. 달리는 열차의 레일에 몸을 던지면 얼마나 좋을까! 이러한 장면을 간절히 좇아 그것을 에테르처럼 빨아들였다. 온몸이 산산조각 나 걸레처럼 찢기고, 온몸이 바퀴에 깔려 흔적조차 없어지는 장면을! 그의 고통이 이 같은 환영 속으로 깊이 잠식해 들어갔다. 그는 프리드리히 클라인이 철저하게 파괴되는 모습을 박수갈채를 치며 쾌감과 함께 듣고 보며 맛보았다. 그는 자신의 심장과 뇌수가 찢기고 흩뿌려져 마구 밟히고 있음을 느꼈다. 또 고통스러운 머리가 으깨어지고, 고통스러운 눈알이 튀어나오고, 간장과 신장이 으깨져 반죽이 되고, 머리카락이 뽑히고, 뼈들, 무릎, 턱이 가루가 되는 것을 느꼈다. 가족 살해자 바그너가 처자식과 자신을 피바다 속에 빠뜨리고 맛보고자 했던 것이 바로 이런 느낌이었다. 그는 바로 이러한 느낌을 맛보고자 했었다. 아, 그가 자기에게 이토록 잘 이해된 것이다! 그 자신이 바로 바그너였다. 그는 훌륭한 성품을 타고난 인간으로 신적인 것을 느끼고, 사랑할 능력을 갖추고 있었다. 하지만 너무나 과중한 짐을 지고, 너무나 깊이 생각하고, 너무나 쉽게 지치고, 자신의 결함과 병폐를 너무 속속들이 알고 있는 게 문제였다. 그런 인간, 바그너나 자기 같은 인간은 이 세상에서 대체 어떻게 행동해야 하는가? 눈앞에는 항상 심연이 가로놓여 있어 신과 분리되고, 자신의 가슴으로는 항상 세계가 분열됨을 느껴, 신으로의 영원한 도약을 행하지만 끝없이 도로 추락하는 바람에 지치고 기진맥진하게 되는 것이 클라인의 신세였다. 그러한 바그너, 그러한 클라인으로서는 자신의 뇌리에 떠오르는 일체의 것을 말소하고, 알 수 없는 누군가가 형상들의 무상한 세계를 영원히 내뿜는 어두운 품속으로 몸을 내던지는 수밖에 다른 도리가 있겠는가? 그렇다, 별

다른 도리가 없었다! 바그너는 가서 죽을 수밖에 없었고, 자신을 삶의 책에서 지워 버려야 했다. 자신을 살해하는 것은 아마 쓸데없는 가소로운 짓일지도 모른다. 저 다른 쪽에 사는 시민들이 자살에 대해 하는 모든 말이 아마 맞을지도 모른다. 하지만 이런 상태에 처한 인간에게 쓸데없는 일이 아니고 가소롭지 않은 일이 뭐가 있겠는가? 그렇다, 아무것도 없다. 철로에 얹은 두 개골이 바스러지는 것을 느끼며 자발적으로 심연에 추락하는 것이 여전히 더 나은 것이다.

비틀거리는 다리를 가누며 그는 몇 시간이고 쉬지 않고 걸었다. 길을 가다가 선로가 나타나자 레일 위에 잠깐 누워 있었다. 심지어 머리를 철로 위에 얹고 꾸벅꾸벅 졸기까지 하다가 다시 깨어나기도 했다. 그는 자기가 무엇을 하려고 했는지 잊어버렸다. 일어나 계속 비틀거리며 걸었다. 발바닥에 통증이 왔고, 머리는 고통스러웠다. 때로는 넘어지기도 하고, 장미 가시에 상처 입기도 했다. 때로는 공중에 붕 떠 있는 것처럼 가볍게 느끼기도 하고, 때로는 한 걸음 한 걸음 힘들여 억지로 옮겨 놓기도 했다.

"이젠 귀신에 충분히 홀렸겠지!" 그는 혼자 쉰 목소리로 노래 불렀다. 충분하겠지! 고통 속에서 다 구워지고 무르익어, 복숭아씨처럼 충분히 성숙해 사멸할 수 있을 만치!

암흑 속에서 여기 한 줄기 불꽃이 어른거렸다. 그는 곧장 갈기 갈기 찢긴 영혼의 모든 정열을 그 불꽃에 걸었다. 지금 자살해 봤자 아무 소용 없다는 생각이 떠올랐다. 사지를 뿌리째 뽑아 박살 낸다는 것은 아무 가치가 없었고, 아무 소용 없었다! 고통과 눈물 속에서 끓어오르고, 매 맞고 아픔을 견디며 완전히 단련되는 것이야말로 구원을 가져다주는 좋은 일이었다. 그러고 나서는 죽어도 된다. 그러고 나면 그것은 좋은 죽음이고, 아름답고 의미심장하며 이 세상에서 가장 황홀한 죽음으로서 사랑의 밤보다 더 황홀한 것이다. 완전히 달아오른 몸을 내맡긴 채 품속에 다시 떨어져 사그라졌다가 구원받아 다시 태어나게 된다. 그러한 죽음, 성숙하고 선하며 고귀한 죽음만이 의의가 있다. 그것만이 구원이고 그것만이 귀향이다. 그의 가슴에서 동경의 눈물이 흘렀다. 아아, 좁고 힘든 길은 어디에 있으며, 좁은 문은 어디에 있다는 말인가? 그는 준비가 다 되어 있었다. 피로에 지친 육신이 흔들거리며 요동치고, 죽음의 고통으로 동요하는 영혼이 요동칠 때마다 그는 그 문을 동경했다.

새벽하늘이 동터 오기 시작했다. 쫓기는 자는 서늘한 은빛 햇살에 납빛 호수가 잠에서 깨어날 무렵 이슬에 젖은 양치식물과 높이 무성하게 자란 관목 사이, 호수와 시내가 내려다보이는 조그만 밤나무 숲속에 서 있었다. 그는 흐리멍덩한 눈으로 미소지으며 멍하니 불가사의한 세계를 응시했다. 충동적인 방황의 목적지에 다다랐다. 너무 기진맥진한 나머지 불안에 떠는 영혼은 침묵을 지키고 있었다. 그리고 무엇보다 밤이 지나가 버린 것이다! 악전고투는 끝나고 위험은 극복되었다. 파김치가 된 그는 쓰러져 죽은 자처럼 머리를 월귤나무 속에 처박고 숲속 양치식물과 나무뿌리 사이에 고꾸라졌다. 세계를 거부하는 그의 감각들 앞에 세계가 녹아 없어져 버렸다. 양손으로 풀을 움켜잡고, 가슴과 얼굴을 땅에 댄 채 걸신들린 듯 잠에 곯아떨어졌다. 마치 동경하는 마지막 잠인 것처럼.

꿈을 꾸었는데 나중에 기억나는 거라곤 단편적(斷片的)인 것밖에 없었다. 그는 꿈속에서 다음과 같은 것을 보았다. 극장 입구처럼 보인 커다란 문 옆에 거대한 글씨가 쓰인 커다란 간판이 걸려 있었다. 분명히 기억나지는 않아도 그 글씨는 '로엔그린'인가 아니면 '바그너'인가 싶었다. 그는 이 문 안으로 들어갔다. 안에는 어떤 부인이 있었는데, 어젯밤의 주막집 여자 같아 보이기도 하고 자기 아내 같아 보이기도 했다. 일그러진 그녀의 머리는 너무 컸고 얼굴은 기괴한 가면처럼 변화되어 있었다. 너무 역겨운 모습에 칼로 그녀의 몸을 찔렀다. 그러나 첫 번째 여인과 똑같이 생긴 다른 여인이 발톱으로 그의 목을 후려치고 목졸라 숨통을 끊으려고 했다.

이런 깊은 수면 상태에서 깨어나면서 그는 놀란 듯 자기 위의 숲을 쳐다보았다. 딱딱한 지면에 누워 있어 몸이 뻣뻣했지만 그래도 기분은 상쾌했다. 꿈의 여운이 아직 뇌리에 남아 있어 약간 불안한 기분이 들었다. 그렇지만 이 무슨 기묘하고 순진하며 애꿎은 몽상의 장난인가? '바그너' 극장에 들어가도록 재촉하는 작은 문이 다시 생각나자 그는 일순간 미소 지으며 생각했다. 바그너와 그의 관계를 그렇게 나타내다니 이 얼마나 굉장한 착상인가! 이러한 꿈의 정신은 거친 감이 있었으나 가히 천재적이었다. 그는 정곡을 찔렀다. 그리고 그는 모든 것을 알고 있는 것 같았다! '바그너'라고 글씨가 쓰인 극장은 그 자신이 아니었던가? 그것은 자신의 내부로 들어가라는, 자신의 진정한 내부의 낯선 세계로 들어가라는 촉구가 아니었던가? 바그녀는 바로 그 자신이었기 때문이다. 바그녀는 살인자이자 그의 내부에서 쫓기는 자였다. 하지만 바그녀는 작곡가, 예술가, 천재, 유혹자이기도 했으며, 삶의 향락, 관능적 쾌락과 사치를 갈구하는 성향이기도 했다. 바그녀는 모든 억압된 것, 가라앉은 것, 예전의 관리 클라인이 실패한 것에 대한 집합 개념이었다. 그리고 '로엔그린', 비밀스러운 목표를 지니고 방황하는 로엔그린, 이름을 물어봐서는 안 되는 그 기사 역시 그 자신이 아니었던가? 더 이상은 확실치 않았다. 끔찍한 가면을 쓴 여자와 발톱을 지닌 다른 여자, 그녀 옆구리를 칼로 찌른 사실은 다른 무언가를 생각나게 하기도 했다. 그는 그것도 알아내기를 희망했다. 살인과 생명의 위협이라는 분위기가 극장과 가면, 그리고 유희의 분위기와 야릇하고도 첨예하게 뒤섞여 있었다.

그 여인과 칼 생각을 하는데 일순간 자기 부부의 침실이 그의 눈앞에 또렷이 떠올랐다. 그래서 아이들 생각을 하지 않을 수 없었다. 어찌 자식들을 잊을 수 있겠는가! 아침에 잠옷 차림으로 조그만 침대에서 기어 내려오는 모습이 떠올랐다. 아이들 이름, 특히 엘리 이름을 생각하지 않을 수 없었다. 아아, 내 자식들! 꼬박 밤을 지새운 얼굴 위로 눈물이 주르르 흘러내렸다. 그는 머리를 절레절레 흔들며 애써 겨우 몸을 일으켰다. 그러고는 구겨진 옷에 붙은 나뭇잎과 흙덩이를 털어 내기 시작했다. 이제야 간밤의 일이 또렷이 기억났다. 마을 술집의 황량한 돌 방, 가슴을 파고들던 낯선 여인, 그의 도주, 쫓기듯이 내달린 발걸음이 기억났다. 마치 환자가 다리에 생긴 종기나 여윈 손을 바라보듯 그는 일그러진 자기 삶의 조그만 단편(斷片)을 바라보았다.

슬픔에 젖어 여전히 눈물을 흘리며 그는 혼자 나지막이 말했다. "신이시여, 저를 더 이상 어떻게 하실 작정입니까?" 간밤의 생각 중에 오직 다음의 동경만이 그의 내부에서 계속 울리고 있었다. 성숙한 마음으로 귀향해서 죽었으면 하는 동경이었다. 그가 가야 할 길은 아직 멀었던가? 고향까지 가려면 아직 멀었던가? 아직도 어렵고도 어려운 일, 도무지 생각해 낼 수 없는 일을 겪어야 하는가? 그는 그러한 일을 각오하고 있었다. 그는 몸을 내맡기고 마음을 열어 두고 있었다. 운명아, 덤벼라!

그는 천천히 산의 목장과 포도원을 지나 시내 쪽으로 내려갔다. 그는 자기 방을 찾아들어 몸을 씻고 빗질한 뒤 옷을 갈아입었다. 식사하러 가서 고급 포도주를 조금 마셨다. 굳어진 사지의 피로가 풀려 기분이 좋아지는 걸 느꼈다. 그는 요양실에서 춤추는 시간을 알아내어 차 마시는 시간에 맞추어 그곳으로 갔다.

그가 들어갔을 때 테레지나는 마침 춤을 추고 있었다. 춤출 때 얼굴에 번지는 그녀 특유의 현란한 미소를 보자 반가운 마음이 들었다. 그녀가 자기 자리로 돌아왔을 때 그는 인사하고 거기에 자리를 잡았다.

"오늘 밤에 같이 카스틸리오네로 갔으면 하는데요." 그는 나지막이 말했다.

그녀는 곰곰 생각해 보았다.

"오늘 당장 말이에요?" 그녀가 물었다. "그게 그렇게 급한 일인가요?"

"딱히 그런 건 아니지만 그게 좋겠는데요. 어디서 기다리면 될까요?"

그녀는 그의 초대와, 주름진 그의 고독한 얼굴에 일순간 이상하게도 우아하게 걸려 있던 천진난만한 웃음을 물리치지 않았다. 그것은 마치 화재로 홀딱 타 버려 허물어진 집의 마지막 남은 벽에 알록달록한 양탄자가 걸린 것 같은 형국이었다.

"도대체 어디 계셨어요?" 그녀는 궁금해하며 물었다. "어제 돌연 사라지셨지요. 그리고 매번 얼굴이 달라지는데 오늘 역시 다른 얼굴이네요. 혹시 모르핀 중독자 아니세요?"

그는 그저 이상할 정도로 우아하고 색다르게 웃을 따름이었다. 웃을 때 그의 입과 턱은 흡사 소년처럼 보였지만 이마와 눈 위에는 변함없이 고통스러운 형상이 여전했다.

"그럼 9시경에 에스플라나데 호텔 레스토랑에서 기다리고 있겠어요. 9시 정각에 보트 한 대가 나갈 거예요. 그런데 어제부터 무얼 하고 지냈나요?"

"온종일, 그리고 밤에도 내내 이리저리 돌아다녔지요. 어떤 마을에서는 남편이 달아난 한 여자를 위로해 줘야 했었지요. 그리고 어느 이탈리아 노래를 배우려 꽤나 애썼지요. 테레지나라는 여자를 다룬 노래였으니까요."

"어떤 노래였는데요?"

"이렇게 시작되는 노래였어요. '우거진 숲의 꼭대기에서.'"

"아니, 그런 유행가도 벌써 알고 계세요? 그래요, 지금 여종업원들 사이에서 유행하는 노래예요."

"아, 참 좋은 노래더군요."

"그리고 어떤 여자를 위로해 줬다면서요?"

"네, 슬픈 여자였어요. 남편은 달아나 그녀에게 불성실했지요."

"그래요? 그런데 어떻게 위로해 주었지요?"

"더는 혼자 있기 싫었던지 나한테 오더군요. 키스해 주고 내 곁에 눕게 했지요."

"예쁜 여자였어요?"

"모르겠어요. 정확히 보진 않았거든요. 아니, 이 이야기에 대해선 웃지 마세요! 아주 슬픈 이야기니까요."

그런데도 그녀는 계속 웃었다. "참으로 우스운 분이시군요! 그래서 한숨도 주무시지 못했나요? 그런 것 같아요."

"아닙니다, 서너 시간은 잤어요. 저 위 숲속에서."

그녀는 홀의 천장을 가리키는 그의 손가락을 보고 크게 웃어댔다.

"어떤 주막집에서요?"

"아니, 숲속에서요. 월귤나무 속에서. 열매는 거의 다 익었더군요."

"몽상가시군요. 춤출 시간이에요. 감독이 벌써 신호를 보내고 있어요. 클라우디오, 어디에 있죠?"

흑발의 아름다운 무용수는 벌써 그녀의 걸상 뒤에 서 있었다. 음악이 시작되었다. 춤이 끝나자 그는 밖으로 나갔다.

저녁에 그는 시간에 맞추어 그녀를 데리러 갔다. 그는 턱시도를 입기 잘했다고 생각했다. 테레지나는 레이스가 많이 달린 보라색 나들이옷을 입고 나왔기 때문이다. 그래서인지 그녀는 영주 부인처럼 보였다.

호숫가에서 그는 테레지나를 연락선으로 데려가지 않고 하룻밤 동안 전세 낸 어느 우아한 모터보트에 태웠다. 둘은 배에 올라탔다. 반쯤 열린 선실에는 이미 테레지나를 위한 이불이며 꽃이 준비되어 있었다. 쾌속선은 예리한 곡선을 그리며 항구를 벗어나 호수 한복판으로 질주했다.

밤의 정적이 감도는 바깥에서 클라인이 말했다. "테레지나, 사람들이 북적대는 저 건너 쪽에 가는 게 싫지 않아요? 마음에 드는 곳이 나올 때까지 무작정 계속 달리는 게 어떨까요. 아니면 어느 조용하고 아름다운 마을에 가서 그 지역 포도주를 마시며 소녀들이 부르는 노랫소리를 듣는 게 어떨까요. 어쩌면 좋겠어요?"

그녀는 아무 말이 없었다. 그리고 그녀의 얼굴에 얼핏 실망하는 기색이 보였다. 그는 웃었다.

"그저 내 생각일 뿐입니다, 용서하세요. 그대가 흡족하고 즐거우면 그걸로 족해요. 다른 계획은 없어요. 10분이면 건너편에 도착할 겁니다."

"도박에는 전혀 관심이 없으세요?" 그녀가 물었다.

"글쎄요, 일단 한번 해 봐야겠지요. 그에 대한 생각은 아직 미정입니다. 돈을 따고 잃을 수 있겠죠. 더 큰 흥분이 뒤따른다고 생각되는군요."

"도박에 사용되는 돈을 굳이 돈으로만 볼 필요는 없어요. 그건 누구에게나 하나의 상징이지요. 돈을 따고 잃는 것이 아니라 각자에게 중요한 가치를 지니는 소망이나 꿈을 따고 잃는 거예요. 나한테는 그게 자유지요. 나한테 돈이 있으면 아무도 나보고 이래라저래라 할 수 없거든요. 내 마음대로 살 수 있지요. 언제 어디서나 내가 원하는 사람을 위해 춤을 출 수 있지요. 가고 싶은 곳으로 여행을 떠날 수도 있고요."

그는 그녀의 말을 가로막았다.

"어린아이 같은 귀여운 아가씨로군요! 소망으로밖에 그러한 자유가 없다니요. 내일 부자가 되어 자유, 독립의 몸이 되었다고 칩시다. 모레는 어느 건달 녀석과 사랑에 빠져 돈을 다시 빼앗기거나 밤중에 목이 달아날지도 몰라요."

"그런 끔찍한 말을 하다니요! 내가 만약 부자가 된다면 지금보다 훨씬 더 검소하게 살지도 몰라요. 하지만 그런 건 재미있는 일이니 강요에 의해서가 아니라 자발적으로 할 거예요. 강요당하는 건 질색이에요! 그런데 보세요, 내가 이제 도박에 돈을 걸면 돈을 잃고 딸 때마다 내 소망이 참가하는 거예요. 소중하고 가치 있는 모든 것이 나한테 문제가 되니까요. 그렇게 함으로써 안 그러면 쉽사리 누릴 수 없는 느낌을 갖게 돼요."

그녀가 말하는 동안 클라인은 그녀 말에는 별반 주의를 기울이지 않고 그녀의 얼굴을 빤히 들여다보았다. 자기도 모르게 그는 테레지나의 얼굴을 숲속의 꿈에서 본 어느 여인의 얼굴과 비교해 보았다.

보트가 카스틸리오네의 만에 들어와서야 비로소 그 같은 사실이 의식되었다. 선착장 이름이 적힌 번쩍거리는 함석 간판의 모습을 보니 불현듯 '로엔그린'이나 '바그너'라고 쓰인, 꿈에서 본 간판이 생각났기 때문이다. 간판의 크기며, 회색과 흰색으로 눈부시게 빛났던 상황이 다 똑같았다. 이곳이 그를 기다린 무대였는가? 이곳의 바그너에게 찾아온 걸까? 이제 와 보니 테레지나도 꿈속 여인과 닮아 보였다. 더군다나 그가 칼로 찔러 죽인 어떤 여인과 발톱으로 그를 목 졸라 죽이려 했던 다른 여인과도 닮아 보였다. 온몸에 소름이 끼쳤다. 도대체 이 모든 일이 연관이 있단 말인가? 자신이 알지 못하는 마귀에 의해 다시 이끌려 왔다는 말인가? 그럼 어디로? 바그너에게로? 살인으로? 죽음으로?

배에서 내리면서 테레지나는 클라인의 팔을 붙잡았다. 그들은 서로 팔짱을 낀 채 북적거리는 선착장과 마을을 지나 카지노로 들어갔다. 여기의 모든 것은 반은 매혹적이고, 반은 피곤하게 하는 비현실적인 미광(微光)을 띠고 있었다. 돈을 밝히는 사람들이 도시에서 외떨어진 조용한 곳에서 길을 잃고 서 있는 이곳에서는 늘 도박이 벌어지고 있었다. 집들은 아주 크고 새것이었다. 불빛은 휘황찬란하고, 실내는 너무 으리으리했다. 사람들은 생기에 넘쳐 있었다. 크고 어두컴컴한 산맥과 넓고 부드러운 호수 사이에서 삶에 넌더리 난 탐욕스러운 소인배들이 벌 떼처럼 모여 불안스럽게 웅성대고 있었다. 그들은 마치 이제 단 한 시도 이 세상에 살아 있을 수 없다는 듯, 마치 당장이라도 자기들을 낚아채 갈 무슨 일이라도 벌어질 듯한 표정이었다. 음식을 들거나 샴페인을 마시고 있는 홀에서는 감미롭고 격정적인 바이올린 소리가 흘러나왔다. 야자수 나무와 분수 사이의 계단에는 꽃을 든 무리와 알록달록하게 차려입은 여자들이 뒤섞여 있었고, 야회복 차림의 창백한 남자들과 금 단추를 단 푸른 제복의 종업원들이 분주하게 오가며 일하고 있었다. 남국의 얼굴을 지닌 여인들이 향내를 풍기고 있었는데, 그들의 얼굴은 창백하면서 빨갛게 달아올라 있었고, 병적인 동시에 건강해 보였다. 야멸차게 생긴 북쪽 여자들이 자신만만한 태도로 당당한 얼굴을 하고 있었다. 투르게네프나 폰타네 책의 삽화에서 가져온 듯한 노인들도 보였다.

클라인은 이곳에 발을 들여놓자마자 언짢은 기분과 피로를 느꼈다. 커다란 도박장에서 그는 주머니를 뒤져 천 프랑짜리 지폐 두 장을 꺼냈다.

"어떻게 하지요?" 그가 물었다. "같이 할까요?"

"아니, 아니. 그렇지 않아요. 각자 따로 하는 거예요."

그는 그녀에게 지폐 한 장을 주고, 하는 방법을 가르쳐 달라고 했다. 그들은 곧 도박대 옆에 섰다. 클라인은 지폐를 어떤 번호 위에 놓았다. 바퀴가 회전했다. 그는 아무것도 알 수 없었지만 자기가 건 돈이 홀연히 사라지는 것만은 볼 수 있었다. 일이 신속하게 진행되는구나 생각하고 그는 흡족해하며 테레지나에게 웃어 주려고 했다. 그녀는 옆자리에 있지 않았다. 그는 다른 탁자에 선 테레지나가 돈을 바꾸는 것을 보았다. 그는 그쪽으로 갔다. 그녀는 마치 여느 주부처럼 골똘히 생각에 잠겨 걱정하면서 일에 몰두한 듯 보였다.

그는 그녀를 따라 어떤 도박대 옆으로 가서 그녀가 하는 것을 지켜보았다. 그녀는 도박에 능숙한 모양으로 날카로운 눈초리로 신중하게 돈내기를 했다. 그녀는 50프랑이 넘지 않는 적은 돈을 여기저기에 걸어, 몇 번 따고는 진주가 박힌 핸드백에 지폐를 넣기도 하고 다시 꺼내기도 했다.

"어때요?" 그러는 중간에 그가 물었다.

그녀는 방해를 받자 신경이 날카로워졌다.

"아, 날 가만히 내버려 두세요! 이제 잘할 거예요." 즉시 그녀는 자리를 바꾸었다. 그가 그녀를 따라갔지만 그녀는 그를 의식하지 않았다. 도박에 너무 몰두한 그녀가 그의 도움을 요청하지 않아 그는 벽 쪽의 가죽 의자로 물러나 앉았다. 그에게 고독감이 엄습했다. 그는 다시 간밤의 꿈 생각에 빠져들었다. 그 꿈을 이해하는 일이 매우 중요했다. 아마 다시는 그런 꿈을 꾸지 않게 될지도 모른다. 아마 그것은 동화에 나오는 착한 마귀들의 주의 신호였을지도 모른다. 두 번, 세 번이나 유혹을 받거나 경고를 받았지만 번번이 아무런 응답이 없자 운명이 행보를 시작한 것이다. 그래서 더 이상 친절한 힘이 나타나지 않은 것이다. 가끔 그는 테레지나 쪽을 흘낏 쳐다보았다. 그녀가 어떤 자리에 막 앉았다가 곧 다시 일어서는 모습이 보였다. 연미복을 입은 남자들 사이에서 그녀의 금발이 밝게 빛났다.

천 프랑으로 얼마나 오래 끌려는 건가! 나는 금방 끝났는데 하면서 그는 지루하게 생각했다.

그녀는 그에게 고개를 한 번 끄덕여 보였다. 한 시간 후 그에게 돌아온 그녀는 그가 생각에 빠져 있는 것을 발견하고 그의 팔에 손을 얹었다.

"뭐 하세요? 대체 도박은 안 하세요?"

"벌써 했어요."

"잃었어요?"

"네, 그렇지만 많지는 않아요."

"난 좀 땄어요. 내 돈을 쓰도록 하세요."

"고맙지만 오늘은 그만하겠어요. 어때, 만족하세요?"

"네, 좋았어요. 이제 또 할 거예요. 아니면 벌써 집에 가실 건가요?"

그녀는 계속 도박을 했다. 도박꾼들의 어깨 사이 여기저기에서 그녀의 금발이 빛나는 모습이 보였다. 그는 그녀에게 샴페인 한 잔을 건네주고 자기도 한 잔 마셨다. 그런 다음 다시 벽 쪽의 가죽 의자에 앉았다.

꿈속의 그 두 여인을 어떻게 해석해야 할까? 자기 아내와 닮기도 하고, 주막집 여인이나 테레지나와 닮기도 했다. 다른 여자에 대해서는 몇 년 전부터 아는 여자가 없었다. 얼굴이 부어올라 일그러진 한 여자가 너무 역겨워 보여 그는 그녀를 찔러 죽였다. 다른 여자는 뒤에서 그를 덮쳐 목 졸라 죽이려 했다. 무엇이 진짜인가? 무엇이 중요한 것인가? 그가 자기 아내에게 상처 입힌

적이 있었던가 아니면 그 반대는? 그가 테레지나 때문에 파멸할 것인가 아니면 그 반대일까? 여인의 상처를 박살 내지 않고는 또 여인에게서 상처 입지 않고는 어느 여인을 사랑할 수 없다는 말인가? 그것이 그의 저주였던가? 아니면 그게 일반적인 일이었던가? 모든 사람이 그런 경우를 당하는가? 모든 사랑이 그러한가?

그럼 자신과 저 무희를 연결하는 끈은 무엇인가? 그가 그녀를 사랑한다는 말인가? 나는 몰래 그 여자들을 사랑해 왔다. 저기서서 진지한 사업을 하듯 도박에 빠져 있는 저 여자와 그를 연결해 주는 것은 무엇일까? 그녀는 어린이처럼 얼마나 열성적이고 희망적이며, 얼마나 건강하고 순진하며, 얼마나 삶에 목말라하는가! 그녀가 그의 깊디깊은 동경, 즉 죽음에 대한 갈망, 소멸에 대한 향수, 신의 품으로 들어가려는 향수 같은 것을 알고 있다면 그를 어떻게 생각할 것인가! 혹시 그녀는 그를 곧 사랑하게 될지도 모르고, 그와 같이 살게 될지도 모른다. 하지만 그의 아내와 겪었던 것과는 다른 상황이 발생할 것인가? 그는 언제나 자신의 내적 감정에 빠져 고독할 것이 아닌가?

테레지나가 그의 사색을 중단시켰다. 그녀는 그의 옆에 서서 한 다발의 지폐를 그의 손에 쥐여 주었다.

"이 돈을 잠시 보관해 주세요."

얼마나 지났을까 그녀가 다시 돌아오더니 돈을 도로 달라고 했다.

잃었구나, 하고 그는 생각했다, 다행히도! 빨리 끝났으면 좋겠는데.

자정이 갓 넘어 그녀는 볼이 상기된 채 흡족한 표정으로 왔다. "이제 그만해야겠어요. 가엾게도 벌써 지치셨군요. 집에 돌아가기 전에 무언가 조금 드시지 않겠어요?"

식당에서 그들은 햄이랑 과일을 먹고 샴페인을 마셨다. 클라인은 깨어나서 활발해졌다. 딴사람처럼 변해 버린 그 무희는 흥겨워하면서 약간 달콤하게 도취해 있었다. 그녀는 자기가 아름다우며 예쁜 옷을 입고 있다는 사실을 다시금 알아챘다. 그녀는 옆자리의 뭇 남자들이 자신에게 눈길을 보내고 있음을 감지했다. 클라인도 그러한 변화를 느꼈다. 그녀는 다시 매혹적인 분위기에 휩싸여 있었고, 목소리에는 성적으로 도발하는 음성이 배어 있었다. 손은 다시 눈처럼 희게 보였고, 목덜미는 레이스 장식 사이에 진주색으로 노출되어 있었다.

"제법 땄어요?" 웃으면서 그가 물었다.

"네, 그렇지만 아직은 별로예요. 한 5천 프랑쯤 땄나 봐요."

"처음치고는 괜찮군요."

"네, 물론 다음에 또 할 거예요. 아직은 성에 차지 않아요. 한꺼번에 몽땅 따야지 이렇게 눈곱만큼씩 들어와서야."

그는 이렇게 말하려고 했다. "그렇다면 조금씩 걸지 말고 모든 걸 한꺼번에 걸면 되잖아요." 하지만 그렇게 말하는 대신 그녀와 성공을 비는 건배를 하고 웃으며 계속 이야기를 나누었다.

그녀가 귀엽고 건강하며 단순하다는 사실이 그에게 얼마나 기뻤던가! 한 시간 전만 해도 그녀는 도박대 옆에 서서 걱정스러운 듯 심각한 표정으로 얼굴을 찡그리고 타산적인 표정을 짓고 있었다. 지금은 아무 걱정 없는 여자처럼 보였고, 돈이니 도박이니 사업에 대해선 전혀 관심이 없는 듯 보였다. 그녀는 오직 즐거움이나 사치 말고는 안중에 없는 듯 인생이라는 모호한 수면(水面)을 수월하게 헤엄치고 있는 듯이 보였다. 이 모든 것이 진짜고 진정한 것이었던가? 그 자신도 웃고 흡족해하면서 명랑한 눈으로 즐거움과 사랑을 갈구하기도 했다. 하지만 그의 내부에는 다른 자기가 있어 이 모든 것을 믿지 않고 불신과 조소를 보내고 있었다. 다른 사람들은 그렇지 않은가? 아아, 인간이란 정말 알 수 없는 존재다. 인간에 대해 그토록 아는 게 없다는 것은 얼마나 절망적인 일인가! 학교에서는 가소롭기 짝이 없는 전쟁들이 일어난 연도를 수없이 배우며, 가소롭기 짝이 없는 수많은 늙은 왕들의 이름을 배우고 있다. 그리고 매일 세금 관련 기사나 발칸 관련 기사를 읽지만 인간에 대해서는 아무것도 아는 게 없다니! 벨 소리가 울리지 않고, 난로에서 연기가 나고, 기계의 톱니바퀴가 돌아가지 않으면 어떻게 해야 하는지 금방 안다. 고장 난 곳을 열심히 조사하고 찾아내 수리할 줄 안다. 하지만 우리 내부의 존재물, 삶에 의의를 부여해 주는 은밀한 태엽, 혼자 살아가고 혼자 고락을 느끼며, 행복을 갈구하고 행복을 체험할 수 있는 우리 내부의 존재물, 그 미지의 것에 대해선 아직 아무것도 모르고 있다. 그게 병들면 아무런 치유책도 없다. 이건 미칠 일이 아닌가?

테레지나와 함께 마시고 웃으면서도 그의 영혼의 다른 영역에서는 이러한 의문들이 때로는 의식에 좀 더 가까워지기도 하고 때로는 좀 더 멀어지기도 하면서, 일어났다가 사라졌다. 모든 것이 의심스러웠고, 모든 것이 불확실한 가운데 헤매고 있었다. 단 한 가지라도 알고 있다면 좋으련만. 기쁨의 와중에서 생겨나는 이러한 불확실성, 이러한 고통, 이러한 절망감, 그리고 이러한 생각과 의문이 다른 사람에게도 있는지 아니면 괴짜인 클라인 자신에게만 있는 것인지?

한 가지는 분명했다. 그 점에 있어 그는 테레지나와 구별되며 달랐다. 그녀는 어린아이 같았고, 원시적으로 건강했다. 이 여인은 다른 사람들처럼 계산했다. 자기도 이전에는 마찬가지였지만, 이 여자는 미래, 내일, 모레, 지속에 대해 언제나 본능적인 자세를 취하고 있다. 그렇지 않다면 그녀가 어떻게 도박을 할 수 있으며, 돈을 어떻게 그토록 중요하게 취급할 수 있다는 말인가? 그 점이 자신과 다르다는 것을 그는 절실히 느꼈다. 그에게는 모든 감정과 생각의 배후에 커다란 문이 열려 그를 무(無)로 이끌고 있었다. 그는 아마 불안을 느꼈을지도 모른다. 광기, 경찰, 불면증에 대한 불안, 그리고 죽음에 대한 불안조차 느꼈을지 모른다. 하지만 자신이 불안을 느낀 모든 대상을 그는 동시에 탐하고 동경했다. 그는 고통, 몰락, 추적, 광기와 죽음에 대한 열렬한 동경과 호기심으로 충만해 있었다.

"우스운 세상이야!" 그는 혼잣말로 중얼거렸다. 이 말은 그를 둘러싼 세계가 아니라 이러한 내적 존재를 두고 하는 말이었다. 두 사람은 잡담을 나누면서 홀과 건물을 빠져나와 흐릿한 가로등 불빛을 받으며 잠들어 있는 호반으로 가서 사공을 깨워야 했

다. 보트가 출발하기까지 약간의 시간이 남아 있어 두 사람은
나란히 서 있었다. 휘황찬란하고 시끌벅적한 도박장에서 빠져
나와 돌연 정적이 감도는 컴컴한 호반에 들어와서는, 웃음을 지
으며 그쪽의 열기를 아직 입술에 담고 있다가, 곧장 밤의 냉기
와 졸음을 느끼고, 고독에 휩싸여 공포를 느끼며 서 있었다. 둘
다 같은 느낌이었다. 부지불식간에 그들은 서로 손을 맞잡고,
어찌할 바 몰라 어둠 속으로 미소를 보내고 있었다. 그들은 떨
리는 손가락으로 상대방의 손과 팔을 만지작거렸다. 사공이 부
르자 그들은 배에 올라타 선실에 가 앉았다. 그는 금발의 무거
운 머리를 자기 쪽으로 꽉 끌어당기고 열렬하게 입맞춤을 했다.
그러는 사이 그녀는 몸을 빼고 자세를 반듯하게 하며 말했다.
"우리 다시 이곳에 올 거죠?"

사랑의 열정이 한창 달아오른 그는 이 말을 듣고 속으로 웃을
수밖에 없었다. 이 여자는 아직도 도박 생각을 하고 있구나. 다
시 와서 사업을 계속하려는 모양이구나.

"원하면 언제든지요." 그는 애원하듯 말했다. "내일이든 모레
든 원하신다면 매일이라도 좋아요."

그녀의 손가락이 자신의 목덜미를 만지작거리고 있다고 느낀
순간, 꿈속에서 복수심에 불타는 여인이 발톱으로 그의 목을 후
려칠 때의 끔찍한 감정이 그에게 오싹 되살아났다.

'이 여자가 이제 나를 느닷없이 죽이면 된다. 그래야 제격일
텐데.' 그는 이글거리는 감정으로 그렇게 생각했다. '아니면 내
가 그녀를.'

그는 그녀의 가슴을 손으로 더듬더듬 감싸면서 혼자 나지막이 웃었다. 그로서는 기쁨과 고통을 구별한다는 것이 불가능했을지도 모른다. 이 아름답고 튼튼한 여자를 껴안고 싶은 기분이나 동경도 불안과 거의 구분되지 않았다. 마치 사형수가 이제나저제나 손도끼를 기다리는 심정으로 그러한 것을 갈망했다. 불타오르는 쾌감과 절망적인 슬픔이 공존했다. 양자가 타오르며 불꽃처럼 번쩍였다. 그는 양자를 뜨겁게 달궜다가 죽여 버렸다.

테레지나는 너무 대담한 애무에서 부드럽게 몸을 빼고 그의 양손을 꼭 쥐었다. 자기 눈을 그의 눈 가까이에 대고 넋을 잃은 듯 속삭였다. "자기는 어떤 사람일까? 어째서 나를 사랑하지? 어째서 내가 이끌리는 걸까? 벌써 나이도 지긋하고 잘생기지도 않았는데. 어쩐 일일까? 자기 혹시 범죄자가 아닐까. 안 그래? 그 돈은 훔친 돈이지?"

그는 손을 빼려고 했다. "테레지나, 그런 말 마! 모든 돈은 다 훔친 거고, 모든 소유물은 불공정한 거야. 그게 뭐가 중요해? 우린 모두 죄인이고 범죄자인 셈이야. 단지 살고 있다는 것만으로 그런 거야. 도대체 그게 왜 중요해?"

"그럼 뭐가 중요해?" 그녀가 놀라 물었다.

"이 잔을 몽땅 비우는 게 중요해." 클라인이 천천히 말했다. "다른 건 중요하지 않아. 아마 이 잔을 마실 기회가 다시는 오지 않을 거야. 나와 자러 가겠어, 아니면 내가 자기 집에 가도 되겠어?"

"우리 집에 가." 그녀가 나지막한 소리로 말했다. "난 자기가 불안해, 하지만 곁에 같이 있어야겠어. 비밀은 아무것도 말하지

마! 아무것도 알고 싶지 않아!"

모터 시동이 꺼지자 정신이 번쩍 든 그녀는 그에게서 떨어져 아무 일 없었다는 듯 머리며 옷을 매만졌다. 보트는 천천히 선착장으로 다가갔다. 가로등 불빛이 컴컴한 물속에 반사돼 일렁거리고 있었다. 그들은 배에서 내렸다.

"잠깐, 내 핸드백!" 10보쯤 걷다가 테레지나가 소리쳤다. 그녀는 선착장으로 급히 되돌아가 보트 속에 뛰어들어서는 쿠션 위에서 돈이 든 지갑을 발견했다. 그리고 의아스러운 표정을 짓고 있는 사공에게 지폐 한 장을 던져 준 뒤 선창에서 기다리고 있는 클라인의 팔 안으로 달려들었다.

5

갑자기 여름이 시작되었다. 이틀 동안 뜨거운 날이 계속되더니 세상이 단번에 변해 버렸다. 숲의 녹음이 짙어졌으며 밤은 매혹적으로 변했다. 더위는 시시각각 기승을 부리고, 태양은 작열하는 반원을 그리며 줄달음치고, 별들은 황급히 태양을 뒤쫓고, 삶의 불길이 높이 타올라 소리 없는 성급함이 탐욕스레 세상을 지배했다.

어느 날 저녁 테레지나는 요양실에서 춤을 추다가 미친 듯이 발광하는 뇌우 때문에 춤을 중단하게 되었다. 불은 꺼지고, 번갯불이 번쩍이는 가운데 사람들은 갈팡질팡하며 이를 드러내고 웃고, 부인들은 비명을 지르고, 종업원들은 소리 지르고 있었다. 폭풍우로 창들은 삐거덕거리는 소리를 냈다.

우스꽝스러운 노인 옆에 앉아 있던 클라인은 즉시 테레지나를 자기가 있는 탁자로 끌어왔다.

"장관인데!" 그가 말했다. "우리 가지. 그런데 무섭지 않아?"

"하나도 안 무서운데. 그런데 나랑 같이 가면 안 되겠어. 3일 동안이나 잠을 못 자서 자기 얼굴이 말이 아닌걸. 나를 집에 바래다주고 나서 호텔에 가서 자도록 해! 필요하면 수면제를 먹어. 꼭 자살하려는 사람처럼 살고 있어."

테레지나는 종업원에게서 빌린 외투를 뒤집어썼다. 그들은 폭풍우와 번개가 치고 으르렁거리는 돌개바람으로 인적이 끊긴 거리를 지나갔다. 천지가 송두리째 뒤집힌 밤에 기뻐 날뛰듯 천둥이 꽝꽝 내리치고 갑자기 비가 쏟아져 포도(鋪道)를 적셨으며, 무성한 여름 나뭇잎에 빗물이 폭포수처럼 쏟아졌다.

비에 흠뻑 젖은 그들은 몸을 덜덜 떨며 테레지나의 숙소로 들어갔다. 클라인은 호텔로 돌아가지 않았지만 그 이야기는 나누지 않았다. 안도의 한숨을 쉬며 그들은 침실로 들어가 비에 흠뻑 젖은 옷을 벗었다. 창 너머로 번갯불이 예리하게 번쩍거렸지만 아카시아나무를 보니 폭풍우가 다소 수그러드는 기색이 보였다.

"아직 카스틸리오네에 가지 못했군." 클라인이 놀리듯 말했다. "언제 갈까?"

"다시 갈 거야. 그 말은 믿어도 돼. 지루한 모양이지?"

그가 그녀를 끌어당기자 둘은 불붙기 시작했다. 뇌우의 잔광

(殘光)이 그들의 애무로 불타올랐다. 싸늘해진 공기가 코를 찌르는 나뭇잎 냄새와 둔탁한 흙냄새를 싣고 창을 통해 밀려들었다. 격렬한 사랑을 나눈 그들은 곧장 선잠 속으로 빠져들었다. 베개 위에는 퀭한 그의 얼굴이 신선한 그녀 얼굴 옆에 놓여 있었고, 성기고 메마른 그의 머리카락은 풍성하고 윤기 나는 그녀 머리카락 옆에 놓여 있었다. 창밖에는 밤의 뇌우가 마지막으로 번쩍였지만 지친 듯 곧 사그라지고, 폭풍우는 잠이 들었다. 빗방울은 안심한 듯 나뭇잎 속으로 조용히 흘러내렸다.

새벽 1시가 지나자 클라인은 더 이상 잠이 오지 않아 곧 잠에서 깼다. 답답하고 후텁지근한 복잡한 꿈에서 깨어나서인지 그의 머리는 흐리멍덩했으며 눈이 아파 왔다. 그는 꼼짝 않고 눈을 부릅뜬 채 한동안 누워 자신이 어디에 있는지 곰곰 생각했다. 한밤중이었다. 누가 옆에서 숨을 쉬고 있었다. 테레지나가 옆에 누워 있었다.

그는 천천히 몸을 일으켰다. 다시 고통의 순간이 다가왔다. 가슴에 아픔과 불안을 담고 혼자 쓸데없는 고민을 하고, 쓸데없는 생각과 쓸데없는 걱정을 할 순간이 닥쳐온 것이다. 그를 깨운 악몽들에서 둔중하고 풍부한 감정, 즉 구토감과 전율감, 포만감과 자기 경멸감이 그의 뒤를 기어 나왔다.

그는 더듬더듬 전등을 찾아 불을 켰다. 흰 베개 위로, 옷가지들이 가득한 걸상들 위로 차가운 불빛이 흘러내렸고, 창문 구멍이 좁은 벽에 시커멓게 걸려 있었다. 돌아누운 테레지나의 얼굴 위로 그림자가 드리워졌고, 그녀의 목덜미와 머리카락이 밝게 빛났다.

그는 언젠가 자기 아내도 이따금 그렇게 누워 있는 것을 본 적이 있었다. 그녀 옆에서 가끔 잠을 이루지 못한 그는 아내의 선잠을 부러워했다. 그럴 때면 그는 흡족한 듯 숨 쉬는 그녀에게서 조롱당한 기분을 느꼈다. 옆 사람이 잠자고 있을 때보다 더 완전히 버림받은 듯한 느낌을 받을 때는 없으리라! 그런데 다시, 이전에도 종종 그랬듯이 겟세마네 동산에서 고통받는 예수의 형상이 그의 뇌리에 떠올랐다. 예수는 숨 막히는 죽음에의 불안에 시달리는데 제자들은 아무것도 모르고 잠자고 있었다.

그는 잠들어 있는 테레지나의 베개를 가만히 자기 쪽으로 좀 더 가까이 끌어당겼다. 그러고는 잠자고 있는 그녀의 얼굴을 들여다보았다. 잠들어 있는 그녀는 낯설어 보였고, 그를 외면하고 돌아누운 그녀는 전적으로 그녀 자신만을 위한 존재로 여겨졌다. 어깨와 가슴은 그대로 드러나 있고, 숨을 쉴 때마다 이불 밑에서 그녀의 몸이 부드럽게 오르내리고 있었다. 사랑의 밀어며시나 연애편지에서는 늘 달콤한 입술이나 뺨만 언급하고 배와 다리는 결코 언급하지 않는다는 생각이 들자 이상한 기분이 들었다! 속임수다! 속임수다! 그는 테레지나를 오랫동안 관찰했다. 이 아름다운 몸뚱이로, 이 가슴으로, 이 희고 건강하고 잘 손질된 팔다리로 그녀는 종종 그를 유혹해서 휘감고 그에게서 쾌감을 맛본 뒤 만족한 기분으로 깊이 잠들 것이다. 아무런 고통이나 불안도 없이 아무것도 모른 채 마치 잠든 건강한 동물처럼 아름답고 둔감하게 잠잘 것이다. 그리고 그는 그녀 옆에 누워 신경을 곤두세우고 고통으로 가득 찬 가슴을 안은 채 잠을 이루지 못할 것이다. 앞으로도 종종? 앞으로도 종종? 아아, 그래 다시는 안 돼, 결코 다시는 안 돼! 그는 흠칫 놀랐다. 그래, 다시는 안 된다는 것을 그는 알고 있었다!

신음하며 그는 엄지손가락으로 눈두덩을 찔렀다. 눈과 이마 사이 그곳이 몹시 아팠기 때문이다. 확실히 바그너, 교사 바그너도 이 같은 고통을 느꼈으리라. 그는 이 같은 고통, 미칠 것 같은 이런 고통을 분명 수년간 지니며 참고 견뎌 왔으리라. 이러한 고통, 아무 쓸데없는 고통을 겪는 와중에 자신이 성숙해져 신과 가까워졌다고 생각하면서 말이다. 그러다가 그는 어느 날 더 이상 고통을 견딜 수 없게 되었다. 마치 클라인 자신 역시 더 이상 견딜 수 없게 되었듯이. 사실 그 고통만 해도 별것 아니었지만 그 생각, 꿈, 악몽은 도저히 견딜 수 없었다! 그래서 바그너는 어느 날 밤 일어나서, 하고많은 밤을 고통으로 지새우는 것은 더 이상 아무런 의미가 없으며, 그렇다고 해서 신에 가까워지지는 않음을 깨닫고 칼을 빼든 것이다. 아마 그래 봤자 소용없는 짓이리라. 그의 살인은 아마 어리석고 가소로운 일일지도 모른다. 그러한 고통을 알지 못하고, 그러한 고민을 겪어 보지 않은 자는 물론 그런 행위를 이해할 수 없었다.

그 자신은 얼마 전 한 여자의 일그러진 얼굴을 견디지 못해 칼로 찔렀었다. 사랑하는 사람의 얼굴도 물론 일그러지게 된다. 더 이상 속이지 않고 침묵하며 잠들어 있을 때는 그것이 일그러져 잔인한 생각을 유발하는 법이다. 그렇게 되면 그 사람의 밑바닥을 보게 된다. 밑바닥을 보면 자신의 가슴에서 사랑을 전혀 발견할 수 없듯이 그 사람에게서도 사랑을 볼 수 없게 된다. 거기에는 다만 삶에 대한 욕망과 불안만이 있다. 불안해서, 어린이처럼 아둔하게 추위나 혼자 있는 거나 죽음이 겁나 서로에게로 도망쳐서 키스하고 포옹하고 뺨과 뺨을 비비고, 다리에 다리를 얹고 새로운 생명을 세상에 내보내는 것이다. 사정이 그러하다. 그래서 그는 언젠가 자기 아내에게 왔다. 그래서 어느 마을의 주막집 여자가 그에게 왔다. 언젠가 그가 지금과 같은 길을 걸었던 초기에 황량한 돌 방에 아무 말 없이 맨발로, 불안과 삶에 대한 욕망에 떠밀려 위로받을 생각으로 그를 찾아온 것이다. 그가 테레지나에게 간 것이나 그 반대도 마찬가지였다. 언제나 같은 충동, 같은 욕망, 같은 오해가 있었다. 또한 언제나 같은 실망과 같은 엄청난 고통이 있었다. 신과 가까운 거리에 있다고 생각하면서 여인을 팔로 껴안았다. 조화에 도달했다고 생각하지만 단지 자신의 책임과 고통을 먼 미래에 태어날 존재에게 떠넘긴 것에 불과한 것이다! 어떤 여인을 팔에 안고 입맞춤을 하고 가슴을 애무하며 그녀와 함께 아이를 만든다. 그리고 그 아이는 언젠가 같은 운명에 쫓겨, 어느 날 밤 어느 여자 곁에 누워 있다가 문득 도취에서 깨어나 고통스럽게 심연을 보고 일체의 것을 저주하게 될 것이다. 그것을 끝까지 생각한다는 것은 견딜 수 없는 노릇이다!

그는 잠자는 여자의 얼굴, 어깨와 가슴, 금발을 매우 주도면밀하게 관찰했다. 이 모든 것이 그를 황홀하게 만들고 속이고 유혹했으며, 이 모든 것이 그에게 쾌락과 행복을 가져다주겠다며 속였다. 이제 일이 끝나고 종결지어졌다. 그는 바그너 극장 안으로 들어간 것이다. 그는 속임수가 폭로되자마자 모든 얼굴이 어째서 그토록 일그러지고 견딜 수 없게 되는지 깨달았다.

클라인은 침대에서 일어나 칼을 찾으러 갔다. 살금살금 지나가다가 의자 위에 있는 테레지나의 담갈색 스타킹에 손이 스쳤다. 그때 전광석화처럼, 그가 공원에서 그녀를 처음 본 기억과 그녀의 걸음걸이, 구두, 팽팽한 스타킹에 자신이 처음 매혹당했던 기억이 떠올랐다. 그는 고소한 생각이 들어 나지막이 웃었다. 그리고 테레지나의 옷가지를 하나하나 손에 들고 감촉을 느끼고선 방바닥에 내려놓았다. 그런 다음 잠시 그는 만사를 잊고 계속 찾았다. 탁자 위에 놓인 모자를 아무 생각 없이 손에 들어 뒤집어 보고는 그것이 젖었다는 것을 느꼈다. 그러고는 모자를 머리에 얹었다. 창가에 서서 그는 어둠 속을 내다보고 비 오는 소리를 들었다. 아득히 먼 다른 시간에서 울려오는 소리처럼 들렸다. 창, 밤, 비, 이러한 것이 그에게서 바라는 것은 뭘까? 어린 시절에 본 그림책이 그와 무슨 상관이란 말인가.

갑자기 그는 우뚝 서서 탁자에 놓인 어떤 물건을 손에 쥐고 바라보았다. 은제 타원형 손거울이었다. 거울 속에서 그의 얼굴, 바그너의 얼굴이 자신을 응시하고 있었다. 깊은 골이 파이고 보기 흉하게 일그러진 얼굴이었다. 지금 이상할 정도로 자기도 모르게 거울을 쳐다보곤 하는 일이 발생했다. 이전에는 마치 수십 년 동안이나 거울을 한 번도 보지 못한 것처럼 느껴졌다. 그것 역시 바그너 극장에 속하는 것으로 생각되었다.

그는 선 채로 한참이나 거울 속을 들여다보았다. 예전의 프리드리히 클라인의 이 얼굴은 노후(老朽)하고 낡아서 사용 만기가 되어 있었다. 주름 곳곳에서 파멸의 소리가 들렸다. 이 얼굴은 사라지고 지워져야 했다. 이 얼굴은 너무 낡았다. 이 얼굴에는 너무나 많은 거짓과 속임수가 깃들어 있었고, 너무나 많은 먼지와 땟물이 덕지덕지 끼어 있었다. 언젠가는 이 얼굴도 매끈하고 아름다웠던 적이 있었다. 그는 언젠가 이 얼굴을 사랑하고 가꾸며 거기서 기쁨을 얻기도 하고 때로는 미워하기도 했다. 무엇 때문에? 어느 경우도 이제 다시는 이해되지 않았다.

그럼 자신이 한밤중에 이 조그만 낯선 방에서 손에 거울을 들고 젖은 모자를 쓰고 이상한 어릿광대처럼 지금 서 있는 것은 무엇 때문인가? 어찌 된 일인가? 어떻게 하겠다는 건가? 그는 탁자 가장자리에 앉았다. 무엇을 하려고 했던가? 무엇을 찾고 있었던가? 아주 중요한 무언가를 찾기라도 했던가?

그렇다, 칼이었다.

갑자기 소스라치게 놀란 그는 침대로 달려갔다. 그는 베개 위에 몸을 굽히고, 금발의 여인이 잠들어 누워 있는 모습을 지켜보았다. 그녀는 아직 살아 있었다! 아직 해치우지 않았던 것이다! 온몸에 오싹하는 전율이 흘렀다. 맙소사, 이제 그 순간이 왔다니! 이제 이 지경까지 이른 것이다. 그가 진작부터 늘 가장 끔찍한 순간에 오리라고 여겼던 일이 일어났다. 이제 그 순간이 왔다. 그, 바그너는 지금 잠자는 여인의 베개 맡에 서서 칼을 찾은 것이다! 아니, 그는 하려고 하지 않았다. 아니, 그는 미친 것이 아니었다! 다행히도 그는 미치지 않았다! 다행스러운 일이었다.

그의 마음에 평화가 찾아들었다. 그는 천천히 바지와 상의를 입고 신발을 신었다. 역시 다행스러운 일이었다.

또 한번 침대로 가려는데 발밑에 부드러운 감촉이 느껴졌다. 스타킹이며 담회색 원피스며 테레지나의 옷가지가 방바닥에 흩어져 있었다. 그는 조심스레 그것들을 집어 들고 걸상 위에 올려놓았다.

그는 불을 끄고 방에서 나갔다. 집 앞에는 서늘한 비가 조용히 내리고 있었다. 불빛도 인적도 소리도 없이 오직 비만 내리고 있었다. 그는 얼굴을 들고 비가 이마와 뺨에 떨어지게 했다. 하늘은 칠흑 같은 어둠에 잠겨 있었다. 단 하나의 별이라도 보고 싶었는데.

비에 살포시 젖은 채 그는 조용히 거리를 걸었다. 사람은커녕 개 한 마리 얼씬하지 않았다. 완전히 인적이 끊겨 세상은 사멸한 상태에 있었다. 호숫가에 가서 보트들을 살펴보았지만 모두 뭍에 끌어 올려져 쇠사슬로 단단히 매어져 있었다. 시내를 완전히 벗어나서야 밧줄에 헐렁하게 매어져 쉽게 풀 수 있는 보트 한 척을 겨우 발견했다. 그는 그것을 끌어 내리고 노를 매달았다. 배는 호안을 쏜살같이 달려, 예전에는 존재하지 않았던 것 같은 잿빛 속으로 들어갔다. 이 세상에는 오직 회색, 검은색과 비밖에 없었다. 잿빛 호수, 비에 젖은 호수, 잿빛 호수, 비에 젖은 하늘이 끝없이 계속 펼쳐졌다.

꽤 멀리까지 와서 그는 노를 끌어 올렸다. 이제 이 정도까지 왔다. 그는 만족했다. 이전에 죽음을 피할 수 없을 것 같았던 순간이 도래했을 때, 그는 늘 약간 머뭇거리며 일을 내일로 미루고 일단 또 한번 살아 보려고 발버둥 쳤다. 이제 다시는 그런 일이 일어나지 않았다. 그의 작은 보트가 그였고, 그것이 그의 조그맣고 한정된, 인위적으로 보장된 목숨이었다. 하지만 사방팔방을 둘러보아도 보이는 건 오로지 잿빛밖에 없었다. 그것이 세계고 우주며 신이었다. 그 속으로 떨어지는 것은 어렵지 않고 쉬운 일이자 즐거운 일이었다.

그는 보트의 가장자리에서 바깥쪽으로 앉아 발을 물속에 담갔다. 몸을 천천히 앞으로 숙였다. 보트가 그의 뒤로 퉁겨져 떨어져 나갈 때까지 몸을 앞으로 숙였다. 그는 우주 속으로 들어갔다.

그로부터 목숨이 끊어지는 짧은 순간 동안 40년에 걸친 세월의 경험보다도 훨씬 많은 것이 밀려 들어왔다.

그것은 이렇게 시작되었다. 그가 떨어져서 배 끄트머리와 물 사이에 붕 뜨는 순간 자살을 저지르고 있다는 생각이 그에게 떠오르며 유치한 짓이라는 생각이 퍼뜩 들었다. 사실 나쁜 짓은 아니지만 우스운 짓이며 꽤 어리석은 짓이라는 생각이 떠올랐다. 죽으려는 비장함과 죽음 자체의 비장함이 무너졌다. 그로써 이 일이 아무것도 아니게 되었다. 그의 죽음은 더 이상 필요 불가결한 것이 아니었으며, 지금은 더욱이나 그러했다. 그것은 바라던 바였고, 멋진 일이자 환영할 만한 일이었으나 더 이상 필

수 불가결한 것은 아니었다. 그 순간부터, 온갖 의욕을 일체 포기하고 뱃전에서 몸을 날려 어머니의 품속으로, 신의 팔 안으로 귀의한 눈 깜짝할 그 순간부터 죽음이란 더 이상 아무 의미가 없게 되었다. 모든 게 그렇게 간단했고, 모든 게 그토록 놀랄 정도로 손쉬웠다. 그러니까 심연이란 없었으며, 어려움이란 더 이상 없었다. 그 비결이라 해 봤자 몸을 날려 떨어지는 수밖에 없었다! 떨어진다는 행위는 그의 일평생의 결과물로서 그의 전 존재를 꿰뚫고 밝게 빛나고 있었다. 일단 그 일을 해 버리고, 일단 몸을 버려서 의탁하고 귀의해 버리면, 일단 발밑의 모든 버팀대와 단단한 지면을 포기해 버리면, 그리고 자신의 내부에 있는 안내자의 명령에만 전적으로 귀 기울인다면, 그러면 모든 것을 얻은 셈이었다. 그러면 모든 것이 좋았고, 더 이상 불안이나 위험이 존재하지 않았다.

이 위대하고 유일무이한 일이 이루어졌다. 그는 자신의 몸을 던진 것이다! 그가 물속, 죽음 속으로 뛰어드는 것이 꼭 필요한 일은 아니었을지도 모른다. 마찬가지로 삶 속으로 뛰어들 수도 있었을 것이다. 하지만 그것은 중요한 문제가 아니었다. 그는 살아서 다시 돌아올지도 모른다. 하지만 그렇다면 그는 더 이상 자살할 필요가 없을 것이고, 이러한 이상한 에움길을 돌 필요가 없을 것이며, 이러한 힘들고도 고통스러운 우행(愚行)을 더 이상 저지를 필요가 없을 것이다. 이제 그는 불안을 극복했을 것이기 때문이다.

불안하지 않은 삶이라니 이 얼마나 놀라운 생각인가! 불안을 극복한다는 그것이야말로 지복(至福)이며 구원이었다. 반평생 동안 얼마나 불안에 시달렸던가. 죽음의 그림자가 드리운 지금 이 순간 그는 아무런 불안이나 두려움을 느끼지 못했으며, 다만 미소나 구원, 양해만 느꼈을 뿐이었다. 불안의 정체가 무엇인지 이제 갑자기 알게 되었다. 그리고 불안이 무엇인지 깨달은 사람만이 그것을 극복할 수 있다는 사실을 알았다. 사람들은 고통이나 심판관들이나 자신의 마음과 같은 오만 가지의 일에 대해 불안해하고, 수면, 깨어남, 혼자 있음, 추위, 광기, 죽음에 대해 불안해한다. 다시 말해, 죽음에 대해 불안해한다. 하지만 이 모든 것은 가면과 변장에 지나지 않는다. 사람들이 정말 불안해하는 딱 한 가지가 있었다. 미지의 세계로 한 발자국 몸을 던지는 것 말이다. 한 발자국 내디딤으로써 모든 안전은 포기되고 만다. 그리고 언젠가 딱 한 번 몸을 내버린 자, 언젠가 커다란 신념을 품고 자신의 운명에 몸을 맡긴 자는 해방되었다. 그는 더 이상 지상의 법을 따르지 않았다. 그는 우주 공간에 떨어져 별들의 윤무에 공명했다. 일이 그러했다. 그렇게 간단했다. 어린아이라도 그것을 이해하고 알 수 있었다.

그는 남들이 흔히 생각하듯 이러한 것을 생각하지 않았다. 그는 이것을 몸으로 살고, 느끼고, 더듬고, 냄새 맡고, 맛보았다. 그는 삶이란 무엇인지 맛보고, 냄새 맡고, 보고, 이해했다. 그는 세계 창조와 세계 몰락을 보았다. 마치 양 진영의 군대가 계속 마주 보고 진군하듯이 양자는 결코 완성되지 않은 채 영원히 도중에 있었다. 세계는 끊임없이 태어나고, 끊임없이 사멸했다.

모든 삶이란 신이 내뿜은 숨이었다. 모든 죽음은 신이 들이마신 숨이었다. 몸을 내던지는 것을 거역하는 법을 배우지 않은 자는 쉽게 숨을 거두고 쉽게 태어난다. 그것을 거역하는 자는 불안에 시달리며 힘들게 죽고 마지못해 태어나는 것이다.

밤의 호수 위에 잿빛 비가 내리는 가운데 그 침몰하는 자는 세상의 유희가 반영되고 표현되는 것을 보았다. 태양과 별들이 굴러 올라갔다가, 굴러 내려가고, 인간과 동물의 합창단, 유령과 천사들의 합창단이 마주 서서 노래 부르고, 침묵하고, 외쳤으며, 피조물들의 행렬이 마주 보고 이동하면서 각자 자신을 오해하고 증오하며, 상대방을 증오하고 박해했다. 그들이 공히 동경하는 것은 죽음이자 안식이었고, 그들의 목표는 신이었으며, 신에게로 되돌아가 신 안에 머무르는 것이었다. 이러한 목표는 오류였기에 불안감이 싹트는 것이었다. 신 안에 머무른다는 것은 불가능했다! 다만 훌륭하고 신성하게 영원히 숨을 내쉬고 들이쉬는 것밖에 존재하지 않았고, 쉬지 않고 끝없이 형성과 해소, 출생과 죽음, 떠남과 돌아옴만이 존재했다. 그렇기에 단 하나의 비결, 단 하나의 가르침, 단 하나의 비밀만이 존재했다. 그 한 가지는 신의 뜻을 거스르지 않고, 선과 악 중 어느 것에도 매달리지 않고 자신의 몸을 내던지는 것이다. 그러면 구원받고, 고뇌와 불안에서 해방된다. 오직 그래야만.

마치 숲, 계곡과 마을이 있는 시골을 산등성이에서 내려다보는 것처럼 그의 삶이 눈앞에 펼쳐졌다. 모든 것이 좋았다. 모든 것이 간단하고 좋았다. 그리고 모든 것이 그의 불안과 반항으로 인해 고통스럽게 뒤엉키고, 끔찍하게 엉클어져 참담한 상황이 된 것이다! 그녀 없이는 살아갈 수 없을 것 같은 여자는 존재하지 않는다. 그리고 그녀와는 살 수 없을 것 같은 여자도 존재하지 않는다. 이 세상의 모든 아름답고 갖고 싶으며 행복을 안겨주는 물건도 기실은 그 반대 성격도 지니고 있다! 홀로 우주 공간에 매달리게 되면 산다는 거나 죽는 거나 다 같이 축복스러운 일이다. 안식은 외부에서 오지 않는다. 묘지나 신께 안식이 깃들어 있는 것이 아니다. 어떠한 마법도 출생의 영원한 연쇄와 신의 끝없는 호흡을 중단할 수 없다. 하지만 자신의 내부에서 발견하는 다른 안식이 존재했다. 그것은 '너 자신을 내던져라'라는 것이다! 저항하지 말고 기꺼이 죽음으로써 기꺼이 살아라!

그의 삶의 모든 형상, 그가 사랑한 모든 얼굴, 그의 고통의 모든 변화가 그의 곁에 있었다. 아내는 자신과 마찬가지로 순수하고 죄가 없으며, 테레지나는 어린아이처럼 미소 짓고 있었다. 자신의 그림자로 클라인의 삶을 폭넓게 드리웠던 살인자 바그너도 진지한 미소를 보냈다. 바그너의 미소는 그의 행위도 구원을 얻으려는 방편이라고 얘기하고 있었으며, 그 행위도 하나의 호흡이자 상징이라고 얘기하고 있었다. 피비린내 나는 끔찍한 살인도 진짜 존재하는 것이 아니라 자학하는 자기 영혼이 내린 평가에 지나지 않는다고 얘기하고 있었다. 바그너의 살인 사건으로 클라인은 수년 동안을 괴로워하며 보냈다. 비난하고 동의도 하며, 비판하고 경탄도 하며, 혐오하고 모방도 하면서 그는 이 사건으로 무한한 고통과 불안, 비참함을 맛보았다. 그는 골백번이고 불안에 떨며 자신의 죽음을 체험했다. 그는 자신이 단두대에서 죽는 모습을 보았다. 그는 면도날에 목이 잘리는 느낌을 받았고, 총탄이 그의 관자놀이에 박히는 느낌을 받았다. 그러다가 실제로 끔찍한 죽음의 순간을 맞이한 지금은 너무나 쉽고 간단했다. 그것은 승리를 거둔 유쾌한 기분이었다! 세상에 두려운 게 없었고, 아무것도 무서울 게 없었다. 단지 망상 속에서 우리는 이러한 두려움과 고통을 만들 뿐이었다. 불안해하는 우리 자신의 영혼 속에서만 선과 악, 가치와 무가치, 탐욕과 공포가 생겨날 뿐이었다.

바그너의 형상은 저 멀리에서 가라앉았다. 그는 더 이상 바그너가 아니었다. 바그너란 존재하지 않았다. 이 모든 것은 속임수였다. 이제 바그너는 죽어도 상관없었다! 자기, 클라인은 살아 있을 테니까.

그는 입안으로 흘러드는 물을 마셨다. 몸의 온갖 기관을 통해 물이 흘러들었다. 일체가 녹아 없어졌다. 그는 신의 입김에 빨려 들어갔다. 그의 옆에는 다른 사람들이 물속의 물방울처럼 바글바글 헤엄치고 있었다. 테레지나, 늙은 가수, 옛날 아내, 아버지, 어머니와 누이 등등 수많은 사람이 헤엄치고 있었다. 그리고 그림과 집들, 티치아노의 비너스와 슈트라스부르크의 대성당도 어마어마한 흐름을 이루고 어쩔 수 없는 힘에 의해 서로 부대끼며 점점 더 빨리 미친 듯 헤엄쳐 갔다. 광포하게 날뛰는 이 물체들의 엄청난 흐름에 다른 거대한 흐름이 미친 듯이 다가왔다. 얼굴, 다리, 배의 흐름에 동물, 꽃, 생각, 살인, 자살, 쓰인 책,

흘린 눈물의 흐름이 빽빽하게 다가왔다. 어린이의 눈과 검은 머리카락, 생선의 머리, 긴 칼에 복부를 찔려 피를 철철 흘리는 여인 같은 형상들이. 신성한 정열이 넘치는 얼굴을 한 자신과 닮은 젊은이가 보였는데 그것은 스무 살 당시, 아득히 먼 옛날 클라인 자신의 얼굴이었다! 그런데 지금 '시간은 존재하지 않았다'는 깨우침도 얻은 것은 얼마나 좋은 일이던가! 노년과 청춘 사이, 바빌론과 베를린 사이, 선과 악 사이, 주는 것과 받는 것 사이에 존재하는 유일한 것, 세상을 차별, 평가, 고뇌, 투쟁, 전쟁으로 가득 채우는 유일한 것은 아직 깨달음을 얻지 못하고 신으로부터 멀리 떨어져 있는 인간의 정신이었다. 광포하게 날뛰는 잔인한 그 인간의 정신은 미처 날뛰는 청춘의 상태에 있었다. 인간의 정신은 대립물들을 생각해 내고, 이름들을 생각해 냈다. 사물들을 아름답다느니 추하다느니 하고, 이것은 좋고 저것은 나쁘다고 규정지었다. 삶의 한 조각은 사랑이라 불렸고, 다른 조각은 살인이라 불렸다. 그래서 이러한 정신은 젊고 어리석으며 우스꽝스러운 것이었다. 정신이 발명한 것 중의 한 가지가 시간이라는 것이었다. 그것은 세상을 다양하고 복잡하게 만들고 자신을 내적으로 더 괴롭히는 우아한 발명품이자 세련된 도구인 것이다! 항시 시간으로 인해서만 인간이 갈구하는 모든 것으로부터 격리된다. 오로지 이 끝내주는 발명품인 시간으로 인해서만! 인간이 자유로워지려면 무엇보다 버려야 할 버팀목의 하나며 지팡이의 하나가 바로 시간이다.

　신에게 빨려 들어간 형상물들과 반대로 신이 내뿜은 형상물들의 흐름이 줄기차게 계속되었다. 이러한 흐름에 저항하는 피조물들이 보였다. 그들은 끔찍스러운 경련을 일으키며 오싹하게 하는 고통에 치를 떨었다. 그들은 영웅, 범죄자, 미치광이, 사상가, 사랑하는 자, 종교인 들이었다. 그 자신을 닮은 다른 이들은 몸을 바치고 양해가 되어 내적 희열을 맛보며 재빨리 수월하게 떠밀려 갔다. 그들은 자신처럼 축복받은 자들이었다. 축복받은 자들의 합창과 저주받은 자들의 끝없는 비명으로 두 흐름 위에서 투명한 공 하나가 만들어졌다. 그것은 각종의 소리로 구축된 둥근 지붕이자 음악의 돔으로 그 중앙에 신이 앉아 있었다. 너무 밝아 눈에 보이지 않는 빛나는 별이자 빛의 화신이 세상의 합창 소리가 울려 퍼지는 가운데 영원한 파도에 부서지며 앉아 있었다.

영웅과 사상가, 예언자와 선지자 들은 그 흐름에서 벗어났다. "보라, 이분이 주님이니라. 그리고 그분의 길은 평화로 인도하신다"라고 어떤 자가 외쳤다. 많은 사람이 그 뒤를 따랐다. 다른 사람은 신의 길이 투쟁과 전쟁으로 통한다고 포고했다. 어떤 자는 신을 빛이라 부르고, 어떤 자는 밤이라 불렀다. 어떤 자는 신을 아버지라 부르고, 어떤 자는 어머니라 불렀다. 어떤 자는 신을 안식이라며 찬양했고, 어떤 자는 움직임, 불, 추위, 심판관, 위안자, 창조자, 절멸자, 관용자, 복수자로 찬양했다. 신 자신은 자신을 일러 지칭하지 않았다. 신은 지칭되고, 사랑받고, 찬양받고, 저주받고, 미움받고, 경배되어야 했다. 세계 합창의 음악은 그의 전당이며 그의 삶이었기 때문이다. 하지만 그가 어떤 이름으로 찬양되든 그건 그에게는 하등 상관없는 일이었다. 그를 사랑하든 미워하든, 그에게서 안식을 구하든 춤이나 광란을 갈구하든 간에 신에게는 하등 상관없는 일이었다. 제각기 원하는 바를 얻어 내면 되는 것이다.

지금 클라인은 자신의 목소리를 들었다. 그는 노래했다. 밝은 새 음성으로, 쩌렁쩌렁 울리는 커다란 음성으로 신을 찬양하는 노래를 불렀다. 그는 수백만의 피조물과 함께 미친 듯이 휩쓸려 가면서 예언가이자 선지자로서 노래했다. 그의 노랫소리가 크게 울려 퍼졌고, 음의 궁륭(穹窿)이 높이 올라갔다. 그의 내부에는 밝은 빛을 발하는 신이 앉아 있었다. 엄청난 물결의 흐름은 도도히 흘러갔다.

(1920)

유왕(幽王)*

옛날 중국의 역사를 돌아보면 통치자나 위정자들이 여인에 대한 애정 때문에 파멸에 이르렀던 예가 가끔 있다. 이런 드문 예들 중 하나, 아주 색다른 예가 바로 주(周) 왕조의 유왕과 그의 애첩 포사(褒姒) 이야기이다.

주나라는 서쪽으로 몽골의 여러 야만족과 국경을 맞대고 있었다. 수도 호경(鎬京)*은 위험한 접경 지역의 한가운데에 자리하고 있었다. 그래서 야만 부족들의 습격과 약탈을 당하기 일쑤였다. 그러니 되도록 국경 수비를 강화하고, 특히 철저한 수도 방어에 늘 신경 써야 했다.

그런데 역사책을 보면 유왕이 아주 나쁜 왕은 아니었다. 또한 신하들 충언에 귀 기울일 줄도 알았다. 그는 적절한 시설물로 국경의 허점을 보완할 줄도 알았다. 하지만 이 독창적이고 경탄할 만한 시설은 한 아름다운 여인의 변덕으로 다시 무력해지고 말았다.

말하자면 왕은 제후들의 도움으로 서쪽 국경에 수비대를 창설했다. 이 수비대는 다른 모든 정치적 타협과 마찬가지로 이중의 형태, 즉 도덕적 형태와 기능적 장치로 이루어져 있었다. 제후와 장교들의 서약과 신뢰가 이 합의의 도덕적 기반을 이루고 있었다. 최초의 비상경보가 울리면 이들은 모두 왕을 지원하기 위해 군대를 이끌고 수도로 급히 달려와야 했다. 이것이 그들의 의무였다. 그러니까 유왕이 이용한 기능적 장치는 서쪽 국경에 설치한 효율적인 탑들이었다. 탑마다 밤낮으로 보초가 섰고, 엄청나게 큰 소리를 내는 큰북들이 설치되었다. 그래서 적들이 국경을 넘어 쳐들어오면 가장 가까운 탑에서 북을 울렸다. 그러면 북소리가 탑에서 탑으로 전해져 삽시간에 나라 전역에 퍼지게 되었다.

유왕은 이 훌륭하고 유용한 장치에 오랫동안 큰 관심을 보였다. 그는 제후들과 회의를 열었고, 건축 기술자들의 보고를 청취했으며, 경비대 훈련을 손수 지휘하기도 했다.

한편 왕에게는 아름다운 애첩 포사가 있었다. 그녀는 나라를 위해 적절한 정도 이상으로 통치자인 왕의 생각과 마음에 큰 영향력을 행사하는 법을 터득한 여자였다. 활기차고 영리한 소녀가 소년들의 놀이를 때로 경탄과 질투 어린 시선으로 바라보듯이, 포사도 왕과 마찬가지로 국경에서 벌어지는 일에 커다란 호기심과 관심을 갖고 지켜보았다. 한 건축 기술자가 이 시스템을 구체적으로 보여 주기 위해 색칠하고 불에 구운 국경 수비대 점토 모형을 그녀에게 만들어 주었다. 거기에는 알록달록한 색으로 국경선이 그려져 있었고, 탑들의 체계도 갖추어져 있었다. 또한 작고 귀여운 점토 탑마다 아주 조그만 점토 보초가 서 있었는데, 그에게는 북 대신 아주 조그만 방울이 달려 있었다. 이 예쁜 장난감을 보고 왕의 애첩은 무척 즐거워했다. 이따금 그녀의 기분이 좋지 않을 때면 시녀들은 흔히 '야만족 침략' 놀이를 제안했다. 그러면 그들은 모두 조그만 탑들을 세워 놓고, 아주 조그만 방울들을 잡아당기는 놀이를 하며 신이 나서 무척 즐거워했다.

유왕의 생애에 길이 기록될 만한 날이 왔다. 마침내 공사가 끝나 탑에 북이 걸리고, 병사들 훈련도 끝마쳤다. 미리 약속한 대로 길일을 택해 새 국경 수비대를 시험하는 행사가 열렸다. 왕은 자신이 계획한 일이 자랑스러워 잔뜩 기대에 부풀어 있었다. 궁정 관리들도 축하 준비가 되어 있었다. 하지만 누구보다도 큰 기대와 흥분에 들뜬 사람은 바로 애첩 포사였다. 그녀는 준비된 의식과 제의가 모두 끝날 때까지 기다릴 수 없을 정도였다.

이윽고 때가 왔다. 포사를 그토록 자주 즐겁게 해 주었던 탑과 북 놀이를 실제로 처음 대규모로 실시하는 날이었다. 그녀는 직접 놀이에 개입해 명령을 내리고 싶은 충동을 억누를 수 없을 지경이었다. 기쁨에 들뜬 그녀는 무척 흥분했으나 왕이 근엄한 얼굴로 눈짓을 보내 간신히 자제할 수 있었다. 드디어 그 순간이 왔다. 모든 것이 예상대로 가동되는지 확인하기 위해, 이제 실제의 탑과 병사들로 대대적인 '야만족 침략' 놀이가 벌어졌다. 왕이 신호를 보내자 최고위 궁정 관리가 기병대장에게 명령을 하달했다. 대장은 말을 타고 첫 번째 감시탑으로 달려가 북을 울리라는 명령을 내렸다. 저음의 북소리가 엄청난 굉음을 내며 울려 퍼졌다. 장엄한 울림은 사람들 마음을 옥죄며 모두의 귀에 깊이 파고들었다. 포사는 흥분한 나머지 창백해지며 몸을 부르르 떨기 시작했다. 거대한 전쟁 북은 지축을 뒤흔드는 노래, 경고와 위협으로 가득 찬 노래, 장차 일어날 일, 전쟁과 비상사태, 불안과 몰락으로 가득 찬 노래를 힘차게 불러 댔다.

모두 경외심에 차 북소리에 귀를 기울였다. 울림이 멎기 시작하자 가장 가까운 탑에서 응답의 북소리가 들려 왔다. 멀리서 희미하게 울려오던 소리는 금세 사라졌고, 더는 아무 소리도 들리지 않았다. 잠시 후 엄숙한 침묵이 끝나자 사람들은 다시 입을 열기 시작했고, 이리저리 오가며 담소를 나누었다.

그동안 낮고 위협적인 북소리는 두 번째, 세 번째, 그리고 열 번째, 서른 번째 탑으로 전해졌다. 북소리가 들리는 곳마다 모든 병사는 엄격한 명령에 따라 즉시 무장하고 식량 주머니를 휴대한 채 집합 장소에 집결해야 했다. 중대장도, 연대장도 지체 없이 행군 채비를 갖추고 부리나케 서두르며 미리 정해진 명령을 나라 안에 전해야 했다. 북소리가 들린 곳에서는 어디서나 일과 식사, 놀이와 잠이 중단되었다. 사람들은 군장을 꾸리고 말안장을 얹은 뒤 하나둘 모여들어 행군하고 말을 달렸다. 삽시간에 모든 인접 지역에서 군대들이 수도 호경을 향해 급히 발걸음을 재촉했다.

수도 호경의 궁전에서는 끔찍한 북소리가 울릴 때 사람들 마

음을 완전히 사로잡았던 감동과 긴장이 얼마 안 가 점차 시들해
졌다. 사람들은 흥분에 들떠 담소하며 궁전 정원을 거닐었다.
도시 전체가 마치 축제일을 방불케 했다. 채 세 시간도 안 돼 벌
써 두 지역에서 크고 작은 기마대 행렬이 다가왔다. 그런 다음
새로운 군대들이 속속 도착했다. 그날 온종일, 그리고 그 후 이
틀간 계속 일어난 일로 왕, 관리와 장교들은 점점 더 열광에 사
로잡혔다. 왕은 몇 번이고 존경과 축하의 말을 들었고, 건축 기
술자들은 연회에 초대받아 극진한 대접을 받았다. 첫 번째 탑에
서 최초로 북을 울린 고수(鼓手)는 목에 화환을 걸고 거리를 행
진하며 시민들의 선물 세례를 받았다.

　그러나 누구보다 마음을 송두리째 빼앗기고 도취한 사람은
바로 왕의 애첩 포사였다. 자신의 조그만 탑과 북 놀이를 현실
에서 직접 보니 상상 이상으로 근사했다. 명령은 흡사 마법과도
같았다. 파도처럼 멀리멀리 퍼져 나간 북소리는 텅 빈 나라로
사라져 갔다. 명령의 효과는 직접 생생하게, 어마어마한 크기로
먼 곳들로부터 되돌아왔다. 가슴을 옥죄는 북소리가 끊임없이
울려 퍼지면서 하나의 군대, 수백 수천의 잘 무장된 군대가 형
성되었다. 이 군대는 끊임없는 물결을 이루어 쉬지 않고 서둘러
움직이며 지평선 저쪽으로부터 말 타고 오거나 행군해 왔다. 궁
수, 경무장하거나 중무장한 기병, 창기병들이 몰려들며 점차 수
도 주변의 모든 지역을 가득 채웠다. 그들은 그곳에서 주둔지를
배정받고, 따스한 환영과 영접을 받았다. 야영지에는 천막이 쳐
지고, 불이 밝혀졌다. 밤낮없이 이런 일이 계속되었다. 그들은

마치 동화 속 도깨비처럼 회색 땅에서 불쑥 솟아 나온 듯했다. 멀리 아주 조그만 모습으로 조그만 먼지구름에 싸여 있다가 마침내 이곳, 궁전과 황홀해진 포사의 눈앞에 압도적 현실이 되어 죽 늘어서 있는 것이었다.

유왕은 더할 나위 없이 만족했다. 특히 애첩이 황홀해하는 모습에 흡족했다. 그녀는 행복한 나머지 마치 한 떨기 꽃처럼 아름답게 빛났다. 지금까지 그토록 아름답게 보인 적이 없었을 정도였다.

하지만 축제란 언제까지나 계속되는 것이 아니다. 이 대규모 축제 역시 끝나고 사람들은 다시 일상생활로 돌아갔다. 기적은 더 이상 일어나지 않았고, 동화 속의 꿈도 실현되지 않았다. 한가하고 변덕스러운 사람들은 이런 상태를 못 견디는 것 같다. 포사는 축제가 끝나고 몇 주일 뒤 들뜬 기분을 다시 잃어버렸다. 거창한 놀이를 맛본 뒤부터는 조그만 점토 탑과 가는 끈에 매달린 작은 방울 따위는 너무 시시해졌다. 오, 그녀의 마음은 그것에 얼마나 도취되었던가! 그리고 이제 저곳에는 자신을 행복하게 해 줄 놀이를 되풀이할 만반의 준비가 되어 있다. 저곳에 탑이 설치되어 있고, 커다란 북이 걸려 있었다. 병사가 보초를 서고, 고수는 제복을 입고 앉아 있었다. 다들 긴장한 채 거창한 명령을 기다렸다. 그런데 명령이 떨어지지 않는 한 죄다 죽어 있고 쓸모없는 것이다!

포사는 웃음을 잃었고, 행복에 빛나는 기분도 사라졌다. 유왕은 가장 사랑스러운 놀이 친구이자 밤의 위안을 빼앗기자 기분이 언짢아졌다. 단지 그녀를 미소 짓게 하려고 선물을 최고로 높여야 했다. 그는 자신의 상황이 엄중함을 간파했을지도 모른다. 사소하고 달콤한 애정을 위해 자신의 책무를 희생해야 한단 말인가? 유왕은 마음이 여린 사람이었다. 그는 포사를 다시 웃음 짓게 하는 것을 다른 어떤 일보다도 중요하게 생각했다.

하는 수 없이 왕은 결국 애첩의 유혹에 굴복하고 말았다. 나름 저항은 했지만, 서서히 굴복하고 말았다. 포사는 왕이 자신의 의무를 잊어버리게 했다. 거듭되는 애원에 굴복한 왕은 그녀의 단 한 가지 큰 소원을 들어 주는 수밖에 없었다. 국경 수비대에 적이 침입했다는 신호를 보내기로 한 것이다. 즉시 전쟁을 알리는 저음의 자극적인 북소리가 크게 울려 퍼졌다. 이번 북소리에 유왕은 섬뜩한 느낌을 받았다. 포사 역시 그 울림에 소스라치게 놀랐다. 하지만 그 뒤 황홀한 놀이는 몇 번이고 되풀이해 벌어졌다. 나라의 변경에 조그만 먼지구름이 일었고, 군대들이 말을 타거나 행군하며 달려왔다. 이런 일이 사흘 동안 벌어졌다. 야전군 사령관들은 허리 굽혀 인사했고, 병사들은 막사를 세웠다. 포사는 다시 무척 행복해졌고, 그녀의 미소는 환히 빛났다.

하지만 유왕은 힘든 시간을 보내야 했다. 적이 침입하지 않았고, 나라 안이 평온무사함을 고백하지 않을 수 없었다. 심지어 잘못된 비상경보를 유익한 훈련이라 우기며 정당화하려 했다. 왕에게 항변하는 사람은 없었다. 다들 절을 하며 참고 받아들였다. 그러나 장교들 사이에는 왕이 단지 자신의 애첩을 위해 국경 전체에 비상경보를 내려 수천의 군인을 동원했다는 얘기가 떠돌았다. 다들 왕의 믿기 어려운 어리석은 장난에 감쪽같이 속았다는 것이다. 장교 대부분은 앞으로는 절대 그런 명령에 따르지 않겠다는 데 의견 일치를 보았다. 그사이 왕은 기분이 상한 군인들을 후하게 대접하며 그들 기분을 달래 주려 애썼다. 그렇게 해서 포사는 자신의 목적을 달성했다.

하지만 그녀는 새로이 변덕스러운 기분에 빠졌다. 그래서 비양심적인 놀이를 또 한 번 시작하기도 전에 왕과 포사는 호된 벌을 받게 되었다. 우연인지 아니면 저 놀이 소식을 들어서인지, 서쪽 야만족이 어느 날 갑자기 떼 지어 말 타고 국경선을 넘어온 것이다. 나라 안의 탑들은 지체 없이 신호를 보냈다. 저음의 다급한 경고 북소리가 가장 외곽 국경선까지 전해졌다. 그러나 크나큰 경탄의 대상이 되었던 탁월한 장난감인 기능적 장치가 이젠 망가진 듯 제 기능을 발휘하지 못했다. 북소리는 정상적으로 울렸지만, 이번에는 나라 안의 장교와 병사들 마음속에서는 아무 소리도 울리지 않았다. 그들은 북소리를 따르지 않았다. 왕과 포사가 사방을 뚫어져라 바라보았건만 아무 소용이 없었다. 어디서도 먼지구름이 일지 않았고, 어디서도 조그만 회색 행렬이 다가오지 않았다. 아무도 왕을 도우러 오지 않은 것이다.

왕은 궁정의 소규모 군대를 동원해 부랴부랴 야만족과 맞섰지만 적의 수효는 엄청나게 많았다. 유왕의 군대를 격파한 야만족은 수도 호경을 함락하고 궁전과 탑들을 파괴해 버렸다. 유왕은 자신의 왕국은 물론 목숨까지 잃었고, 애첩 포사 역시 같은 신세가 되었다. 나라를 망친 그녀의 웃음에 대해선 오늘날까지

역사책에서 전해지고 있다.

　수도 호경은 완전히 파괴되었고, 전쟁놀이는 실제 현실이 되었다. 다시는 북 놀이가 벌어지지 않았다. 유왕도, 미소 짓는 포사도 더 이상 없었다. 유왕의 후계자인 평왕(平王)'은 다른 탈출구가 없어 호경을 포기하고 멀리 동쪽으로 수도를 옮기는 수밖에 없었다. 그는 이웃의 제후들과 동맹을 맺고 영토의 상당 부분을 넘겨주는 대가를 치렀다. 그런 희생을 감수하고서라도 그는 미래의 통치 기반을 안전하게 확보해야만 했다.

(1929)

11 **나의 젊은 시절 이야기** 헤르만 헤세가 1923년에 쓴 자전적인 글이다.

헤른후트 폰 친첸도르프(Nikolaus Ludwig von Zinzendorf, 1700~1760) 백작이 경건주의의 한 종파인 헤른후트(Herrnhut) 파를 일으킨 곳의 이름. 헤른후트는 독일어로 '주님께서 보호하시는 곳'이라는 뜻이다. 18세기 독일 작센 지방의 영주 친첸도르프 백작은 어느 날 미술관에 갔다가 십자가에 못 박힌 그림을 보고 예수의 허리에서 피가 흘러내리는 환상을 보게 된다. 충격을 받은 그는 십자가에 못 박힌 그리스도 앞에 무릎을 꿇고 "예수께서 나의 죄 때문에 피를 흘리고 죽으셨는데 나는 당신을 위해 한 것이 아무것도 없습니다. 저의 죄를 용서해 주십시오"라고 회개한다. 자신만을 위해 살았던 백작은 이 일이 있은 뒤 그리스도와 이웃을 위해 사는 사람으로 변화했다. 그리고 자신의 토지를 떼어 어려운 사람들에게 주기도 했다. 당시 박해를 피해 그의 영지 가까운 곳에 피난을 온 모라비아 교도들에게도 땅을 나누어 주었다. 모라비아 교도들은 그곳에 헤른후트 공동체를 만들고 경건 운동을 펼쳤는데, 이 운동에서 은혜받은 사람이 감리교의 존 웨슬리다. 폭풍우 치는 갑판 위에서도 흔들리지 않는 모라비아 교도들의 경건한 신앙을 보고 웨슬리는 충격을 받고 거듭남을 경험하게 된다.

11 **바젤 선교회** 스위스 바젤 선교회는 1816년 시작된 선교사 훈련 학교로 신학 훈련과 직업 훈련을 시킨다. 지금은 '미션21'로 이름을 바꿔 기후 변화로 인한 생태 파괴와 근본주의의 발흥 문제에도 관심을 기울인다.

발트 3국 에스토니아 · 라트비아 · 리투아니아를 말한다. 3국은 1917~1918년부터 주변 강대국들에게서 독립했으나 1940년 소련에 귀속되었다. 1917년 러시아 혁명과 제1차 세계 대전의 종결 후 에스토니아 · 라트비아 · 리투아니아는 독일군과 소련군을 몰아내고 독립 국가가 되었으나 1940년 소련에 합병되어 소비에트 사회주의 공화국에 소속되었다. 발트 3국은 소련 내에서 가장 유럽적이면서 가장 번영한 지역이었다. 1980년대 말 소련 정부의 자유화 정책으로 민족주의 감정과 러시아인의 지배에 대한 반감이 고조되었으며, 그 결과 1991년 소련의 쿠데타 실패 후 발트 3국은 주권을 선언하고 소련으로부터의 독립을 국제적으로 인정받았다.

12 **칼뱅** Jean Calvin, 1509~1564. 프랑스의 신학자 · 교회 행정가로 16세기의 가장 중요한 프로테스탄트 종교 개혁가다. 장 칼뱅의 사상은 유럽과 북미 여러 지역의 프로테스탄트 발전에 심대한 영향을 끼쳤다. 칼뱅주의는 첫째, 장 칼뱅의 신학을 이루고 있는 상호 보완적인 교리들의 정교한 균형을 가리킨다. 둘째, 칼뱅의 추종자나 추종자로 자처하는 사람들이 사변적 · 경건주의적인 노선에 따라 선택한 교리의 발전 내용을 가리킨다. 셋째, 칼뱅과 그 추종자들의 저술이나 16세기 제네바 칼뱅주의 교회 예배 의식에서 비롯한 신학 사상과 교회 조직, 도덕 훈련이 여러 나라에서 발전하여 이루어진 내용을 가리킨다. 이 교리와 예배 의식은 대륙의 개혁 교회와 장로 교회의 기준이 되었다.

13 **인도어를 할 줄 알았다** 헤르만 군데르트는 인도의 말라바르 지역

선교 기지를 개척하여 현지 방언 7종에 능통한 명망가였다.

17   **장 파울**   Jean Paul(본명은 Johann Paul Friedrich Richter, 1763~
1825). 독일의 낭만주의 소설가로 장 자크 루소에 대한 존경심에서
장 파울이라는 필명을 썼다. 그의 작품은 바이마르 고전주의의 형
식적 이상으로부터 초기 낭만주의의 직관적 초월주의로 넘어가는
교량 역할을 했다. 작품으로 『거인』, 『개구쟁이 시절』 등이 있다.
그는 소설을 쓰는 한편, 교육과 미학 논문을 쓰기도 했다. 독일보
다는 영어권에서 더 오랜 인기와 명성을 누렸다. 일찍이 쇼펜하우
어의 주저 『의지와 표상으로서의 세계』를 높이 평가해 준 유일한
작가이기도 하다.

    다비트 프리드리히 슈트라우스   David Friedrich Strauss, 1808~
1874. 독일의 프로테스탄트 철학자 · 신학자 · 전기 작가로 신약
성서의 그리스도에 관한 이야기를 신화론적으로 설명함으로써 성
서 해석의 새로운 토대를 열었다. 첫 저서 『비평적으로 검증한 예
수의 생애』에서 복음서의 역사적 가치와 초자연적 주장을 부인하
다가 신자들의 항의를 받고 대학에서 물러나게 되었다. 그는 자신
이 비평한 성서 및 신학적 본문들을 잘못 이해하고 있다는 비판을
받기는 했으나, 20세기 자유주의적이고 종말론적인 학파들의 성
서 사상에 영향을 미쳤으며 학자들이 '역사적 예수'를 탐구하도록
자극했다.

18   **어느 유서 깊고 견실한 서점**   헤켄하우어(Heckenhauer) 서점

    튀빙겐에서 바젤로 가서 서점   라이히(Reich) 서점

    고서점   바텐빌(Wattenwyl) 고서점

19   **디 노이에 룬트샤우**   Die neue Rundschau. 1890년에 창간된 독일
의 계간 문학 잡지

    에밀 슈트라우스   Emil Strauss, 1866~1960. 독일 소설가. 슈바벤
출생. 프라이부르크 대학, 베를린 대학에서 철학 · 역사 · 경제학
을 공부하였다. 1892년 브라질로 이주하여 농업 경영과 교육에

종사하다가 병을 얻어 귀국한 뒤 프라이부르크와 바덴바일러에서 문필 활동을 했다. 청년 심리를 대담하게 해부한 『친구 하인』(1902)으로 일약 문명을 떨쳤다. 딱딱한 언어에 의한 간결하고 명석한 표현과 음악성이 담긴 문체, 대위법적 구성과 작품을 둘러싼 유머 때문에 헤르만 헤세가 "독일어의 고전주의적 작가"라고 평하였다. 세기 전환기의 어느 문학적 조류에도 속하지 않았지만, 순화된 인간성을 추구했다는 면에서 19세기 산문의 계보를 잇고 있다.

19 바젤 출신의 여성 헤세의 첫째 부인으로 9세 연상의 사진작가인 마리아 베르누이를 말한다. 헤세는 1923년 마리아와 이혼하고 6개월 뒤인 1924년 성악가 루트 벵거와 재혼해 1927년 다시 이혼했는데, 실제로 같이 산 기간은 겨우 석 달밖에 되지 않았다. 루트와 이혼 4년 뒤인 1931년에 미술사학자 니논 돌빈과 결혼한다.

21 클링조어의 마지막 여름 처음 발간될 때 「클라인과 바그너」도 이 책에 함께 수록되었다.

융 Carl Gustav Jung, 1875~1961. 스위스 출신으로 분석 심리학의 기초를 세웠고, 외향성 · 내향성 성격, 원형(Archetypus), 집단 무의식 등의 개념을 제시하고 발전시켰다. 카를 융의 업적은 정신의학과 종교 · 문학 관련 분야의 연구에 지대한 영향을 미쳤다. 융은 사람들이 지닌 공통의 정신 영역을 집단 무의식이라 칭하며 이 개념을 원형 이론과 결합함으로써 종교 심리학 연구의 방향을 제시했다. 헤세 소설의 자기실현(Selbstverwirklichung)이라는 개념은 융의 분석 심리학에서 많은 영향을 받은 것이며, 헤세의 소설에 등장하는 인물들 역시 융 심리학의 원형 이론으로 접근이 가능하다. 헤세는 1917년 9월 7일 융을 처음 만나 매우 강한 인상을 받은 것으로 알려져 있다. 그런 후 1921년 5월에는 취리히에서 융 박사에게 직접 진료를 받기도 했다. 융에 대한 헤세의 판단은 초기에 여러 번 변했는데, 그의 강한 자의식은 헤세의 마음에 들기도 하고 때로는 거부감을 주기도 했지만 전체적으로는 매우 좋은 인상을 주었다. 흥미롭게도 헤세는 융을 만난 닷새 후인 9월 12일 꿈속에서 『데미안』의 등장인물들을 만났다고 한다.

랑 박사　Josef Bernhard Lang, 1863~1945. 헤세는 1916년 3월 24일에서 4월 7일 사이에 처음으로 정신과 치료를 받았다. 그 후 의사의 충고에 따라 루체른 근교의 존마트에서 심리 분석 치료를 계속하지만(4~5월, 12회) 별 효과를 거두지 못하자 1916년 6월부터 다음 해 11월까지 약 1년 반 동안 매주 루체른으로 정신과 의사인 요제프 랑 박사를 방문하여 세 시간씩 60회에 걸친 치료를 받게 된다. 헤세는 정신병을 완치하진 못했지만 랑 박사와의 대담으로 노이로제와 긴장감으로부터 많이 벗어날 수 있다. 『데미안』의 피스토리우스는 랑 박사를 모델로 했다. 싱클레어는 고대의 여러 종교와 상징에 박학다식한 피스토리우스에 대해 경탄과 동시에 비판 의식을 가졌다. 그 후 루트 벵거와 별거하던 중인 1925년 12월에서 1926년 3월까지 다시 랑 박사의 도움을 받았다.

35　**알레만니족**　서남부 독일인에 대한 옛 칭호

51　**말안장**　'말안장'을 뜻하는 '자텔(Sattel)'에는 '자텔바흐' 댁도 암시하는 이중적인 의미가 담겨 있다.

65　**구주희**　중세 유럽 대륙에서 시작된 것으로 보이는 볼링 경기

87　**요한 페터 헤벨**　Johann Peter Hebel, 1760~1826. 독일의 서남부 바덴 지방에서 태어나 개신교 목사가 되었다. 서른이 넘어 김나지움 교사가 되어 종교뿐만 아니라 과학 과목도 가르쳤고, 나중에는 교장을 역임하였다. 목사로서는 바덴 공국의 신교 최고위직에 올랐다. 고등학교 재임 시 당시 성경 말고는 서민들의 유일한 읽을거리기도 했던 달력을 제작하면서 거기에 자신이 쓴 글들을 발표하였는데 그것들이 대단한 사랑을 받았다. 나중에 그 이야기들을 모아 『라인 지방 가정의 벗의 보석 상자』라는 책으로 발표하였다. 그것이 오늘날까지 독일의 남녀노소가 애독하는 책이 되었다. 헤벨은 이 책과 자기가 평생 살았던 지방의 사투리로 쓴 한 권의 시집

만으로 독일 문학사에서 빠질 수 없는 작가가 되었다.

87 춘델하이너와 춘델프리더 Zundelheiner und Zundelfrieder

91 비어나츠키 Johann Christoph Biernatzki, 1795~1840. 독일의 목사 겸 문필가

143 로자 폰 탄넨부르크 폰 슈미트(Christoph von Schmid, 1768~1854)의 어른과 아이들을 위한 영웅적인 처녀 기사 이야기이다.

149 '세당' 함락 기념일 보불전쟁 시 1870년 9월 1일 프로이센군이 프랑스의 도시 세당을 포위해서 함락시킨 것을 기념하는 날

169 질허 Philipp Friedrich Silcher, 1789~1860. 독일의 작곡가. 1817년부터 죽을 때까지 튀빙겐 대학교의 지휘자로 있었으며, 1852년 철학 박사의 칭호를 받았다. 독일 및 여러 나라의 민요와 종교 음악 등의 수집·정리·작곡에 공헌했으며, 특히 그가 작곡한 〈로렐라이〉가 유명하다.

데어 'der'는 남성 명사에 붙이는 정관사로 폴리가 수새임을 뜻한다.

184 호도비키 Daniel Nikolaus Chodowiecki, 1726~1801. 18세기 독일의 인기 있는 동판화가, 그래픽 예술가, 삽화가

218 벵골 폭죽 선명한 지속성을 지닌 청색 등(燈)으로, 극장에서 쓰이며 신호용으로도 쓰이는 폭죽

268 쇼펜하우어 책 『의지와 표상으로서의 세계(*Die Welt als Wille und Vorstellung*)』(1818)를 말한다.

350 유왕 고대 중국 주나라의 제12대 왕(재위: BC 781년~BC 771년). 유왕 2년(기원전 780년), 관중에서 지진이 일어나 주나라가 망할 징조를 보였다. 그것도 주나라 천자 직할지의 농업 용지를 공급받는 곳에 타격이 갔다. 또한 기산(岐山)에 산사태가 일어났다. 유왕은 원래 태자인 평왕을 폐하고 포사의 아들인 백복을 태자로 삼으려 했다. 생명의 위협을 느낀 평왕은 서신으로 도망가고 유왕은 군대를 보내 서신으로 도망간 평왕을 끝장내려고 했다. 평왕과 평왕

을 지지하는 세력은 서융을 끌어들여 유왕에게 반격했고 유왕을 살해하는 데 성공한다. 그가 암군이긴 하지만 봉화를 올렸는데도 제후들이 오지 않은 것은 단순히 포사 때문만은 아니다. 주 왕실은 이미 여러 가지 실정 때문에 권위를 잃어 갔는데, 그것이 포사의 봉화 사건을 계기로 터진 것뿐이다. 그 일로 인해 서주가 쇠망하고 견융족의 힘이 강해지는 계기가 되었다.

호경　주(周)의 무왕(武王)이 처음 도읍했던 곳. 지금의 신안

358　**평왕**　주나라의 제13대 왕이자, 동주의 첫 번째 왕이다. 유왕의 아들로 의구라는 이름으로 불렸던 그는 주나라에 충성하는 제후들의 도움을 받아 낙읍으로 천도해 주나라의 명맥을 이어 간 왕이다. 그는 유왕의 정실부인의 소생으로 태자로 낙점되었으나, 유왕이 절세 미녀 포사를 총애하여 그 소생인 백복을 태자로 삼고 그를 폐했다. 그런데 포사의 봉화 사건 때문에 유왕이 견융족의 손에 죽임을 당하자, 제후들은 견융에게 위기의식을 느끼고 그를 왕위에 올리니 그가 바로 평왕이다.

반항아와 시인, 광인과 도인 사이에서

홍성광(번역가)

1. 헤세의 삶과 작품

헤르만 헤세(Hermann Hesse)는 1877년 7월 2일 슈바르츠발트 북쪽의 뷔르템베르크주 나골트 강변의 소도시 칼브에서 태어났다. 헤세의 아버지 요하네스 헤세는 1847년 에스토니아에서 의사의 아들로 태어나 신학을 전공하고 인도에서 선교사로 일했다. 하지만 그는 건강상의 이유로 3년도 안 되어 유럽으로 돌아와 바젤 선교사의 소개로 칼브에서 헤르만 군데르트 박사의 조수로 일하게 된다. 그곳에서 그는 군데르트 박사의 딸 마리 군데르트와 알게 되어 결혼했다. 인도에서 태어난 마리 군데르트는 선교사였던 첫 남편 찰스 아이젠버그가 사망하고 나서 헤세의 아버지와 재혼했다. 헤세의 외할아버지인 헤르만 군데르트는 인도의 말라얄람어를 연구하는 데 일생을 보낸 저명한 동양학자였다. 헤세는 조상으로부터 여러 나라의 다양한 혈통을 이어받았다. 게다가 친가와 외가가 모두 선교사 집안이었기 때문에 어려서부터 이국적인 문화를 경험하며 국제적인 분위기에서 자라나 경계에 얽매이지 않는 삶을 살며 현대적인 탈경계의 시각을 갖게 되었다.

신앙적인 분위기의 가정에서 자란 헤세는 어린 시절 "나는 천국에서 살았다"고 할 정도로 행복한 생활을 했다. 헤세의 어머니는 가족의 평안과 하느님 나라를 위해 사는 것이 자신의 사명이라고 생각했다. 자녀 교육에 열성을 보인 어머니는 일기에서 헤세가 세 살 때 매우 영리하고 이야기하는 것을 좋아하지만, 고집과 반항이 대단했다고 밝혔다. 유치원에 다닐 때는 격정적인 기질이 가족을 힘들게 했는데, 그것이 더욱 심각한 상황이 되어 급기야 헤세의 아버지는 어린 아들을 다른 곳에 맡겨야 하지 않을까 걱정하기도 했다.

어린 헤세는 고집 세고 반항적인 아이였다. 후일 헤세는 에세이 「고집」에서 고집이라는 덕목을 무척 사랑한다고 고백한다. 고집 있는 자는 다른 사람이 만든 법칙이 아닌 자기 자신의 내면의 법칙, 자신의 것의 의미에 충실하기 때문이다. 경건주의자인 부모의 억압적 양육 방식은 사춘기의 헤세에게 트라우마로 작용했다. 헤세의 집안엔 우울증의 삽화가 발견된다. 헤세의 아버지는 간혹 우울증의 삽화를 보였고, 동생 한스와 막내아들 마르틴은 중년의 나이에 자살했으며, 헤세의 이부형제 한 명은 정신장애가 있었다. 어머니도 여학생 기숙 학교에 다닐 때 친구에 대한 의리를 지키느라 반항하다가 처벌받고 다른 학교로 쫓겨난 적이 있었는데 이때 심한 우울증을 보였다고 한다.

헤르만 헤세에게는 어린 시절 잊힌 기억 몇 가지가 우리에게 알려져 있다. 헤르만이라는 이름은 어머니의 첫 결혼에서 난 장남의 이름이었다. 하지만 그 아이는 5개월 만에 죽어 인도 땅에 묻혔다. 그리고 헤세가 한 살, 두 살 되었을 때 남동생과 여동생이 잇달아 태어났으나 둘 다 몇 달 만에 죽고 말았다. 이 경험이 어린 헤세에게 애도와 죄책감의 무의식적인 근원이 되었던 것 같다.

그래서인지 헤세는 네 살 때 부모에게 카인과 아벨의 동생인 세스(Seth)라는 새 이름을 달라고 요청하기도 했다. 어쩌면 자신을 아벨을 죽인 카인으로 생각했는지도 모른다. 그래서인지 헤세는 후일 『데미안』에서 카인을 긍정적으로 평가하기도 한다. 어린 헤세는 자주 고집부리고 반항하며 분노발작 같은 행동을 보였다. 강요받는 것을 극도로 싫어하는 아이였다. 아버지가 서재에서 일하는 것을 방해하기도 했다. 어머니는 "어린 헤세의 폭군 같은 정신과 감정의 폭풍을 두려워할" 지경이었다. 결국 헤세가 여섯 살 때 부모는 아이의 고집을 꺾어 보려고 헤세를 기숙 유아원으로 쫓아 보냈다. 헤세는 거기서 6개월간 있었는데, 집으로 데려왔을 때 창백하고 야윈 데다 풀이 죽어 있었고, 훨씬 다루기 쉬운 아이가 되었다. 이런 점에서 우울증이 싹틀 가능성이 엿보인다.

그러나 헤세에게는 어린 시절 부모에게 배척받은 기억과 아울러 아름다운 추억도 있다. 그는 어릴 때 어머니 무릎에 앉아 그림책을 보면서 성서 이야기, 그림 형제의 동화, 인도와 아프리카의 선교 이야기 등을 들었다. 그는 어머니의 그런 이야기들이 자신을 황홀하게 만들었고 상상력을 자극했다고 회상한다. 노년기에 누나에게 보낸 편지에서 "어머니의 사랑스러운 이미지는 여전히 내 인생에서 가졌던 최고의 것이다"라고 쓰고 있다.

아버지에 대한 아름다운 추억도 있다. 9세 때 아버지가 바이올린을 사 주어 헤세는 그 악기를 즐겨 연주했다. 아버지는 헤세에게 직접 그리스어와 라틴어를 가르쳐 주기도 했고, 강가에 나가 달빛 아래서 괴테의 시를 낭송해 주기도 했다. 헤세는 노인이 되어서도 종종 어린 시절 크리스마스 촛불의 황홀함을 추억했다. 이런 사랑의 기억은 배척받았다는 감정과 아울러 부모에 대한 양가감정을 이룬 것으로 보인다.

아홉 살부터 열세 살까지 고향 칼브에서 학교를 다닌 헤세는 학교생활에 잘 적응하지 못했다. 횔덜린의 시를 애송하던 헤세는 이미 "열세 살 때부터 시인이 아니면 아무것도 되고 싶지 않다"고 생각했다. 헤세의 어머니는 신앙 속에서 아들을 키우며 보살폈지만, 헤세는 청소년기에 이르러 부모의 경건주의 기독교 세계와 갈등을 겪는다. 부모를 포함하여 교회와 학교의 기독교 세계가 그에게는 너무 경직되고 편협하며 배타적인 것으로 생각되었다. 그 시절 그에게 학교와 기숙사는 너무 협소하고, 때로는 고문과 같은 것이었으며, 미래는 매우 절망적으로 보였다.

1890년 2월, 13세였던 헤세는 뷔르템베르크의 주 시험 준비를 위해 괴핑겐의 라틴어 학교에 다녔다. 그는 훗날 라틴어 학교에 다니던 시절을 긍정적으로 회고하기도 했는데, 그곳에서의 수업은 실제로 자신이 바라던 결과를 가져다주기도 했다. 이때의 경험을 바탕으로 단편 「라틴어 학교 학생」을 쓰게 되었다. 주 시험에 합격한 학생은 신학교에 입학할 수 있고, 그곳에서 국비 장학생으로 공부하여 주의 공무원이나 목사, 교수가 되었다. 그러므로 그것은 학생들의 미래를 보장해 주는 대단히 중요한 시험이었다.

그 때문에 헤세의 아버지는 1890년 11월 헤세에게 뷔르템베르크주의 시민권을 취득하게 해 주었다. 그래서 헤세는 이전에 가지고 있던 스위스 시민권은 상실하게 되었다. 1891년 6월 헤세는 주 시험에 합격하고 그해 가을 마울브론 신학교에 입학했다. 이 학교는 엄격한 시험으로 학생들을 선발해 목사로 배출하는 권위와 전통을 자랑하는 명문 신학교로, 횔덜린과 케플러도 이 학교 출신이었다. 이 학교에서 학생들은 수도승처럼 검소한 생활을 해야 했고, 고대 언어를 익히며 철저하게 고전 공부를 했다. 헤세는 이 신학교에서 그리스, 로마의 문학과 중세 문학을 현대 독일어로 번역하고, 실러와 클롭슈토크의 작품을 읽으며 독서 클럽을 만드는 등 그곳에 잘 적응하는 듯 보였다.

그때 부모님에게 보낸 편지들에 의하면 헤세는 신학교 생활에 처음에는 대체로 만족해하는 편이었다. 그는 그곳 분위기를 자유롭게 여겼고, 수업에도 나름대로 흥미를 느꼈다. 몇몇 예외가 있었으나 교사들과 동료 학생들도 대체로 헤세의 마음에 들었다. 하지만 헤세는 신학교에 다닌 지 6개월 만인 1892년 3월 7일

『수레바퀴 밑에』의 한스 기벤라트처럼 돌연 학교에서 사라지고 말았다. 날씨는 추웠고 수중에는 돈 한 푼 없었다. 학교에서는 실종 신고를 하고 근처 숲속을 수색하기도 했지만 그를 찾지 못했다. 만 하루가 지난 3월 8일 점심때가 되어서야 그는 경찰에게 붙잡혀 마울브론 신학교로 돌아왔다. 그는 학교를 무단이탈한 죄목으로 여덟 시간 감금 처벌을 받았다. 이 사건이 있고 나서 헤세는 선생님과 동료들에게 따돌림당하고 고독한 외톨이 생활을 하게 되었다. 그런 후 헤세는 우울증에 빠지는 등 정신적 위기를 맞으면서, 3월 20일의 편지에서는 "나는 저녁노을처럼 사라지고 싶다"면서 자살 생각을 내비치기도 한다.

결국 학업을 계속할 수 없을 정도로 건강이 나빠진 헤세는 1892년 5월 학교로부터 일시적으로 요양 휴가를 받았다. 이 휴가는 공식적으로는 그의 건강을 되찾으려는 조처였으나 실제로는 명목상의 퇴학을 의미했다. 이렇게 하여 부모의 관심과 주위의 기대를 한몸에 받으며 명문 신학교에 입학한 헤세는 결국 학교를 그만두게 되었다. 당연히 아버지는 헤세의 이런 생활에 크게 실망했고, 이처럼 신학교에서 불명예 퇴학을 당한 소년 헤세는 삶의 방향 감각을 잃은 채 방황했다. 1927년 헤세는 뉘른베르크 등지의 낭송 여행을 가던 중 마울브론 신학교에 들렀을 때 후배 학생들 사이에서 36년 전 그의 탈주 사건이 전설처럼 전해지는 것을 보고 그 시절을 떠올리며 잠시 회한에 젖기도 한다.

이 무렵 헤세는 우울증과 신경증으로 환각 증세를 보이기도 했다. 그래서 1892년 5월 그는 블룸하르트 목사가 운영하는 바트 볼(Bad Boll) 감화원에 맡겨졌다. 처음에는 이곳에서 안정을 되찾고 잘 적응하는 듯 보였다. 하지만 6월에 일곱 살 연상의 엘리제를 짝사랑하다가 실패한 후 마음의 평화가 깨져 심한 정신 불안증에 시달렸고 심지어 권총 자살을 시도하기까지 했다. 그러자 헤세의 부모는 1892년 6월 말 그를 슈투트가르트 부근의 렘스탈에 있는 정신 병원으로 보냈다. 그곳에서 그는 기도 요법 치료를 받았으며, 정원 일을 하거나 정신 장애아들의 기초적인 학습을 도와주면서 정신적 안정을 얻을 수 있었다. 헤세는 3개월 후에 아버지에게 간청하여 고향 집으로 돌아갈 수 있었지만, 아버지와 심한 갈등을 겪은 후 다시 슈테텐으로 보내졌다. 이때 그에게는 사춘기의 반항과 고독을 부모로부터 이해받지 못하고 쫓겨났다는 느낌이 정점에 달했다.

15세의 헤세는 부모와 사회에 반항하며 신앙적인 면에서 무척 힘든 시기를 보낸다. 이때부터 헤세는 아버지에게 반항적인 태도를 보이며 편지에 공격적이고 반어적이며 풍자적인 표현을 쓰게 된다. 작가로서의 자의식이 종교적 전통과 고루하고 위압적인 권위와 충돌한 것이다. 그러다가 바젤의 피스터 목사의 보호를 받으며 위기와 갈등이 상당 부분 진정되었다. 그는 어린 시절을 회상하며 잠시 고향 같은 느낌을 받았다. 병세가 약간 호전된 헤세는 1892년 10월 말 바트칸슈타트 김나지움에 입학할 수 있었다. 그곳에서는 성적도 좋고 잘 적응하는 것 같았으나, 몇 달 뒤에는 학업에 흥미를 잃고 두통과 무기력에 시달렸다. 결국 그곳에 1년가량 머무른 후 헤세의 학창 시절은 영원히 끝나고 말았다. 그 때문에 한때 수재로 주위의 부러움을 받았던 헤세는 이제 비웃음의 대상으로 전락하고 말썽꾸러기로 낙인 찍히는 바람에 동네 사람들이 자기 아이를 꾸짖을 때 "너도 헤 세처럼 될래?"라고 말했다고 한다.

그리하여 헤세는 외삼촌의 소개로 에슬링겐 서점의 수습생이 되어 처음으로 직업 전선에 나섰지만 거기서도 3일 만에 도주하 고 말았다. 다시 칼브로 돌아온 헤세는 아버지와는 계속 냉전 상 태였지만 자연과 어머니를 통해 서서히 안정을 되찾았다. 그는 작가의 길을 가고 싶어 했다. 하지만 현실을 받아들이기로 하고 페로 탑시계 공장의 수습공이 되었다. 그곳에서 호의적인 수습 증명서를 받은 헤세는 기독교 신앙을 떠나 점차 문학과 예술의 아름다움으로 기울어지면서 이제는 튀빙겐의 헤켄하우어 서점 의 수습생으로 새 출발을 하게 되었다. 헤세는 이때 니체의 사진 을 하숙방의 벽에 붙여 놓고 그의 글을 탐독하며 3년 동안 열심 히 일했다. 그러면서 작가가 되기 위해 부단히 노력했다.

그는 튀빙겐에서 교회에 나가지는 않았지만 성서를 다시 읽 으며 그것을 새로운 눈으로 바라보았다. 이런 변화를 보이자 아 버지는 자신도 인생의 여러 시기에 성경의 여러 부분에서 감동 받고 새 힘을 얻었다고 아들에게 편지를 썼다. 이제 부자간에 비판이 아닌 이해와 사랑이 담긴 새로운 분위기가 생겨난다. 또 한 뼈가 약해져 2년 동안 고통을 겪던 어머니와의 관계도 다시 좋아졌다. 그는 매일 밤 자리에 눕기 전에 어머니의 건강을 기원하는 기도를 하면서 부모님께 저지른 많은 잘못을 뉘우치며 고통스러워했다. 이내 어머니의 건강이 회복되자 헤세는 깊이 감동받고 하느님께 영광을 돌린다. 결국 헤세는 그리스도를 무시하거나 외면할 수 없다는 것을 깨닫는다.

헤세는 튀빙겐의 서점에서 일하며 틈틈이 시를 썼다. 그리하여 1896년 「마돈나」라는 시로 등단하고, 1898년에는 『낭만적인 노래』와 『한밤중 뒤의 한 시간』을 출간했는데, 특히 『낭만적인 노래』로 릴케의 인정을 받으면서 문단도 그를 주목하게 되나 그의 작품들은 상업적으로는 실패했다. 헤세의 어머니 역시 감상적이고 애수적인 이 작품들을 경건주의적 입장에서 신랄하게 비판한다. 문학적인 재능은 하느님의 영광을 위해, 또 다른 사람들에게 유익하게 써야 한다고 생각해서였다. 헤세는 어머니의 이러한 부정적인 평가에 크게 실망하고 고통스러워했다.

그는 튀빙겐에서 괴테와 니체[1]를 중심으로 문학과 철학을 열심히 공부했고, 기독교를 비판하면서도 성서와 신학책을 읽으며 그 의미를 새로이 숙고하기도 했다. 그는 니체의 도덕비판에도 동조하는데, 도덕은 몰락에의 의지이고 동경을 쏘아 버리는 화살이기 때문이다. 19세 때부터 시를 쓰기 시작해 21세 때는 자신의 시집 『낭만적인 노래』를 부모에게 보냈다. 「마을의 저녁」이라는 시는 외지를 떠도는 그의 심정을 잘 나타내 준다.

1 　헤세는 니체를 제외하고 누구도 괴테만큼 자신을 그렇게 몰두케 하고, 잡아끌고, 고통을 주고, 논쟁을 강요한 사람은 없었다고 말한다.

나는 지금 이 마을의
유일한 이방인.
내 마음은 슬픔으로
그리움의 잔을 남김없이 마신다.[2]

어머니는 시의 외적 구조는 높이 평가했으나 시에 좀 더 높은 의미가 있어야 한다며 아들의 시가 너무 제멋대로이고 속되다고 비판했다. 두 번째 편지에서는 "하느님께 향하고 너무 음란하지 않도록 해라"고 충고했다. 헤세는 분노하여 그 편지를 불태워 버렸다고 한다. 이후 어머니와 화해하려 했으나 어머니는 거절했다.

1899년 가을, 헤세는 튀빙겐을 떠나 바젤의 유명한 라이히 서점에서 서적 분류 일을 했다. 바젤은 외로운 헤세에게 자기 탐구, 방랑, 여행을 위한 좋은 기회를 제공해 주었다. 1901년 그는 오랫동안 꿈에 그리던 이탈리아 여행을 떠났다가 돌아와 창작과 여행을 하기에 편한 바텐빌 고서점에 들어갔다. 새 서점은 헤세를 위해 『헤르만 라우셔의 유작집』을 발행해 주었다. 25세 때인 1902년에는 오랫동안 지병에 시달리던 어머니가 세상을 떠났다. 헤세는 자신의 우울증이 악화할까 봐 두려워서 또는 상실감에 빠지지 않으려고 어머니의 장례식에 참석하지 않았다. 헤세는 바젤의 두 서점에서 4년간 일하면서 예술사학가 부르크

---

2 헤르만 헤세, 『헤르만 헤세 대표시선』, 전영애 역, 민음사, 2007, 15쪽. 내용은 일부 수정했음.

하르트[3]의 역사관에 큰 영향을 받았다.

이처럼 헤세는 1893년부터 10여 년간 시계탑 공장과 여러 서점에서 일했고, 1901년과 1903년에는 다시 이탈리아 여행을 했다. 이 기간에 헤세는 괴테의 작품을 읽으며 그에게서 "안정을 얻고, 가르침을 받고, 조화에 관해 배웠다"고 말한다. 그후 브렌타노, 아이헨도르프, 티크, 슐라이어마허, 슐레겔 형제와 같은 낭만주의 작가들에 매료되었는데, 그가 특히 좋아한 작가는 노발리스였다. 그러다가 헤세는 1904년 『페터 카멘친트』의 성공으로 서점 일을 그만두고 본격적인 작가 활동을 시작해 1906년 『수레바퀴 밑에』를 발간한다. 소설 주인공은 마지막에 아버지를 돌보려 귀향하는데, 이는 실제로 아버지에 대한 헤세의 화해 제스처로 보인다. 이 해에 그는 아홉 살 연상의 사진작가 마리아 베르누이와 결혼하고 보덴호반의 가이엔호펜으로 이사해 평소 자신이 비판하던 부르주아적인 전원생활을 즐긴다.

이 시절 헤세는 자유로운 전업 작가로 신문과 잡지에 글을 기고하면서 도스토옙스키, 쇼펜하우어, 신지학(神智學), 신비주의, 노장사상 등을 공부했다. 그는 『수레바퀴 밑에』로 유명해졌

---

3 Jacob Christopher Burckhardt, 1818~1897. 예술사와 문화사를 최초로 연구한 사람 중의 하나로, 그의 저서 『이탈리아의 르네상스 문명』은 문화사 연구 방법의 귀감이 되었다. 대학에서 신학과 역사학을 전공하며 문학과 미술도 함께 공부했다. 어린 시절부터 예술과 건축에 매력을 느꼈던 그는 화가와 조각가의 업적에 자극받아 이탈리아와 르네상스로 관심을 돌렸을 뿐 아니라 법률·정치·외교 분야를 다소 하위에 두었다. 이런 그의 문화사 및 예술사가로서의 관점은 정통의 독일 역사학 전통에서 벗어난 것이었다. 주목을 받은 최초의 저서 『콘스탄티누스 대제』는 고대 문명에 대한 그의 깊은 관심을 입증했다. 그리스 문명 연구서 『그리스 문화사』는 그의 마지막 대표 저작이다.

지만 부부 사이가 나빠져 우울, 권태, 고독을 느끼기 시작했다. 이때의 고독과 우울감은 독일인과 한국인의 애송시 「안개 속에서」[4]에 잘 나타나 있다. 진작부터 여러 가지 질병으로 고통받던 헤세는 30세 때 몬테 베리타 요양원에, 33세 때는 헤트비히 온천 요양원에 입원해 요양 치료와 정신 치료를 받았다. 이 치료로 정신적 불안이 상당히 해소되어 후일 정신 분석을 받는 밑거름이 되었다.

헤세는 1911년 마리아 베르누이와의 결혼 생활에서 갈등을 겪으면서 아내와 떨어져 지내기 위해 화가인 친구 한스 슈투르체네거와 3개월간 인도 여행을 떠났다. 유목민 기질의 헤세는 남편과 아버지로서의 의무를 제대로 이행하지 못하고 툭하면 방랑과 도주를 일삼았다. 첫째 아들 브루노가 태어났을 때는 이탈리아로 도주했고, 둘째 아들 하이너가 태어난 해에도 5개월간 집을 비웠으며, 셋째 아들 마르틴이 태어난 지 두 달도 안 되어 인도로 달아났다.

헤세는 어려서부터 인도와 친숙했고 인도 관련 서적도 많이 읽었지만 이처럼 44세가 되던 1911년에야 인도 여행을 떠났다. 그는 스리랑카, 말레이시아, 싱가포르, 인도네시아를 여행했지만 정작 인도 대륙에는 가지 못했던 것으로 알려져 있다. 여행

---

4 안개 속을 거닐면 정말 기이하다!/ 숲과 돌은 저마다 고독에 잠기고/ 나무도 서로를 알지 못한다./ 모두가 혼자다.
내 삶이 찬란했을 때/ 세상은 친구로 가득했다/ 이제, 안개가 덮이니/ 아무도 보이지 않는다.
어찌할 도리 없이/ 모든 것으로부터 떼어 놓는/ 어둠을 모르는 자/ 정녕 현명하지 않다.
안개 속을 거닐면 정말 기이하다!/ 삶이란 고독한 것/ 사람들은 서로를 알지 못한다./ 모두가 혼자다.

의 결과는 만족스럽지 못했다. 내적인 변화나 자기 인식은 단순히 여행한다고 쉽게 얻을 수 있는 것이 아니기 때문이다. 헤세는 그곳에서 자신이 원했던 정신적이고 종교적인 영감을 얻지는 못했지만, 새로운 천국을 에콰도르나 동양의 어느 지역에서가 아니라 마음속에서, 유럽인의 장래 속에서 찾아야 함을 깨달았다. 그 여행은 이후 그의 문학 작품에 큰 영향을 주었다. 먼저 그는 1913년에 『인도에서. 인도 여행으로부터의 스케치』를 출간했다.

헤세는 인도에서 기독교 선교 활동을 펼치며 인도 문화에 심취해 온 특이한 가문의 자제였다. 유명한 인도어 학자였던 외할아버지 헤르만 군데르트를 비롯해 아버지와 어머니가 모두 인도에서 선교사로 활동했고, 외사촌인 빌헬름 군데르트는 일본 학자로 일본 선불교에 조예가 깊었다. 또한 헤세가 살았던 시대에는 인도와 중국의 주요 경전과 많은 문학 작품이 이미 유럽에 번역되어 있었다. 그래서 헤세는 소년 시절부터 외할아버지의 서가에서 힌두교 경전 『우파니샤드』나 불경 번역판을 읽을 수 있었고, 동양 문화에 관심이 많아 아버지 요하네스 헤세와는 노자의 『도덕경』에 대해 이야기를 나눌 정도였다. 도가 사상이 담긴 단편 「시인」이 나올 수 있었던 것은 이런 배경에서 이해할 수 있다. 또한 헤세는 인도 종교에 몰두해 명상하는 요가를 행하기도 하고, 불교적인 자기 집중이나 생각을 비우는 명상, 무아 속으로의 침잠을 수행하기도 했다. 유년 시절 이후 부모의 경건주의적 기독교에 반감을 품어 온 그에게 인도와 중국의 동양 사상이 일종의 정신적 보완재로 자리 잡은 것이다.

노자의 신비로운 지혜가 담긴 『도덕경』과 공자, 장자, 열자는 헤세의 높은 평가를 받는다. 그는 인도의 정신세계를 접하고 훨씬 뒤에야 중국의 정신세계를 알게 된다. 헤세는 아버지를 통해 이미 노자를 알고 있었다. 헤세의 아버지는 『도덕경』을 번역한 그릴 교수를 통해 노자를 알게 되었다. 일평생 경건한 기독교인이었지만 항시 구도의 길을 걸으며 결코 독단론에 빠지지 않았던 헤세의 아버지는 만년에 노자에 심취하여 노자를 가끔 예수와 비교하기도 했다. 헤세 자신도 그로부터 몇 년 뒤 노자를 접하게 되었고, 그런 다음 노자는 오랜 세월 동안 헤세에게 가장 중요한 계시가 되었다.

제1차 세계 대전으로 큰 충격을 받은 독일의 젊은 대학생들 역시 전후 도스토옙스키에게서만큼이나 노자에게서 강한 영향을 받았다. 헤세는 지구의 다른 절반에 그토록 확고하고 존경할 만한 반대 극이 있다는 것을 기뻐한다. 그렇다고 헤세는 전 세계가 점차 유럽처럼 되거나 또는 중국처럼 되기를 바라지는 않는다. 하지만 그는 유럽인이 이 낯선 정신을 존중해야 한다고 역설한다. 헤세는 인종과 문화가 아무리 서로 다르고 적대적이라 할지라도 인류란 하나의 단일체이고 공동의 가능성, 이상과 목표를 지니고 있다는 믿음을 굳건히 해야 한다고 주장한다. 동서양 대결을 천사와 악마의 싸움으로 보는 서양 중심적 사고가 횡행할 때 시대를 앞선 헤세의 이런 생각은 21세기를 사는 우리에게도 여전히 유효하다고 할 수 있다.

유럽이 제1차 세계 대전이라는 소용돌이 속에 빠져들고 있을 때 헤세는 다시 니체에게 빠져들며 그에게서 상당히 많은 새로운 흥분과 향락을, 무엇보다도 지고의 고통스러운 향락을 느낀다고 고백한다. 헤세가 자기 자신의 길, 내면의 길을 걷게 된 것도 니체의 영향이라고 할 수 있다. 니체는 『반그리스도』에서 십자가에 매달린 예수에게서 진정한 운명애를 본다. 예수가 담담하게 죽음을 받아들임으로써 삶을 긍정하고, 온갖 모욕과 고통과 두려움을 극복했다는 것이다. 자기 권리도 주장하지 않고 저항도 안 하며 오히려 자기를 해치는 사람들을 사랑하는 모습에서 니체는 진정한 운명애를 발견한다. 이러한 니체의 목소리는 계속해서 헤세에게 운명애의 목소리로 들려온다. 헤세가 고집스럽게 자신의 길을 가고, 자신의 운명을 받아들이고 자신의 개성을 지킨 것은 니체의 운명애의 헤세적인 변형이라 할 수 있다. 이렇게 보면 연구자들은 중반기 이후 헤세의 작품 주제인 내면으로 가는 길을 주로 낭만주의, 신비주의, 동양의 노장사상에서 찾으면서 니체의 운명애 사상의 영향을 도외시한 측면이 있었다.

1914년 제1차 세계 대전이 터졌을 때, 헤세는 자신이 처한 고통의 책임을 밖에서가 아니라 안에서 찾을 필요가 있음을 깨달았고, 전 세계의 광기와 무질서를 자기 안에서 발견했다고 토로한다. 「내면으로 가는 길」이라는 시에서 헤세는 "내면으로 가는 길을 찾은 사람, 지혜의 정수를 느낀 사람에게는 행위와 온갖 사고가 세계와 신이 깃든 자신의 영혼과의 대화가 된다"고 쓰고 있다.

이때 헤세는 1892년 마울브론 신학교에서 도망쳐 10년 동안 위기를 겪은 이래 인생에서 제2의 위기를 겪는다. 우선 1914년 세살 난 막내아들 마르틴이 뇌막염에 걸려 장기간의 요양이 필요했고, 1915년부터는 아내 마리아의 우울증이 심해진다. 헤세는 전쟁이 일어나자 수많은 반전적인 글을 신문과 잡지에 발표함으로써 독일 국민들에게서 '조국이 없는 녀석', '둥지를 더럽히는 놈', '배신자' 등으로 매도당한다. 그는 독일 대사관에 지원병 신청을 하지만 시력과 나이 때문에 부적격 판정을 받고, 1915년 베른의 독일 전쟁 포로 구호소에 배치된다. 이곳에서 그는 독일 전쟁 포로들에게 책을 모아서 보내 주는 일을 맡는다. 헤세는 1916년부터 1917년까지 전쟁 포로와 억류자들을 위한 『독일 억류자 신문』의 공동 발행인을 맡았고, 1916년부터 1919년까지는 『독일 전쟁 포로를 위한 책』과 『독일 전쟁 포로를 위한 일요판 전령』의 발행인을 맡았다.

전쟁이 끝날 즈음 헤세는 전쟁과 풍비박산이 난 가정으로 고통을 겪었고, 돈 가치가 떨어져 극심한 생활고까지 겪게 된다. 이러한 시기에 그는 세상과 단절하고 세상에서 도피하려는 마음으로 몬타뇰라를 찾게 되었다. 그는 1919년 4월 베른을 떠나 홀몸으로 테신주의 중심 도시 루가노 근교의 어느 농가와 소렌고의 어느 숙소에서 잠시 머무르다가, 5월 11일 몬타뇰라의 카사 카무치로 이사한다. 그는 이제 빈털터리에 하찮은 글쟁이에 불과했고, 남루한 데다 약간은 수상쩍은 이방인이었다. 그 이방인은 우유, 쌀, 마카로니로 연명했고, 낡고 해진 양복을 입었으며, 가을에는 숲에서 주워 온 밤으로 저녁을 때웠다. 다행히 그는 여러 친구의 도움으로 간신히 살아남아 창작 작업도 해낼 수 있었다. 헤세는 1919년 12월 22일 누나 아델레에게 편지를 쓴다. "햇빛이 비치는 날이면 나는 늦게 일어나 정오까지 밖에 머문다. 해가 내리쬐고 바람이 잔잔하면 나는 숲의 구석진 곳이나 교회의 담벼락에서 스케치를 하거나 편지를 쓴다. 그렇지 않으면 산책을 하고, 얼마 전까지만 해도 대체로 주머니 가득 밤을 따 와 저녁에 구워 먹기도 해." 그는 이제 혼자 생활하면서 남편과 가장의 임무에서 벗어나 자신만의 시간을 가지며 비로소 나름대로 개인적인 해방감을 맛본다.

헤세는 젊은 시절 이래 여전히 니체를 우상으로 여긴다. 그를 '새로운 예언자', '위대한 사고의 길을 걷는 작가'로 간주하며 그의 저술은 '예술가적 경탄과 샘'이라고 치켜세우기도 한다. '어느 독일인이 독일 젊은이에게 보내는 한마디 말'이라는 부제가 달린 정치적 팸플릿 『차라투스트라의 귀환』(1919)은 니체의 『차라투스트라는 이렇게 말했다』를 모범으로 삼아 그의 어법과 문체를 모방함으로써 니체적인 것의 총체를 보여 준다. 대중 매체를 통한 획일화, 모든 이념과 조직을 통한 개성의 상실을 비판적인 눈으로 바라본다는 점에서도 니체와 헤세의 공통점을 볼 수 있다. 헤세와 니체는 사상, 종교, 도덕에 대해 개방적이며 어떠한 제약이나 경계를 긋는 것에 반대한다. 특히 헤세는 경계를 증오하고 경계선을 어리석은 것으로 치부한다. 도덕의 경계마저 허물어뜨리려고 하는 헤세의 생각도 니체에게서 온 것이다. 니체의 도덕 철학은 기독교 윤리 체계의 혁명이며 이것을 통해 모든 가치와 기준이 바뀌었다. 선악이 전도되었고, 힘에의 의지가 표출되었으며, 의존적인 것에서부터 생명력 있고 활기찬 자기 자신으로 이르는 길이 마련된 것이다. 니체는 도덕 자체를 비도덕의 한 형태로 여기며 도덕적인 현상은 없고, 단지 현상의 도덕적인 해석만 있을 뿐이라고 선언한다.

헤세는 낙천주의자는 아니지만 적어도 염세주의자는 아니다. 그가 어려움에 처한 1895년의 한 편지에서 자기는 염세주의자가 아니라면서 어두운 면, 말할 수 없는 비애, 전 사회 계층의 잔혹함을 볼 때면 고뇌에 사로잡히기는 하지만 그 해결이나 이상에 대한 믿음을 가지며, 가끔 실망은 하지만 결코 절망하지는 않는다고 말한다. 하지만 예민한 성격의 헤세는 그동안 겪은 정신적 고통으로 만성적인 우울증에 시달리며, 통풍(痛風)과 류머티즘, 눈의 통증으로 평생 고생하게 된다. 1919년 여름, 그는 가장의 도주를 다룬 「클라인과 바그너」를 완성한 뒤 이어서 『클링조어의 마지막 여름』을 약 4주 만에 완성한다. 그는 이때 창작과 그림 그리기를 통해 극심한 우울증과 자살 충동을 어느 정도 극복할 수 있었다. 그리하여 어느 정도 내면의 긴장을 해소함으로써 겨울부터 『싯다르타』의 작업을 시작할 수 있었다.

헤세는 정신 요양원, 온천 요양원 같은 요양원 단골손님이다. 청소년기에는 부모의 손에 떠밀려 억지로 들어갔고 나이가 들어서는 문제가 생길 때마다 스스로 입원했다. 그렇지 않았더라면 85세까지 장수하지 못했을 것이다. 1918년 헤세는 「예술가와 정신 분석」이라는 신문 기고문을 통해 프로이트의 정신 분석에 대해 칭송하며 무의식이 창조의 근원임을 인정한다. 그러나 정작 자신의 치료를 위해서는 융의 분석을 선택한다. 프로이트의 기계론적인 트라우마 이론보다 융의 미래지향적인 목적론적 치료 방법이 더 마음에 들었던 모양이다.

집이 없고 지반이 없고 쉼이 없는 삼무(三無) 방랑자 헤세는 몬타뇰라의 카사 카무치에서 정신적 팽창 현상, 소위 경조증(hypermanic)을 보이며 많은 그림을 그리고 많은 새로운 사람들과 교제한다. 그러면서 열정에 넘쳐 쉬지 않고 글을 쓴다. 하지만 헤세는 몬타뇰라에서 추운 겨울을 여러 차례 보내면서 좌골신경통, 류머티즘 관절통을 얻어 고생했다. 그는 『싯다르타』가 나온 이듬해인 1923년 봄과 가을, 뜨거운 온천수가 나오는 바덴의 베레나 호프라는 요양 호텔에 머물며 두 번 치료를 받았다. 그 후 1952년까지 매년 그곳을 찾아가 요양 치료를 받았다. 바덴은 괴테와 니체도 요양차 자주 찾아갔던 곳이다.

그래서 나온 작품이 자전적 수기 『요양객』이다. 그 수기는 「클라인과 바그너」와 함께 헤세의 병력을 아는 데 무척 중요한 자료다. 그것도 육체적인 질병뿐 아니라 정신적 질환 역시 파악하는 데 무척 유용하다. 헤세는 그 수기에서 진실한 글쓰기의 중요성을 피력한다. 헤세는 이때 20세 연하인 활력 넘치는 성악가 루트 벵거를 사귀고 있었는데, 그녀에게 보낸 편지에서 바덴 원고를 '근거가 있는 심리학적인 자기 초상'이라고 밝힌다. 헤세는 병든 부인 마리아와 이혼하고 6개월 후인 1924년 루트 벵거와 재혼해 1927년 다시 이혼했는데, 그들이 실제로 같이 산 기간은 겨우 석 달밖에 되지 않았다. 이혼 4년 뒤인 1931년에 미술사학자 니논 돌빈과 결혼한다. 그런데 아이로니컬하게도 이혼할 때 이 수기가 정신 병력으로 인정되어 루트 벵거는 법원으로부터 이혼 판결을 받아 낼 수 있었다. 벵거는 법정에 이혼 소송을 제기하면서 헤세를 변태적 인간, 노이로제에 걸린 불면증 환자, 정신병자라고 표현할 정도였다.

헤르만 헤세는 카사 카무치에서 13년간 거주하면서 『황야의 이리』, 『나르치스와 골드문트』를 집필했다. 그러다가 1931년에는 몬타뇰라의 카사 로사로 이주해 그곳에서 평생 머문다. 이처럼 헤세가 44년간 머무른 몬타뇰라는 그의 제2의 고향이자, 그가 유명한 작품들을 창작하고 세계적인 명성을 얻게 해 준다.

헤르만 헤세는 토마스 만과 거의 같은 시기에 작품 활동을 시작해 역시 노벨 문학상을 수상하고 세계적인 문호의 위치에 오른다. 그는 서정적이고 전원적인 시풍에서 출발하여 인간성의 깊은 내면을 파고 들어가는 독특한 문학 세계를 이룩했다. 헤세가 풍기는 고향으로 가는 길의 분위기는 추상적인 향수가 아니라 현실적이며 강력한 인간 복귀의 자세로 볼 수 있다. 헤세의 고백에 의하면 완전한 자기 자신 속, 어두운 운명의 거울 속에 들어가기만 하면 그 속에 비친 인간 세계가 보이는 것이다.

니체는 사유의 중심을 신에서 인간으로 옮김으로써 그동안 서구 사회를 이끌어 왔던 기독교의 기초를 뒤흔들었다. 더 나아가 그는 객체보다는 주체, 외부보다는 내면세계로 시선을 돌리게 했다. 그는 그리스 신화 시대에는 인간이 인간답게 살았지만, 기독교 문화를 받아들이면서 비참해졌다고 본다. 니체가 볼 때 인간이 위대한 것은 스스로 자신의 운명을 알고 그것을 받아들이기 때문이다. 그러려면 기독교 윤리를 벗어 버리고 관점주의적 사고를 가져야 한다. 인식 주체의 관점에서 사물을 보고 평가할 때 진정한 운명애를 갖는다는 것이다. 헤세 작품의 주요 주제 역시 자의적인 것이 아닌 자신의 운명을 발견해 그것을 마음속에서 철저히 생활하는 것, 즉 운명을 끝까지 체험하고, 자기 자신을 운명 속에서 긍정하는 것, 자아 발견과 실현이라 할 수 있다. 슈바벤 지방의 경건주의 정신 속에서 교육된 헤세가 전체적인 경건한 환경의 고집에 반대하여 마울브론 수도원의 신학교에서 도망치고, 『수레바퀴 밑에』에서 교조적인 선생과 결별했음에도, 그는 경건주의적인 '내면으로 가는 길'의 도상에 머물렀다.

이어서 『데미안』(1919), 『싯다르타』(1922), 『황야의 이리』(1927)와 같은 작품이 모두 정신과 자연, 금욕과 방탕, 아버지의 세계와 어머니의 세계 사이를 방황한다. 『데미안』에서도 전작들처럼 자기 자신을 탐구하는 젊은이의 운명이 전개되지만 감미로운 감상과 애조에 그치던 그의 전전의 문체는 여기서 지양되고, 좀 더 깊은 인간성을 추구하여 자기 자신의 운명을 발견하고 그 운명을 회피함 없이 겪어 나가는 새로운 의의가 표명된다. 『싯다르타』에서 바라문의 청년 싯다르타는 부귀한 자신의 가정을 버리고 오직 진리를 찾아 고행의 길을 떠난다. 그는 많은 난관을 극복하고 애욕을 초월하여 마침내 큰 강물의 뱃사공으로부터 물결 소리에 귀를 기울이는 법을 배우고 해탈의 경지에 이른다. 그의 예지 속에서나마 그는 유동하는 형태 속의 단일성을, 인생의 영원한 변전 속의 보이지 않는 질서에 도달한다. 그는 천국이란 신비한 침잠이나 관조의 세계를 통해 자기 자신 속에서만 발견될 수 있다고 본다. 『황야의 이리』는 『싯다르타』와 아울러 히피들 사이에서 예언서처럼 읽힌 작품으로, 소외 문제를 중심 테마로 한다. 헤세는 황야의 이리라고 느끼는 하리 할러의 내면에서 일어나는 인간적 본성과 동물적 본성 사이의 자아분열을 형상화한다.

헤세의 작품 속 주인공들은 대체로 운명을 사랑하는 인간상을 구현한다. 또한 주인공의 주변 인물들은 주인공이 자기 운명을 인식하여 사랑할 때까지 그의 길잡이 구실을 한다. 『페터 카멘친트』의 주인공은 고향 니미콘을 떠나 도시에 가서 많은 체험을 한 뒤 다시 고향에 돌아와 자신의 운명을 정확히 인식하기에 이른다. 『수레바퀴 밑에』의 기벤라트나 『크눌프』에서의 크눌프, 「클라인과 바그너」에서의 클라인 모두 삶에 대한 애착을 버리고 자연의 품에 안긴다. 기벤라트와 클라인은 흐르는 물에, 크눌프는 눈 속에서 운명의 죽음을 맞이한다. 구차스럽게 살아가지만 그들은 자신의 운명을 인정하고 불평불만을 하지 않는다.

2. 작품에 대하여

여기에 수록된 중단편은 주옥같은 소설들이지만 우리나라에 제대로 소개되거나 그리 알려지지 않은 작품들이다. 특히 중편 「클라인과 바그너」가 그러하다. 이 작품들은 사랑의 아픔과 좌절, 중국의 시인과 왕, 구대륙 유럽 비판, 정신적 문제를 다루는 것으로 나누어 볼 수 있다. 「대리석 공장」과 「라틴어 학교 학생」은 결혼 다음 해, 『수레바퀴 밑에』가 출간되기 전에 나온 단편이다.

친구의 여자 친구를 사랑했다는 노래, 괴테의 『젊은 베르터의 고통』과 『친화력』, 드라마 〈사랑의 불시착〉에서도 보듯이 사랑을 다루는 작품에는 삼각관계가 으레 단골로 등장한다. 그것은 누구에게나 어디서나 일어날 수 있는 일이다. 그러니 친한 친구가 알고 보니 사랑의 경쟁자, 따라서 원수인 경우가 허다하다. 두 남자가 한 여자를 사랑하면서 서로 비밀에 부치기도 한다. 그러면 여자만 혼자 비밀을 간직하며 속으로 둘을 비웃을지도 모른다. 잘 알려지지 않은 헤세의 단편 「대리석 공장(Die Marmorsäge)」(1905)도 그런 유의 소설이다.

주인공인 나는 여름 방학을 맞아 대리석 공장 주변을 산책하다가 대리석 공장주 람파르트 씨와 알게 된다. 그는 마을 사람들과의 교제를 꺼리는 괴짜다. 그 인물에 묘한 흥미가 생긴 나는 가끔 대리석 공장에 들러 거실에서 포도주를 대접받기도 한다. 그런데 그는 한 잔 이상은 권하는 법이 없다.

그에게는 헬레네라는 딸이 있는데, 그녀는 아버지와 묘하게 닮았다는 점 외에 처음엔 별로 이목을 끌지 못한다. 그녀는 아버지처럼 키가 훤칠하고 자세가 반듯하며 검은 머리를 하고 있다. 하지만 23세의 아름다운 헬레네는 사업가인 아버지와는 다른 존재다. 처음에는 그녀를 예쁜 그림처럼 바라보지만, 점차 그녀의 자신감과 성숙함에 매료된다. 이렇게 해서 나의 사랑이 시작된다. 그러다가 사랑은 이내 내가 지금까지 알지 못했던 열정으로 자라난다. 그녀는 열정적일 수도 있고 또는 우울하거나 실은 냉정할지도 모른다. 어쨌든 겉으로 보이는 모습이 그녀의 참된 본성이 아닌 것은 분명하다.

람파르트 씨와의 친교는 거의 진전되지 않은 대신, 리파흐 저택 관리인인 구스타프 베커와 사귀면서 의형제를 맺는 술잔을 나누기도 한다. 구스타프는 공부깨나 한 사람으로 서른두 살쯤 되는 노련하고 수완 좋은 사람이다. 그는 내 말을 대개 빈정대는 투로 미소 지으며 듣는 버릇이 있다. 마을 사람들은 그를 인정하며 무서울 정도로 영리한 녀석이라 칭하지만, 그를 좋아하지는 않는다. 사람들이 자기를 피한다는 것을 느껴서 그는 나와 가까이 지내려 하는지도 모른다. 어느 날 나는 그와 맥주를 마시면서 대리석 공장 주인이 어떤 사람인지, 그리고 그가 왜 사람들과 어울리지 않는지 슬쩍 물어본다.

다음 날 다시 그를 만나 보니 내가 람파르트 씨 딸에게 반한 것을 알고 있다. 그러면서 그들은 까다로운 성격의 소유자라 나에게 어울리지 않는다고 말해 준다. 내가 얼굴을 찡그리며 그의 말을 가로막으려 하자 그는 "정 그렇다면 마음대로 하게나. 아무튼 행운을 비네!"라고 웃으며 말한다.

나는 대리석 공장에 뻔질나게 들러 헬레네와 계절과 날씨, 내가 그녀에게 빌려준 책 이야기를 나누며 그녀가 은밀히 나를 좋아한다고 생각하기도 한다. 헬레네는 여자의 운명에 대해 말하면서, 여자의 삶이 남자와 달리 그리 자유롭지 못하다고 불평한다. "여자에게, 적어도 내게는 인생이란 다르게 보이는걸요. 남자라면 다르게 할 수 있을 많은 일을 여자는 보고도 그냥 가만히 있어야 해요. 우리 여자는 그리 자유롭지 못하거든요……."

그에 대해 나는 "인간은 누구든 자기 운명을 수중에 쥐고 있다고, 그리고 전적으로 자신의 작품이고 자신에게 속하는 인생을 스스로 창조해 나가야 한다"고 말해 준다. 둘은 이런 주제로 열띤 토론을 벌인다. 운명을 사랑하는 것은 자기 자신의 길을 가는 것만큼이나 헤세 작품의 중요한 주제다. 자기의 운명이 소중함을 인식하고 그것을 사랑하는 사람은 자기의 존재, 자기의 일, 자기가 가는 길이 소중함을 깨달은 자다. 구스타프는 나도 대리석 공장에 뻔질나게 드나드는지 가끔 묻고는 나를 약간 놀려 대는 것이 고작이고, 그 이상의 관심은 보이지 않는다. 구스타프도 람파르트 씨와 무슨 거래 관계가 있는지 그 집에 뻔질나게 드나든다. 나는 그녀와 매우 친밀한 우정을 나누는 사이가 되었지만, 점점 더 불타오르는 나의 연정을 그녀가 눈치채게 하지는 않는다. 그런데 그녀의 태도가 갑자기 돌변해서 둘 사이가 옛날처럼 서먹서먹해진다. 그녀는 더 이상 책을 부탁하지 않고, 성실한 교제를 그 이상 발전시키지 않으려 애쓰는 모습을 보인다.

어느덧 방학도 끝나 가서 나는 그녀에게 작별 인사를 하러 간다. 그녀는 웬일인지 또 한 번 만나 달라고 부탁한다. 눈물을 반짝이며 그녀는 내 몸을 끌어당기고 뜨거운 입맞춤을 한다. 그러면서 이제 다시는 자기를 찾아오지 말라고 한다. 그러면 자기가 불행해진다면서. 집에 돌아와서 나는 잠을 이루지 못하고 생각에 잠긴다. 나는 여자들은 자기에게 정해진 운명을 견뎌 나가는 법을 배우지 않으면 안 된다는 그녀 말을 곰곰 되씹어 본다. 하지만 그녀 말을 어기고 다음 날 또다시 그녀를 찾아간다. 그녀는 지금까지의 일을 잊어 달라고 말한다. 내가 내막을 알려 달라니까 자기에게 정해진 다른 사람이 있다고 말한다. 그 사람을 좋아하진 않지만 결혼을 약속했기에 어쩔 수 없다고 격하게 소리친다. 그러면서 다시는 오지 말라고 주의를 준다. 또 자신이 아버지를 곤경에 빠뜨리면 불행한 일이 일어난다는 것이다.

다음 날 나는 그녀의 경고를 어기고 대리석 공장에 간다. 도착해 보니 사람들이 수군거리고 있다. 나는 안으로 들어가다가 복도에서 만난 관리인 구스타프 베커에게서 충격적인 이야기를 듣는다. 헬레네 람파르트 양이 죽었다는 것이다. 그러면서 그는 헬레네와 약혼한 사람이 바로 자신이라고 털어놓는다. 헬레네와 베커, 나. 이 세 사람이 삼각관계인 셈이었다. 나만 그걸 모르고 있었다. 그러니까 베커가 나를 그 집에 드나들게 놔둔 것은 자신이 있어서였다.

완강하고 가혹한 사내 앞에서 나는 커다란 슬픔에 사로잡혀 한없이 흐느낀다. 한참 지나 눈물을 거두고 고개를 들어 보니 베커가 내 앞에 서서 손을 내민다. 그는 가파른 층계를 천천히 내려가 헬레네가 누워 있는 거실 문을 조용히 열어 준다. 그날 아침이 내가 깊은 전율을 느끼며 거실에 들어간 마지막 날이었다. 이처럼 여성이 스스로 자신의 운명을 개척할 수 없었던 시절, 헬레네는 자신의 마음에 드는 상대와 결혼하기를 원하지만 상황상 어찌할 도리가 없어 죽음으로 항거한다.

「라틴어 학교 학생(Der Lateinschüler)」(1905)은 16세의 주인공 카를 바우어가 라틴어 학교에 다닐 때 한두 살 연상의 가게 종업원 티네에게 사랑을 느끼는 이야기이다. 괴핑겐의 라틴어 학교에 다닐 때의 헤세의 경험이 녹아들어 있는 듯하다. 그런데 나이 차가 있어 카를과 헤세를 동일인이라고는 볼 수 없겠다. 헤세는 12세 무렵 라틴어 학교에 다니며 뷔르템부르크의 주 시험에 대비해 13세에 명문 신학교인 마울브론에 들어간다.

식료품점의 2층에 하숙하는 카를 바우어는 책을 좋아하는 학생으로 동화와 전설, 운문 비극을 특히 좋아한다. 하루는 너무 배가 고파 계단을 내려가 말린 배와 치즈를 몰래 훔쳐 먹다가 가정부 바베트에게 그만 들키고 만다. 음험한 생각이나 욕심 때문에 그런 일을 했던 것은 아니고 그렇다고 양심의 가책을 느끼지도 않는다. 대범한 도적의 심정으로 그랬기 때문이다. 거기에는 고상하게 경멸하는 감정이 담겨 있다. 그래서 소년은 노모가 인색하게 자기에게서 아낀 것을 그 아들의 넘쳐 나는 보물 창고에서 빼앗아 오는 것은 도덕적인 세계 질서의 법칙에 전적으로 부합하는 것으로 여긴다. 배가 너무 고파서 주인집 식탁에 놓을 음식을 먹었다고 하니까 마음씨 좋은 노처녀 바베트는 눈감아 준다. 그 후 그녀는 카를에게 버터 바른 빵 같은 먹을 것을 챙겨 주고 대신 바이올린을 켜 달라고 한다.

그 후 배가 고플 때면 카를은 〈황금빛 저녁노을〉이라는 노래를 휘파람으로 분다. 그러면 바베트는 카를에게 먹을 것을 가져다준다. 카를은 마음이 넉넉하고 푸근한 그녀에게서 어머니 같은 느낌을 받는다. 어느 날 밤 카를은 불량 친구들과 어울리며 무슨 장난칠 것이 없을까 궁리한다. 그때 어떤 하녀가 빠른 걸음으로 그들을 앞질러 걸어간다. 팔에 걸친 바구니에서 리본이 밑으로 드리워져 땅에 끌리며 흙이 묻는다. 카를이 별생각 없이 리본 끝을 손으로 쥐자 리본은 점점 길게 풀어져 나온다. 친구들은 큰 소리로 웃으면서 재미있어한다. 그러자 그 아가씨는 뒤돌아보더니 카를의 따귀를 한 대 갈기고는 늘어진 리본을 잽싸게 주워 가지고는 총총걸음으로 가 버린다. 이번엔 얻어맞은 카를이 비웃음의 대상이 된다. 카를은 말없이 가만히 있다가 다음 갈림길에서 그들과 헤어진다.

그러다가 카를은 우연한 기회에 한 아름다운 소녀를 만나 사랑에 빠지는데 그녀가 바로 그에게 따귀를 때린 소녀였다. 티네라는 이름의 그녀는 자기가 따귀를 때린 소년이 카를임을 알아보지 못한다. 분별 있고 현명한 티네는 소년의 연정을 알고 자신도 호감을 느끼면서도 이 사랑이 이루어질 수 없음을 직감한다. 라틴어 학교에 다니는 학생과 가게 종업원의 사회적 신분이 달라서다. 게다가 카를은 아직 자립을 못 하는 어린 학생에 불과하다. 그녀는 소년을 친절하게 타이르고 그와 헤어진다. 헤어지기 전에 두 사람은 작별 인사를 나눈다. 처음이자 마지막으로 티네는 카를의 입맞춤을 허락한다. 그러면서 티네는 더 공부해서 박사가 될 학생과 자신이 어울리지 않는다고 말한다.

하지만 정말 그래요. 사실인걸요. 또 해 줄 말이 있어요. 처음 사랑에 빠지면 그건 결코 올바른 게 아니에요. 너무 어릴 때는 자신이 바라는 게 무엇인지 결코 알지 못해요. 거기서는 아무런 좋은 결과가 나오지 않거든요. 그러다가 세월이 흘러 사물을 보는 눈이 달라지면 잘못되었다는 걸 깨닫는 거예요.

카를은 티네의 훈계를 따르지만 크게 실망한다. 하지만 결국 그는 "주는 것이 받는 것보다 행복한 일이고, 사랑하는 것이 사랑받는 것보다 더 아름답고 행복하게 해 준다"는 예로부터의 진리를 새삼 실감한다. 하지만 그 역시 많은 고민을 함으로써 "가장 많이 사랑하는 자는 패배자이므로 고통을 겪지 않을 수 없다"는, 『토니오 크뢰거』에서 토니오가 깨달은 진리를 터득한다. 얼마 후 티네는 자신의 신분에 어울리는 목공과 약혼해 일하던 곳에서 사라진다. 그걸 모르는 카를은 티네가 살던 거리에 몇 번이나 가 보지만 그녀를 만나지 못한다. 티네는 결혼 준비를 하기 위해서 고향으로 떠났는데 카를은 그녀가 자기를 피하는 것이라고 생각한다. 그래도 어쨌거나 카를은 상사병에서 회복

되어 이전의 자신으로 되돌아온다. 그리고 자신의 첫사랑 이야기를 좋은 추억으로 가슴에 간직하고 감사하게 생각한다. 그런데 작은 이야기가 첨가되어 더욱 잊을 수 없는 일이 된다.

어느 날 카를은 집으로 돌아가는 길에 우연히 티네를 만나 무척 놀라고 당황한다. 티네의 모습이 왠지 슬퍼 보인다. 약혼자는 잘 있는지 물으니 티네는 몸을 움찔하며 조그만 목소리로 말한다. 약혼자가 건축 공사 일을 하다가 떨어져 의식 불명이라는 것이다. 카를은 병원까지 티네를 데려다준다. 병실에 들어갔다 나온 티네는 좀 차도가 있어 오늘 중으로 약혼자가 정신이 들 거라고 말해 준다. 카를은 문 위의 17이라는 숫자를 몇 번이나 읽어 본다. 자신이 겪은 사랑의 괴로움 따위는 이제 대수롭지 않게 여겨진다.

카를은 보잘것없는 가정부의 삶에 얼마나 많은 운명과 진지함, 무게감과 우아함이 깃들어 있었던가를 생각하면서, 자신의 사소한 운명은 특별한 것이 아니고, 예외라고 할 만큼 잔혹한 것도 아니며, 얼핏 행복해 보이는 사람들 위에도 어쩔 수 없이 운명이 지배하고 있다는 것도 갑자기 깨닫는다. 또한 그는 무자비한 운명 역시 아직 궁극적인 것은 아니라는 사실, 그리고 약하고 불안에 떠는 짓눌린 영혼이 그 운명을 극복하고 이겨 나갈 수 있다는 사실을 깨닫는다. 카를은 티네의 행복을 빈다. 그리고 자신도 이 가난한 티네와 그녀의 약혼자처럼 순결하게 사랑하고 사랑받고 싶다는 바람을 갖는다.

「시인」, 「회오리바람」, 「청춘은 아름다워」, 「유럽인」은 제1차 세계 대전 중에 생겨난 작품이다. 「시인(Der Dichter)」(1913)은 옛날 중국의 시인 한혹의 이야기이다. 도가 사상이 물씬 풍기고 구도의 삶을 시적으로 보여 주는 한혹은 『싯다르타』의 도인 같은 뱃사공 바주데바를 생각나게 한다. 누구든 자기가 가고 싶은 길이 있겠지만 여러 가지 현실적 제약 때문에 그러지 못하고 있다. 한혹은 현실에서 많은 것이 보장되어 있으나 삶의 가치와 의미를 시에 두고 그것을 과감하게 버린다. 하지만 집에 가고 싶은 향수에 젖어 한번은 집 앞까지 갔다가, 또 한번은 골짜기를 채 벗어나지도 못하고 스승의 오두막으로 되돌아온다. 그리고 처자식과 함께 있는 꿈을 꾸다가 깨어 옆에 있는 스승에게 증오심과 환멸을 느껴 살인을 저지를까 망설이기도 하다가 결국 다시 시의 길로 돌아온다.

한혹은 잘생긴 데다 겸손하고 예의 바르며 학문에도 조예가 깊었다. 그는 22세 무렵 시 쓰는 법을 착실히 배워 완성의 경지에 이르겠다는 꿈을 품고 있었다. 약관의 나이에 벌써 탁월한 시를 몇 편 지어 고향의 문인들 사이에서 꽤 이름이 나 있었다. 부모가 맺어 준 정혼녀도 있었다. 그러던 어느 날 저녁, 등 축제에 갔다가 신비로운 어느 노인을 만나 만약 시인이 되고 싶으면 자기를 찾아오라는 말을 듣고 깊은 산중으로 길을 떠난다. 한혹은 노인의 곁에서 하인이자 제자로 머물게 된다.

그는 그곳에서 자신이 전에 지은 시가들이 모두 형편없다는 사실을 깨닫는다. 몇 달이 흐른 뒤 지금까지 고향의 스승들에게서 배웠던 시가들도 기억에서 지워 버린다. 대가는 거의 한마디도 하지 않고, 제자의 온몸에 음악이 완전히 흘러들 때까지 말없이 칠현금 켜는 법을 가르칠 뿐이다. 1년이 지나자 한혹은 칠현금 연주법을 거의 완전히 습득하지만, 시 쓰는 일은 점점 더 난해하고 고상하게 여겨진다.

2년이 지나자 젊은이는 가족과 고향, 약혼녀에 대한 견디기 어려운 그리움을 느낀다. 그는 고향으로 돌아가게 해 달라고 스승에게 간청한다. 대가는 미소 지으며 고개를 끄덕인다. "자네는 자유의 몸이네. 원하는 대로 어디든 갈 수 있지. 다시 돌아와도 좋고 안 돌아와도 상관없네. 자네 마음대로 하게나."

그는 몰래 아버지 침실의 창문 너머로 주무시고 계신 아버지의 숨소리를 들은 뒤 배나무 위로 올라가 방에서 머리를 빗는 약혼녀 모습을 바라본다. 그러면서 자신이 시인으로 태어났다는 사실을 확연히 느끼고, 현실의 사물 속에서는 찾아볼 수 없는 아름다움과 우아함이 시인의 꿈속에 깃들어 있음을 본다. 그는 다시 고향 마을을 벗어나 깊은 산골짜기로 되돌아간다.

한혹은 다시 대가 곁에 머물면서 칠현금 연주에 통달하고 비파 연주를 배운다. 몇 달이 흘러 한혹은 두 번이나 향수병에 걸린다. 한번은 밤중에 몰래 도망쳤으나 골짜기를 채 벗어나기도 전에 비파 위로 스쳐 지나간 밤바람이 일으킨 음조가 쫓아와 그를 불러들이는 바람에 다시 돌아가고 만다. 또 한번은 집 정원에 어린나무를 심는 꿈을 꾼다. 옆에는 아내가 서 있고, 아이들은 나무에 포도주와 우유를 뿌리고 있다. 한혹은 꿈에서 깨어나 혼란스러운 심정으로 자리에서 일어난다. 대가가 옆에 곤히 잠든 것을 보고 돌연 증오심이 치밀어 오른다. 이 노인이 자신의 삶을 파괴하고 자신의 미래를 속인 것처럼 생각되어서다. 노인에게 막 달려들어 죽이려는 참에 노인이 눈을 번쩍 뜨고는 우아하고 온화하지만 슬픔 어린 미소를 짓기 시작한다. 그 미소에 그의 증오심이 눈 녹듯 사라지고 만다. 노인이 나지막한 어조로 말한다. "명심하게나, 한혹. 자네는 자유의 몸이니 뭐든지 하고 싶은 대로 할 수 있네. 고향에 돌아가 나무를 심어도 좋고, 나를 증오하여 때려죽여도 좋네. 그런 건 별로 중요한 문제가 아니라네." 생사와 이해를 벗어난 절대 자유인의 모습이다.

이 대목은 『장자(莊子)』에 나오는 이야기를 연상시킨다. 견오(肩吾)가 세 번이나 재상의 자리에 오르고 세 번이나 거기서 물러나도 영예로 생각하지 않으며, 걱정하는 기색도 없는 손숙오(孫叔敖)의 마음가짐을 묻는다. 손숙오가 대답한다. "내가 남보다 나은 것이라곤 오는 것을 물리치지 않고 떠나는 것을 붙잡지 않는 것밖에 없습니다. 얻고 잃음은 나와 관계없는 것이기에 걱정하는 기색이 없을 뿐입니다." 집착에서 벗어난 자유롭고 허허로운 모습이다.

그리하여 한혹은 다시 스승 곁에 남아 비파 연주법과 피리 부는 법을 차례로 배운 뒤 스승의 지시를 받으며 시 짓기를 시작한다. 얼핏 보기엔 단순하고 소박한 것을 말하는 듯하지만, 한혹은 수면을 스치는 바람처럼 듣는 사람의 영혼을 헤집어 놓는 시 작법을 서서히 익혀 간다. 그는 스승의 곁에서 몇 해나 머물렀는지 더 이상 알지 못하는 상태가 된다. 그러던 어느 날 아침 눈을 떠 보니 오두막에 자기 혼자뿐, 대가는 어디에도 보이지 않는다.

이제 한혹은 칠현금을 들고 고향 마을로 내려간다. 마주치는 사람마다 그에게 예를 갖춰 인사한다. 고향에 돌아와 보니 아버지와 정혼녀, 친척들은 모두 이 세상 사람들이 아니다. 저녁에 강물 위에서 다시 옛날처럼 등 축제가 벌어지자, 그는 칠현금 연주를 시작한다. 여자들은 황홀해 한숨을 짓고, 숨 막히는 심정으로 밤하늘을 쳐다본다. 어린 소녀들이 칠현금 연주자를 불러 보지만, 그의 모습은 어디서도 찾을 수 없다. 소녀들은 그런 칠현금 소리는 들어 본 적이 없었다고 큰 소리로 외치고 한혹은 빙그레 미소 짓는다. 그는 수천 개의 등불이 강물에 일렁이는 모습을 가만히 지켜본다. 그 광경과 실제의 등불을 더 이상 구별할 수 없게 되자, 그는 지금의 축제와 젊은 시절 이곳에서 낯선 대가의 말을 들었던 옛 축제 사이에도 아무런 차이가 없음을 마음속으로 깨닫는다.

「회오리바람(Der Zyklon)」(1916)은 1890년대 중반 무렵, 당시 고향 도시에서 공장 수습생으로 일하던 주인공이 그곳을 영영 떠나기 직전에 일어난 일을 다루고 있다. 돌개바람 또는 폭풍은 주인공의 격하게 소용돌이치는 내면 상태를 암시한다. 그는 남자로서 자기 자신의 운명을 의식적으로 손아귀에 쥐는 것을 진지하면서도 소중한 일처럼 생각한다. 열여덟 살 난 나는 젊음을 누리고 있음에도 미처 그 젊음의 아름다움을 모른다. 나는 공장에서 일하다가 손을 다쳐 며칠간 휴가를 얻는다.

늦여름 내내 고향의 좁은 골짜기는 전에 없이 무덥고, 때로는 천둥 번개를 동반한 폭우가 쏟아지기도 한다. 어느 날 아침 나는 책 한 권과 빵 한 조각을 가방에 넣고 발길 닿는 대로 발걸음을 옮긴다. 주변에는 온갖 꽃이 흐드러지게 피어 있다. 뒤뜰을 지나 선로를 넘어 바위산을 기어오른다. 그러고는 풀밭으로 가서 자리에 누워 상념에 잠긴다. 혼자 자주 가는 황무지이다.

나는 연애 경험도 몇 번 있고, 나를 좋아하는 소녀도 있다. 방직 공장에 다니는 베르타, 늘씬하고 튼튼한 그녀는 하얀 피부에 발그레한 볼, 예쁜 얼굴의 소유자다. 그러나 나는 그녀 생각을 하거나 그녀에게 반한 적이 없다. 집에 돌아와 점심을 먹는데 날씨에 민감한 아버지가 "오늘 또 폭풍우가 몰아치겠구나"라고 한다. 그래도 나는 낚시 도구를 챙겨 물고기를 잡으러 간다. 오후는 찌는 듯이 무덥고 짓누르는 듯한 고요함에 잠겨 있다. 물고기들은 날씨가 이상한 것을 알아차렸는지 이날 따라 미끼를 물려고 하지 않는다. 그래서 방직 공장 곁의 수로로 자리를 옮겨 창고 옆에 자리를 잡고 낚시 도구를 풀어놓으려는 순간, 공장의 창문에 베르타가 모습을 드러내고 내 쪽을 바라보며 손짓한다. 하지만 나는 못 본 척하고 낚싯바늘 위로 허리를 구부린다.

건너편 창가의 소녀는 아직 내 이름을 부르고 있지만 나는 그냥 물속만 들여다본다. 여기서도 낚시가 신통찮다. 급한 일이 있는 듯 물고기들이 바삐 돌아다닌다. 나른해진 나는 줄을 감는 것조차 하기 싫어 그냥 가만히 앉아 있다. 몽롱한 상태로 30분쯤 있었을까, 나는 갑자기 불안감에 휩싸이고 심한 불쾌감을 느끼며 조는 상태에서 깨어난다. 불안정한 기류가 내리깔리며 빙글빙글 돌고 있다. 어지럽고 메스꺼워 낚시를 그만하기로 한다.

방직 공장 앞 광장에서 먼지가 구름 모양으로 빙글빙글 돌다가 갑자기 하늘로 솟구치더니 하나의 구름 덩어리로 뭉친다. 바람이 서늘해지면서 나를 향해 휘몰아 닥치고, 낚싯줄을 공중으로 날려 보내고, 모자를 빼앗으며 내 얼굴을 후려친다. 흙이 솟아오르고, 모래와 나무 조각들이 공중에서 빙빙 돌다가 내 머리와 손을 강타한다. 놀라움과 공포에 사로잡힌 나는 정신없이 창고 쪽으로 달려가서 안으로 뛰어든다. 나무판자나 지붕의 널빤지, 나뭇가지가 찢기며 공중으로 날아가고, 여러 파편이 떨어지자 곧장 그 위에 우박이 쏟아진다. 망치에 맞은 듯 벽돌이 부서져 떨어지고, 유리창이 박살 나고, 찌그러진 빗물 홈통이 날아가 떨어지는 소리가 들린다.

그때 공장에서 폭풍에 맞서 몸을 숙이고 내 쪽으로 달려오는 형상이 보인다. 그 형상은 세찬 바람에 옷을 나풀거리며 창고에 들어오더니 나를 향해 달려든다. 베르타다. 따스한 그녀의 입술이 내 입술을 찾아들며 숨 가쁘게 입맞춤을 한다. 그녀는 양손으로 내 목을 끌어안고, 비에 젖은 금발 머리로 내 두 뺨을 내리누른다. 주위에서 우박의 폭풍이 세상을 뒤흔드는 동안 애욕의 폭풍이 한층 심각하고 끔찍하게 나를 덮치고 있다. 정신을 차리고 보니 그녀는 우박에 맞아 이마에 피를 흘리고 있다. 나는 그녀에게서 어떻게든 벗어나려 한다. 내 눈빛에서 동정심을 알아

차린 그녀는 화난 듯이 나를 바라본다. 그녀는 무릎을 꿇고 주저앉아 흐느끼기 시작한다. 마음에 들지 않는 아가씨가 발밑에 꿇어앉아 있는 모습을 보니 창피하고 고통스러운 느낌이 든다.

창고에서 밖으로 나와 보니 황폐된 뜰이 처참하다. 땅은 말발굽에 짓밟힌 듯 마구 파헤쳐졌고, 사방에 커다란 얼음 우박 덩어리가 잔뜩 쌓여 있다. 길에는 파편과 부서진 창의 덧문들이 잔뜩 널려 있고, 굴뚝들이 쓰러져 있다. 집마다 사람들이 문 앞에 나와 어쩔 줄 몰라 하며 탄식하고 있다.

나는 곧장 집으로 가지 않고 건너편 축제장 근처로 급히 달려간다. 광장과 도로는 서로 뒤엉킨 나무줄기와 나무의 잔해로 산더미처럼 가로막혀 있다. 도시 주변은 어디든 부서진 조각들과 구덩이, 풀을 베어 버린 것처럼 무너져 내린 숲의 경사면, 뿌리 부분이 드러난 수목의 잔해들뿐이다.

지금의 나와 내 어린 시절 사이에는 이제 커다란 틈이 벌어져 있다. 내 고향도 이제 더는 예전의 고향이 아니다. 자연의 회오리바람과 애욕의 폭풍을 겪은 직후 나는 미련 없이 고향 도시를 떠나간다. 한 사람의 어엿한 성인이 되기 위해, 그리고 삶을 이겨 내기 위해. 돌이켜 보면 이런 상황에서 청춘의 돌개바람, 인생의 첫 그늘이 가볍게 내 곁을 스쳐 지나가고 축제도 이젠 아련한 추억 같은 옛날 일이 되어 버린다.

「청춘은 아름다워(Schön ist die Jugend)」(1916)는 오랫동안 객지를 전전하며 힘겹게 살아가다가 이제 그럴듯한 자리를 잡고 의젓한 신사가 되어 귀향한 젊은이 이야기이다. 주인공이 외지에서 일을 시작하기 전 몇 달간이 묘사된다. 이 소설에서 헤세는 젊은 시절 가족에게서 안전하게 보호받은 추억을 세밀하고 정취 넘치는 언어로 묘사한다. 하지만 이 이야기는 당시 무척 힘들었던 헤세의 실제 삶과 극명한 대조를 이루고 있다. 즉, 1916년에 사랑과 경외의 대상이었던 헤세의 아버지가 죽음을 맞이한다. 헤세는 정신 분열 증세를 보이기 시작한 아내와 뇌막염에 걸린 막내아들 마르틴 등, 이러한 일련의 일로 심한 신경쇠약에 시달리면서 자신도 정신적 위기를 맞이한다.

젊은이는 집에 돌아와 가족과 반갑게 해후한다. 아버지는 아들의 귀향을 감사하는 마음으로 주기도문을 외운다. 익숙하지 않은 엄숙한 분위기가 그에게는 다소 답답했지만 성스러운 말씀에 기꺼이 귀 기울이고 감사하는 마음으로 "아멘" 한다. 그런 다음 아버지, 남동생과 누이가 자기 방으로 들어가고 어머니와 단둘이 남게 된다. 어머니는 가끔 기도도 하느냐고 묻고, 최근에는 하지 않는다고 하자 곧 하게 될 거라면서 수월하게 시험을 끝낸다.

여동생의 방에 들어가 보니 주인공이 한때 사랑에 빠진 적이 있었던 헬레네 쿠르츠가 와 있다. 여동생 친구인 그녀는 이제 아련한 옛 추억에 지나지 않는다. 그녀의 목소리는 친근하지만 왠지 낯설게 들린다. 그래도 가끔 그녀 생각에 사로잡히며 여전히 잊지 못하고 있다.

다음 날 아침이 되자 가장 좋은 옷을 골라 입고 거리에 나선다. 시청 청사와 커다란 분수가 있는 광장에 도착해서 책방에 들어가 본다. 늙은 가게 주인은 몇 년 전 내가 하이네의 책을 주문했다고 나를 추문에 휩싸이게 했다. 학교 옆을 지나가는데 교문에서 불안감을 일으키는 학교 냄새가 풍겨 나와 나는 숨을 몰아쉬며 교회와 사제관 쪽으로 피해 간다. 그리고 마테우스 삼촌 집에 들러 숙모를 만난다. 거기서 나의 운명, 체험과 전망이 화제에 오른다. 내가 운이 좋았으며 앞으로 전도유망할 거라는 점에서 우리는 의견 일치를 본다. 그런 뒤 삼촌 사무실을 방문하고 공식적인 방문 일정을 끝낸다. 지나간 일들이 불현듯 주마등처럼 뇌리를 스쳐 지나간다. 나는 철이 들기 전 부모님 슬하에서 사는 게 때로 노예 생활처럼 느껴졌다. 그래서 야밤에 술집에서 맥주를 마시려고 양심의 가책과 모험적인 반항심을 느끼며 몰래 집을 빠져나오기도 했다.

그다음엔 여동생의 여자 친구 안나 암베르크가 멀리서 집에 찾아와 소개받는다. 고향에서 조용히 휴식을 취하고 앞으로 몇 주 동안 한가롭게 지낼 생각을 하니 나의 감정은 동경과 사랑의 계획에 들뜨기 시작한다. 남동생은 불꽃놀이에 빠져 있지만 내 마음은 혼자 두 여자 사이에서 이리저리 흔들린다. 내 머릿속은 불꽃놀이가 아닌 헬레네 쿠르츠 생각으로 가득 차 있다. 헬레네 쿠르츠도 가끔 우리 집에 찾아온다. 헬레네와 안나를 함께 쳐다보며 동시에 두 사람과 대화를 나눈다는 게 묘한 기분이 든다. 무척 아름다운 헬레네 쿠르츠와는 피상적인 이야기밖에 나눌 수 없지만 그래도 극히 우아한 어조로 이야기한다. 반면에 안나와는 흥분하거나 긴장하지 않고 아주 재미있는 이야기도 나눌 수 있다. 그리고 그녀에게 감사하면서 대화하는 중에 푹 쉬며 마음을 편히 가질 수 있다. 그렇지만 곁눈으로 줄곧 더 아름다운 헬레네를 쳐다본다. 그녀를 바라보면 마음이 행복하지만 늘 허전한 느낌이 든다.

가끔 나는 안나 암베르크가 자기를 아무런 허물없이 대하기를 원하는 것을 알고 놀란다. 반면에 헬레네 쿠르츠하고는 아무리 열띤 이야기를 한다 해도 신중하고도 정중한 말밖에 사용하지 못하리란 생각이 든다. 나는 왜 사랑에 빠진 여자와는 다른 사람보다도 더 말하기 힘든지 곰곰 생각해 본다. 나는 헬레네에게 이런저런 사랑의 표시를 하고 싶지만 어떻게 해야 할지 묘안이 떠오르지 않는다.

나는 한 친구에게서 헬레네가 머지않아 약혼할 거라는 소식을 듣는다. 그가 다른 새로운 이야기를 하던 중에 불쑥 튀어나온 말이었다. 어차피 헬레네에게는 감히 그다지 희망을 걸지 않았지만 그녀가 내게서 떠나갔다는 사실에 마음이 심란해진다. 자유 의지가 과연 진짜 존재하는지 회의하기 시작한다.

마을에 곡마단이 나타나 나와 여동생, 안나 암베르크는 동생 프리츠와 함께 서커스 구경을 간다. 어릿광대가 곡마단 단장과 낙타의 다른 점을 익살스럽게 말한다. 낙타는 물을 전혀 안 마시고 8일 동안 일할 수 있지만, 단장은 아무 일도 안 하면서 8일 동안 마실 수 있다는 것이다. 휴가 마지막 날에는 셋이 인근의 산으로 소풍을 떠난다. 동생 로테가 꽃을 꺾으러 간 사이 나는 안나에게 뭔가를 물어보려 하나 그녀는 저 아래 패랭이꽃 몇 송이를 꺾어 달라며 딴청을 피운다. 그러면서 사랑하는 사람이 있는데 그 남자를 얻을 수 없는 처지라고 말한다. 그러니 계속 좋은 친구로 지내자며 적어도 오늘 마지막 하루만이라도 서로에게 즐거운 얼굴을 보여 주자고 설득한다. 이로써 나의 희망과 욕망도 물거품이 되고 만다.

집안 식구들에게 작별 인사를 한 다음 저녁에 로테와 안나가 나를 역까지 바래다준다. 기차가 우리 집 정원 근처를 지나갈 때 동생 프리츠가 로켓 폭죽을 하늘 높이 쏘아 올린다. 나는 차창 밖으로 몸을 내밀고, 폭죽이 하늘 높이 치솟아 공중에 머물렀다가 부드러운 포물선을 그리며 붉은 불꽃 비가 되어 사라지는 모습을 물끄러미 지켜본다. 폭죽은 폭발할 때 더없이 아름답게 보이지만, 가장 아름다운 순간에 사라지고 만다. 두 소녀에 대한 애욕도 이 폭죽처럼 청춘 시절 한때 아름답게 피어올랐다가 허무하게 스러지고 만다.

1917년에 쓰인 「유럽인(Der Europäer)」에서 헤세는 구대륙 유럽과 유럽인에 비판적인 태도를 보인다. 이 단편은 슈펭글러의 『서구의 몰락』과 궤를 같이한다. 산업 혁명 이후 급속하게 물질적 성장을 하면서 물질적 요소에 크게 의존하게 된 서구 문명은 곧 문화 몰락 단계에 있다는 것이다. 헤세는 유럽인의 완벽한 기술, 불손함과 탐욕, 지적이고 산업적인 측면에서의 오만을 전쟁의 원인으로 서술한다. 유럽인은 세계를 새로 재편하려 하고, 약탈로 얻은 재화를 자기들끼리 전쟁을 통해 확보하려고 한다. 「유럽인」은 전쟁 중에 공표하기에 너무 위험이 따랐기에 헤세는 『데미안』과 마찬가지로 에밀 싱클레어라는 익명으로 이 글을 발표해야 했다. 속물 시민, 소인배를 혐오한 헤세는 유럽인에 대해서도 감정이 좋지 않았다. 독일이 패전하자 헤세는 정치 평론집 『차라투스트라의 귀환』을 발표해 패배를 비통해하지 말고 역사를 바꿀 기회를 잡으라고 충고했다. 그가 독일의 보복 전쟁을 강력히 경고하자 다시 증오의 편지가 무수히 날아들었지만 그로서는 오히려 평화에 대한 신념을 굳히는 계기가 되었다.

소설에서 피비린내 나는 세계 대전이 끝나자 급기야 신은 대홍수를 보내 지구를 멸망시키기로 결정한다. 유럽은 뛰어난 기술을 바탕으로 불어 오르는 물에 맞서 몇 주 동안 침착하고 끈질기게 버티나, 결국 물에 잠기고 오직 한 사람만 살아남는다. 그는 구명대를 타고 큰물 위를 떠다니며 마지막 남은 힘을 다해 지구 최후의 날에 벌어진 일을 기록한다.

그때 배 한 척이 나타나 그 유럽인을 구해 준다. 현대판 방주에는 백발의 늙은 족장이 유럽인 말고도 흑인, 아시아인을 비롯하여 지구상의 모든 생명체 중에서 종마다 견본 하나씩을 구조해 태운다. 방주에는 살아남은 자들끼리 차츰 그룹이 형성되어 함께 어울리며 즐겁게 지내지만, 유럽인만은 같이 어울리지 못하고 외로이 글 쓰는 일에 몰두한다. 이제 온갖 다양한 인간과 동물들 사이에서 각자 자신의 능력과 재주를 경쟁적으로 선보이는 새로운 놀이가 생겨나 몇 날 며칠이고 계속된다. 족제비, 칠면조, 다람쥐, 비비(狒狒), 스컹크, 그리고 곤충들까지 자기 재주를 선보이고, 흑인, 말레이인, 인도인, 중국인도 자신의 장기를 훌륭히 선보인다.

그러나 유럽인은 냉정한 모습을 보이며 다른 이들의 재주를 가혹하게 평가하고 경멸하며 헐뜯어서 그들 기분을 상하게 한다. 그러면서 자기는 재주를 보이지 않는다. 족장까지 나서자 "내게 다른 인간보다 나은 점이 있다면 눈, 코, 귀나 손재주 또는 그와 비슷한 것이 아니오. 내 재능은 한 차원 높은 종류의 것이오. 그것은 바로 '지성'이라는 것이라오"라고 둘러댄다.

사람들이 지성을 보여 달라고 다그치자 그건 보여 줄 수 있는 성질의 것이 아니라며, 자기가 다른 사람들보다 뛰어난 점은 지력이라고 주장한다. 그럼 그 지력이 뭐냐고 하니까 "두뇌 속에서 세상 전체를 생각하고 새로 창조해 낼 수 있는 능력"이라며 지력은 "인류의 행복을 촉진하는 과제의 해결에 관여한다"고 답한다.

그러자 중국인은 유럽인이 익살꾼에 불과하다고 간단히 처리해 버린다. 저녁이 되어 사람들이 족장을 찾아가 유럽인이 방주에 같이 타고 있는 게 마음에 들지 않는다고 항의한다. 그러자 족장은 신도 다 계획이 있어서 유럽인을 구해 주었을 거라고 말한다. 다른 사람들은 다 짝이 있는데 유럽인만은 혼자이므로 다채로운 인류의 흐름 속에 동참하지 못하는 한 자손을 번식할 수 없을 테니, 그는 하나의 경고이자 자극으로, 어쩌면 망령으로 우리 곁에 남을 것이라면서.

「유럽인」을 쓰기까지 헤세는 정신 분석 치료가 필요했다. 제

1차 세계 대전 이후에 당한 언론으로부터의 공격,[5] 아버지의 죽음, 아내 마리아의 정신 질환으로 헤세는 참기 어려운 두통과 현기증, 불안에 시달렸다. 게다가 책의 출판까지 제한당하자 경제적 어려움이 겹쳐 세 아들을 친지의 집이나 기숙 학교에 맡겨야 했다. 상황이 악화하자 헤세는 1916년 4월 급기야 요양원을 찾을 수밖에 없었다. 하지만 거기서 자신의 증세에 대한 신체적인 원인을 찾을 수 없어 융의 제자인 랑 박사에게 소개되었다. 그렇게 스위스 루체른 근처의 존마트 요양소에서 1년 반에 걸친 정신 분석 치료의 결과 어느 정도 정신적 안정을 얻게 되었다. 그것은 마법적 사고라고 일컫는 환상의 세계를 통해 유년 시절을 되찾는 과정이었다. 정신 분석은 그에게 시공의 한계 밖에 있는 무의식이라는 혼란스러운 내면을 들여다볼 수 있게 해준다. 처음에 헤세는 치료를 위해 랑 박사의 권유로 자신이 꾼 꿈을 그리다가, 1917년부터 수채화로 자연을 그리기 시작하면서 정신적 안정을 찾기 시작했다. 이러한 정신 분석을 통해 헤세는 서정적이며 향토적인 작가에서 인간을 탐구하는 새로운 작가로 태어났다. 그는 인간에게 자기실현의 과제가 부여되어 있음을 새롭게 인식했다. 이러한 자기실현이라는 개념은 융의 심리학의 중심 개념이기도 하다. 헤세의 소설에서 자기실현을 이룬 사람은 국외자적인 과거의 삶에서 벗어나 세상을 있는 그

5 1914년 11월 3일 헤세는 반전사상이 담긴 글 「오, 친구들이여, 그런 곡조로 노래 부르지 마라」를 스위스의 취리히 신문에 발표하고 독일의 극우파들로부터 배반자, 변절자로 매도당했다. 그 제목은 베토벤 〈교향곡 9번〉 제4악장에서 이전의 선율을 부정하고 더 유쾌하고 기쁨이 넘치는 곡조로 노래하자는 내용의 가사에서 따온 것이다.

대로 바라보며 자신의 운명을 사랑하는 사람이 된다. 또한 그의 소설에서는 정신의 길이 아니라 자연의 길을 꾸준히 간 사람이 자기실현을 이룰 수 있다. 하지만 이러한 것으로 헤세의 정신적 문제가 해결된 것은 아니었다.

「클라인과 바그너(Klein und Wagner)」는 『클링조어의 마지막 여름』, 『어린이들의 영혼』과 함께 1920년에 발표되었는데, 여기에 1922년에 발표된 『싯다르타』를 한데 묶어 1931년 『내면으로 가는 길』이란 제목으로 발간되었다. 헤세의 중기 작품을 '내면으로 가는 길'이라고 표현한다면 그 뚜렷한 시발은 1919년에 나온 『데미안』에서부터라고 볼 수 있다. 『데미안』의 머리말에 이런 구절이 나온다. "내 속에서 솟아 나오려는 것, 바로 그것을 나는 살아 보려고 했다. 그것이 왜 그토록 어려웠을까." 이처럼 『데미안』에서는 니체가 매우 중요하게 등장한다. "나는 교외의 낡은 집에서 조용하고 멋진 생활을 했으며, 내 책상 위에는 니체의 책이 몇 권 놓여 있었다. 나는 니체와 함께 살았고, 그의 영혼의 고독을 느꼈으며, 끊임없이 그를 몰아댄 운명을 감지했다."[6] 「클라인과 바그너」는 헤세의 여타 작품에 비해 별로 알려지지 않은 작품에 속하지만, 그 문학적 향기나 가치는 오히려 다른 작품들에 뒤지지 않는다. '내면으로 가는 길'이라는 제목에서 암시하는 바처럼 「클라인과 바그너」의 연장선상에 『싯다르타』와 『요양객』이 위치한다고 할 수 있다.

---

6 헤르만 헤세, 『데미안』, 홍성광 옮김, 현대문학, 2013, 188쪽

작품 줄거리는 간단하다. 관리인 클라인이 무의미한 결혼 생활에 환멸을 느끼고 남쪽으로 도망을 쳐 테레지나라는 무희와 사랑에 빠지지만, 또다시 환멸을 느껴 강물에 뛰어든다는 것이 그 요지이다. 여기에는 처자식을 버리고 이탈리아, 동남아 지역으로 여행을 떠난 헤세 자신의 경험이 녹아 있는 것으로 보인다. 결혼한 직후 헤세는 홀로 이탈리아로 여행을 떠났다. 세 아들이 태어나고 자라는 동안에도 헤세는 도망치듯 이탈리아나 동남아로 향했다. 헤세는 비범한 재능과 열정을 타고난 작가였지만 동시에 그만큼 광적인 예민함과 역마살의 소유자였다. 그는 아내 마리아와 세 아들의 안부에는 그다지 관심이 없었다. 가정을 꾸려 가고 자녀들을 돌보는 일은 온전히 아내의 몫이었다. 병약한 헤세는 집에서 늘 우울했으며, 가족이 곁에 있는 것을 못 견뎌 했다. 아이들이 시끄럽게 떠들거나 집이 어질러져 있으면 참지 못하고 역정을 냈다. 남편과 아버지로서 헤세는 문제가 많은 사람이었다.

공금을 횡령하고 집에서 탈출한 주인공 클라인은 정신없이 쫓기는 처지가 되어 열차에 몸을 싣고 남쪽으로 향한다. 그는 그냥 운명에 맡긴 채 호텔 안내서를 펼쳐 놓고 이탈리아식 이름을 지닌 아무 도시나 목적지로 택한 것이다. 그가 창밖을 내다보며 몸을 내밀자 다시 베일이 걷히면서 그의 운명의 수수께끼가 좀 더 분명해진다. 그는 유리창에 비친 자기 얼굴에서 새로운 운명의 낙인이 찍힌 자의 모습을 본다. 예전보다 더 늙어 보이기도 더 젊어 보이기도 하고, 가면 같기도 한 얼굴이다. 클라인은 가차 없는 운명의 태양 아래서 고독하게 자신의 감정에 내맡겨진다. 그런데 이런 상황으로 그를 몰고 온 것은 지진이나 신, 악마가 아니라 바로 그 자신이었다. 모든 것이 자신의 내면에서 자라고 생겨났다. 자신의 가슴속에서 그의 운명, 가령 범죄와 반항, 신성한 의무의 방기, 우주 공간으로의 도약, 아내에 대한 증오, 도망, 고독이 자라며 생겨났고, 게다가 자살할 생각마저도 커져 갔다. 그는 속수무책으로 고독하게 앉아 운명에 시달리며 두려움에 떤다. 머리는 고열로 활활 타오르고, 가슴은 고통으로 콕콕 짓눌린다. 그는 운명이 다른 어디서 온 게 아니라 자신의 내부에서 자라났음을 이제 알게 된다. 또한 자신의 도덕성이나 시민성의 고삐를 풀고 가면을 벗어 버리기만 하면 자기 내부에서 악마를 발견할 수 있음을 통찰한다.

그럼 구원은 어디에 있는가? 클라인의 생각에는 뭔가를 사랑할 수 있다는 것, 그게 구원이다. 그런데 그가 자신의 내부에서 발견한 것은 혼란과 분열뿐이다. 클라인 자신뿐만 아니라 테레지나 역시 운명의 지배를 받고 있으며, 신은 그를 사랑하듯 그녀 역시 사랑하고 있다. 그는 탁자 위에 놓인 쇼펜하우어 책을 집어 든다. 보통 여행할 때 가지고 다니는 책이다. 쇼펜하우어, 바그너, 니체를 좋아한다는 점에서 클라인은 토마스 만의 아바타로 보이기도 한다. 쇼펜하우어의 제자이자 아들을 자처한 니체는 자기 자신의 고유한 법칙과 척도에 따라 온전히 "자기 자신이 되라"는 쇼펜하우어의 가르침을 삶의 좌표로 삼는다. 잡다한 학식이 아니라 삶을 위한 쇼펜하우어의 태도를 높이 평가한 니체는, 그를 자기 자신에 이르고 또한 자기 자신을 넘어서면서 사물을 완전히 새롭게 보는 천재라고 일컫는다. 클라인은 아무렇게나 책장을 열고 문장 하나를 읽는다. "우리가 지나온 인생 행로를 뒤돌아보고 무엇보다도 우리의 불행했던 발자취와 아울러 그 결과를 주시해 보면 우리가 어떻게 이런 일은 하고 저런 일은 하지 않았는지 이해할 수 없을 때가 있다. 그래서 알 수 없는 힘이 우리를 조종하지나 않았나 하는 생각이 든다. 괴테는 『에그몬트』에서 이렇게 말하고 있다. '인간이란 자신의 삶을 조종하고 자신을 지배한다고 생각하지만 그의 내심은 어쩔 수 없이 그의 운명에 이끌리는 것이다.'" 사람의 힘으로는 어찌할 수 없으니 마음 편히 따른다는 점에서 이 문장은 장자의 『도덕경』과도 연결된다.

그는 생각에 잠긴다. 혹시 테레지나가 그의 목적지나 운명이라도 되는 걸까? 그를 남쪽으로 유인한 것과 같은 은밀한 힘이 그가 그녀에게 이끌리게 했을까? 선천적인 성향, 운명선, 평생의 무의식적 충동이라도 있단 말인가? 그녀와의 만남이 미리 예정되어 있었던가? 그는 영혼의 부드럽고 미끄러운 오솔길에서 사냥꾼이나 개척자처럼 자신의 내부를 더듬으며 들어간다. 현존재의 비밀은 자신의 내부에 있고, 자기 자신 외에 어느 누구도 그것을 해결해 주지 않기 때문이다. 그는 테레지나의 춤을 보며 지나온 반생을 회고해 본다. 햇빛 비치고 바람 부는 저쪽에는 푸른빛을 내는 잃어버린 청춘 시절이 있었다. 그가 말한다. "사랑받는 건 행복한 게 아니에요. 사랑하는 게 행복한 거지요!" 사랑할 수 있다는 게 행복이고, 그것이 바로 구원인 것이다. 그는 혼자 생각하고 경청하며 자기 내면의 소리에 귀 기울인다. 전 세계의 모든 현자, 석가모니와 쇼펜하우어, 그리스도, 그리스인은 모두 단 하나의 지혜, 단 하나의 믿음, 단 하나의 사유만이 존재한다고 가르쳤다. 그것은 우리 내부의 신을 아는 것이다. 이런 사실을 학교, 교회, 책이나 학문에서 얼마나 왜곡되고 그릇되게 가르쳐 왔던가!

헤세가 내면으로 가는 길, 자기 자신으로의 길을 가라고 적극적으로 외친 것은 『차라투스트라의 귀환』에서이다. 좌든 우든 급진주의를 경고하는 이 책에서 그는 구체적으로 젊은이들에게 운명을 사랑하고 자기의 길을 가라고 외친다. 거기서 헤세는 너희가 존재하는 것은 "너희 자신이 되기 위해서"라고 말하고 있다. 다른 사람이 되는 것, 다른 사람의 목소리를 모방하고 그들의 얼굴을 자신의 얼굴로 여기는 것을 그만두어야 한다는 것이다. 이 소설이 나올 즈음에 쓰인 「책」이라는 시에서도 "책은 행복을 가져다주는 것이 아니라 자기 자신에게로 돌아가게" 해 준다고 말한다. 내면으로 향하는 클라인의 정신이 그 자신의 내부 세계, 지식과 교양의 영역을 돌아다녀 보니 여기에도 외부 세계와 마찬가지로 토지며 재화며 샘물이 있다. 하지만 자기 것은 죄다 불모지에 있어 아무 가치가 없다. 젊은 시절 그가 사랑한 예술 작품들이 새로운 매혹으로 되살아난다. 예술이라는 수수께끼 같은 마법도 같은 열쇠로 열린다는 것을 알게 된다. 예술이라는 것은 다름 아닌 은총과 깨달음의 상태에서 세계를 관찰하는 것이다. 예술이란 모든 사물의 배후에서 신을 가리키는 것이다.

클라인은 마음속의 악마와 뒤엉켜 절망적인 심정으로 싸운다. 그가 최근에 운명적으로 새로 획득한 인식과 구원은 취한 것 같은 상태에서 과거지사를 투시하는 가운데 최고조에 달한다. 하지만 우리 내부의 존재물, 삶에 의의를 부여해 주는 은밀한 태엽, 혼자 살아가고 혼자 고락을 느끼며, 행복을 갈구하고 체험할 수 있는 우리 내부의 존재물, 그 미지의 것에 대해선 아직 아무것도 모르고 있다. 슬픔에 젖어 눈물을 흘리며 그는 혼자 나지막이 말한다. "신이시여, 저를 더 이상 어떻게 하실 작정입니까?" 그의 내부에서 계속 울리고 있는 동경은 성숙한 마음으로 귀향해서 죽었으면 하는 것이다. 그는 마음을 열어 두고 "운명아, 덤벼라!" 하고 외친다. 클라인은 죽음은 곧 새로운 삶이며, 몰락은 신생이라는 윤회적 사고에 자신을 내맡긴다. 헤세는 윤회를 흥미롭게 받아들이지만, 윤회를 벗어나는 구원과 은총에 대해서는 중요하게 생각하지 않는다. 그의 주인공들은 유희하듯 윤회 속에서 머물며, 오히려 그 속에서 인간의 다양하고 참다운 면모를 볼 수 있다고 여긴다. 헤세는 쉼 없이 반복하여 되돌아오는 것 속에서 삶의 풍요로움과 활력을 느낀다. 도가 사상에서도 죽음이란 존재의 끝이 아니라 새로운 삶의 새로운 시작이고, 우주 만유가 시공간을 통해 영원히 변화하는 연결 고리의 한 형태인 것이다.

반평생 동안 불안에 시달려 온 클라인으로서는 불안하지 않은 삶, 불안을 극복한다는 것이야말로 지복(至福)이며 구원이다. 그러나 불안의 정체가 무엇인지 알고, 불안이 무엇인지 깨달은 사람만이 이를 극복할 수 있다. 사람들은 오만 가지의 일에 대해 불안해하고, 고독, 추위, 광기, 죽음에 대해 불안해한다. 하지만 이 모든 것은 가면과 변장에 지나지 않고, 미지의 세계로 한 발자국 몸을 던지는 일 한 가지에 대해서만 정말 불안해한다. 그리고 더 이상 지상의 법을 따르지 않고 딱 한 번 몸을 내버린 자, 언젠가 커다란 신념을 품고 자신의 운명에 몸을 맡긴 자는 도덕으로부터 해방된다. 헤세는 단호하게 도덕은 우리에게 전혀 쓸모가 없다고 말한다. 자아실현을 하려는 자는 선에서 악, 무죄에서 죄를 거쳐 두 세계를 비판하거나 나누지 않고 전체로 받아들여야 한다는 것이다. 그런데 니체처럼 헤세가 도덕을 부정하는 것은 새로운 도덕, 자유로운 인간으로 숨 쉴 수 있게 해 주는 도덕, 현재의 삶 속에서 삶을 북돋는 도덕을 찾기 위해서다.

이 소설은 어찌 보면 가시적인 외부 세계에서 비가시적인 내부 세계로의 여행, 삶에서 빠져나와 동화 속으로의 여행, 시민의 세계에서 예술가의 영역으로의 여행이라고 볼 수도 있다. 여기서 남쪽 나라는 외면적 공간뿐만 아니라 내면적 공간을 의미하기도 한다. 돈을 횡령한 클라인이 국경선을 넘어 안전한 남쪽으로 도피했으나 애당초 기대한 안도감이나 해방감을 전혀 느끼지 못한다. 오히려 자신의 생각은 죽어 있어 아무런 흥도 기쁨도 느끼지 못할뿐더러 자신의 생각을 마음대로 지배할 힘마저 상실한다. 이 소설에서 남쪽 국경선은 내면세계, 무의식 영역으로의 경계선이기도 하다. 그러므로 그는 질서의 세계에서 내부의 세계, 즉 본능과 충동의 세계로 입장한 셈이다. 그렇기에 유리창에 비친 자신의 얼굴은 일그러진 추한 모습을 하고 있다. 옆에 앉은 운전자의 복부를 갈기고 자신이 직접 운전하는 꿈을 꾼 것도 자신이 본능의 세계에 진입했다는 암시로 기능한다. 하지만 그 내부의 세계에는 아름답고 환상적인 낭만의 세계도 있다. 남쪽 역에 도착한 후 클라인은 어두운 밤하늘에 조그만 개똥벌레들의 불빛이 어지러이 춤추고, 수많은 유성이 술에 취한 듯 비틀거리는 광경을 넋 잃고 쳐다본다. 이러한 청춘의 아름다운 '불꽃놀이'에 잠시 사로잡혔던 클라인은 방향을 바꿔 정신이 번쩍 들게 하는 밝은 호텔로 발걸음을 옮긴다.

가족 살해자 바그너는 클라인의 내면세계의 영상으로, 꿈에서 본 바그너 극장으로 그가 들어가는 것은 바로 자신의 내면세계로의 입장이다. 그리고 그가 관계 맺는 세 여인, 즉 그의 아내, 주막집 여인, 테레지나를 만남에 따라 더 깊은 세계로 들어가지만, 그들은 꿈속에서는 서로 닮은 얼굴로 나타난다. 클라인의 내부 세계는 마치 니체가 주장하는 '선악의 저편'처럼 선악을 벗어난 가치가 전도된 세계다. 가족 살해자 바그너는 작품에서 음악가 바그너와 결부되면서 클라인은 양자에 대한 사랑과 증오라는 양면 감정을 겪는다. 『싯다르타』에서 고빈다가 싯다르타를 따르듯이, 바그너는 삶에 지친 클라인의 어두운 면, 즉 그림자가 되어 그를 따라다닌다. 그가 처음에 테레지나를 보고 역겨운 느낌을 받은 것은 자신의 천성에 대한 불안, 바그너에 대한 불안, 자신의 내부에 존재하는 악마에 대한 불안 때문이다.

바로 이 테레지나의 세계는 외면적인 체면을 무시하는 내면세계의 상징인 것이다. 이 세계는 아름다운 면과 추한 면을 공유하는 자연과 본능의 세계다. 누구나 도덕성이나 시민성을 한 꺼풀 벗겨 보면 동물이나 악마가 이를 드러내는 것이다.

어느 날 테레지나가 춤을 추는데 급작스러운 뇌우로 말미암아 춤은 중단되고 그녀는 클라인과 함께 자신의 숙소로 가게 된다. 잠깐 잠을 자다가 답답한 꿈에서 깨어난 그는 옆에서 곤히 잠들어 있는 테레지나를 바라보며 부러운 생각을 품는다. 그리고 그는 그 옆에서 신경을 곤두세우고 고통으로 가득 찬 가슴을 안고서 전전반측하다가 밖으로 나간다. 한밤중에 호수로 가서 보트를 타고 쏜살처럼 달리다가 강물 속으로 몸을 내던진다. 그로부터 목숨이 끊어지는 짧은 순간 동안, 그는 40년에 걸친 그의 경험보다 더 많은 것을 겪는다. 클라인은 물에 빠진 순간부터 목숨을 거두는 몇 초 사이에 자신의 전체 인생을 되돌아본다. 이때 시공간적으로 서로 다른 곳에서 일어난 사건들이 동시에 기술된다.

그의 옆에는 다른 사람들이 물속의 물방울처럼 바글바글 헤엄치고 있었다. 테레지나, 늙은 가수, 옛날 아내, 아버지, 어머니와 누이 등등 수많은 사람이 헤엄치고 있었다. 그리고 그림과 집들, 티치아노의 비너스와 슈트라스부르크의 대성당도 어마어마한 흐름을 이루고 어쩔 수 없는 힘에 의해 서로 부대끼며 점점 더 빨리 미친 듯 헤엄쳐 갔다. 광포하게 날뛰는 이 물체들의 엄청난 흐름에 다른 거대한 흐름이 미친 듯이 다가

왔다. 얼굴, 다리, 배의 흐름에 동물, 꽃, 생각, 살인, 자살, 쓰인 책, 흘린 눈물의 흐름이 빽빽하게 다가왔다. 어린이의 눈과 검은 머리카락, 생선의 머리, 긴 칼에 복부를 찔려 피를 철철 흘리는 여인 같은 형상들이. 신성한 정열이 넘치는 얼굴을 한 자신과 닮은 젊은이가 보였는데, 그것은 스무 살 당시, 아득히 먼 옛날 클라인 자신의 얼굴이었다! 그런데 지금 '시간은 존재하지 않았다'는 깨우침도 얻은 것은 얼마나 좋은 일이던가!

이처럼 클라인은 죽음을 앞두고 의식의 한계선에서 동시성을 체험한다. 그로서는 본능적인 내면세계의 중심점에 도달하고 불안을 극복하는 데는 '자신을 내던지는' 것으로만 가능하다. 클라인의 깨우침에 의하면 신 안에 머무르는 것은 불가능하며 유일한 가르침은 선악을 초월하여 자신을 내던지는 것이다. 이러한 자살은 내부 세계의 중심점인 신과 만나는 순간으로, 그것은 삶의 끝이 아니라 오히려 새로운 삶의 시작으로 간주된다. 그런데 이로부터 2년 후에 나온『싯다르타』에서는 이 같은 생각에서 한 걸음 더 나아간다. 즉 싯다르타는 카말라에게서 사랑을 체험하고 카와스와미에게서 장사를 배우지만 결국 삶에 대한 구토와 자기 경멸을 겪을 뿐이다. 강가에서 자신을 내던지려는 순간 커다란 깨우침을 얻고 바주데바에게서 강물의 비밀을 배운 그는 물을 관조하면서 모든 공포와 고통이 시간에서 생기는 것임을 깨닫는다. 시간만 지양하면 과거와 현재, 미래의 생이 동시적인 것이 되고, 모든 것이 완전한 것으로 보인다는 사실을 깨달으면서 구도의 목적지에 도달한다. 그래서 세계의 모든 대립이 하나로 융해되는 단일성의 사상을 깨닫는다. 그것은 변화하지만 지속한다는 진리이다. 강물의 흐름 속에서 싯다르타는 모든 지상적 현상의 통일을 체험하고, 삶과 죽음의 통일도 체험한 뒤 완성의 길에 이른다. 그에게 정신과 자연, 사상과 육욕, 선과 악의 대립은 더 이상 존재하지 않는다.

마지막으로 가공 동화 「유왕(Der König Yu)」(1929)은 늑대와 소년 이야기의 원조 격이라 할 수 있다. 신뢰는 거울의 유리와 같아서 한번 금이 가면 원래대로 하나가 되지 않는다. 중국 책을 많이 읽어 주나라 유왕과 애첩 포사 이야기도 알고 있던 헤세는 이 줄거리를 자기 나름으로 변형, 가공한다. 헤세가 쓴 포사이야기에는 우리가 흔히 아는 비단 찢는 이야기는 나오지 않는다. 또 봉화를 올리는 것이 아니라 북소리를 울린다.

역사서에 의하면 중국의 서주(西周) 시대 마지막 왕, 유왕은 절세미인 포사를 무척 총애했다. 애첩이 아들을 낳자 정실부인인 황후 신후와 태자 희의구를 폐하고 포사를 황후로, 그녀의 어린 아들 희백복을 태자로 삼았을 정도였다. 하지만 포사에게는 평소 웃음이 없었다. 그녀의 미소를 보기 위해 유왕은 비단 찢는 소리를 들으면 기분이 좋아진다는 그녀의 말에 매일 비단 백 필을 가져다 찢게 했다. 매일 산더미 같은 비단이 찢겨 없어졌건만 비단 찢는 소리에도 싫증이 나 버렸는지 포사는 또다시 아예 웃지 않았다. 어느 날 실수로 봉화대에 봉화가 피어올랐고, 제후들이 병사를 이끌고 서주의 수도 호경으로 급히 달려왔다.

그런데 나라를 위해 죽을힘을 다해 달려오는 병사들의 모습을 본 포사는 그들의 필사적인 모습이 꼴사납고 우스워 보였는지 깔깔거리며 크게 웃었다. 그 후 유왕은 포사의 웃는 얼굴을 보기 위해 툭하면 봉화를 피웠다. 봉화가 올라올 때마다 최선을 다해 출진해야 했던 제후들은 점차 유왕을 불신하게 되었다. 기원전 771년, 폐위된 태자 희의구의 외조부이자 쫓겨난 황후 신후의 아버지는 손자와 딸의 처지에 분노하여 견융의 군대를 끌어들여 호경을 공격했다. 호경이 포위되자 유왕은 급히 봉화를 올렸지만 포사의 웃음 놀음에 진력이 난 제후들은 이번에도 거짓이라 생각해 아무도 오지 않았다. 결국 유왕과 희백복은 견융족에게 죽임을 당했고, 포사는 포로로 잡혀간 이후 전해지는 역사 기록은 없다.

헤세는 이 고사를 어떻게 가공했는가? 그리고 주나라 유왕은 주색에만 빠진 무능하고 나쁜 왕이었던가? 그는 원래 국경 수비를 강화하고 수도를 방어하는 문제에 신경을 쓰는 왕이었다. 그는 부하들의 충고에 귀 기울일 줄 아는 왕으로, 서쪽 국경에 국경 수비대를 창설하고 감시탑을 세우기도 했다. 이 수비대는 다른 모든 정치적 타협과 마찬가지로 이중의 형태, 즉 도덕적 형태와 기능적 장치로 이루어져 있는데, 제후와 장교들의 서약과 신뢰라는 도덕적 기반이 무너지자 훌륭한 기능적 장치는 무력화되고 만다. 이 독창적이고 경탄할 만한 시설물의 붕괴를 초래한 것은 왕의 익애(溺愛)와 이를 토대로 한 애첩의 변덕이다. 비상경보가 발생하면 변방 제후는 수도와 왕을 돕기 위해 군대를 이끌고 급히 달려와야 한다. 감시탑에는 밤낮으로 보초가 서 있고, 큰 소리가 나는 북들이 갖추어져 있다. 그래서 국경 어느 곳에서 적들이 침입해 오면 가장 가까운 탑에서 북을 울린다.

그런데 왕의 아름다운 애첩 포사는 왕의 마음과 생각에 커다란 영향력을 행사하는 법을 터득한 여자였다. 그녀는 기술자가 만들어 준 예쁜 장난감, 즉 국경 수비대를 나타낸 점토 모형을 보고 무척 즐거워했다. 이따금 그녀의 기분이 안 좋을 때면 시녀들은 흔히 '야만족 침략' 놀이를 제안했다. 그러면 그들 모두는 조그만 탑들을 세워 놓고, 아주 조그만 방울들을 잡아당기며 신이 나서 대단히 즐거워했다.

마침내 때가 왔다. 포사를 그토록 자주 즐겁게 해 주었던 탑과 북 놀이를 현실에서 처음 대규모로 실시하게 되었다. 모든 것이 예상대로 되는지 확인하기 위해 실제의 탑과 병사들로 대규모의 '야만족 침략' 놀이가 벌어졌다. 저음의 북소리가 엄청난 굉음을 내며 탑과 탑으로 계속 전해졌다. 그러자 모든 지역에서 군대들이 수도 호경을 향해 급히 발걸음을 옮겼다. 포사는 이 광경에 마음을 송두리째 빼앗기고 도취했다. 유왕은 매우 만족했고, 특히 애첩의 황홀해하는 모습에 흡족함을 느꼈다. 그러나 포사는 축제가 끝난 후 좋았던 기분을 다시 잃어버렸고, 진짜 놀이를 맛보고 난 후부터는 가짜 놀이가 너무 시시해졌다. 포사는 웃음도, 행복에 빛나는 기분도 잃어버린다. 포사를 다시 웃게 하는 것이 중요했던 유왕은 애첩의 유혹에 굴복하고 말았다. 되풀이되는 간청에 굴복하여 국경 수비대에 적이 나타났다는 신호를 보내는 데 동의한 것이다.

전쟁을 알리는 저음의 자극적인 북소리가 울려 퍼지자 군대들이 말을 타거나 행군해 왔다. 포사는 무척 행복해했고, 그녀의 미소는 환히 빛났다. 그러나 장교들 사이에는 왕의 어리석은 장난에 속았다는 이야기가 떠돌았다. 서쪽의 야만족이 갑자기 떼 지어 말을 타고 국경을 넘어온 어느 날, 또 속임수로 생각한 나라 안의 병사와 장교들은 북소리를 따르지 않았다. 도우러 오는 군대가 하나도 없자 왕은 하는 수 없이 궁정의 얼마 안 되는 군대로 야만족과 맞섰지만 중과부적이었다. 유왕은 자신의 목숨과 왕국을 잃었고, 애첩 포사도 마찬가지 신세가 되었다. 수도 호경은 파괴되었고, 놀이는 진짜 현실이 되었다. 더 이상 북놀이는 없었고, 유왕도 미소 짓는 포사도 없었다. 유왕의 후계자인 평왕은 호경을 포기하고 수도를 멀리 동쪽으로 옮기는 수밖에 없었다. 그는 이웃의 여러 제후와 동맹을 맺고 영토의 상당 부분을 넘겨주었다. 그런 희생을 감수하고서라도 그는 미래의 통치 기반을 안전하게 확보해야만 했다.

이 고사(故事)는 병사들 힘든 것은 아랑곳하지 않고 애첩에 빠져 그녀를 어떻게든 미소 짓게 하려다가 왕과 왕국이 몰락한 이야기이다. 국민이 아니라 왕이나 왕비의 심기만 살피다간 어떤 일이 일어나는지 우리에게 알려 준다. 중국 역사에서 나라를 위기에 빠뜨리고 위태롭게 할 만큼 아름다운 여인을 일컫는 경국지색(傾國之色) 중 한 명인 포사는 결국 허망한 놀이를 하다가 왕과 자신을 몰락시키고 말았다.

판본 소개

본 번역서는 1970년 Suhrkamp Verlag에서 발행한 판본을 사용했다.

1877   7월 2일 독일 뷔르템베르크주 칼브에서 출생. 개신교 선교사인 부친 요하네스 헤세(1847~1916)와 모친 마리 군데르트(1842~1902) 사이의 장남으로 태어남. 둘 사이에 헤르만 외에 아델레, 파울, 게르트루트, 마리, 한스가 태어남. 친가는 발트해 연안 독일계 출신이고, 외가는 슈바벤 지방의 스위스계 출신. 경건파 개신교 색채가 다분한 집안 분위기에서 성장함. 선교사였던 부친 요하네스 헤세는 인도에서 잠시 선교 활동을 한 후 건강 문제로 귀국하여 고향에서 헤르만 군데르트 목사의 기독교 서적 출판 사업을 돕다가 그의 딸 마리 군데르트와 결혼함. 그녀의 첫 남편 찰스 아이젠버그는 영국 출신의 선교사였는데 그가 세상을 떠나자 5세 연하의 남편과 재혼. 헤르만 군데르트 역시 인도에서 활동하던 선교사였으며 그곳에서 언어학자 및 학교 설립자로 명성을 얻음.

1881~1886   부모와 함께 바젤로 이주. 부친은 바젤 선교사 학교에서 교사 생활을 함. 발트 연안 출신으로 러시아 시민권을 소지하고 있던 부친이 스위스 시민권 취득.

1886~1890   가족 모두 칼브로 돌아옴. 헤세는 칼브의 실업 학교에 다님.

1890~1891   합격하면 튀빙겐 신학교에서 무상 교육을 받을 수 있는 뷔르

템베르크주 정부 시험을 준비하기 위해 괴핑겐의 라틴어 학교에 입학. 시험을 보려면 스위스 시민권을 포기해야 했으므로 가족 중 유일하게 뷔르템베르크 시민권을 취득함.

1891~1892 9월에 케플러, 횔덜린을 배출한 마울브론 수도원의 개신교 기숙 학교에 입학하였으나 6개월 후 그곳을 뛰쳐나와 자유로운 생활을 함. "시인이 되거나 아무것도 되지 않겠다"고 결심함.

1892 3월 7일 신학교를 뛰쳐나옴. 정신 상태를 관찰하기 위해 바트 볼 소재 크리스토프 블룸하르트 목사의 병원으로 보내짐. 6월에 짝사랑 때문에 자살 시도를 함. 슈테텐의 정신 병원에서 요양(6월부터 8월까지). 11월에 칸슈타트 고등학교 입학.

1893 7월에 고등학교 7학년 수료 자격 시험을 치른 후 학업 중단. 에슬링겐에서 서점 수습사원으로 일하기 시작했으나 3일 만에 그만두고 부친의 일을 돕기 시작함.

1894~1895 칼브의 페로 시계탑 공장에서 15개월간 수습공 생활을 함.

1895~1898 튀빙겐의 헤켄하우어 서점에서 수습 점원으로 일하면서 1899년까지 서적 분류 일을 도움. 이 무렵 첫 저작 시가 발표됨.

1899 9월에 스위스 바젤로 이주하여 1901년까지 라이히 서점에서 서적 분류 조수로 일함. 처녀 시집 『낭만적인 노래(*Romantische Lieder*)』가 드레스덴의 피어존 출판사에서 출간됨. 『한밤중 뒤의 한 시간(*Eine Stunde hinter Mitternacht*)』이 예나의 디더리히스 출판사에서 출간됨. 습작 소설 「고슴도치(Schweinigel)」를 썼으나 원고를 분실함.

1900 일간지 『알게마이네 슈바이처 차이퉁(*Allgemeine Schweizer Zeitung*)』에 여러 가지 기사와 서평을 쓰기 시작함.

1901 3월부터 5월까지 첫 번째 이탈리아 여행(피렌체, 제노바, 피사, 베네치아). 8월부터 바젤의 고서점 바텐빌의 점원으로 근무함(1903년까지). 『헤르만 라우셔의 유작집(*Hinterlassene Schriften und Gedichte von Hermann Lauscher*)』이 바젤의 라이히

출판사에서 출간됨.

1902 『시집(*Gedichte*)』이 베를린의 그로테 출판사에서 출간됨. 이 시집은 출간 직전 사망한 어머니에게 헌정됨. 9월에 칼브에서 『수레바퀴 밑에(*Unterm Rad*)』 집필.

1903 바젤의 일자리를 그만두고 마리아 베르누이와 함께 이탈리아 여행길에 오름. 5월에 마리아 베르누이와 약혼함.

1904 베를린의 피셔 출판사에서 『페터 카멘친트(*Peter Camenzind*)』가 출간됨. 작가로서 처음으로 큰 성공을 거둠. 마리아 베르누이와 결혼식을 올리고 7월에 보덴호반의 가이엔호펜의 농가로 이사함. 자유로운 작가로 창작 활동을 하면서 여러 일간지와 잡지에 글을 기고함. 가이엔호펜 시절 자연 친화적으로 소박한 삶을 사는 가운데 많은 예술가(특히 작곡가인 오트마르 쇠크)와 친분을 맺음. 소설 『보카초(*Boccaccio*)』와 『아시시의 성 프란치스코(*Franz von Assisi*)』 출간.

1905 장남 브루노 출생. 오스트리아 문학상 바우어른펠트상 수상.

1906 베를린의 피셔 출판사에서 『수레바퀴 밑에』 출간. 빌헬름 2세의 친정에 반대하면서 자유주의 노선을 취한 잡지 『3월(*März*)』의 공동 발행인으로 활동함(1912년까지).

1907 중단편집 『이 세상에서(*Diesseits*)』가 베를린 피셔 출판사에서 출간됨. 가이엔호펜에서 직접 자기 집을 지어 이사함.

1909 차남 하이너 출생. 취리히, 독일, 오스트리아로 강연 여행.

1910 뮌헨의 알베르트 랑겐 출판사에서 소설 『게르트루트(*Gertrud*)』 펴냄.

1911 7월에 셋째 아들 마르틴 출생. 시집 『도중에(*Unterwegs*)』가 뮌헨의 게오르크 뮐러 출판사에서 출간됨. 시집 『길가에서(*Am Weg*)』 출간. 가깝게 지내던 화가 한스 슈투르체네거와 함께 9월부터 12월까지 동남아시아 여행길에 올라 스리랑카, 말레이시아, 싱가포르, 수마트라까지 둘러봄. 실망한 채 병든 몸을 이끌고 가정생활의 파탄

을 타개하기 위해 연말에 귀국함.

1912 베를린의 피셔 출판사에서 단편집 『우회로(*Umwege*)』 펴냄. 영원히 독일 땅을 떠나 가족을 데리고 스위스 베른으로 이주함. 작고한 화가 친구 알베르트 벨티의 집으로 이사함. 로맹 롤랑과의 우정이 싹트기 시작함.

1913 동방 여행기 『인도에서(*Aus Indien*)』가 베를린 피셔 출판사에서 출간됨.

1914 베를린 피셔 출판사에서 결혼 문제를 주제로 한 소설 『로스할데(*Roßhalde*)』 펴냄. 전쟁이 발발하자 자원입대했으나 군 복무 부적격 판정을 받아 베른 주재 독일 공사관에 배치됨. 그곳에 설치된 '독일 전쟁 포로 후생 사업소'에서 프랑스와 영국, 러시아, 이탈리아 등지에 있는 수십만 전쟁 포로에게 책을 공급하면서 포로를 위한 잡지를 발행하기도 하고 전쟁 포로를 위한 독자적인 출판사를 설립하기도 함. 전쟁 중에 전쟁을 비판하는 글을 신문에 발표하여 독일 국민의 반감을 사고 독일 저널리즘에서도 배척당함.

1914~1919 독일과 스위스, 그리고 오스트리아 잡지에 정치적인 기사나 경고문 등을 실음.

1915 『크눌프. 크눌프의 생애에 관한 세 가지 이야기(*Knulp. Drei Geschichten aus dem Leben Knulps*)』가 베를린 피셔 출판사에서 출간됨. 하일브론의 오이겐 잘처 출판사에서 『고독한 자의 음악(*Musik des Einsamen*)』 펴냄.

1916 3월 부친 사망. 정신 분열 증세를 보이기 시작한 아내와 중병에 걸린 막내아들로 인해 신경이 쇠약해짐. 루체른 근처의 존마트 요양소에서 심리학자 C. G. 융의 제자인 J. B. 랑 박사에게 처음으로 정신과 치료를 받음.

1919 가족과 헤어짐. 4월 자녀들을 친구 집에 데려다 놓고 베른에서의 생활을 정리한 후 테신주의 몬타뇰라에 있는 '카사 카무치'로 옮겨 그곳에서 1931년까지 거주함. 정치적 팸플릿 『차라투스트라

의 귀환. 어느 독일인이 독일 젊은이에게 보내는 한마디 말 (*Zarathustras Wiederkehr. Ein Wort an die deutsche Jugend von einem Deutschem*)』을 익명으로 발표했다가 이듬해 베를린에서 실명 출간. 베를린 피셔 출판사에서 『데미안. 어느 청춘 이야기 (*Demian. Die Geschichte einer Jugend*)』가 에밀 싱클레어라는 가명으로 출간됨. 그림을 그리기 시작함. 리하르트 볼테레크와 함께 『생명의 외침(*Vivos voco*)』이라는 잡지의 창간인 겸 공동 발행인으로 활동함(1922년까지). 『작은 정원(*Kleiner Garten*)』, 『동화집 (*Märchen*)』 출간.

1920 베른의 젤트빌라 출판사에서 컬러 스케치 작품과 함께 열 편의 시가 담긴 『화가의 시(*Gedichte des Malers*)』와 『혼돈 들여다보기 (*Blick ins Chaos*)』가 출간됨. 소설 『클링조어의 마지막 여름 (*Klingsors letzter Sommer*)』이 베를린 피셔 출판사에서 출간되었는데, 여기에 「클라인과 바그너」가 함께 수록됨.

1921 『시 선집(*Ausgewählte Gedichte*)』 출간. 『싯다르타』의 제1부와 제2부 사이의 공백 기간(1년 반) 동안 창작 위기에 빠짐. C. G. 융 박사에게 정신 분석 치료를 받음. 『테신에서 그린 열한 점의 수채화 (*Elf Aquarelle aus dem Tessin*)』 출간.

1922 『싯다르타. 인도의 시(*Siddhartha. Eine indische Dichtung*)』가 베를린의 피셔 출판사에서 출간됨.

1923 취리히의 라셔 출판사에서 『싱클레어의 비망록(*Sinclairs Notizbuch*)』 펴냄. 9월에는 4년 전부터 별거 중이던 마리아 베르누이와 이혼. 취리히 근처의 바덴에 있는 온천에서 요양하기 시작하여 이때부터 1951년까지 해마다 그곳에서 연말을 보냄.

1924 다시 스위스 시민권을 취득함. 루트 벵거와 두 번째 결혼.

1925 베를린 피셔 출판사에서 『요양객(*Kurgast*)』 펴냄. 루트 벵거에게 바치는 사랑의 동화 『픽토르의 변신(*Piktors Verwandlungen*)』 발표. 뮌헨, 울름, 아우크스부르크, 뉘른베르크 등지로 낭독 여행. 뮌헨에

서 토마스 만 방문. 1931년까지 동절기는 항상 취리히에서 지냄.

1926 '프로이센 예술 아카데미'의 시(詩) 분과 위원회 회원으로 선출됨 (1931년 탈퇴). 『그림책(Bilderbuch)』이 베를린 피셔 출판사에서 출간됨. 미술사가 니논 돌빈과 사귐.

1927 『뉘른베르크 기행(Die Nurnberger Reise)』과 『황야의 이리(Der Steppenwolf)』가 베를린 피셔 출판사에서 출간됨. 그와 동시에 50번째 생일을 맞아 후고 발이 쓴 헤세 전기가 출판됨. 두 번째 부인 루트의 요구로 이혼함.

1928 산문집 『관찰(Betrachtungen)』과 시집 『위기. 한 편의 일기(Krise. Ein Stück Tagebuch)』 출간.

1929 시집 『밤의 위안(Trost in der Nacht)』과 산문 『세계 문학 총서(Eine Bibliothek der Weltliteratur)』 출간.

1930 소설 『나르치스와 골드문트(Narziß und Goldmund)』가 베를린 피셔 출판사에서 출간됨.

1931 여류 예술사가인 니논 돌빈과 결혼식을 올린 후 친구이자 후견인인 H. C. 보트머가 지어서 헤세에게 평생 살도록 내어 준 몬타놀라의 '카사 로사(일명 카사 헤세)'로 옮겨 감. 『싯다르타』, 『어린이들의 영혼』, 「클라인과 바그너」, 『클링조어의 마지막 여름』을 한데 묶은 『내면으로 가는 길(Weg nach innen)』 발간.

1932 『동방순례(Die Morgenlandfahrt)』가 베를린 피셔 출판사에서 출간됨. 『유리알 유희(Das Glasperlenspiel)』 집필 시작.

1933 단편집 『작은 세계(Kleine Welt)』 출간. 나치즘과 유대인 박해에 반대.

1934 스위스 작가 협회 회원이 됨. 시 선집 『생명의 나무에서(Vom Baum des Lebens)』 발표, 문학 계간지 『디 노이에 룬트샤우(Die Neue Rundschau)』에 『유리알 유희』 발표 시작.

1935 정치적인 강요에 의해 피셔 출판사와 결별. 중단편집 『우화집 (Fabulierbuch)』 출간. 동생 한스 자살.

1936 목가적인 시집 『정원에서 보낸 시간(*Stunden im Garten*)』이 빈에 있는 고트프리트 베르만 피셔 출판사에서 출간됨. 스위스 최고 권위의 문학상인 고트프리트 켈러상 수상. 그 무렵 부분적으로 독일에 남아 명맥을 유지하고 있던 피셔 출판사의 운영을 맡은 페터 주어캄프와 첫 대면.

1937 산문집 『기념첩(*Gedenkblätter*)』과 시집 『신 시집(*Neue Gedichte*)』과 『다리를 저는 소년(*Der lahme Knabe*)』 간행.

1939~1945 나치의 탄압으로 작품이 독일에서 환영받지 못함. 여러 작품의 재판이 인쇄되지 못하는가 하면, 1942년에는 나치 선전부에 의해 『유리알 유희』 인쇄가 금지됨.

1942 최초의 시 전집 『시집(*Gedichte*)』이 스위스 취리히에서 출간됨.

1943 『유리알 유희』가 취리히에 있는 프레츠 & 바스무트 출판사에서 출간됨.

1944 헤세의 작품을 출판하던 페터 주어캄프가 게슈타포에 체포됨.

1945 시 선집 『꽃핀 가지(*Der Blütenzweig*)』와 미완성 소설 『베르톨트(*Berthold*)』, 그리고 새로운 단편과 동화를 모은 『꿈길(*Traumfahrte*)』이 취리히의 프레츠 & 바스무트 출판사에서 출간됨. 제2차 세계 대전이 끝난 후 규칙적으로 실스마리아에서 여름을 보냄.

1946 취리히의 프레츠 & 바스무트 출판사에서 『전쟁과 평화(*Krieg und Frieden*)』 펴냄. 작품이 독일에서 다시 출판 가능해짐으로써 프랑크푸르트에 새로 설립된 주어캄프 출판사에서 출간되기 시작함. 괴테 문학상 및 노벨 문학상 수상.

1947 베른 대학교 철학부에서 명예 문학 박사 학위를 받음. 고향 칼브시의 명예시민이 됨.

1950 브라운슈바이크시의 빌헬름 라베상 수상. 페터 주어캄프가 독자적인 출판사를 설립하도록 용기를 북돋아 줌.

1951 『후기 산문(*Späte Prosa*)』과 『서간집(*Briefe*)』 출간.

1952 75번째 생일을 기념하여 『헤세 전집(*Gesammelte Werke*)』이 프랑크 푸르트 주어캄프 출판사에서 전 6권으로 출간됨.

1954 동화 『픽토르의 변신』이 주어캄프 출판사에서 출간됨. 로맹 롤랑과 주고받은 편지를 모은 『헤르만 헤세와 로맹 롤랑의 서한집 (*Briefwechsel. Hermann Hesse - Romain Rolland*)』 간행.

1955 독일 출판 협회의 평화상 수상. 니논에게 헌정된 후기 산문집 『주문 (*Beschwörungen*)』 출간.

1956 바덴뷔르템베르크 지방의 독일 예술 후원회가 헤르만 헤세 문학상 을 위한 재단 설립.

1957 탄생 80주년 기념사업으로 이미 간행된 『헤세 전집』을 증보하여 『헤세 전집(*Gesammelte Schriften*)』 전 7권 출간. 마르틴 부버가 슈 투트가르트에서 '헤르만 헤세의 정신에 대한 봉사'라는 제목으로 축사를 함.

1961 프랑크푸르트 주어캄프 출판사에서 시 선집 『단계(*Stufen*)』 펴냄.

1962 몬타뇰라의 명예시민이 됨. 바이블러가 쓴 전기 『헤르만 헤세. 한 편의 전기(*Hermann Hesse. Eine Bibliographie*)』 간행. 8월 9일 85세를 일기로 몬타뇰라에서 뇌출혈로 세상을 떠남. 소원대로 이틀 후 성 아본디오 묘지에 안장됨.

1964 바이마르의 실러 박물관에 '헤르만 헤세 문헌 기록 보관소'가 설 치됨.

1965 니논 헤세가 『유작 산문집(*Prosa aus dem Nachlaß*)』 출간.

1966 니논 헤세가 헤세의 서간문과 여러 가지 생에 대한 기록을 바탕 으로 1877년부터 1895년까지의 생애를 내용으로 하는 『1900년 이전의 유년 시절과 청소년 시절(*Kindheit und Jugend vor Neunzehnhundert*)』 펴냄. 9월 부인 니논 헤세 71세로 사망함.

새롭게 을유세계문학전집을 펴내며

을유문화사는 이미 지난 1959년부터 국내 최초로 세계문학전집을 출간한 바 있습니다. 이번에 을유세계문학전집을 완전히 새롭게 마련하게 된 것은 우리가 직면한 문화적 상황에 적극적으로 대응하기 위해서입니다. 새로운 을유세계문학전집은 세계문학의 역할이 그 어느 때보다 중요해졌다는 인식에서 출발했습니다. 오늘날 세계에서 타자에 대한 이해는 우리의 안전과 행복에 직결되고 있습니다. 세계문학은 지구상의 다양한 문화들이 평등하게 소통하고, 이질적인 구성원들이 평화롭게 공존할 수 있는 문화적인 힘을 길러 줍니다.

을유세계문학전집은 세계문학을 통해 우리가 이런 힘을 길러 나가야 한다는 믿음으로 만들어졌습니다. 지난 5년간 이를 준비하기 위해 많은 노력을 기울였습니다. 세계 각국의 다양한 삶의 방식과 문화적 성취가 살아 있는 작품들, 새로운 번역이 필요한 고전들과 새롭게 소개해야 할 우리 시대의 작품들을 선정했습니다. 우리나라 최고의 역자들이 이들 작품 속 한 문장 한 문장의 숨결을 생생히 전하기 위해 심혈을 기울였습니다. 또한 역자들은 단순히 번역만 한 것이 아니라 다른 작품의 번역을 꼼꼼히 검토해 주었습니다. 을유세계문학전집은 번역된 작품 하나하나가 정본(定本)으로 인정받고 대우받을 수 있도록 최선을 다했습니다. 세계문학이 여러 경계를 넘어 우리 사회 안에서 주어진 소임을 하게 되기를 바라며 을유세계문학전집을 내놓습니다.

을유세계문학전집 편집위원단(가나다 순)
김월회(서울대 중문과 교수)
김헌(서울대 인문학연구원 교수)
박종소(서울대 노문과 교수)
손영주(서울대 영문과 교수)
신정환(한국외대 스페인어통번역학과 교수)
정지용(성균관대 프랑스어문학과 교수)
최윤영(서울대 독문과 교수)

을유세계문학전집

을유세계문학전집은 계속 출간됩니다.

을유세계문학전집 연표